シェイクスピア時代の読者と観客

シェイクスピア時代の
読者と観客

山 田 昭 廣

名古屋大学出版会

内田謙三良(1898-1981)と綾子(1909-1995)の
思い出に

目　次

まえがき　vii

序　章　シェイクスピアとロンドンの人口　1
第1章　読者層の形成　13
第2章　識字率の向上とその演劇的反映　39
第3章　演劇の興隆と戯曲の読者の誕生　75
第4章　戯曲の読者──その遺墨(1)
　　　　チャップマン、フォード、マーストンの戯曲　117
第5章　戯曲の読者──その遺墨(2)
　　　　シェイクスピアの戯曲　153
終　章　読者の情熱　201

付　録
　1　ロンドンの人口推定値──山田とサザランドの比較　211
　2　16-17世紀イギリスにおける未成年者の人口年齢構成比　224
　3　表8作成上の諸原則──覚え書　226
　4　シェイクスピア作品の創作年代とその出典等　229

    5　1590年代に出版された戯曲本　　　　　　　　　　232
    6　戯曲本の書式の変遷　　　　　　　　　　　　　　240
    7　書き込みの調査一覧表　　　　　　　　　　　　　268

表と図版および複製許可への謝辞　　　　　　　　　　　　287
引用文献とその略称　　　　　　　　　　　　　　　　　　290
固有名詞の原語・日本語対照表　　　　　　　　　　　　　297
索　引　　　　　　　　　　　　　　　　　　　　　　　　303
Summary in English　　　　　　　　　　　　　　　　　　313

まえがき

　著者は、元来、俳優を介した台詞の観客反応について強い興味を持っていたし、同時に、活字を介した戯曲本文の読者反応についても同じように強い興味を持っていた。研究活動の当初から、シェイクスピア時代の戯曲の本文研究にのめり込んだのは、そのためであった。

　シェイクスピア時代の数名の劇作家に限定して、その作品の古版本を調べ尽くそうなどと気負っていた時期には、古版本を生み出したロンドン書籍商組合の、検閲を含む諸活動の、ありのままの姿のせめて一端でも明らかにして、古版本の、その当時の存在理由を見出そうとしたこともあった。その成果のひとつは、昭和 60 年（1985-86 年）度文部省科学研究費補助金（一般研究 C）による研究成果報告書『観客と読者——エリザベス朝演劇の興隆とロンドン書籍商組合の興隆』（信州大学人文学部、昭和 61 年 3 月）であった[1]。

　書籍商組合の興隆を促したのは、間接的には、教育環境の急速な整備と増強に伴う識字率の向上であり、直接的には、宗教改革に伴う聖書などの宗教書の需要の増大や大衆演劇の出現を契機とする文芸全般の花開く季節の到来であった。宗教関係の書籍と文芸関係の書籍が出版点数では全体の半分以上を占めていた事実が、そのことを何よりも雄弁に物語っている。なかでも、地中海文化

---

[1] この報告書は国内のいくつかの図書館、例えば、国立国会図書館（請求番号：UE 31-9）、東京都立中央図書館（請求番号：0233-10-86）、信州大学附属図書館（請求番号：023.33Y19）などで閲覧することができる。

を志向したエリザベス時代の演劇の興隆は英国の文芸復興期の象徴そのものであった。当時の人々の精神活動を特色づけたこれらもろもろの要素——国を挙げての教育熱、識字率の向上、活発な宗教的意識、強い文芸的興味など——と、土地を媒介とする中世封建社会の崩壊過程にある当時の社会を下から支えた新しい経済活動のあり様とが、現実には、相互に作用し合っていたことは言うまでもない。その相互作用を超えて、とりわけ親密な関係にあった社会現象が、エリザベス朝演劇の興隆とロンドン書籍商組合の興隆であった。活字化された戯曲はほとんどが薄っぺらな四つ折り本で、出版物全体から見れば、その比重は決して大きくはなかった。しかし、戯曲の中で言及されたり、演じられたりする読み書きの場面の頻度の推移を時系列的に調べてみると、演劇が読み書きに対する観客の興味を刺戟し、その刺戟が書籍の需要の拡大に直結するという特異な社会現象の様子が手に取るようにはっきりと見えてくる。

　著者が抱き続ける戯曲の観客と読者という問題意識は、今も、その強さにおいては、25年前と少しも変わっていない。古版本の中で巡り合った過去の読者との対話——とりわけ、すでに15年も昔のことになるが、1623年に出版されたシェイクスピアの戯曲全集、いわゆるファースト・フォリオの書き込みの味読——を通して、その意識はむしろ一層強くなってきたようでもある。そこで、この際、前述の報告書のロンドンの人口に関する1章と演劇の興隆に関する2つの章を取り出し、全面的に改訂し、新しく4章を加え、数篇の付録を添えて、より広い一般の読者のお目にかけることとした。新たに書き下ろした4章は、戯曲本の読者に関する第3章、過去の読者との対話から生まれた第4章と第5章、および終章である。戯曲の隆盛を促した一因と考えられる書式の統一に関する試論「戯曲本の書式の変遷」も、付録ではあるが、第3章の議論を補強するために、書き下ろしたものである。

　序章は、シェイクスピア時代の演劇の隆盛を数量的に把握したい著者の立場から試みられたロンドンの人口論である。一般的には1600年には「約20万人」とされるものを14万3000人余りと推定した。この推定値に基づき、戯曲の読者の誕生論を第3章で展開した。

　第1章では、1557年に正式に認可されたロンドン書籍商組合の活発な活動

によって 16 世紀の半ばには読者層と呼ぶことのできるものが形成されたことを考察した。考察にあたっての主な視点は、宗教改革に伴う宗教に関する書籍の出版の推移、それ以外の分野の書籍の出版の実態、教育施設の充実に伴う識字率の向上、個人の収入と書籍の価格、書籍所有者の対人口比などである。数値的な表現を尊重した。

　第 2 章は、主としてシェイクスピアの作品から読み書きの場面を選び出し、そのような場面が識字に対する人々の強い願望をさらに刺戟したことを考察した。

　第 3 章は、戯曲の読者の誕生に関する作業仮説を実証する試みである。読者層という社会集団が形成される過程で、比較的少数であった戯曲本の読者たちが、演劇の興隆とともに、急速にその数を増やし、戯曲の読者の誕生と呼ぶことのできるほど明確な特殊集団に発展した、という仮説とその証明である。大衆向けの劇場が次々と出現する時期に呼応して 1580 年代初頭には戯曲本の統一した書式が確立したこと、16 世紀末の 30 余年間にはロンドン市民の年間の平均観劇回数が実に、少なくとも 8-9 回（観客は 16 歳以上の大人のみであったとすれば、12-13 回）に及んだこと、1600 年には戯曲の出版点数の割合がついに散文文学と互角になったことなど、先達の成果を援用し、当時の興行の実態と戯曲本の出版との関連をできる限り数量的に捉え、煩わしさをいとわずいくつもの表を用意し、説得力のあるものとしたつもりである。

　第 3 章のある部分については、2011 年 4 月 16 日に開催された名古屋大学英文学会第 50 回記念大会の特別講演「著書と著者そして読者」で披露する機会をいただいた。関係者に感謝したい。また同年 6 月 5 日には、神田の学士会館において、少人数の専門家集団に囲まれ、同じ主題で「テーブル・トーク」をさせていただいた。それはその後数週間にわたる電子メールによる討論へと発展し、拙論の不備を指摘されたりもした。第 3 章はその不備を整えて完成させたものである。感謝の意を表するために、その専門家集団のメンバーの名前を、お許しを得て、ここに記しておきたい——「テーブル・トーク」の場を準備された金子雄司氏をはじめ、井上 歩、大矢玲子、河合祥一郎、郷 健治、住本規子、冨田爽子、野上勝彦、英 知明の諸氏である。

この本の議論の根底には、意識しようがしまいが、ロンドンの人口が深く関係している。そもそもこの研究課題は、本質的には、人文科学と社会科学の協力の中で追求されるべきものであろう。序章として巻頭に掲げた1600年頃のロンドンの人口にかかわる論述は門外漢の冒険の誹りを免れないかも知れない。あえてその危険に挑んだのにはそれなりの理由があった。ひとつには、シェイクスピア時代のロンドンの人口については決め手となる資料がないために、残念ながら、専門家の間でさえも定説がない。1600年頃には約20万人だとか、いや約15万人から20万人だとか、という一般に流布する概数を議論の重要な要素として使うことには、ためらいもあったが、不便が予想された。それならば、先達の研究成果を参考にして自分なりの推定値を割り出し、それを課題の全体的考察の背景に据えてみようと思ったからである。もうひとつには、1600年頃のロンドンの出版活動や演劇活動は非常に盛んであったと言われてはいるが、どれほど盛んであったのか具体的にはほとんど分かっていない。人口について自分なりの推定値を割り出し、それを使うことができれば、当時のロンドンの出版や演劇の隆盛ぶりを数値的に感得することが可能になると思ったからである。

　無手勝流で人口論に取り組もうとしたのは1980年代のはじめで、参考文献もわずかであった。前述の報告書を提出した後、ロンドンの人口について、高名な歴史学者の著作からイアン・サザランドの興味深い推定値の存在を知ったものの、その出典については知ることができなかった。このたび、旧稿を改めるに当たっては、駒澤大学名誉教授の安元稔氏に大変お世話になったが、イギリスの人口論を専門とする安元氏は、定期刊行物に発表されたサザランドの論文を確認し、複写して届けてくださったのである。2011年の晩秋のことであった。1980年代以降のイギリス人口論についての主要な参考文献を教えていただいたり、本書の人口論のみならず、関連するいくつかの章で展開した拙論について、たくさんの貴重なご意見を頂戴した。本書の人口論の作業仮説や議論の骨組みは旧稿と変わらないものの、2種類の付録も含め、肉付けが見違えるものとなったのは、安元氏のおかげである。心からの感謝を記しておきたい。

　演劇の隆盛ぶりについての考察は、そもそも観客数がはっきりしていないの

であるから、僅かな資料に基づく作業仮説だけが頼りの、かなりの冒険である。それは、ちょうど宇宙の生成を研究する科学者の仕事、あるいは、地震のメカニズムの解明に腐心する研究者の仕事と同じように、その成果を事実として検証することは難しい。しかし挑むに値する仕事ではあろう。

　この試論は、シェイクスピア時代の人口も推定値、劇場の観客収容力も推定値という条件に縛られているので、大きな困難が予想された。この試論を構築するためにかろうじて確保できた足場は、当時の劇場旅館や演劇専用の劇場の、規模は不明ながら、実在した記録、演劇の排斥や統制の記録、市壁に囲まれたロンドンと市壁の外に発達した新興住宅地の地理的な情報、それに加えて、書籍商が残してくれた戯曲本を含む全出版物とその情報のみであった。幸い、どの足場にも多くのすぐれた先達がいて道案内をしてくれた。この試論で述べたほとんどのことは先達の成果である。煩わしいほどの脚注はそれをできるだけ明らかにしておきたかったからである。自分で見つけたと思えるものがないわけではない。ときにはそれらしい明確な表現を使っていることがある。しかし検証のできないことばかりであるから、その当否は読者の判断を待つほかない。

　日本の演劇文化については全くの門外漢ではあるが、著者の問題意識とその問題を解明するための方法は、対象をシェイクスピア時代の演劇文化から日本の演劇文化に移し変えても通用するのではないか。数量的考察のための仮説を立てる糸口となるような古文書などの資料が曲りなりにもあれば、本書で展開した手法を使って、例えば、17世紀後半、元禄時代に京都と大坂で栄えた歌舞伎と庶民の文化生活の一端を具体的な数値でのぞき見ることができるのではないかと思う。

　シェイクスピア戯曲からの引用はすべて、全訳を目指して鋭意精励されている松岡和子氏のものをお借りした。「ちくま文庫」としてまだ公刊されていない作品のうち『ヘンリー四世第二部』、『ヘンリー五世』、『ヴェローナの二紳士』などの下訳をお借りしたいなどというまことに厚かましいお願いまでを快くお聞き入れいただいた。その上、わざわざ速達郵便でお届けいただいたのである。感激に堪えない。心から厚くお礼を申し上げたい。松岡訳のあとには原文を添えておいた。シェイクスピア戯曲以外からの引用は拙訳によるが、これ

にも原文を添えておいた。17世紀終わりまでの読者の書き込みを扱った第4章と第5章では、書き込みからの引用には原文を優先し、原則として、拙訳を添えておいた。

　本書では、読者の理解を助けるために数多くの表と図版を必要としたが、それを必要なところで自由に複写印刷することができたのは関係者のご好意や許可のおかげである。感謝したい。本文に挿入した表と図版のキャプションのなかで感謝するだけでなく、巻末近くになってしまったが、「表と図版および複製許可への謝辞」のところで改めて関係者にお礼を申し上げることにした。特に図5については、著者ジュリアン・バウシャー氏からこの上なく丁寧な説明を頂戴した。その結果、お借りしていた2009年版のものを、本書の校正刷りが出た後で、氏の最新の成果である2012年版のものと差し替えることができた。感謝したい。

　第1章のイタリア関係書についての考察でも、再校の後で、引用文献の著者、拓殖大学教授の冨田爽子氏から、未発表の「補遺」の原稿をお送りいただき、論述の信頼度を高めることができた。心からの感謝を申し上げたい。

　脚注にある文献は、原則として、すべて略称表記としたが、その略称を付した引用文献目録も巻末に用意した。

　わが国であまり知られていない作品や人物などの固有名詞は、日本語表記だけでは不便があったり誤解を生む恐れがあったりするので、原則として、初出のときに原語を添えておいた。さらに、巻末には原語と日本語の対照表を用意した。

　本来ならば、本書は英語で発表するのが本当であろうが、諸般の事情から止むを得ず日本語で発表することとなった。しかし著者の問題意識とその問題へのアプローチの仕方については、関心を寄せる英米の研究者にも知ってもらいたいと思う。巻末に英文の要約をつけたのはそのためである。英文の校閲は畏友ピーター・デイヴィソン氏にしていただいた。いつもながら感謝に堪えない。

　横書きは日本語で書かれた人文学関係の図書ではまだ十分に市民権を獲得していない。横文字が多いのでやむを得ない決断であった。読者のご理解を希望する。

出版にあたっては、名古屋大学出版会の皆さんにたいへんお世話になった。啓蒙書には無縁に近い著作とはいえ、読者に優しくという立場の目線で、原稿を精読された橘宗吾氏からはいくつかの建設的なご意見をいただいた。また、割付や校正を担当された神舘健司氏からもいくつかの数値的記述の誤りについてご指摘をいただいた。感謝したい。

　なお、シェイクスピアからの引用（幕・場・行）にはG. ブレイクモア・エヴァンズのテクスト［Riverside (1997)］を使った。シェイクスピア作品の創作年代に定説はないが、原則として、アーデン双書第3版の編者の推定年代によった（付録4を参照）。シェイクスピア以外の作品の創作年代については、原則として、ハービッジ［Harbage (1989)］によった。

　また、シェイクスピア時代を主題とする本書では、「英国」、「イギリス」、「イングランド」など記述に統一はないが、すべてEnglandのことである。スコットランド、ウェールズ、アイルランドなどは含んでいない。唯一の例外は「英国図書館」（The British Library）である。

2013年9月9日

山　田　昭　廣

序章　シェイクスピアとロンドンの人口

シェイクスピアについて考えるときいつも気になることがある。それはシェイクスピアが活躍したロンドンがどのような賑わいの都市であったか、ということである。体験的に理解するひとつの方法は、おそらく、ロンドンに旅した時のある日の経験を回想しながら当時の地図[1]を眺めることであろう——現在はシティーと呼ばれる地区、当時は市壁に囲まれた国際都市、の曲がりくねった、陽の当たらない狭い道路をあちこち歩いてセントポール寺院に辿り着き、テムズ川の川岸に出た日のことを。あるいはまた、図1のような、テムズ川南岸からの当時の鳥瞰図[2]を眺めながら、歩いたその日のシティーの景色を、壮大なセントポール寺院はじめ無数とも言える尖塔が立ち並ぶ建物と重ね合わせたりしてみることであろう。これで、何とか距離の感覚と空間の感覚は捉えることができるような気持ちになる。しかしそれはどうしても無機質そのもので人の匂いがしてこない。ロンドンは当時すでにヨーロッパ屈指の国際都市であっ

---

1) 例えば、1572年にケルンで出版されたブラウンとホーゲンベルクの共著『世界の都市』(Georg Braun and Franz Hogenberg, *Civitates Orbis Terrarum*) 第1巻におさめられたロンドンの地図、あるいは、1593年に出版されたノーデンの『英国の姿見』(John Norden, *Speculum Britanniae*) におさめられたロンドンの地図。図5（84ページ）の地図が参考になろう。

2) 例えば、図1（部分）のような1616年に出版されたフィッシャーの鳥瞰図『英国の大繁栄城郭都市ロンドン』(Claes J. Visscher, *Londinum Florentissima Britanniae Urbs*)、あるいは、ホラー (Wenceslaus Hollar, 1607-77) の1666年のロンドン大火前後の幾種類もある鳥瞰図。

図1 1616年のロンドン：フィッシャーの鳥瞰図（部分）
[英国図書館の許可による、Maps C.5.a.6.]

たから、相当な賑わいであったに違いないが、1600年ごろの人口は15万人とも20万人とも言われているだけである。確かに、この人口規模ならば、歩いて何もかも、その日のうちに、どんな用事でもすますことのできる市壁に囲まれた街中は人々でごった返していたと思われる。

しかしその賑わいを具体的に捉えようとすれば、この曖昧な表現の人口では都合が悪い。例えば、劇場の繁盛ぶりを数値的にとらえて理解しようとすれば、どうしても入場者数が必要になるし、その入場者が人口に占める割合も知る必要があろう。あるいは、書店の店先には平積みにされた新刊本などが並んでいたのであろうが、当時の書店の社会的活動の規模を実感するためには、1軒1軒の平均的な繁盛ぶりを数量的に知ることが望ましい。きちんとした都市人口が分かっていなければそれはできない。しかし、シェイクスピア時代には、まだ制度化された人口調査というものがなかったから、その当時のロンドンの正確な人口を知ることはできない。

整備された定期的な人口調査が行政的に行われ始めたのは1801年のことである。古典的なグレゴリー・キング（Gregory King, 1648-1712）の人口調査は1695年のものであるから、とりわけ流動の激しかったイギリス・ルネッサンス期の人口[3]を知るための手掛かりとするには、時代が下りすぎている。16世

---

3) 職を求めて地方からロンドンに流入する若年層の数は年ごとに増加した（脚注17を参照）。その半面、反復的に流行したペストによる死者の数もロンドンの総人口を左右するに足りるものであった。ペストは1563年（死者2万人以上）、1603年（3万人以上）、1625年（3万人以上）、1636年（1万人以上）、1665年（6万人以上）などに大

紀のロンドンの人口を正面切って算出しようと試みた研究も極めて少ない。基本的な資料整理の難しさが原因である。主な史料は教会員に関する教会の諸文書、死亡者記録、家屋税や暖炉税などの資産税関係文書、人頭税その他の納税関係文書、徴用や兵役のための住民に関する文書などであるが、史料批判は相当厄介なもののようである。多数のギルドの自治に依存したロンドンには全体を統轄する行政機関がなく、史料のすべてが、各教区や地区それぞれが、それぞれ異なる状況の中で作成した文書であるので、均質性に欠けている。イングランド全土に分散する行政区が作成した文書についても同じことが言える。そのうえ、そのような文書は、しばしば、中央行政と地方行政の緊張が生み出した報告文書につきものの、いわば虚像を反映することもある。そうしたことから、同時代のロンドン居住者全体の人数を知る試みの難しさは容易に理解できる。

　本書の構想を思いついた1980年代のはじめには、シェイクスピア時代のロンドンの人口には定説がなかった。その後急速に研究が進み、いくつもの優れた報告が出ているが、定説がないという点では事情は同じであろう[4]。どの推

　　流行した。Finlay (1981), 155-6 および Sutherland (1972), 303 を参照。
4) ロンドンの人口研究の歴史を批判的に概観した論文にはヴァネッサ・ハーディングの Harding (1990) がある。研究論文では、発表後40年を経て初めて読むことができたものであるが、私見としては、何と言ってもサザランドの Sutherland (1972) が出色である。1976年にはクラークとスラックが共同で書いた Clark & Slack (1976)［P. クラーク／P. スラック著、酒田利夫訳『変貌するイングランド都市——都市のタイプとダイナミックス1500年から1700年まで』三嶺書房、1992年刊］が出版された。ロンドンを扱った第5章とイングランドの人口を論じた第6章が特に参考となる。1981年にはフィンレイの Finlay (1981) およびリグリーたちの Wrigley & Schofield (1981) が出版された。その後、ケンブリッジ大学出版局が「過去の人口・経済・社会に関する研究のケンブリッジ双書」(Cambridge Studies in Population, Economy and Society in Past Time) を立ち上げたが、現在までのところ、イングランドの人口論は共著者をふたり追加した1997年のリグリーたちの Wrigley &c (1997) が唯一のものである。これは1981年の著作を全面的に改訂した総合研究である。1986年にフィンレイが共同編集した A. L. Beier and Roger Finlay eds., *London 1500-1700 : The Making of the Metropolis* (London: Longman, 1986)［A. L. ベーア／R. フィンレイ編、川北稔訳『メトロポリス・ロンドンの成立——1500年から1700年まで』三嶺書房、1992年刊］の第1章と第2章は人口問題を正面から取り扱っている。2000年にクラークが編集した都市史へ

定値も 5 年刻みであったり上限と下限がついたりしているので、それをそのまま活用するのはかなり不便である。止むを得ず、1980 年代の試みをそのまま、門外漢ながら、先達に導かれて作業仮説を立て、いくつかの計算式を練り上げ、特定の年々の推定値を求めてみた。その作業のすべてをこの序章で披露するのは適当ではないので、ここでは論述に必要な数式や数値のみを示し、推定値を求めた作業のすべては付録 1 として興味ある読者のために用意することにした。

通常ロンドンと言っても、その地理的範囲の認識は発話者の間で必ずしも同じではない。市壁の内側から外側の郊外に向かって急速な市街化が進む 1600 年前後のロンドンの人口を考えるときには、この地理的範囲の確認が重要である。本書ではその範囲は一貫していわゆる 113 教区、つまり、市壁の内側 97 教区と直近の郊外 16 教区（北の郊外 12 教区とテムズ川の南側サザック地区の 4 教区）である[5]。

先達が発表した全国レヴェルの調査値および特異な人口構成をもつロンドンの調査値を勘案して、いくつかの作業仮説を作ってみた。そのうちで、1600 年前後の半世紀ほどのロンドンの人口を求めるためにもっとも望ましいと思われるものは次の仮説である[6]。すなわち、成年男子の兵役適格者と不適格者の比がほぼ同数（全国平均 50 パーセント）であるとするリッチの仮説[7]を、1569 年のロンドンの壮丁文書の異常に高い壮丁数の割合（約 66 パーセント）[8]を参考

のボウルトンの寄稿論文 Boulton (2000) はロンドンの発展について簡にして要を得た情報を満載している。これらのうち人口を数値で表記しているのは Sutherland (1972), Harding (1990), Finlay (1981), Wrigley & Schofield (1981) および Wrigley &c (1997) であるが、いずれも毎年の数値を提示していないので、本書のために活用するにはほど遠い。

5) 113 教区の具体名等については、Finlay (1981), 168-72 の Appendix 3 を参照。この Appendix 3 によれば、市壁内 97 教区の面積は 379.8 エーカー（約 1240 メートル平方）、113 教区の全面積（地積不明のサザック地域を含む）は 652.7 エーカー（約 1625 メートル平方）である。
6) このもっとも望ましい理由については、付録 1、219 ページを参照。
7) Rich (1950), 252.
8) 同論文、251.

にして、58 対 42 と補正し[9]、さらに、16 歳以上の成年男子および成年女子と 15 歳以下の未成年の男女の比率がほぼ 3 対 3 対 4 であるとするコーンウォルの仮説[10]を、約 1 世紀後のキングの調査値[11]を参考にして、32.275 対 32.275 対 35.45[12]と補正して編み出した仮説である。この作業仮説に基づく、1 組の数式は以下の通りである。

$$m_1 = \frac{58}{42} \times m_2$$

$$M = m_1 + m_2 = F$$

$$C = \frac{35.45}{32.275} \times M$$

$$P = \frac{100}{32.275} \times M$$

記号：m_1＝兵役適格者成年男子数
　　　m_2＝兵役不適格者成年男子数
　　　M＝成年男子数
　　　F＝成年女子数
　　　C＝未成年男女数
　　　P＝ロンドンの総人口

また、先達の調査による既知のすべての数値は次の通りである。

西暦年	M（人）	m_1（人）	P（人）
1569	18,145	12,034	
1587		20,596	
1695			244,640

---

9) この比率の算出については、付録 1、214 ページを参照。
10) Cornwall (1970), 36-7.
11) 同論文、36 を参照。
12) この比率の算出については、付録 1、215 ページを参照。15 歳以下の未成年のこの人口年齢構成比は、リグリーたちの研究成果［Wrigley &c (1997), 615］を参考にして用意した付録 2 の 1541-1656 年間の平均値 35.86 パーセントに近い数値である。

これらの調査値（実質的には m_1 の数値のみが有効）を上述の 1 組の計算式に代入して導き出された 1569 年と 1587 年の推定値は次の通りである。

西暦年	m_1	m_2	$M(=F)$	C	P
1569	12,034	8,714	20,748[13]	22,789	64,285
1587	20,596	14,914	35,510	39,003	110,023

　1569 年の総人口約 6 万 4300 人は 1587 年には約 11 万人となった。18 年間の人口増加率は実に約 71.14 パーセントである[14]。同じ時期のイングランドの総人口の増加率は、ジュリアン・コーンウォルの数値に基づいて算出すれば、約 33.92 パーセントであるので[15]、ロンドンの人口増加がいかに異常であったかがよく理解できる[16]。その異常さ加減は、1570 年代以降における巨大都市ロンドンの繁栄のマグニチュードを物語る以外の何ものでもなかった。

　仮にロンドンの人口が、ペストその他の災害にもかかわらず、1569 年から 1587 年に至る 18 年間の増加率約 71.14 パーセントと同じ速度で、着実に増加したとすれば[17]、1569 年の人口をもとにした単利計算では、T 年後の（1569＋T）年の人口は、

---

13) この推定値は 1569 年の調査値よりも 2600 人ほど大きい。調査値は兵役適格者数を不自然でない程度に小さく報告するための行政的「作文」と見なし、推定値を尊重すべきであろう。
14) $(110,023 - 64,285) \div 64,285 \times 100 \fallingdotseq 71.14$.
15) $(3.75 - 2.8) \div 2.8 \times 100 \fallingdotseq 33.92$ ［Cornwall (1970), 44］. また、リグリーたちの研究［Wrigley &c (1997), 614］によれば、ほぼ同時期、1566-1586 年の 20 年間のイングランド総人口の増加率は 21.02 パーセント、1571-1591 年の 20 年間の増加率は 18.96 パーセントである。
16) この増加の原因などについては、次の脚注を参照。
17) 当時、ロンドンでは死亡率が出生率を上回り、人口増加は地方からの流入者に依存していた。政治・産業・経済の中心地として、社会的上昇を志向するジェントリー階級の流入は言うまでもなく、産業・経済を下支えする労働者の流入や年季 7 年の徒弟奉公を目指す 16 歳人口の流入などが主なものであった［Boulton (2000), 317-8 を参照］。16 歳以上の人口構成比が他の地域より高いのはこのためである。近代化の過程にある国際都市ロンドンにおいて、流入人口の著しく高い増加率が減速することは考え難い。当時の地図を比べて見れば分かるように、1600 年までに市壁外の郊外が急速に住宅地化していった事実が何よりの証拠である。

$$64{,}285 + 64{,}285 \times \left[\left\{(110{,}023 - 64{,}285) \div 64{,}285 \div 18\right\} \times T\right]$$

の数式で求めることができる。

　ロンドンの未成年者数（C）の年齢別構成比を知るすべはない[18]。一つの便法は、7歳未満の集団と7-15歳の集団とに大別することであろうかと思われる。その理由は、シェイクスピアの子供時代には、読み方を覚えた者でストラットフォードの文法学校に入学できた最低の年齢が7歳であっただけでなく[19]、それは、少なくとも英国国教会設立以前には、堅信の秘跡が授けられた年齢でもあったからである[20]。死亡率は幼少時ほど高かったので、7歳を境とした未成年者数の割合、すなわち、0-6歳の人数と7-15歳の人数との割合、がほぼ1対1であったとすれば、ロンドンにおける1587年の未成年者で7歳に達しない者は、上の表から理解できるように、約1万9500人いたことになる。換言すれば、成人を含む7歳以上の人口は約9万500人だった、ということになる。

　この7歳を境とした1587年におけるロンドンの人口構成は極めて興味深い。その3年後の1590年に創作上演され、さらに4年後の1594年に出版された戯曲に『ロンドンと英国の姿見』（*A Looking Glasse for London and England.* STC 16679）というのがある。作者はトマス・ロッジ（Thomas Lodge, 1558-1625）とロバート・グリーン（Robert Greene, 1558-92）の二人である。彼らは、1588年にスペインの無敵艦隊を破り、文字通り世界制覇を果たした英国の首都ロンドンを、古代アッシリアの首都ニネヴェに見立て、ニネヴェの栄光と没落を描写することによって、当時のロンドンの腐敗と荒廃に対して警鐘を打ち鳴らそうとした。その終わり近くで、作者は次のように書いた――

　　実に不憫だと思ってはいけないのでしょうか
　　あの世界の首都ニネヴェを。

---

18) Wrigley &c（1997）, 615 には全国レヴェルの推定値がある。付録2を参照。
19) Sandys（1916）, 230.
20) Cornwall（1970）, 32.

十万もの人々が住み、
そのうえ右も左も分からない
子供が二万、多くの家畜までいます。
And should not I haue great compassion
On *Niniuie* the Citie of the world,
Wherein there are a hundred thousand soules,
And twentie thousand infants that ne wot
The right hand from the left, beside much cattle.
　　　　　Lodge and Greene, *A Looking Glasse for London and England*, 1594,
　　　sig. I2, ll. 18-22.

　ニネヴェの人口はもちろん知るよしもない。これは、明らかに作者が、自身そこに生活し、日常の見聞を楽しんだ1590年のロンドン、そして、そこに流布されていた人口を大摑みにしてうたい込んだものであるに違いない。いま仮に、人口増加が加速も減速もされることなく、上述のように、71.14パーセントで着実に進展したとすれば、1569年から21年後の1590年の人口構成別の推定値は、上述の数式から、次の通りとなる[21]。

西暦年	m_1	m_2	M(=F)	C	P
1590	22,022	15,947	37,969	41,705	117,645

未成年者（C）を0-6歳および7-15歳の2つの集団に大別し、その比を1対1と仮定すれば、7歳未満の「右も左も分からない子供」の人口は約2万900人となり、7歳以上の「住む人」の人口は約9万6800人となる。警鐘的戯曲『ロンドンと英国の姿見』に暗示的にうたい込まれたロンドンの人口の概数に非常に近い。

　人口増加が、加速も減速もされることなく、1569年から同じ速度で、着実に進展したとすれば、31年後の1600年の人口構成別の推定値は、同様にし

21）この表の数値には小数点以下切り捨てによる誤差が含まれている。以下同様。

て、次の通りとなる。

西暦年	m_1	m_2	$M(=F)$	C	P
1600	26,779	19,391	46,171	50,712	143,055

7歳未満の人口は約2万5400人、7歳以上の人口は約11万7700人に増大した[22]。

1569年から66年後の1635年のロンドンの人口構成別の推定値は、同様にして、次のようになる。

西暦年	m_1	m_2	$M(=F)$	C	P
1635	43,426	31,447	74,874	82,240	231,990

1635年におけるロンドンの人口もまた、極めて興味深い。この年は、一世を風靡した流行大衆詩人ジョージ・ウィザー（George Wither, 1588-1667）が『古今図像集』(*A Collection of Emblems, Ancient and Moderne*. STC 25900) と題した著作を刊行した年である。前年の3月に出版登録がなされているので、それまでに原稿はでき上がっていたと思われる。この種の図像集は16世紀後半にヨーロッパ大陸で盛んに出版されてきたが、イギリスではこのウィザーの著作が、事実上、最初のものであった。ウィザーはオランダですでに発表された図版[23]をそのまま利用し、そのひとつひとつに短い詩を添えて図版のメッセージをイギリスの読者のために解説した。その最初の図版は知識（すなわち、神を知ること）の貴さと現世の空しさとを対比したものである。それを解説して、ウィザーは次のように書いた——

---

22) イアン・サザランドの研究 [Sutherland (1972), 310] によれば、ロンドンの113教区の人口は1600年には131000-152000人であった。詳しくは、付録1を参照。また、『ロンドン百科事典』[*London* (2008), 656] によれば、1600年の「メトロポリス」('the metropolis'——ロンドンの市壁の外を含む広い範囲を指すロンドン）の人口は「約20万人」であった。

23) ロレンハーゲン著『エンブレム要覧』(C. Rollenhagen, *Nucleus Emblematorum*, 1611-13) に使われたファン・デ・パッセ（Crispin van de Passe, 1564年頃活躍）の図版。

愚かなるかな、限りある時を費やし
欺瞞に充つる快楽を追い続ける者よ。
空なる肩書きを求めて登り
財宝を蓄えて倦みし者よ。
汝が貯め終えて疲れ果てし時
すべてを死が掃き寄せ、わがものとなす。
汝が苦労の報いとして手にするは
土に抱かれたる痩せこけし屍のみ。
二百万の人々が今この時
誇らしげに語るは手に入れし種々(くさぐさ)、
買い取りし名誉、権力なれば、
さも箔をつけたるかに見ゆれど。
この数多き者の三人(みたり)ほども
残るまじ、後の世の人の心には。
すべては朽ち果て、忘れられむ、
ふた昔まえに息絶えし犬猫のごと。

How Fond are they, who spend their pretious Time
In still pursuing their deceiving *Pleasures*?
And they, that unto ayery *Titles* clime
Or tyre themselves in hoording up of *Treasures*?
For, these are *Death's*, who, when with wearinesse
They have acquired most, sweepes all away;
And leaves them, for their Labors, to possesse
Nought but a raw-bon'd *Carcasse* lapt in clay.
Of twenty hundred thousands, who, this houre
Vaunt much, of those *Possessions* they have got;
Of their new purchac'd *Honours*, or, the *Power*,
By which, they seeme to have advanc't their *Lott*:
Of this great *Multitude*, there shall not *Three*

Remaine, for any *Future* age to know;
But perish quite, and quite forgotten bee,
As *Beasts*, devoured twice ten yeares agoe.
  G. Wither, *A Collection of Emblems, Ancient and Moderne*, 1635, Book I, sig. B1.

　ここで作者が 200 万人とうたったとき、作者の念頭にあったのは、名誉や権力を追い求める一部のロンドンの人々であったに違いない。その人口を百万人でもなく、三百万人でもなく、二百万人とうたったのは、その頃のロンドンの人口約二十万人（two hundred thousands）では詩のリズムが整わないので、一種の誇張された詩的表現として、それを十倍にしてリズムを整えたのであろうと考えられる。

　同様にして、1569 年から 126 年後の 1695 年のロンドンの人口の推定値を求めると、38 万 4450 人となる。1695 年のキングの調査値は 24 万 4640 人であるから、推定値は 1.57 倍も過大である。126 年もの長期間に人口増加率の変化がなかったとする仮定が間違いなのであろう。1688 年の名誉革命までのスチュアート王朝時代は、ロンドン市民の生活に直接かかわる社会的大変動が連続する時代であった。人口の観点からすれば、アイルランドやアメリカへの大規模な移民、植民地に関連する数々の戦争、数年間にわたる市民革命、なかでも 1665 年のペストの大流行[24]やその翌年の大火[25]などはロンドンの人口増加率に大きな影響を及ぼしたはずである。推定値を拒否してキングの調査値を尊重すべきであろう[26]。

---

24) 中世以来繰り返しロンドンを襲ったペストの大流行はこれが最後のものであった。しかしこの「1665 年の大ペスト」はロンドンの人口を激減させるに十分なものであった。1664 年の年末から 1666 年の 6 月末までの 1 年半の死者の数は、『ロンドン百科事典』[*London* (2008)], 344-6 によれば 6 万 8576 人、サザランドの研究 [Sutherland (1972), 303] によれば 6 万 8585 人であった。ロンドン大火はその後の出来事である。
25) 2 昼夜燃え続け、市内の 60 パーセントが灰燼に帰し、郊外にも延焼し、市内の 10 パーセントに相当する面積が焼けた。焼死者は 9 人だけであったが、おおかたの復興には 1672 年までかかった。『ロンドン百科事典』[*London* (2008)], 340-1 を参照。
26) もちろん、キングの調査値に批判はある。例えば、Glass (1946) など。

この章で提示した数式には批判があるかも知れないが、そこから得られた推定値は当時の文学作品の中で語られた人口に呼応する。それのみならず、少なくとも 1600 年前後の数十年間の数値は、一部の人口学者の推定値の上限と下限の範囲内にある数値でもある。本書の主題である同じ時期の観客や読者の考察のために、参考とすることができるものであろう。

1560 年代後半以降のロンドンにおける演劇の隆盛はロンドンの人口増加と無関係ではなかったと思われる。1567 年にロンドンの東郊に大衆向けの劇場が誕生し、1576 年には 3 層の桟敷を構えた大規模な大衆向けの劇場が北東の郊外に出現して、シェイクスピア時代の演劇の目覚ましい興隆を見た。その後 1600 年までに次々と新築された劇場群の観客動員の実態とロンドンの人口との関係については、第 3 章「演劇の興隆と戯曲の読者の誕生」の中で考察を試みるつもりである。

第1章　読者層の形成

ロンドン書籍商組合は16世紀後半から急速に成長し、誰の目にも見えるほど著しい興隆を続けることができた。書籍商の繁栄を支えたのは、言うまでもなく、相当数の読者ないしは購買者であった。書籍は言わば知的生活という一種の贅沢ないし娯楽のための品物ではあっても、衣食のような日常生活のための必需品ではない。それは、芝居のように、木戸銭を払うだけの経済的ゆとりと、観て楽しむ時間的余裕さえあれば、誰にでも可能な贅沢というものでもない。飾りや見栄のためにというのでなければ、読む能力を持たない者にとっては、無意味で無価値な商品である。従って、書籍商組合の興隆を支えたものは、まず第1に、読む能力を持った人々、そして第2に、その能力に加えて、経済的にも時間的にも、ゆとりを持った人々であった。

§1

書籍商組合という枠組みの中で、販売に従事する出版者の経済力が、生産に従事する印刷者の経済力を徐々に浸食し、やがて、印刷者が単なる労働力の提供者に成り下がり、代わって、一部の出版者が着実に富を蓄積し、書籍流通の鍵を握る有産階級に成り上がっていった[1]。書籍商組合内部のそのような質的変化は、封建社会の崩壊過程にあった16世紀後半のイギリスにおける各種の手

---

1) Yamada (1986), 53-70 を参照。

工業組合に共通の現象であった。一方では、労働力の提供によって、賃金という形でその日の糧を求める社会集団があり、他方では、そのような社会集団が生産した商品を流通させることによって、それぞれの規模に応じた富の蓄積を進める社会集団が現れ始めていた。これを消費者としての一般大衆を意識した事業家の出現と呼ぶこともできよう。市民社会形成のためのすべての要素を孕んだ16世紀末葉のイギリスの社会は、経済的にも、まさにそのような激動の社会であった。

新教国となったイギリスにおける16世紀中葉の学校教育が、やがて形成される市民社会の知的向上のために果たした役割は極めて大きい。ヘンリー八世（1509-47）がローマ・カトリック教会から離れ、自らを「英国国教会首長」（Supreme Head of the Church of England）と呼んでカトリック教会の弾圧を始めたのは1535年であった。新教国となったイギリスは、あたかも熱病に取りつかれたかのように、学校教育に力を入れ始めた。ヘンリー八世のあとを受けたエドワード六世（1547-53）の治世において、その国民的情熱は高まる一方であった。その後を受けたメアリー一世（1553-58）はカトリック信者ではあったが、教育に対する国民的情熱を冷ますことはできなかった。そしてその情熱は、そのまま、次の女王エリザベス一世（1558-1603）の時代に受け継がれていった。16世紀中葉におけるこの教育熱は文法学校の増設という具体的な形で表現された。クレッシーの資料によれば[2]、それは表1のとおりである。

この表を見ると、イギリスにおける文法学校の新設は、1530年代以前の旧教時代には年平均1校あるかないかであったが、新教時代になると急増し、年平均4校となった。それがエリザベス女王の最初の10年間まで続く。さらに、その後の10年間も、年平均3校の文法学校の増設となっている。学校への寄付も教育全体への寄付も、エドワード六世の治世からメアリー一世の治世にかけて、一気に倍増した感がある。あたかもその効果が表れたかのように、10年後のエリザベス女王治世の1560年代になると、ケンブリッジ大学への

---

[2] Cressy (1977), 15 ; Cressy (1980), 165 に再録。表の原題は 'Educational Progress 1500-1700'.

表1　1500-1700年間の教育の進歩

西暦年代	新規創設学校数	学校への寄付（£）	教育全体への寄付（£）	ケンブリッジ進学者数
1500s	6	4,230	30,174	—
1510s	9	10,062	27,896	—
1520s	13	9,527	46,288	—
1530s	8	7,380	12,235	—
1540s	39	8,227	17,727	1,584*
1550s	47	21,173	30,593	1,624
1560s	42	10,377	27,296	2,748
1570s	30	22,647	36,344	3,438
1580s	20	19,172	44,863	3,443
1590s	24	20,540	31,444	2,416*
1600s	41	30,315	60,791	2,699*
1610s	41	97,774	133,093	3,879
1620s	26	63,119	116,239	4,208
1630s	32	29,392	73,471	3,726
1640s	15	33,345	53,549	2,623
1650s	42	55,388	75,750	2,543
1660s	34	—	—	3,035
1670s	36	—	—	2,902
1680s	28	—	—	2,260
1690s	26	—	—	1,905

＊は調整推定数。

進学者数も、同じように急激な増加ぶりであった。

　ヘンリー八世が旧教と訣別し、英国国教会の開祖を宣言した時の国内での社会的衝撃波のひとつは、新教と旧教両者のための、印刷者による大量の情宣活動であった。それは、基本的には、両者それぞれの指導者たちに照準を合わせた活動ではあったが、付随的には、急激に高まる教育熱によって次第に拡大され続けた読者集団に照準を合わせた活動でもあった。読者集団の拡大が具体的にどのようなものであったかを知ることは容易ではない。しかし、開祖宣言の数年後にヘンリー八世が出した触れによってその輪郭を垣間見ることはできる。それは聖書を読むことを許される読者の範囲について規定した1543年の触れである。どのようなことがあってもそれを読んではならない、とされた連中は、女、職人、徒弟、雇われ職人、自由農民以下の身分の者に仕える召使、農夫、

労務者というような社会の下層の者たちであった[3]。社会の階層を特定して禁止事項をうたうこの触れが出たということは、当時すでに、これらの人々の中に読む能力を持つ者が、触れを出さなければならないほどの数、存在していたという証拠である[4]。この触れによれば、貴族や紳士の身分に属する女たちは、英訳聖書を自分自身のために読むことは差し支えないが、家族を含む他人に読み聞かせてはならなかった。貴族、紳士そして商人たちだけが自分の家族に読み聞かせることができたのであった。しかし、言うまでもなく、触れが出たということと、それが守られたということとは、別問題である。

　教会が特権階級や富裕階級を特別扱いすることはほとんど慣習化されていたが、この触れの中で、ヘンリー八世が商人を貴族および紳士と同じ扱いにしたことは注目に値しよう。貿易に従事した商人たち、とりわけ羊毛取引や毛織物取引を中心とした商人たちの幾人かは、すでに15世紀末葉までには、強大な経済力を持つことに成功していた。その富裕の証として、教会のなかに自分たちの墓所を設け、それを青銅の遺影で飾ったりした。そのような行為は富と権力をほしいままにした貴族や紳士の行為と何ら変わるところのないものであった[5]。

　富を蓄積したこれらの商人は、封建社会の権力構造に揺さぶりをかけ、崩壊過程を辿るその社会の経済的主導権を握り、やがて、資本主義社会の形成へと自らを発展させていった。商人たちが社会を構造的に支配する階級にいち早く割り込む機会を切り開くことができたのに対して、技能を持った職人たちは、時としては商人たちの知的代理者でありながら、常に被支配者として、社会の

---

3) 5月12日に議会で可決された'The Act for the Advancement of True Religion'である。Bennett (1952), 27 を参照。
4) 読者層の形成の観点から注目すべきことは、この触れが禁書としない1540年以前の出版物を列挙した点である。禁書としないと明記されたものは、法令集を筆頭に、年代記、『カンタベリー物語』を含むチョーサー（Geoffrey Chaucer, c.1343-1400）の作品、ガワー（John Gower, ?1330-1408）の作品、歴史的人物の伝記である。詩歌や散文文学の読者集団の拡大を予想させるものである。
5) Ugawa (1984) を参照。シェイクスピアはソネット107番でこのような青銅の遺影や墓碑銘に言及して「青銅の墓」(tombs of brass) と書いている。

第1章　読者層の形成　17

表2　1558-1603年間において商人が登場する出版物の数

西暦年	1558-70	1571-75	1576-80	1581-85	1586-90	1591-95	1596-1600	1601-03	計
戯曲	0	0	0	1	3	4	12	2	22
戯曲*	0	0	0	0	1	3	1	0	5
小計	0	0	0	1	4	7	13	2	27
ベストセラー	8	1	1	2	3	5	9	3	32
ベストセラー*	0	1	2	0	1	2	3	1	10
小計	8	2	3	2	4	7	12	4	42
合計	8	2	3	3	8	14	25	6	69

＊印の行は、商人の登場というよりは、献辞の中、財産論議の中、戯曲の小場面の中などで、ただ言及されている程度の事例である。

基礎を形成する一大集団であり続けなければならなかった[6]。彼らは、封建社会の崩壊過程ないしは資本主義社会の形成過程における対照的な二つの階級の新しい代表者たちであった。この商人と職人それぞれの生産的な活力によって成長する新しい社会の種々相が、やがて、作家たちの斬新な素材となり、時機を得て、活字文化に反映されるようになるというのは、極めて自然なことであった。

　エリザベス一世の治世下の「人気」出版物296点を選別し、それらのなかに商人がどのように登場するかを調査した研究者がいる。ローラ・スティーヴンソンである[7]。彼女が選んだ出版物は、この時期に創作され今に伝わる107篇の戯曲のほか、出版後10年以内に3版を重ねることのできたベストセラー189点（宗教書79点、散文文学と詩歌48点、実用書20点、歴史書16点、医学書と科学書14点、箴言集および随想録12点）である。彼女が作成した「商人の登場する人気作品の年代順による一覧」[8]を表にして示せば、表2のようになる。

　この表から分かることは、商人は、エリザベス時代の当初から、すでにベス

---

6) 資本主義社会の形成過程において、印刷者という名の知的技能を修得した職人たちが出版者という名の小資本家の前で嘗めなければならなかった苦汁については、Yamada (1986), 53-70を参照。
7) Stevenson (1984), 特に14ページを参照。
8) 同書、246-8.

トセラーと呼ばれる活字文化の中で取り沙汰される存在であったということ、そして、戯曲の中では、大衆向け劇場の出現のかなり後、1580年代になって、初めて作品中に登場するようになったということ、そして世紀の進展とともに、ベストセラーでも戯曲でも同じくらい活字文化の中での頻度が高まっていったということである。調査された全戯曲の25パーセント、全ベストセラー物の22パーセント、全体の平均23パーセント余りが商人を登場させている。これは軽視できない数字である。商人が社会の構成員として大きな役割を果たしていた証拠だ、と言えそうである。

§ 2

新教国になると同時にわき起こったイギリスにおける教育熱が、社会の各階層の識字率の向上に役立ったことは言うまでもない。それが戯曲に登場する一般の人々や職人たちによって、具体的にどのように表現されているかについては次の章で考察する。ここでは、その教育熱と直結した識字率の向上の実態について具体的な集計値で確認してみたい。

当時、署名を必要とする時には、自分の名前を書くことのできない者は、×印などの符丁だけでよいとするのが一般的であった。しかし、普通に字を書くことのできる者は言うまでもなく、覚束ないながらも書くことのできる者は、字の上手下手を問うことなく、自らペンをとって自分の名前をきちんと書いた[9]。この署名の仕方が、識字率の調査の唯一の基準となっている。この方法で調査したクレッシーによれば[10]、エリザベス一世の最初の20年間に、当時、

---

9) シェイクスピアの『ヘンリー六世第二部』には、叛徒ジャック・ケイドが書記を捕えて尋問する場面がある——「お前、自分の名前が書けるのか？ それとも、真人間らしく符丁ですませてるのか」(4.2.102-4)。書記は、名前を書く人間だ、と答えて処刑されることになる。シェイクスピアは1450年夏のケイドの乱を率いたケイドを1590年ころのロンドンの劇場に呼び出し、識字率がどんどん高まりつつある文明開化の最中の社会相の一端を描いたのである。叛徒ケイドにとっては、文法学校の設立、学問や教育の普及、書籍の出版などが社会悪の元凶であった。51ページ以下を参照。

10) Cressy (1980), 168を参照。

イングランド第 2 の大都市ノリッジおよびその主教区では、小売商人の識字率が 20 パーセント余りも向上し、60 パーセント以上となった。比較的恵まれていたイングランド東部の自由農民の識字率も急上昇し、45 パーセントであったものが、約 75 パーセントにもなった。遥か北のダラムの主教区でも小売商人の事情は同じで、20 パーセント以上も向上した結果、その識字率は 50 パーセントを上回った。このダラムの主教区では、事実上、自分の名前を書くことのできない紳士は存在しなくなった、とクレッシーは報告している。大都市ロンドンでは、旺盛な教育熱が各階層の人々の識字率をこれらの地方以上に高めた。ロンドンの識字率について、今ここで特記しておくべきことは、徒弟と使用人と婦女子の識字率であろう[11]。クレッシーによれば[12]、同じ時期、ロンドンおよび隣接地区ミドゥルセックス州では、徒弟の 82 パーセントが、そして使用人の 69 パーセントが、自分の名前を書くことができたのに対して、ロンドンから遠く離れたノリッジやダラムやエクセターなどの主教区では、自分の名前を書くことのできた使用人はわずか 24 パーセント、つまり、ロンドン地区の約 3 分の 1 に過ぎなかった (徒弟については資料がない)。1630 年頃までの間、識字率の上で、ロンドンと地方との差がほとんど見られなかったのは婦女子だけで、自分の名前が書けるものは 10 人に 1 人ほどであった。いずれにしても、エドワード六世の治世の初めからエリザベス一世の治世の最初の 20 年までの間に見られた識字率の向上は、極めて顕著なものであった。

　これは、聖書を読むことを制限した 1543 年のヘンリー八世の触れにもかかわらず、次々に現れた英訳聖書の出版とおそらく無縁ではないであろう。主な聖書には、1535 年のカヴァデイル版 (Coverdale's Version ; STC 2063)、1537 年のマシュー版 (Thomas Mathew's Version ; STC 2066)、1539 年の初版以来 1553 年までの間に 10 回以上も版を重ね、「偉大な聖書」('the Great Bible') とか「クラマーの聖書」('Crammer's Bible') とか呼ばれた、ヘンリー八世のお墨

---

[11] その具体的事例については、第 2 章において考察し、クレッシーの作成した図表 (同書、147) を具体的な資料として提示しておいた。
[12] 同書、128-9 を参照。

付き版 (STC 2068)、1560 年のジュネーヴ版 (the Genevan Bible ; STC 2093)、1568 年の主教版 (the Bishops' Bible ; STC 2099) などがある。1611 年のいわゆる欽定訳聖書 (the Authorized Version ; STC 2216) の出現までにはまだかなりの道程があったが、イギリスで印刷されたり、大陸の新教国で印刷されてからイギリスに持ち込まれたりした英語訳の各種聖書は、イギリスが新教国となった 1535 年から、エリザベス一世の治世前半、1580 年までの半世紀足らずの間に、数種類の異本を含めて実に 87 版 (STC 2063-2130) に及んでいる。また、同じ時期の新約聖書の英訳本も数多く、各種合わせて 94 版 (STC 2827-2881.5) にも及んでいる。1 版あたりの出版部数は、正確には分かっていないが[13]、輸入本も国内本も区別することなく、仮に 1000 部であったとしても、1580 年までの 46 年間には、旧約・新約聖書が毎年平均 2000 部弱、新約聖書も 2000 部余り、合計約 4000 部の聖書が毎年出版されたことになる。読者人口の絶対的に少ない当時においてはもちろんのこと、今日においてさえも、これは相当の部数といえよう。

　当時の書籍価格を知るための資料は極めて僅かであるが[14]、聖書については、勅令によって知ることのできるものもある。二つ折り本で 1541 年に出版された「偉大な聖書」('the Great Bible' ; STC 2074) は、製本済みのもので 12 シリング、未製本のものは 10 シリングであった。新約聖書は判の大きさで値段も異なり、1552 年とその翌年の四つ折り本 (STC 2867 および 2869) は未製本もので 1 シリング 10 ペンス、1553 年の八つ折り本 (STC 2870) は未製本もので 1 シリングちょうどであった。ポケット判の一六折り本ともなると、さらに安くなって、僅か 9 ペンスであった[15]。ちょうどこの時期はインフレが急激に進行し、労務者も技能を持った職人もともに、中世以来ほとんど変化のなかった賃金が、初めて値上げされざるを得ない時期であった[16]。そのインフレに

---

13) 1587 年の星法院の触れでは、最大 1250 部とされた。詳しくは脚注 33 を参照。
14) 例えば、Bennett (1950-51), Johnson (1950) および Savage (1911), 243-57 [Appendix A] などがある。
15) Bennett (1950-51), 175 を参照。
16) Yamada (1986), 71-100 を参照。

もかかわらず、ポケット判の未製本の新約聖書の値段は、技能職人の稼ぎのおそらくは1日分で、あるいは、労務者の稼ぎのおそらくは2日分で、買える範囲のものであった[17]。楽々と買えるものではなかったとしても、その気になれば、聖書は彼らでも手に入れることのできるものであった。

　新教国となったイギリスの宗教関係者たちは言うに及ばず一般の教区民たちも、以前には意識することさえもなかった宗教的諸問題に否応なく敏感にならざるを得なかった。まれな出来事ながら、時には聖職者の殉教の風聞に接するだけでなく、その現場を目にすることさえもあった。そのような人心をしっかりと捉えた出版物の代表はおそらくジョン・フォックス（John Foxe, 1516-87）の『行伝と事蹟』（*Acts and Monuments*）であろう。この古今の殉教の歴史書は分厚い高価な二つ折り本ではあったが、1563年から1610年までの間に5版（増刷を含め STC 11222-11227）を重ねた[18]。1版あたり1000部として計算しても、48年間で5000部以上が出版されたことになる[19]。教義に関する書籍では、エドマンド・バニー（Edmund Bunny, 1540-1619）の『キリスト教の教え』（*A Book of Christian Exercise*）が群を抜いて広く読まれた。これは、旧教の聖職者の著作を剽窃し国教会向けに改ざんした部分を含んではいたが、小さな八つ

---

17) Brown & Hopkins (1955), 198, 205 にある建設労務者の1560年代のグラフと表を参照。また Cook (1981), 279 によれば、インフレがかなり進んだ1589年の記録では、左官や建具師の日給は食事つきで9ペンス、食事なしで14ペンス、大工の日給は食事つきで9ペンス、食事なしで13ペンス、その徒弟でも、3年の経験があれば、食事つきで7ペンス、食事なしで11ペンス、技能を持たない労務者の日給は食事つきで5ペンス、食事なしで9ペンスであった。

18) シェイクスピア時代の手動印刷機では、1587年12月以降は法的制限があり、通常、1回の組版で最大1250部の出版が原則であった。印刷が終わるとすぐに組版を解く決まりであった。イギリス書誌学では、それをひとつの「版」（edition）という。版を重ねるためには再び活字拾いから始めなければならなかった。解版をしないで部分的に変更を加えて増刷したらしい出版物は、その程度によって、「二番出し」（issue）とか「刷」（impression）と呼ばれる。本来「版」でありながら、印刷の途中で部分的変更を加えたものは特に「異本」（variant）と呼ぶ。STC (1991) に従った本書では一貫して以上の用語を使い分けている。

19) この大きな書籍の第5版（STC 11226）の印刷をデナム（Henry Denham）から引き継いだショート（Peter Short）は、1596年の完成までに正味1年以上をかけた。彼の実際の出版部数は1350部であった。Yamada (2002), 43, footnote 3 を参照。

折り本ないしは一二ページ取り本で、1584年から1638年までの55年間に実に32版（STC 19355-19379）を重ねた。部分的には今なお使われているアレグザンダー・ノーウェル（Alexander Nowell, c.1507-1602）の英語の『公教要理』（*A Catechisme*）も広く読まれた。この四つ折り本は1570年から1577年までの8年間に5版を重ね（STC 18708-18710a.5）、八つ折り本は1572年から1638年までの67年間に15版（STC 18730-18758）を重ねた。これら以外に注目すべき宗教書は、エラスムス（Desiderius Erasmus, c.1467-1536）がラテン語で書いた『福音書』の英訳本（*The First Tom or Volume of the Paraphrase of Erasmus upon the Newe Testamente*; STC 2854-2854.5）である。これは、二つ折り本で1548年の1年間に何と5版を重ねた。訳者は最古の英語喜劇『ラーフ・ロイスター・ドイスター』[20]（*Ralph Roister Doister*, 1566年頃出版）の作者兼ウェストミンスター学校校長ニコラス・ユードル（Nicholas Udall, 1504-56）であるが、この英訳本『福音書』はエドワード六世の1547年の触れによってイギリス国内のすべての教区教会に常備され、広く教区民に公開されていた。一般の人々のごく身近にあった書籍としては聖書に次ぐものであったかもしれない。

　新教国になったイギリス国民の宗教的動揺は非常に激しく、エリザベス一世の時代になっても約半世紀にわたって続き、さらにジェイムズ一世（1603-25）の治世の初めから終わりまで顕著な形で尾を引いた。旧教派は迫害を逃れるためにその主義主張を、時として、地下運動的に展開した。すなわち、偽名の著者・出版者による秘密出版の形をとって行ったのである。当然それは新教派の反論を招き、新旧両派の出版合戦に発展した。当局は秘密出版を弾圧するのではなく、いわば泳がせながら、論争を通して旧教派の動向を追跡するという政治的対応策を取り続けたので、この宗教論争に拍車がかかった。ヨーロッパ大陸のカトリック教会もイギリスの動きに敏感に反応し、英語で書かれた教会関係の書籍をイギリスに送り込んで加担した。この問題にかかわって出版された旧教関係書の目録をアリソンとロジャーズが1956年に編纂しているので、そ

20）この日本語の表記「ラーフ」はロンドン書籍商組合の出版登録簿にある記録 'Rauf Ruyster Duster' を根拠としている。第3章の脚注92を参照。

表3 1562-1640年間の旧教関係書の出版点数

西暦年	1562-65	1566-70	1571-75	1576-80	1581-85	1586-90	1591-95	1596-1600	
出版点数	26	27	14	23	35	16	20	49	
西暦年	1601-05	1606-10	1611-15	1616-20	1621-25	1626-30	1631-35	1636-40	計
出版点数	96	62	90	104	134	66	118	66	946

の目録の年代別索引に基づいて、5年間ごとの出版点数を集計すると表3のようになる[21]。

これで分かるように、旧教関係書は1590年代後半に急増している。これは、識字率が急上昇したエリザベス一世の治世の初めの20年間からさらに10数年経過した時期に当たる。読書力が一般の人々の間にかなり浸透したであろう時期と重なるように見える。その後も旧教関係書の出版はほぼ確実に、かつまた加速度的に増加している。実際、1640年までの旧教関係書の出版総数946点はすべての種類の書籍の出版総点数約3万7000点[22]の2.5パーセントほどにあたるから、この新旧の宗教論争は、秘密出版が多かったとはいえ、ロンドン書籍商組合にとって相当大きなプラス要因となったはずである[23]。

以上から分かるように、新教国となった宗教的刺戟が、識字率の向上と相まって、ロンドンの出版業界の急速な発達を促す一つの要因であった。業界の全体像を描き出す具体的な数値を示すことはできないが、1600年頃までに活躍した親方印刷者の多くが、宗教書の印刷・出版にかなりの精力を投入したのであった[24]。

---

21) Allison & Rogers (1956), 822-4.
22) これは英国図書館がインターネット上で公開している初期版本目録（http://estc.bl.uk, 2012年2月23日現在）による点数。脚注28を参照。
23) アリソンとロジャーズの目録の22年後に、ピーター・ミルワードは、旧教関係の書籍に限ることなく、新旧両派の宗教論争にかかわった書籍を対象に目録を編纂した。Milward-1 (1978) とMilward-2 (1978) である。ミルワードによれば、この論争の中でエリザベス一世の治世45年間に630点、ジェイムズ一世時代の23年間には実に764点もの関係書籍が出版された。この合計約1400点は1640年までの書籍の出版総点数の3.8パーセント弱にあたる。
24) この問題の全体像についての研究はまだなされていない。しかし、トマス・クリード

§3

　ロンドンの文化的成長は上層階級の人々や一部の知識人だけで進められるものではなかった。識字率の向上が暗示するように、一般の人々の知識欲という動機が大きく貢献したはずである。そしてその動機を一般の人々に与えることのできた一番身近な場所はおそらく教会であり、市場であり、また、1560年代、70年代ともなれば、大衆向けの劇場などであったに違いない。とりわけ劇場は異なった社会の新しい文化・風俗を、見世物として、次々と観客に披露した。そしてそれを観客はおそらくほとんど無批判的に新鮮なものとして受け止め、さらには模倣しようとしたのであった。彼らはいわゆる「流行」という現象の担い手となり、時には当局を刺戟したりした[25]。芝居の観客に限らず、識字率の向上とともに同じような動機づけに恵まれた人々は自らの興味を宗教書以外の書籍にも向けたのであった。人々のそうした興味が出版される書籍の傾向にも次第に反映されるようになった。

　いささか古すぎる資料ではあるが、その反映を示す統計がある。表4である[26]。この統計は、改訂前の『1475-1640年の英語書籍目録』第2版[27]に記載された「すべての書籍」から構成されるハンティングトン図書館の年代順ファイルをもとに、複数の主題を扱う書籍でも「2度数えない」原則で、作られたものである[28]。

　　（Thomas Creede）を1例として挙げることができる。彼は総数275点の書籍を印刷したが、そのうち宗教書は実に139点にもなった。Yamada (1994), 22-35を参照。
25) ロンドン市当局がこの時期の大衆を対象とした専用劇場に厳しい制約を課し、遂にはテムズ川の南岸の遊興地区に劇場群を生み出すことになったのには、疫病の流行の心配だけではなく、風俗営業的な社会問題があったからである（Chambers (1923), ii. 359 ; iv. 331, 333を参照）。演劇に潜在的な風俗問題は、この時期以前から常に論争の種となってはいたが、大衆を対象とした専用劇場が出現した1560年代後半からは、本格的な議論が展開されるようになった（同書, i. 253）。
26) Klotz (1937-38), 418. クロツの「西暦年」を西暦年代に修正してある。Bennett (1970), 198もこの表を援用している。
27) *STC* (1926).

表4 1475-1640年間に出版された書籍の主題別点数

西暦年代	哲学・宗教	歴史	社会	行政・政治	科学	文学	芸術	スポーツ	計
1480s	10	2	2	—	—	—	—	—	14
1490s	6	—	1	1	2	—	—	—	10
1500s	15	—	10	5	2	14	—	—	46
1510s	29	2	7	16	2	11	—	—	67
1520s	26	3	18	29	4	17	—	—	97
1530s	51	3	14	44	16	17	1	1	147
1540s	38	1	12	18	13	9	—	1	92
1550s	126	4	12	25	13	21	—	1	202
1560s	54	5	7	27	17	36	1	2	149
1570s	62	17	8	26	8	56	1	1	179
1580s	111	11	20	19	21	44	—	2	228
1590s	111	41	11	23	28	46	3	3	266
1600s	94	25	12	24	11	84	7	2	259
1610s	173	33	10	29	20	47	10	1	323
1620s	193	48	26	37	18	87	1	—	410
1630s	212	31	21	48	29	117	5	1	464
1640s	251	30	30	78	30	156	—	2	577
合計	1,562	256	221	449	234	762	29	17	3,530

ロンドン書籍商組合の興隆とともに毎年出版される書籍の点数が主題と関係

---

28) それにしても、総数が3530点というのは、ちょっと少なすぎる点数である。改訂版や重版などを省いた初版、しかも、ハンティングトン図書館が所蔵するもののみの点数かもしれないが、よく分からない。主題区分の細かな基準にも異論があるかも知れない。しかし、印刷が始まった最初の150年間の出版の傾向を一応は示しているように思われるので、ここに引用する。

現在では、1800年までの出版物すべてに主題区分を明示した総目録が完成している。*The English Short Title Catalogue 1473-1800*（通称 *ESTC*）である。英国図書館がインターネット上で公開しているので利用することができる（http://estc.bl.uk）。しかし、主題区分は首尾一貫性を貫くことが非常に困難な作業であるので、主題区分に関係する研究の場合、*ESTC* は研究資料としての信頼性に疑問が残るという指摘もあるが、現時点では、この *ESTC* の活用が唯一の方法であろう。著者はこの英国図書館が公開している *ESTC* を主題別に活用する術をまだ習得していない。

本文に記載した1640年までの出版点数の統計は、この *ESTC* を使って作成された。この使い方を著者に伝授された慶応義塾大学助教徳永聡子氏と拓殖大学教授冨田爽子氏に感謝したい。

なく増大するのは当然であるが、この表から分かるように、ヘンリー八世が英国国教会を宣言した1530年代以降は、哲学・宗教、歴史、文学の3分野の成長がとりわけ目立つようになった。まず哲学・宗教ものが1530年代に、続いて、文学ものが1560年代から、そして歴史ものが1570年代から顕著となった。中でも哲学・宗教分野は断然突出している。イギリス全土で識字率が急激に上昇したのは1580年頃までの20年間ほどであったが、その効果が人々の生活全般にわたって浸透するためには、さらに10数年が必要であったのであろう。1590年代の数値がそれを物語っている。この表の中で上位3分野は、1580年代においては、哲学・宗教（出版物全体に占める割合は、小数点以下第2位を四捨五入すると、48.9パーセント）、文学（19.3パーセント）、科学（9.2パーセント）であったが、1590年代では、哲学・宗教（41.7パーセント）、文学（17.3パーセント）、歴史（15.4パーセント）となり、1600年代も1610年代も同じ順位（出版物全体に占める割合はそれぞれ1600年代には36.3パーセント、32.4パーセント、9.7パーセント、1610年代には53.6パーセント、14.6パーセント、10.2パーセント）であった。英国国教会とカトリック教徒・清教徒との軋轢が原因であったと思われる1610年代以降の哲学・宗教の突出ぶりは別として[29]、1600年前後それぞれ10年間のこの際立った変化は、読むことのできる一般の人々が聖書などの宗教書にとどまらず、文学ものや歴史ものにかなり速い速度で近づいた結果であろう。

　興味深いことに、類似の現象は、1558年から1603年までの45年間にイギリスで出版されたイタリア関係の書籍についても、認めることができる。この期間に出版された339作品（必ずしも初版とは限らない339種類の作品の版本）を記述した冨田の書誌によれば[30]、主題区分に多少の違いはあるが、作品数の多い上位4位までは文学、宗教・神学、実用書、歴史・政治の分野で、その

---

29) Milward-2 (1978), viii. 1630年代以降、急速に、行政・政治が歴史に代わるのは市民革命にいたる議会制論争が原因であると思われる。
30) Tomita (2009), 24 および続巻に収録の「補遺」(2014年刊行の予定)。この段落と次の段落については、冨田爽子氏の助言をいただいた。Tomita (2009) の主題区分の文学には音楽関係書15作品、版本にして23点が含まれているので、それは除外した。

数はそれぞれ 95 作品（全体に占める割合は 28.0 パーセント）、59 作品（17.4 パーセント）、48 作品（14.1 パーセント）、42 作品（12.3 パーセント）である。異色と考えられるものに、時代を反映した、外国旅行に関わる作品がある。1575 年から 1603 年までの 29 年間に 15 作品（4.4 パーセント）が出版された。このうちのひとつは 1555 年が初版の重版（1577 年刊）である。一方、1557 年以前に出版された作品の重版および 1558 年以降の初版と重版を合計した出版総数 525 点（版）のうち 186 点（版）が 1558 年以降の重版であるが、その上位 3 分野は、文学、実用書、神学・宗教書で、その版数はそれぞれ 73 版（全体に占める割合は 39.2 パーセント）、31 版（16.6 パーセント）、29 版（15.5 パーセント）である。作品数も重版の頻度も、文学が断然突出し、続くのは、宗教書や実用書である。重版では、僅差ながら、宗教書と実用書が逆転した。いま考察中の文脈において、これは注目すべきことであろう。イギリス人にとって、この時期、最大の関心事とも言うべき宗教関係の書籍が後退し、文学との入れ替わりはもちろんのこと、実用書とさえも交替したのである。確かに、これは、エリザベス時代の宮廷がイタリアにかぶれたせいでもあり、教養と学識を備え持つ宮廷人や旅行者たちが出てきたせいでもあろう[31]。しかし、それだけでは、文学の分野のこの突出ぶりを説明することはできない。

　1558 年から 1603 年までの 45 年間に、95 種類の文学作品が（厳密に言えば、翻訳の異本 3 点を含む初版 87 点と 1557 年以前に出版された作品の重版 8 点を読者に届けることのできた 95 種類の文学作品が）さらに新たに 73 点の重版を出したということは、平均すれば、毎年 2 点以上の新しい作品が出版され、その 7 割以上が版を重ね[32]、合計では、年間の出版部数が、非常に控えめに見積もっても、3 千部に達したことを意味する[33]。これはエリザベス一世の宮廷人だけ

---

31) 同書、1.
32) 実際には、1603 年までに再版を見なかったのは、95 種類の作品のうち 58 点であった。一方、重版を 3 回以上繰り返した作品は 9 点あり、その中には 5 回、6 回、7 回、11 回と版を重ねた作品もそれぞれ 1 点ある。
33) これは 1 版当たり 800 部とした数値。1587 年 12 月、ロンドン書籍商組合は星法院の命を受け、出版部数について触れを出した。それによれば、通常の本は 1 版当たりの上限が 1250 部あるいは 1500 部、教科書や教義問答書などは、年間 4 刷りまでは 1 刷

で消費し尽くせる部数ではない。出版者はそれ以外のところにも目を向けていたはずである。それは疑うべくもなく、読書を楽しむ一般庶民であり、読書力を身につけようと努力していた人々であった。それは、第3章第6節（104-8ページ）で述べるように、この時期に成熟しつつあった読者集団、とりわけ、演劇からの刺戟によって空想的経験世界の広がりを貪欲に追い求めていた一般庶民たちであった。

　書籍と向き合うこのような人々の姿は、例えば、もっとも頻繁に版を重ねた二つの作品とのかかわりの中に、典型的な形で見出すことができる。一つは、1569年にロンドン版としての初版が出て、1572年から1602年の間に7版を重ねたマルセルス・パリンゲニウス（Marcellus Palingenius, 1500年頃-1551年以前）の『人生の十二宮』（*Zodiacus Vitae*）であり、もう一つは、1523年にロンドン版としての初版が出て、1569年から1601年の間に11版を重ねたバプティスタ・マントゥアヌス（Baptista Mantuanus, 1447-1516）の『青春』（*Adolescentia*）である。いずれもラテン詩で綴られた人生論である。大方の人には縁遠いものであったかも知れないが、その子弟たちが学ぶ文法学校の教材としてはこの上なく重宝なものであり、指定図書として採用する学校がいくつもあった[34]。重版の頻度の高さがそれを雄弁に物語っている。一方では、ラテン語を敬遠する人々のために、英訳本も用意された。英訳『人生の十二宮』は1560年から1588年までに5版を出し、『青春』は1567年から1594年までに4版を出した。

　冨田によれば[35]、文学ものが圧倒的に優勢となるのは1560年代後半から1570年代半ばにかけてである。識字率の上昇の期間と同調している。その後の数年間は減速気味であるが、1580年代半ば頃から世紀の終わるまで再び群を抜く勢いを取り戻している。これはイギリス各地の小売商人や職人の識字率が50パーセントに近付き、ロンドンでは80パーセントに達しようとしてい

　　　り当たりの上限が2500部あるいは3000部、4刷り以上は1刷り当たりの上限が1250部であった。Arber (1875), II. 43, 883 および McKerrow (1927), 130-3, 214 を参照。
34) Watson (1908), 375-9.
35) Tomita (2009), 486, Figure A3.3.

る時期に当たる[36]。この時期、イギリス関係の書籍については、歴史ものの台頭がみられたが、イタリア関係の書籍の場合には、宗教ものと同じように、歴史ものも後退している。イギリスの歴史とは無関係の、そのような主題はイギリスの読者の直近の関心事ではなかったのかも知れない。

　いずれにしても、識字率の向上とともに読書の喜びを見出した人々が、自らの興味を宗教書以外の書籍、なかでも、文学書や戯曲本を始め歴史書、世間ばなしや実用の書籍に向けたとしても不思議ではない。1575年までには、人々のこのような読書傾向が、少なくとも中産階級の読者の間では、かなり一般的なものになっていたようである。それを裏付ける当時の記録が残っている。ロンドンの反物商ロバート・レイナム（Robert Laneham, c.1535-80）の手紙である。レイナムはレスター伯爵の愛顧を得た人で、エリザベス女王のケニルワス城訪問の様子を詳細に書き綴るかたわら、技能職人として成功したコヴェントリーの石工コックス（Captain Cox of Coventry）を訪ね、その蔵書の1冊1冊を丁寧に列挙した長文の手紙を同僚に送った[37]。それを一覧すると、宗教関係の書籍ではなくて、アーサー王物語などのロマンスものや『新しいしきたり』（New Custom）などの戯曲本、俗謡や歌謡、暦など大衆文学的なものや実用書の多いことが分かる。コヴェントリーに住むコックスは旅商人や地方の書店を通して、ロンドンからの出版物を手に入れていたのである。コックスに見られる読書傾向は、1580年代、1590年代となるにつれて一般の人たちにも共有されるようになった[38]。1590年代のシェイクスピア作品の登場人物たちはその

---

36) 第2章の図4（55ページ）参照。
37) この蔵書目録の全文については、Wright (1935), 84-5 を参照。
38) 古今の詩歌や演劇など広く文学を論じたシドニー（Philip Sidney, 1554-86）の『文芸弁護論』（The Defence of Poesie）が書かれたのは1580年のことである。ゴッソン（Stephen Gosson, 1554-1624）の演劇批判（The School of Abuse, 1579）がシドニーの執筆の直接の動機であったとしても、シドニーは演劇の興隆にあたかも共鳴するかのような庶民のこの読書傾向の高まりを、文壇の外延を取り巻く社会の情動的変化として意識せざるを得なかったであろう。弁護論は、当時の流儀に従って、まずは手書き本のまま仲間内で回し読みされ、1595年に初版（STC 22535）、その年の暮れに『文芸のための弁明』（An Apologie for Poetrie）と改題した再版（STC 22534）が出て、広く読まれることとなった。こうした文芸論争を軸とした文壇の動き、なかでも、短期間に2版を

ような人々の興味を巧みにとらえ、それぞれ思い思いの場面で、いろいろなジャンルの書籍をだれにでも分かるやさしい言葉を使って話題にしたのである[39]。

聖書のように1冊の書籍としては比較的重厚で高価なものもあったが、大部分の出版物は遥かに小さく薄っぺらで、従って、値段も安かった。今日の新聞のように、時事問題を論じた教会での説教が印刷されて安く売られ、読者の輪を広げることも珍しくなかった[40]。使い捨て的に数多く出版された実用暦や1枚刷りの俗謡も出た。暦は1600年までだけでも230余点の書誌が編纂できるほどであった[41]。1枚刷りの俗謡は、恋愛物語は言うに及ばず、あらゆる社会的出来事が題材となった。中には、メアリー一世の迫害を逃れて大陸に亡命し、エリザベス時代に帰国して教区主管者となった聖職者ウィリアム・キース(William Kethe, 1594年歿)の手になる反ローマ・カトリック教会的なものもあった(STC 14941-14942)。或いはまた、絹織物職人のトマス・デロニー(Thomas Deloney, ?1560-1600)のように、職人階級の身でありながら読み書きを習得し、1586年頃から、文才に任せて、1枚刷りの俗謡などを数多く書いて生計を立てる者もいた(俗謡はSTC 6557以下の数項目)[42]。これら二人の俗謡作家は、作家的出自の特異性という点において、まさに、あらゆる意味で時代を反映する俗謡界の代表格というべきであろう。俗謡は特によく売れたので、

重ねた1590年代中葉のシドニーの著作を軸とした文壇の動きは、文芸に興味を寄せる一般読者の関心を搔き立てたものと思われる。この一連の文芸論争が高揚した時期は庶民の識字率の急上昇の時期と重なっている。偶然とは言えないように思われる。俗謡の普及についてはWatt (1991)を参照。

39) 第2章の脚注9を参照。
40) セントポール寺院での説教およびその活字化されたもの(STCに記録されているもの)については Millar MacLure, *Register of Sermons Preached at Paul's Cross, 1534-1642*. Revised and Augmented by Jackson Campbell Boswell and Peter Pauls (Ottawa, KS : Dovehouse Editions, 1989)を参照。
41) Eustace F. Bosanquet, *English Printed Almanacks and Prognostications : A Bibliographical History to the Year 1600* (London : The Chiswick Press for the Bibliographical Society, 1917).
42) デロニーは俗謡のみならず、例えば、*The Gentle Craft* (1597 ; STC 6554.5-6556)や *Thomas of Reading* (1612 ; STC 6569-6572)など、職人の世界を題材とした散文物語も書いた。読者の多くは庶民であったと思われる。

リチャード・ジョーンズ（Richard Jones, 1564-1613）のように、この種の出版・販売に力を入れる一般大衆向けの本屋も現れた[43]。時代を下って1600年以降になれば、出版による時事問題論争は、当時の活字文化のひとつの流行とさえ呼ぶことのできる隆盛ぶりを見せた。1600年前後の20年間の時事問題論争の激しさは、3世紀後に200ページを超える便覧が編纂されるほどのものであった[44]。識字率の上昇に伴うこのような出版物の需要と供給が、今度は、識字率の上昇を促すという、活字を媒体とした、いわば、知的循環作用が始まったとも言えそうである。

　狭いロンドンの市壁内には優に100件を超える書店が営業していた。セントポール寺院の境内に軒を連ねて並ぶ40軒余りの書店は言うに及ばず、ロンドンの街中に点在する数十軒の書店の店頭には[45]、糸綴じもされずに束ねて平積みにされた新刊書が並び、行き交う人々の目を否応なしに惹いていたはずである。地方の印刷業は未発達であったから、地方における識字率の向上は、ロンドン書籍商組合員の商圏の拡大をもたらした。それを現実に手助けしたのは、従来から存在していた社会のはみ出し者的な放浪者たち、それよりはましな旅芸人たち、それに行商人たちであった[46]。中でも、地方の町から町へと、種々の日常必需品を売り歩く行商人の存在は貴重なものであった。彼らは、地方の読者のために、ロンドンで生産された活字文化を定期的に運ぶことのできる便利な存在であった。その内訳は、需要の比較的少ない専門書から需要の多い1枚刷りの俗謡や暦のような一般的な実用書などまであった。識字率の向上に伴う16世紀後半の地方におけるそうした庶民生活の変化を、なぜかシェイクス

---

43) Watt (1990), 65; Watt (1991) を参照。
44) Collins (1943) である。
45) 1600年頃のロンドンに点在する書店の概要については、Yamada (1994), 12-21 を参照。セントポール寺院の境内に集中する書店については、Blayney (1990) を参照。
46) これらの人々を厳密に区別することは時として困難であった。地方を渡り歩くこの種の人々を一括して「放浪者」（vagrants）と呼ぶこともできよう。放浪者は当局による取り締まりの対象であった。しかし、行商人たちは国家規模の経済を支える者として「無法者」（vagabonds）とは区別され、法律による弾圧を逃れることができた。一説によれば、17世紀の終わり、1690年代には約1万人の行商人がいたと言う。Spufford (1981), 115 を参照。

ピアは行商人に託して事細かに描くことをしなかったが、遅ればせながらも1610-11年頃に書かれた『冬物語』第4幕に、行商をするオートリカスを登場させている。この行商人は「手帳、歌」('table-book, ballad' [4.4.598])を売りつくして得意顔をする。オートリカスのこの挿話は地方にも積極的に読み書きを楽しむ人たちがいたことを物語っている[47]。

§ 4

書籍の入手が比較的容易になり、知的な関心が高まれば高まるほど、余裕のできた時間や経済的なゆとりを知的富に転換しようと欲する人々が現れるのは自然なことであろう。すでに考察したような教育施設への寄付は言うまでもなく、子弟の教育とそれに伴う識字率の向上は、そのような欲求の具体的な結果であった。書籍の個人的所有も同じ欲求の具体的な表れのひとつと言うことができよう。

　数シリングもの費用をかけて装丁した書籍は、資産としての価値があったので、必ずというわけではないが、遺産検認帳（the Probate Records）に記録されることがあった。遺産検認帳は、現在の日本の相続税納付義務者の集団とは比較にならないほど多くの人々を対象としたが、それでも、それは一部の有産者だけに適用された遺産調べの公的記録簿である。

　ヘンリー八世によって定められたこの制度の当時における実際の適用が、史料としての批判に耐えうるものであるかどうかについて問題がないわけではない。まず何よりも、一部の資産家の財産目録は、大主教区の記録には加えず、司法の管轄下に置くという教会法上のしきたりがあったので、そのような人々の記録は教区の検認帳には出てこない。それのみならず、教会は、一般的には、資産家には興味を示したが、（読み書きの能力を備えている者であっても）無産者にはそれほどの興味を示さなかったであろう。また、婦女子は、現在でもそうであるように、記録の表面にあまり出てこない。つまり、検認帳の記録には、

---

47) Spufford (1981), 116-8 を参照。

補正しがたいかなりの歪があるということである。その上、個々の書籍の記録となると、そのような記録の手間は省かれ、いわば、十把一絡げ的な、「その他書籍等」という記述で済まされてしまうことが多い。従って、具体的に、どのような書籍がどのような社会層の人々によって所有されていたかを歪なしに知ることはできない。よしんばある書籍がある特定の検認の記録として出ているとしても、その人がその書籍を読んだという証拠にはならないかも知れない。その人が読むことのできた人だったという証拠にさえもならない場合があろう。とりわけ高価な書籍は、家財道具と同じように、生前贈与の品であったり、遺贈品や相続の品に過ぎなかったりすることもあり得るからである。中でも、聖書のような宗教書は、信心の厚い帰依者が贈与の品として選ぶには、最も都合のよい書籍であったに違いない。これらの理由から、遺産検認帳の中に書籍所有の記録を求め、識字率を知ろうとする試みの危険性を指摘する研究者がいないわけではない[48]。確かに、これらの指摘はもっともなことばかりである。しかし、指摘された歪の可能性を容認した上で、一部の検認帳から得られる具体的な数値を辿ってみるのは無意味なことではない。とりわけ、その目的が、特定の変化の一般的傾向を、同時代の他の現象の一般的傾向との比較において、考察してみようというのであれば、それは総合判断のための材料として積極的な意義さえ持つものとなり得るであろう。

　遺産検認の制度は、建前として、死亡時の資産が5ポンド以上の人々すべてに適用されるべきものであった。1560年代当時、例えば、建設労務者の1日当たりの賃金は食事つきで10ペンスほどであったし、1589年当時でも、大工のそれは9ペンスほどであったので[49]、5ポンドという資産は彼が月曜日から土曜日まで朝から晩まで毎日働いてやっと稼ぐことのできる約5ヶ月分の賃金に相当する。これは平均的な一般の人々の資産よりもはるかに大きい資産であった[50]。

48）Cressy（1980），46-52を参照。
49）脚注17を参照。
50）この資産の所有者は死亡者人口の約3割であった（次の段落を参照）。

1560-1640年間にこの制度の適用を受けた人々を調査し、書籍の所有者を追跡するために、ピーター・クラークは、ロンドン東南に隣接するケント州の代表的な市町村を選んだ[51]。クラークが選んだのは、人口5000-6000人の文化行政の中心地カンタベリー、人口約2000人の港町フェイヴァシャム、および同じ人口規模の物産収集地メイドストンの3市町村であった。それぞれの遺産検認帳に記録され、調査の対象となった人数は、カンタベリーが1694名（男1314名、女380名）、フェイヴァシャムが643名（男529名、女114名）、メイドストンが434名（男357名、女77名）であった。この数字は、クラークによれば、それぞれの市町村におけるこの時期の死亡人口のおそらく30パーセントに当たるということである[52]。彼は調査の結果を、男性のみについて、調査人数と書籍所有者の割合を表にして発表した[53]。それによれば、書籍所有者の割合は時代とともに確実に増大している。例えば、カンタベリーの場合、1560年代には、男性のわずか8パーセントしか書籍を所有していなかったのに、1600年代の最初の10年間には、それが33パーセントに成長している。50年間に4倍の増加ということになる。しかしクラークは調査人数と書籍所有者の割合を表記しているだけなので、この二つの数値から推定される書籍所有者の（四捨五入した）人数を加えて、カンタベリーの男性に関する部分のみを抜粋して表にすれば、表5のようになる。

表5　1560-1640年間に書籍を所有したカンタベリーの男子の実態

西暦年代	1560s	1570s	1580s	1590s	1600s	1610s	1620s	1630s
調査数（人）	36	58	87	151	165	275	251	291
所有者の割合（％）	8	21	29	34	33	39	45	46
所有者数（推定値）（人）	3	12	25	51	54	107	113	134

この表から、男子の書籍所有者は時代とともに確実に増えていることが分かる

---

51) Clark (1976), 95-111 を参照。
52) 同論文、98。
53) 同論文、99, Table 4.1。

が、その割合が著しく増大したのは 1570 年代であった。それは、ロンドンでは大規模な劇場が相次いで出現した時期であった。それほどではないにしても、かなり目立つ増大が 1580 年代にも起きている。

　当時の社会的状況では、女性は一般的に低い地位に置かれていたし、読書に関しては法的規制まで受けていたから[54]、女子の書籍所有者を考慮しなくても、男性の実態がそのまま当時の書籍所有者の実態を表している可能性がないわけではない。事実、クラークの調査でも、遺産検認帳から得られた女性の調査数そのものがそもそも少ない。しかし、男女を合わせた書籍所有者の人数や割合が得られれば、当時の書籍所有者の全体像をもっと正確に把握できるかも知れない。

　女性の書籍所有率は、調査対象数が少なすぎるため、統計処理の信頼度に多少の問題が残る。しかし、クラークによれば[55]、カンタベリーの場合、それは 1599 年までの 40 年では総数 76 名中 14 パーセント（11 人）であり、1600 年以降の 40 年では総数 304 名中 29 パーセント（88 人）である。割合では約 2 倍の増加である。クラークは 10 年単位の女子の調査結果を発表していないので、これらの数値をそのまま用いて理解の助けとすることはできない。男性の書籍所有者数と女性の書籍所有者数の合計が得られれば、死亡人口全体に対する書籍所有者の割合が分かるはずであるから、10 年単位で書籍所有者が増加した実態を知るためには、男子の書籍所有者数はすでに表 5 にあるので、10 年単位の女子の書籍所有者数をクラークの報告をもとに推定すればよい。

　カンタベリーの男女の、10 年単位の死亡人口比が相等しく、クラークの調査による女子に関する数値が、1600 年を境とした前後それぞれ 40 年間一定であったと仮定すれば、1599 年までの 10 年単位の女子調査数は、｛(1599 年までの女子調査数 76 人)÷(1599 年までの男子調査数の合計 332 人)×(10 年毎の男子調査数)｝となる。同様に、1600 年以降の 10 年単位の女子調査数は、

---

54) 1543 年 5 月 12 日に議会を通過したヘンリー八世の触れ 'The Act for the Advancement of True Religion'. 15-6 ページの記述を参照。
55) Clark (1976), 99.

{(1600年以降の女子調査数304人)÷(1600年以降の男子調査数の合計982人)×(10年毎の男子調査数)} となる。1600年を境にした前40年と後40年の女子の書籍所有者数は、このようにして得られた数値にそれぞれ14パーセントと29パーセントを乗じればよい。四捨五入した結果は表6となる。

表6　1560-1640年間に書籍を所有したカンタベリーの女子の実態（推定値）

西暦年代	1560s	1570s	1580s	1590s	1600s	1610s	1620s	1630s
調査数（人）	8	13	20	35	51	85	78	90
所有者数（人）	1	2	3	5	15	25	23	26

この表の推定値がクラークの発表していない10年単位の調査値と違うことは断るまでもない（事実、1600年以降の書籍所有者数の合計は、クラークの発表値よりも1人多い）。しかし、書籍を所有する女子が年ごとに増加した一般的傾向を知るという目的のためには、十分に意味のある推定値であろう[56]。

　男女を合計したカンタベリーの総死亡人口中の書籍所有者の実態は、男女の死亡人口比が等しいと仮定した上で、表5と表6をもとにして、知ることができる。まず最初に、クラークの報告はカンタベリーの死亡人口の30パーセントに相当する人々の遺産検認帳から得られた調査値であるから[57]、表5（調

56）女子の書籍所有者数の推定値の算出方法について、著者は二つの方法を考えた。その一つは、本書で行ったような計算方法、もう一つは、女子の書籍所有者数の10年単位の割合が（男子と同じ速度で増減することはおそらくなかったであろうけれども）1600年を境とした前後40年間には、男子の書籍所有者数の割合の増減に準じて変化したと仮定して、まず、その割合を10年単位ごとに算出し、続いて、その算出値にそれぞれ10年単位ごとの調査数を乗じるという方法である。それに対して、ある友人から次のような提案があった──（著者が本書で行ったように計算するか、あるいは）「1560年代から1590年代までの中間点である1580年を14パーセント、1600年代から1630年代までの中間点である1620年を29パーセントとし、書籍所有者の割合が近似的に一次関数（$y=ax+b$ [但し、$14=1580a+b$、$29=1620a+b$]）によって増加すると仮定して、計算するか、のいずれかがよいように思います。」この数式による結果は、10年単位の8年代区分順に、1、2、3、7、12、23、24、31（人）となって、クラークの調査数との差が拡大する。著者が考えて採用しなかった方法では、1、2、4、8、12、24、25、30（人）となって、調査数との差はさらに拡大する。

57）Clark (1976), 99.

表7　1560-1640年間のカンタベリー総死亡人口中の書籍所有者の割合（推定値）

	西暦年代	1560s	1570s	1580s	1590s	1600s	1610s	1620s	1630s
調査数	男（人）	36	58	87	151	165	275	251	291
	女（人）	8	13	20	35	51	85	78	90
	計（人）	44	71	107	186	216	360	329	381
	死亡人口	147	237	357	620	720	1200	1097	1270
所有者	男（人）	3	12	25	51	55	107	113	134
	女（人）	1	2	3	5	15	25	23	26
	計（人）	4	14	28	56	70	132	136	160
	対死亡人口比（％）	2.7	5.9	7.8	9.0	9.7	11.0	12.4	12.6

注：女子の推定調査数および書籍所有者数の男・女の推定値は小数点以下を四捨五入、対死亡人口比（％）は小数点以下第2位を四捨五入。

査値）と表6（推定値）の10年単位の調査数の和を10倍して3で割れば男女を合計した死亡人口の総数が得られる。その総数の中の書籍所有者数は表5の男子の所有者数と表6の女子の所有者数の和である。その和をカンタベリーの総死亡人口で割れば、その人口に占める書籍所有者の割合が分かる。これらの数値を一覧表にしたものが表7である。

この数字の意味は、16世紀最後の40年間に、書籍所有者の数は死亡人口100人当たり3人弱というわずかな数から、一躍3倍以上の9人に増加したということである。とりわけ際立つのは、ロンドンに演劇専用の大衆を対象とした劇場が出現した1560年代後半から1570年代を経由して1580年代が終わるまでの期間の急増である[58]。男子のみの表5では必ずしも明確でなかった、1580年代における所有者の割合の突出ぶりもはっきりと確認できる。17世紀になると、増加率はやや鈍ったかに見えるが、書籍所有者は確実に増え続けたのである。

程度の差こそあれ、ロンドンから遠く離れたレスター地方についても、事情は似たようなものであった。農夫や労務者や召使など、社会の下層階級の人々

[58) 演劇の興隆が一般市民の読み書きに対する興味を刺戟した可能性については、第2章を参照。

の記録を多数含んでいるレスター地方の遺産検認帳を調査したローラ・スティーヴンソンによれば[59]、1550年から1574年までの25年間に、遺産検認を受けた人々のうち、書籍を所有していた者は僅か0.85パーセントであった。しかし1575年になると、識字率の比較的低かった自由農民や職人や農夫たちも、書籍を所有するという記録を残し始めるようになった。1575年から1599年までの25年間における(つまり、1540年代から始まる国家規模での教育熱の昂揚の真っ只中で、恐らく未成年時代を送ることのできた世代が、次第に死歿していく時期における) 773件の記録では、雑貨商と反物商がそれぞれ2人、そして金物屋、仕立て屋、石工、釣鐘鋳造工がそれぞれ1人ずつ、書籍を所有していた。また、聖書を所有する農夫も1人いた。これらの新参に対して、従来からの馴染みともいえる階層のなかには10人の牧師と2人の紳士がいた。新参と古参とを合わせた全体比は、依然として低く、2.7パーセントに過ぎなかったが、古参に対する新参の比は実に12対9となっている。古参に拮抗せんばかりの新参の勢いをそこに感じ取ることができる。かくして、17世紀、1600年から1624年までの25年間では、遺産検認を受けた人々のうち、書籍を所有していた者は7.8パーセントとなった。

16世紀前半においては、聖職者や学者や貴族など、ごく限られた人々の所有物でしかなかった書籍が、1570年代以降、徐々に一般の人々の所有物となっていったのである。その現象は、ベストセラーとなるほどに人気を呼んだ大衆作品および戯曲の中に商人や職人が登場する傾向の強まりと相呼応するものでもあった。

---

59) Stevenson (1984), 68-9.

第 2 章　識字率の向上とその演劇的反映

文学作品に組み込まれた特定の挿話が、統一体としての作品から独立して創作の時点に極めて近い時期の社会の種々相を反映している、と考えるのは一般論としては正しくないかも知れない。歴史家が文学作品からの証拠を避けたり、「柔軟な」証拠（'soft' evidence）と呼んだりするのはそのためである。しかし、例えば、シェイクスピア時代の戯曲のほとんどに見られるように、新聞の報道や週刊誌の記事にも似た興味深い時事問題をふんだんに織り込むことを常套手段としていた作家たちによって書かれた作品においては、ある種の挿話がその時の社会の反映であろう、と考えることはあながち的外れではないと思われる。実生活を営む、社会のあらゆる階層の人々を観客とすることのできる大衆向けの専用劇場の場合には、そのような可能性はかなり高いと考えてよいであろう。

§ 1

シェイクスピア時代の劇作品に織り込まれた挿話の中で、社会相の一面を間違いなく反映していると考えてよいもののひとつは、書籍にかかわりを持つもの、なかでも、読み方と書き方を伴う挿話である。当時の書籍の多くは題扉の全ページと活字とをできるだけ印象的に動員して、その内容を読者に宣伝しようとした。現代風にいえば、それは新刊書の人目につきやすい帯やカバーによる宣伝に似た役割を果たすものであった。それは、その書籍の売上げをよくしようと願う出版者の工夫であって、作者が特にその文案まで考えたものではなかっ

たかも知れない。とりわけ文学書は、創作ものとか翻訳ものとかの区別なく、物語の梗概のみならず主人公の冒険のひとつひとつを述べ立てた文章で、題扉を埋め尽くすことが多かった。シェイクスピアの作品も例外ではなかった。出版年順に初版だけを眺めても、『ヘンリー六世第二部』(1594年刊)、『ヘンリー六世第三部』(1595年刊)、『リチャード三世』(1597年刊)、『ヘンリー四世第一部』(1598年刊)、『ヘンリー四世第二部』(1600年刊)、『ヘンリー五世』(1600年刊)、『ヴェニスの商人』(1600年刊)、『ウィンザーの陽気な女房たち』(1602年刊)、『リア王』(1608年刊)、『トロイラスとクレシダ』(1609年刊)および『ペリクリーズ』(1609年刊)など、少なくとも11篇の作品が、物語の内容を伝えようとする出版者の苦労の跡を、その題扉にのぞかせている。シェイクスピアの作品が、1623年の全集に先立って、単行本として世に出たのは18篇であるから、実に、その5分の3が当時の文学ものの流儀に従っていたことになる[1]。

　もちろん、そのような宣伝文が作品の内容をどれほど正確に伝えているか、その程度は同じではない。あるものは、「想い初めを見事に語るトロイラスとクレシダの有名な物語並びにリチアの王子パンダラスの愉快な口説き」のように、ほんの色づけ程度のものもある。また、あるものは、「ジョン・フォルスタッフ男爵とウィンザーの陽気な女房たちのこの上なく楽しく実に愉快な喜劇。つき交ぜたるは、ウェールズの騎士ヒュウ男爵、浅薄（シャロウ）判事とその賢い従弟の痩せ型（スレンダー）氏たちそれぞれの滑稽な気まぐれ。加えて、ピストル副官とニム伍長の妄想的大言壮語ぶり」のように、不正確ではあっても大筋の内容を余すところなく表現したものもある。比較的詳細な梗概をつけたものには、これら『トロイラスとクレシダ』や『ウィンザーの陽気な女房た

---

[1] 20世紀後半には、シェイクスピア作品について学界の一部から従来の通説に異論が出てきた。例えば、『血のつながった二人の貴公子』(*The Two Noble Kinsmen*) と『エドワード三世』(*King Edward the Third*) の追加や、従来の作品のいくつかは共同作品であるとする主張である。この章では、第1二つ折り本の作品に『ペリクリーズ』を加えた従来の37篇の作品と20世紀に追加された上の2作品を合わせた39篇の作品を対象に、共同制作の問題と関係なく、考察を進める。

ち』のほか、『リチャード三世』、『ヘンリー五世』、『ヴェニスの商人』、それに『リア王』などがある。例えば、英国史劇『リチャード三世』の題扉は、リチャードが兄のクラレンスや幼い甥たちを殺害して王位を手にし、暴君として振る舞い、その忌々しい生涯の報いに相応しい死を遂げるという梗概を述べており、喜劇『ヴェニスの商人』の題扉はキリスト教徒であるヴェニスの商人の体の肉1ポンドを切り取ろうとするユダヤ人シャイロックの極悪人ぶりだけでなく、ポーシャ姫の縁結びのための三つの箱選びという劇中のさわりの場を宣伝し、悲劇『リア王』の題扉は、リア王の生涯と三人の娘の物語のみならず、忠臣グロスター公の嫡子エドガーが狂気のふりをする挿話にまで触れて、購読者の興味をそそるようにしている。当時の出版者たちは狙いどころを的確に捉え、そのような工夫を凝らしたのである。

　シェイクスピアが書店の店頭で見たはずの初期の作品の少なくとも3篇[2]には出版者が工夫したそのような題扉がついている。それにシェイクスピアは購読者に勝るとも劣らない興味を掻き立てられたようである。1596-97年頃の作とされる『ヘンリー四世第二部』の登場人物はそのような題扉について語っているが、それはシェイクスピアの登場人物が題扉に言及した最初の例である[3]。この作品は、シュルーズベリーの合戦における叛乱軍の壊滅的敗走の場景で始まる。叛乱軍の総大将ノーサンバランドのもとに次々と戦況報告が入ってくる。決定的敗戦の報せを持ち帰ったモートンの表情を見るや否や、ノーサンバランドは言う――

　　うむ、この男の顔はまるで本の扉ページだ、
　　中身がどういう悲劇かを予告している。
　　Yea, this man's brow, like to a title-leaf,
　　Foretells the nature of a tragic volume.　（1.1.60-61）

---

2) 『ヘンリー六世第二部』、『ヘンリー六世第三部』および『リチャード三世』。
3) シェイクスピア作品の創作年代に定説はないが、以下の論述では付録4に記録した典拠による。ここでは年代は、厳密なものではなく、便宜的な区切りを示す目安に過ぎない。

そして、題扉の次のページから悲劇の台詞が1行1行語られるように、このあとすぐ続いて、モートンは悲惨な敗戦の模様を語り出す。

シェイクスピアの登場人物は、後年、もう1度、同じように、題扉に言及することがあった。1606-08年頃の作とされる『ペリクリーズ』の第2幕第3場は、ペンタポリスの王サイモニディーズの台詞で始まる——

> あらためて歓迎の辞を述べる必要はあるまい、
> 諸君の武勲を綴った書物の扉に
> 紋章をしるすように、諸君の価値を書き添えることは
> 期待のほかだろうし、また場違いでもあろう。
> 価値あるものはすべて行為によって自らを称賛しているのだから。
> To say you're welcome were superfluous.
> To place upon the volume of your deeds,
> As in a title-page, your worth in arms,
> Were more than you expect, or more than's fit,
> Since every worth in show commends itself.　(2.3.2-6)

事実、シェイクスピア時代の書籍の多くは、内容の梗概を題扉に刷り込むだけでは足りなかった。例えば、図2に例示する、1594年に出た『ヘンリー六世第二部』初版のように[4]、印刷者や出版者の商標とも言える木版の意匠を刷り込んだりした。宣伝効果を狙った、読者の目を惹くためのものであった。シェイクスピアは、そのような出版の慣習をいささか仰々しいものと感じていたのであろうか。『ペリクリーズ』のサイモニディーズは、わざわざ題扉を引き合いに出しながら、武勲をたてた騎士たちを歓迎する自分の言葉そのものが余計な、仰々しいものだ、と弁解しているのである。

舞台上の役者がこのように書籍の題扉を引き合いに出しても、字の読めない無学の観客にはその比喩を受け止めることができなかったかも知れない。しか

---

4) あるいは、157ページの『ハムレット』(1604年刊)の図8のように。時には、題扉の裏などに貴顕の紋章を印刷することもあった。

THE
First part of the Con=
tention betwixt the two famous Houses of Yorke
and Lancaster, with the death of the good
Duke Humphrey:

And the banishment and death of the Duke of
Suffolke, and the Tragicall end of the proud Cardinall
of VVinchester, vvith the notable Rebellion
of *Iacke Cade*:

*And the Duke of Yorkes first claime vnto the
Crowne.*

LONDON
Printed by Thomas Creed, for Thomas Millington,
and are to be sold at his shop vnder Saint Peters
Church in Cornwall.
1594.

図2 『ヘンリー六世第二部』初版（1594年刊）題扉
［STC 26099：フォルジャー・シェイクスピア図書館の好意による］

し、そのような彼らでさえも、その台詞の中に、書籍というもの、日常生活の場で常に目にしていながらその中身については全く不可解な書籍というものの「価値」を、いわば、垣根越しに覗き見するほどのことはできたに違いない。

§ 2

無学な人たちの書籍に対する好奇心は言うに及ばず、それよりはいくらか上等な観客たちが抱いていた書籍への興味を、シェイクスピアはもっと巧みに先取りすることもあった。『ロミオとジュリエット』の第1幕第3場が終わろうとするところで、それが披露される。書籍の具体的体裁と機能とを恋人たちの目の表情と働きに譬えているのである。宴会にお招きしたパリス様は将来の夫として似つかわしいお方であるので、よく気をつけるように、とキャプレット夫人が娘ジュリエットを諭す場面である——

> パリス様のお顔という書物を読み
> 美の神のペンで書かれた歓びを見つけ出すの。
> 調和のとれた目鼻立ちのひとつひとつが
> どんなふうに中身を引き立てているかをご覧なさい。
> この美しい書物に分からないところがあれば
> 目という注釈から読み取るのよ。
> この貴重な愛の書物はまだ製本ができていない。
> 完璧な美しさに欠けているのは妻という表紙だけ。
> ・・・
> 黄金(きん)の留め金で美しい物語を閉じ込めている書物こそ
> 多くの人々の称賛を受けるものなの。
> Read o'er the volume of young Paris' face,
> And find delight writ there with beauty's pen;
> Examine every married lineament,
> And see how one another lends content;

> And what obscur'd in this fair volume lies
> Find written in the margent of his eyes.
> This precious book of love, this unbound lover,
> To beautify him, only lacks a cover.
> 　　　　・　・　・
> That book in many's eyes doth share the glory,
> That in gold clasps locks in the golden story;　(1.3.81-88, 91-92)

　これほど単刀直入に、そして効果的に、恋人の心理、あるいは、観客・読者の心理を表現した例は少ない。見開きにした左右のページに黒く印刷された本文と白い欄外の余白（に書き込まれた「注釈」）を、恋心を語る両眼の黒目と白目に見立てた比喩である。図3のように、当時の書籍には、欄外の余白に本文の要点などを、著者自身が用意したとおりに印刷しているものがかなりあった。シェイクスピアの比喩は、そのような見開きのページを踏まえたものである。5歩格の対句の畳み込むような反復という形式を超えて、この比喩は抽象的なものを具象的なもので説明するという、当時の形而上詩特有の目的を十分に果たしている。シェイクスピアは、おそらく、彼自身が常日頃実践していた読書法を踏まえて、この読書の心理と比喩とを見出すことができたのであろう。

　当時の書籍は、その本文の趣旨や出典などを、欄外の対応する位置に印刷していただけではない。装丁はおろか、糸綴じされることもなく、ページの大きさに折り畳まれたままで、店頭に並べられるのが普通であった。もちろん装丁本の値段は高かった。例えば、1577年出版のホリンシェッド（Raphael Holinshed, ?1580年歿）の『年代記』（STC 13568; *The First Volume of the Chronicles of England, Scotland and Ireland*）の装丁本は1ポンド6シリングもしたが、未装丁本は、多分、6シリング安かった。1579年に出版されたプルターク（Plutarch; Mestrius Plutarchus, 50年以前-120年以後）の『英雄伝』（STC 20065; *Vitae Parallelae* の英訳 *Parallel Lives*）の装丁本は14シリングであったが、未装丁本は、多分、2シリング半ほど安かった。雇われ印刷工の1日の賃金が1シリング半ほどであったり、大工の1日の賃金が1シリングにもならない当時の数シリ

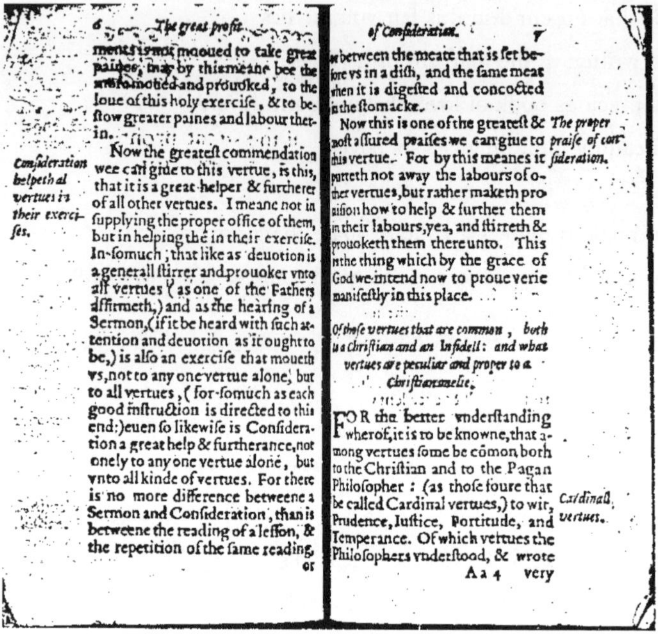
6 The great profit

ments is not moued to take great paines, may by this meane bee the more moued and prouoked, to the loue of this holy exercise, & to bestow greater paines and labour therin.

Consideration helpeth al vertues in their exercises.

Now the greatest commendation wee can giue to this vertue, is this, that it is a great helper & furtherer of all other vertues. I meane not in supplying the proper office of them, but in helping thē in their exercise. In-somuch; that like as deuotion is a generall stirrer and prouoker vnto all vertues (as one of the Fathers affirmeth,) and as the hearing of a Sermon, (if it be heard with such attention and deuotion as it ought to be,) is also an exercise that moueth vs, not to any one vertue alone, but to all vertues, (for-somuch as each good instruction is directed to this end:) euen so likewise is Consideration a great help & furtherance, not onely to any one vertue alone, but vnto all kinde of vertues. For there is no more difference betweene a Sermon and Consideration, than is betweene the reading of a lesson, & the repetition of the same reading, or

of Consideration. 7

between the meate that is set before vs in a dish, and the same meat when it is digested and concocted in the stomacke.

The proper praise of consideration.

Now this is one of the greatest & most assured praises we can giue to this vertue. For by this meanes it putteth not away the labours of other vertues, but rather maketh prouision how to help & further them in their labours, yea, and stirreth & prouoketh them thereunto. This is the thing which by the grace of God we intend now to proue verie manifestly in this place.

Of those vertues that are common, both to a Christian and an Infidell: and what vertues are peculiar and proper to a Christian onelie.

Cardinall vertues.

FOR the better vnderstanding wherof, it is to be knowne, that among vertues some be cōmon both to the Christian and to the Pagan Philosopher: (as those foure that be called Cardinal vertues,) to wit, Prudence, Iustice, Fortitude, and Temperance. Of which vertues the Philosophers vnderstood, & wrote

Aa 4 very

図 3　ルイス・グラナダ著（リチャード・ホプキンズ訳）『祈りと黙想』
第 6 版（1599 年刊）からの見開きページ（折丁 Aa3 裏–Aa4 表）。
［STC 16910：英国図書館の許可による、4410.e.23.］

ングは、「黄金の留め金」に十分値するものであった[5)]。5 シリング 8 ペンスを懐にした大酒飲みのフォルスタッフは超特級のサック酒を 2 ガロン（約 9 リットル）買ってご満悦であった[6)]。

書籍のこのような知的世界に遊ぶことのできた観客は、キャプレット夫人の比喩を、ほとんど無意識のうちに、視覚映像としてとらえることができたに違いない。そして当時の、いわゆる形而上詩的な、奇想の詩的発想の面白さを享受しながら、それを楽しく理解したに違いない。それほどに上等でない観客の

5）書籍の価格については、Johnson (1950), 104 と 108 を参照。聖書その他の書籍の価格については、第 1 章の 20–1 ページを参照。労務者の賃金については、第 1 章の脚注 17 を参照。

6）『ヘンリー四世第一部』2.4.537 を参照。

多くは、自ら経験した恋の心理が、自らは望み得ない書籍という知的世界の心理に比較され、関連づけられていることを知れば知るほど、眼前の舞台に一層の好奇心を寄せることになったのであろう[7]。

§3

書籍が与える知的好奇心を観客の心の中で沸き立たせるために、シェイクスピアは古典作家を呼び出すことをしないわけではなかった。例えば、『タイタス・アンドロニカス』第4幕第1場では、キケロやオウィディウスが話題になる。書籍を小脇にしたルーシアス少年が、凌辱を受けて狂乱状態となった叔母ラヴィニアに追われて、逃げ惑う場面である。ルーシアスの落した本を拾って、ラヴィニアはページを繰る。それを見たタイタス（すなわち、ラヴィニアの父、ルーシアス少年の祖父）は、次のように言う——

　なあ、坊主、叔母さんはきれいな詩やキケロの『雄弁術』を

---

7) シェイクスピアは、『ロミオとジュリエット』でキャプレット夫人がジュリエットを諭すときに使う比喩を、その1-2年前に書いていた物語詩『ルークリースの凌辱』（The Rape of Lucrece）でも用いている。客人として歓待されたタークィン王はルークリースの美貌のとりことなり、やがて彼女を辱めることになるが、ルークリースはタークィン王の異様に輝く眼の中に、そのような下心を読み取ることができなかった——

　　しかし彼女は他人の目と向き合ったことがないので
　　物を言うその目付きの中身を摘み取ることもできなかったし
　　そういう本の欄外の注の中からうっすらと浮かび出る
　　奥の意味を読み取ることもできなかった。
　　But she that never cop'd with stranger eyes,
　　Could pick no meaning from their parling looks,
　　Nor read the subtle shining secrecies
　　Writ in the glassy margents of such books.　(ll. 99-102)

『ルークリースの凌辱』は1594年に出版されたが、書かれたのは1593-94年と考えられている。シェイクスピアは、詩を読むことのできる読者を想定して書いたこの物語詩の比喩を、今度は、程なくして、同じ頃に、文字の読めない人も混じる大衆向けの大劇場の観客を想定して書いた戯曲『ロミオとジュリエット』の中で、もっと分かりやすく、繰り返し用いたのである。

> 読んでくれたじゃないか、母親の鑑(かがみ)コーニーリアが息子に
> 読んできかせたときだって、あれほど親身ではなかったぞ。
> Ah, boy, Cornelia never with more care
> Read to her sons than she hath read to thee
> Sweet Poetry and Tully's Orator.　(4.1.12-14)

あるいは——

> **タイタス**　ルーシアス、叔母さんがページを繰っているのは何の本だ？
> **少年**　オウィディウスの『変身物語』です、
> 　*Tit*. Lucius, What book is that she tosseth so?
> 　*Boy*. Grandsire, 'tis Ovid's Metamorphosis,　(4.1.41-42)

さらに、100行ほどして、第4幕第2場ではラテン語の詩を2行引用し、それがホラティウスのものであることを説明するくだりもある。このようなベン・ジョンソン張りの端的な仕方での古典への言及は、観客の知的好奇心に訴える方法としては、むしろ素朴な手段であると言えよう。比較的高級な観客は、具体的な書籍への端的な言及ではなく、おそらくは、衒学ぶりをもっと抑え、ほどほどに手の込んだ表現のほうを、一層好んだであろうと思われる。例えば、『十二夜』第1幕第5場終わり近くにおけるヴァイオラとオリヴィアの対話などがそれである——

> **ヴァイオラ**　……私がどういう者で何をしたいかは、処女の純潔のように秘め隠したこと。あなたの耳に入れれば神聖な言葉ですが、ほかの人の耳に入れれば冒瀆になる。
> **オリヴィア**　……その神聖な言葉とやらをうかがいましょう。
> 　　　　　　　　　　　　　　　　　　（マライアと従者たち退場）
> 　さあ、どうぞ、どんなお言葉？
> **ヴァイオラ**　世にも麗しく——
> **オリヴィア**　有難いお説教ね、いろんな解釈ができそう。その本文はどこにあるの？

ヴァイオラ　オーシーノーの胸に。
オリヴィア　あの方の胸？　胸の第何章？
ヴァイオラ　聖書の読み方でお答えするなら、第一章第一節。
オリヴィア　それならもう読みました。あれは異端の教え。

　Vio.　　　　　　　　　　　　　... What I am, and what I would, are as secret as maidenhead: to your ears, divinity; to any other's, profanation.

　Oli.　　　　　　　　　　　　　... we will hear this divinity. [*Exeunt Maria and Attendants.*] Now, sir, what is your text?

　Vio. Most sweet lady──

　Oli. A comfortable doctrine, and much may be said of it. Where lies your text?

　Vio. In Orsino's bosom.

　Oli. In his bosom? In what chapter of his bosom?

　Vio. To answer by the method, in the first of his heart.

　Oli. O, I have read it; it is heresy.　（1.5.215-28）

直接的なものであれ、間接的なものであれ、観客の知的好奇心へのこの種の訴えが成功するのは少数の観客に限られていることを、シェイクスピアは十分に認識していた。それゆえ、彼は、登場人物の口を借りて書籍への言及をする時、より多くの観客に訴えることができるように工夫し、例えば、「愛の本」、「礼儀作法の本」、「法律の本」というように、できるだけ嚙み砕いた表現を選んだ。少なくとも18篇の作品で、つまり、2篇に1篇の割合で[8]、シェイクスピアは、

---

[8] 比較的砕き不足の場合でも、「ギリシャ語やラテン語［の本］」('Greek and Latin books', 『じゃじゃ馬馴らし』、2.1.100）とか「恋愛詩集」('Book of Songs and Sonnets', 『ウィンザーの陽気な女房たち』、1.1.199）という程度の工夫をした。通常は、書籍の性格ないしは主題が分かるような表現を選んだ。例えば、「祈禱書」('book of prayer(s)', 『リチャード三世』、3.7.98；4.3.14）、「神の本」('books of God', 『ヘンリー四世第二部』、4.2.17）、「天国の本」('book of heaven', 『リチャード二世』、4.1.236）のように教会に関係のある書籍、「恋愛関係の本」('books of love', 『じゃじゃ馬馴らし』、1.2.146）や「愛の書物」('book of love', 『ロミオとジュリエット』、1.3.87）や「美の本」('book of beauty', 『ジョン王』、2.1.485）のように恋愛を主題とする書籍、

そのような分かり易い表現で書籍に言及したのである。読み書きの苦手な観客が念頭にあったのであろう。

このように、シェイクスピアは、一方では、当時すでに種類の多くなっていた書籍への言及を頻繁に繰り返し、繰り返すたびごとに、書籍に対する観客の関心をきちんと受け止めようとした。そして、特定化を避けた、一般的な表現を選ぶことによって、教育のない者をも包み込んだ、より広い観客の好奇心を満足させようとした。しかし、他方では、書籍が内蔵する社会的害毒を遠回しに指摘することも忘れなかった。そのために、書籍に向けられた、あるいは、書籍を通して教育に向けられた、世間一般の熱心な興味を、冷めた目で見ることのできる人物たちを登場させた。例えば、『お気に召すまま』第2幕第1場は宮廷を追われた公爵がアーデンの森に逃れ、自然に囲まれて生活する場景を描いている。宮廷の人工性に対比された森の自然性について目覚めた公爵は

> 木々に言葉を聴き、小川のせせらぎを書物として読み、
> 小石の中に神の教えを、森羅万象(しんらばんしょう)に善を見出す。
> Finds tongues in trees, books in the running brooks,
> Sermons in stones, and good in everything. （2.1.16-17）

また、『冬物語』の老人は、上等の着物にくるまれて浜辺に捨てられた乳呑児のパーディタを見つけた時、「俺にゃあ学はねえけど（not bookish）、宮廷の女官がいけないことやらかすってことくらいは知ってるぞ（can read）。」（'Though I am not bookish, yet I can read waiting-gentlewoman in the scape' [3.3.72-73]）と独り言を言う。書籍の恩恵に浴した社会の堕落を、皮肉を込めてこれほどまでに意味深長に、表現した台詞が、果してほかにあるであろうか。

「礼儀作法の教科書」（'books for good manners'、『お気に召すまま』、5.4.91）や「遊びの本」（'book of sport'、『トロイラスとクレシダ』、4.5.239）のような実用書、あるいは、「一、二の三と教科書［算数の本］どおり」（'by the book of arithmetic'、『ロミオとジュリエット』、3.1.102）や「法律［の本］」（'book of law'、『オセロー』、1.3.67）のような専門書などである。これ以外の作品は、『ヘンリー四世第一部』、『ヘンリー五世』、『ヘンリー六世第一部』、『ヘンリー六世第二部』、『コリオレイナス』、『アントニーとクレオパトラ』および『ペリクリーズ』である。

もちろん、シェイクスピアの登場人物の中に、教育が育む活字文化が、そしてその文化を支える書籍が、社会に垂れ流す害毒を、誰にも分かる簡明な言葉を使って、指摘する人物がいないわけではない。『ヘンリー六世第二部』第4幕第7場は、一揆の親分ジャック・ケイドが、ロンドン市の市壁のすぐ外側にある郊外の広場、スミスフィールド広場での戦いに勝って、セイ卿を捕虜にする場面で始まる。ケイドが述べ立てるセイ卿の罪状に、次のくだりがある——

> 貴様は、ラテン語文法学校なんか作って我が国の若いもんを堕落させた謀叛人だ。まだあるぞ、俺たちのご先祖は本なんてもんは持たず、ものを勘定するにも刻み目つけた棒切れですませてたんだ、しかるに貴様は印刷なんぞをはやらせ、国王の王冠と権威に逆らい紙漉き工房なるもんを建てやがった。それにだな、その鼻先に証拠を突きつけてやってもいいが、貴様は名詞だの動詞だの、まともな人間なら聞いちゃいられん嫌らしい言葉ばっかし使う連中をまわりに集めておる。治安判事を置き、貧乏人を呼び出しちゃあ罪をおっかぶせ、申し開きできねえようにもっていく。それどころか監獄にぶち込み、読み書きできねえってだけで縛り首にしやがった、そもそも読み書きできねえってのは生きる資格としちゃあ立派なもんなのによ。

Thou hast most traitorously corrupted the youth of the realm in erecting a grammar school; and whereas, before, our forefathers had no other books but the score and the tally, thou hast caus'd printing to be us'd, and, contrary to the King, his crown, and dignity, thou hast built a paper-mill. It will be prov'd to thy face that thou hast men about thee that usually talk of a noun and a verb, and such abominable words as no Christian ear can endure to hear. Thou hast appointed justices of peace, to call poor men before them about matters they were not able to answer. Moreover, thou hast put them in prison, and because they could not read, thou hast hang'd them, when, indeed, only for that cause they have been most worthy to live. (4.7.32-46)

この英国史劇の時代的背景はほぼ15世紀前半までであるので、15世紀後半になって出現する印刷所や製紙工場への言及は作者の時代錯誤によるものである。しかし、そのことは、この場合、大した問題ではない。この作品を実際に享受したのは、間違いなく、16世紀末のロンドンの観客であった。ロンドンでは、当時、20軒以上もある印刷所が、何種類もの書籍を、日に何百冊何千冊と刷り上げ、100軒を優に超える書店が、それぞれの店頭で売っていた。その風景を観客たちは見ていたはずである。そのような観客の中にはセイ卿の罪状をケイドの言葉通りに受け止めた者がいたかも知れない。しかし、大部分の観客たちはセイ卿の抗弁を聞いて、その通りだ、と思ったに違いない。セイ卿は信念を吐露するかのように弁じ立てる――

> 学者たちに多大な報酬を与えたのは
> 私自身が学問によって陛下のお引き立てに与(あずか)ったからだ、
> 無知は神から下された呪いであり、
> 知識は天国へ飛び立つ翼であることを思えば、
> お前たちが悪霊に取り憑かれていないかぎり、
> 私を殺すことには耐えられないはずだ。
> Large gifts have I bestow'd on learned clerks,
> Because my book preferr'd me to the King;
> And seeing ignorance is the curse of God,
> Knowledge the wing wherewith we fly to heaven,
> Unless you be possess'd with devilish spirits
> You cannot but forbear to murder me.　(4.7.71-76)

学問が、教育が、読み書きの習得が、神に仕えることでもあり、また、立身出世の近道であることを、セイ卿はひとりの体験者として語っているのである。読み書きの習得について繰り返し（例えば、第4幕第2場第85行以下および第4幕第7場第32行以下で）言及した後、ひとつの締めくくりとして語られるセイ卿のこの体験談は、それだけに一層強く、観客に訴えたものと思われる。

§4

『ヘンリー六世第二部』はシェイクスピアの極めて初期の作品である。1590年頃の作とされている。読み書きの習得に対する社会の一般的関心が、この作品によって、特に喚起されたという記録などの外的証拠はないが、1590年という年が、読み書きの習得という観点からは、一種特別の年であったと言うことはできそうである。当時は、文法学校へ入学する前後に、「角本」(つの)(hornbook)と呼ばれる「いろは」手本[9]を頼りに活字の基本形を覚え、読み方を習得するのが普通であった。従って、文法学校での教育の第1歩は、読み方というよりは、普通の本と同じつくりの習字手本を使った書き方であった。そのような習字手本が、イギリスではじめて出版されたのは、1570年のことであった。ジョン・ドゥ・ボシェスンとジョン・ベイルドンの共著による『書体のいろいろ』[10]がそれである。続いて翌年にはその新版が出た[11]。同じ年に聖職者 B. E. の手になる書き方の教則本が出た[12]。さらにその2年後に、ドゥ・ボシェスンとベイルドンをまねた著者不詳の『新訂・書体のいろいろ』[13]が出た。習字手本のこのような相次ぐ出版は、1570年代前半にかなりの学習熱が存在していたことを物語っている。当時の正確な出版部数は、残念ながら、はっきりしていないので、何名くらいの学習者があったかを推定することはできない[14]。しかし、その後もこの種の出版物の需要は続いた。1581年と1585年にはドゥ・ボシェスンとベイルドンの新版が出ただけでなく[15]、『ヘンリー六世

---

9) これは活字体のアルファベットなどを印刷したり、あるいは手で書いたりした羊皮紙を一枚板に貼り付けた羽子板のような形をしたもの。
10) John de Beauchesne and John Baildon, *A Booke Containing Diuers Sortes of Hands* (STC 6445.5).
11) STC 6446.
12) *Rules made by B. E. for Children to write bye* (STC 1024.5).
13) *A Newe Booke of Copies, Containing Diuers Sortes of Sundry Hands* (STC 3363.5).
14) 1587年11月以前の出版部数の規制は知られていない。脚注18および第1章の脚注33を参照。
15) それぞれ STC 6446.4 と STC 6446.7。

『第二部』が書かれたかも知れない1590年には、習字手本の需要が加速したようである。その年にピーター・ベイルズの『3冊合本の習字手本』[16]が出版された。1589年暮れに、印刷者トマス・オーウィン（Thomas Orwin, 1581-93年活躍）がロンドン書籍商組合登録簿に登録していたものである。一方、印刷者トマス・スカーレット（Thomas Scarlet, 1586-96年活躍）は、1590年9月に、『新手本』の登録を自分名義で済ませ、その年のうちに、同業印刷者に実際の印刷を依頼し、書籍商ウィリアム・キアニ（William Kearney, 1573-92年活躍）が販売できるようにした[17]。それは約10年前に出たドゥ・ボシェスンとベイルドンの新版と見紛うほどよく似た習字手本であった。1590年の1年間に少なくとも2種類の新しい習字手本が出版されたことになる。3年前の1587年には出版部数を規制する触れが出て、普通の書籍は1回の出版部数が最大1250部、教科書ならば4刷りまでは最大3000部と決められていたので[18]、1590年には総数にして教科書ならば最大6000部、教科書でなければ最低2500部の習字手本が利用者を当て込んで市販されたことになる。1590年頃のイングランド全土の5歳から14歳までの推定人口は約90万人であったから[19]、単純に考えれば、就学適齢期の児童1歳当たりの人口約9万人がこの習字手本刊行の対象者であった。習字手本は練習帳ではなかったから、学童全員の一人ひとりがそれを所有する必要はなかったが、（死亡者）人口の8パーセント強が書籍を所有していた1590年頃のカンタベリーの事実から判断すれば[20]、最大6000部、最低2500部という発行部数では需要を十分満たしていなかったかも知れない。その後も習字熱は衰えることがなく、ベイルズの習字手本は10年後の1600年に新版を出した。一方、ドゥ・ボシェスンとベイルドンの習字手本も、1610年頃までに、さらに3版を重ねた。1590年にキアニ

---

16) Peter Bales, *The Writing Schoolemaster Conteining Three Bookes in One* (STC 1312).
17) *A Newe Booke, Containing All Sortes of Handes Vsually Written at This Daie* (STC 3361.3).
18) Arber (1875), II. 43, 883. 詳しくは第1章の脚注33を参照。「版」や「刷」などの定義については、第1章の脚注18を参照。
19) Wrigley &c (1997), 614-5を参照。リグリーたちの推定によれば、1591年のイングランド全土の14歳以下の人口は約139万人であった。
20) 表7（37ページ）を参照。

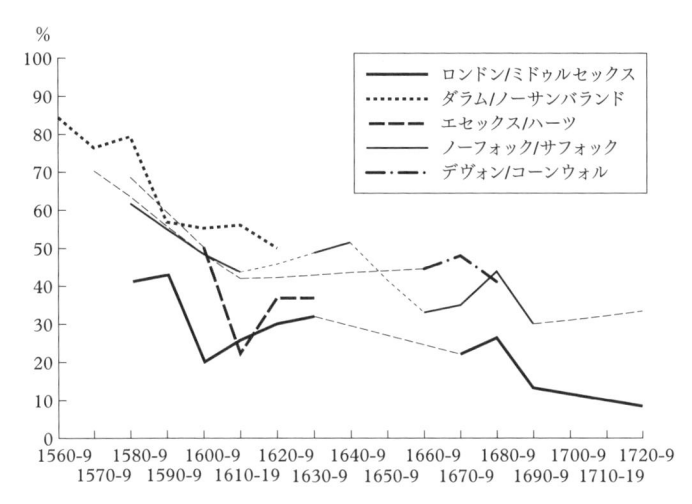

図4 イギリスの小売商人や職人の不識字率の変遷
[Cressy (1980), 147. ケンブリッジ大学出版局の好意による]

が販売したそっくりの類似本も1611年に新版が出た。このように次々と出版された習字手本の需要の大きさは、当時の人々の学習熱の強さを十分に物語るものと言えよう。

　疑うべくもなく、1590年頃までには、教育への一般の関心、とりわけ、ロンドン地域の人々の子女たちの教育への関心が急激に高まり、習字手本の発行部数に反映されるほど顕著なものになったのである。ロンドン地域の人々の子女たちの識字率は、そもそも他のどの地域よりも高くはあったが、図4から分かるように、1590年代になると、急激に上昇し、他の地域との差をさらに拡げた。1590年代のはじめには60パーセントにもならなかったその識字率は10年後には、一時的にせよ、80パーセントにもなった。封建社会からの足かせから自由になった商人や職人たちが、新生の市民社会の担い手としての希望に支えられ、子女の教育熱を燃やしたのである。時の風を見極めることに長けた、27歳前後の新進作家シェイクスピアは、あたかも新興市民のそのような教育熱に迎合するかのような挿話を作品に織り込んだのである。彼は、特権階級向けの小じんまりとした屋内劇場ではなく、安い木戸銭さえ払えば、誰で

も自由に観て楽しむことのできる大衆向けの半屋外の大劇場の観客を相手に芝居を書き、既に見たように、初期の作品『ヘンリー六世第二部』のいくつかの場面において、新興市民の教育熱を煽ったのであった。

§5

1594年に書かれたとされる『恋の骨折り損』が最新作となる初期の作品群12篇のうちで、読み書きへの言及や場面を含んでいないのは、『間違いの喜劇』と『ヘンリー六世第三部』の2篇のみであることは指摘に値する。題材との関係上、『ヘンリー六世第一部』、『ヘンリー六世第二部』、『リチャード三世』および『タイタス・アンドロニカス』などにおいて、読み書きする人物が商人や職人でないのは止むを得ない。しかし、『じゃじゃ馬馴らし』では、一介の職人でしかない仕立屋が、懐から書きものを取り出し、声を張り上げて読む。第4幕第3場でのことである。ペトルーチオがカタリーナのために流行服を仕立てさせる挿話のある場面である。仕上がってきた服を見て、ヴェローナの紳士ペトルーチオは難癖をつける。すると、仕立て屋は証拠として注文書を読み上げる——

> 仕立て屋　（読む）「一つ、ドレスはゆるめに仕立てること」
> グルーミオ　旦那様、ゆるめにだなんて、淫売の着る服じゃあるまいし。もし私がそんなこと言ったなら、スカートに縫いこんで、糸巻き棒で叩き殺してください。わたしゃドレスを仕立てろって言っただけで。
> ペトルーチオ　続けろ。
> 仕立て屋　「小さな円形のケープをつけること」
> グルーミオ　ケープとは言った。
> 仕立て屋　「袖にはふくらみをつけること」
> グルーミオ　袖は二つつけろとは言った。
> 仕立て屋　「袖は凝ったカットにすること」
> ペトルーチオ　そこだ、けしからんのは。

> *Tai.* [*Reads.*] "Imprimis, a loose-bodied gown"——
> *Gru.* Master, if ever I said loose-bodied gown, sew me in the skirts of it, and beat me to death with a bottom of brown thread. I said a gown.
> *Pet.* Proceed.
> *Tai.* [*Reads.*] "With a small compass'd cape"——
> *Gru.* I confess the cape.
> *Tai.* [*Reads.*] "With a trunk sleeve"——
> *Gru.* I confess two sleeves.
> *Tai.* [*Reads.*] "The sleeves curiously cut."
> *Pet.* Ay, there's the villainy.　(4.3.134-44)

職人の身分の仕立て屋が紳士のペトルーチオに向かって注文書を読み上げ、ご注文通りの型に仕立てました、と反駁するところが、小姓の口にする猥談まがいの洒落とともに、観客には面白かったはずである。

『ヴェローナの二紳士』では、それぞれの紳士の下僕二人が書きものを読む。その一人ラーンスは恋愛中で、恋人の身元調査書を読み上げる——

> これがその娘の長所の「そうも・くろく（総目録）」だ。「ひとつ、ものを持ち運びできる」。なんだ、馬と変わらないや。いや、違うな、馬はものを持てない、運ぶだけだ。だからあの娘はあばずれ馬より上等だ。「ひとつ、乳搾りがうまい」。どうだい、きれいな手をした娘にしかできない得意技だ。
> Here is the cate-log of her condition. "*Imprimis*, She can fetch and carry." Why, a horse can do no more; nay, a horse cannot fetch, but only carry, therefore is she better than a jade. "*Item*, She can milk." Look you, a sweet virtue in a maid with clean hands.　(3.1.274-79)

そこへもうひとりの下僕スピードがやって来て、会話が始まる——

> **スピード**　やあ、セニョール・ラーンス、なにかあったか、大将？
> **ラーンス**　大小とり混ぜいろいろあったさ。

スピード　相変わらず悪い癖だな、すぐ揚げ足取りしやがる。その紙切れ、何が書いてあるんだ？

ラーンス　前代未聞のどす黒い話だ。

スピード　どう黒いんだ？

ラーンス　インクみたいに真っ黒。

スピード　俺にも読ませろ。

ラーンス　なに言いやがる、おたんこなす、読めないくせに。

スピード　嘘つけ、読めるさ。

ラーンス　じゃあ試してやる。言ってみろ、お前の男親(おとこおや)は誰だ？

スピード　俺のじいさんの倅だ。

ラーンス　おお、無知蒙昧なごくつぶし！　正解は、お前のばあさんの倅だ。これでお前さんが読めないってことが分かる。

スピード　おい、馬鹿、おい、その書き付けで試してみろ。

ラーンス　（書き付けを渡して）いいよ、学問の神がお前さんの血の巡りのスピードを上げてくれますよう。

スピード　「ひとつ、乳しぼりができる」

ラーンス　うん、うまいんだ。

スピード　「ひとつ、いい酒が作れる」

Speed. How now, Signior Launce?　what news with your mastership?

Launce. With my master's ship?　why, it is at sea.

Speed. Well, your old vice still: mistake the word. What news then in your paper?

Launce. The blackest news that ever thou heardst.

Speed. Why, man? how black?

Launce. Why, as black as ink.

Speed. Let me read them.

Launce. Fie on thee, jolthead, thou canst not read.

Speed. Thou liest; I can.

Launce. I will try thee. Tell me this: who begot thee?

> *Speed.* Marry, the son of my grandfather.
> *Launce.* O illiterate loiterer! It was the son of thy grandmother. This proves that thou canst not read.
> *Speed.* Come, fool, come; try me in thy paper.
> *Launce.* There——and Saint Nicholas be thy speed!
> *Speed.* [*Reads.*] "*Primis*, She can milk."
> *Launce.* Ay, that she can.
> *Speed.* "*Item*, She brews good ale."　（3.1.280-303）

　この調子で、スピードは20項目ほどを読み続ける。字の読めもしない馬鹿者と呼ばれた下僕のスピードが、こんな具合にして、ほぼ80行相当の時間を、舞台上で過ごす。二人とも字が読めると分かった下僕同士が交わすこの会話は、否応なしに、習字を習うことの意味を観客に納得させる。それは、下僕にでも字が読めるということ、そして、字が読めるということは立身出世につながるということ、それだけでなく、わざわざ代書人を煩わすこともなく、自分の力で、思いのまま、恋愛の世界を広げるのにも役立つということの認識であった。恋愛の世界のそのような広がりを最も見事に描いたのは、『お気に召すまま』で展開される森の中のオーランドーとロザリンド、とりわけ、自作の恋愛詩を枝に吊るすオーランドーとそれを見つけては声に出して読み上げるロザリンドの場面、第3幕第2場であろう。

　『ヴェローナの二紳士』に登場するラーンスとスピードのように字の読める下僕は、シェイクスピア作品の中では例外である。当時は、例えば、『ロミオとジュリエット』第1幕第2場に登場する下僕のように、字の読めない者は、代読してくれる人を探すのが普通であった。1590年代初めの時点に設定されたラーンスとスピードの社会的意味合いは、それだけいっそう大きいものになると言える。舞台上での彼らの読む所作は識字率の急激な上昇に実証される社会的関心をこの上なく効果的に表現するものであった。

§ 6

　読み書きに対する社会的関心の演劇的反映は、シェイクスピアのその後の作品にも顕著に認めることができる[21]。なかでも、学習熱心な職人や市井の人たちの姿を活写しているのは、『夏の夜の夢』と『ウィンザーの陽気な女房たち』である。

　『夏の夜の夢』第5幕第1場では、シーシアスが演目表に目を通しながら、『ピラマスとシスビ』を成婚記念の余興の出し物と決定する。「今の今までおよそ頭を使ったことのない手合い」（'Which never labor'd in their minds till now'（5.1.73））、手仕事に明け暮れる職人たち、「それが今、生まれて初めて記憶力を働かせ」（'And now have toiled their unbreathed memories'（5.1.74））準備した芝居である。職人クィンスが演出を担当し、前口上を述べ始めると、貴族たちは口々に批評する──

　　シーシアス　この男、句読点は無視しているな。

---

21) 『恋の骨折り損』までの12篇の作品の後を受けて、1590年代に創作されたとされる10篇の作品のうち、読む所作を披露していないのはわずかに2篇、『リチャード二世』と『ヘンリー五世』だけである。その『リチャード二世』でさえも、「天国の本」（'book of heaven', 4.1.236）とか「人生の本」（'book of life', 1.3.202）というような書籍への言及を含んでいる。1590年代のその他8篇のシェイクスピア作品は、いずれも、書いたものを読み上げるという具体的所作を観客に見せている。例えば、『から騒ぎ』第5幕第3場では、クローディオがヒーロー追悼の詩を読み上げ、『お気に召すまま』第3幕第2場ではロザリンドとシーリアがオーランドーの書いた恋の詩を読み上げ、『ヴェニスの商人』第2幕第7場と第9場および第3幕第2場では箱選びをする求婚者たちが、それぞれに、自分の引いたおみくじを読む。『ヘンリー四世第一部』第2幕第4場の終わりではフォルスタッフの買い物メモをピートーが読み、『ヘンリー四世第二部』第2幕第2場ではフォルスタッフがハル王子宛に書いた手紙をポインズが読む。さらにまた、『ロミオとジュリエット』第1幕第2場では、キャプレット家の字の読めない下僕に請われるままに、ロミオが大宴会招待客名簿を読み上げる。これら6篇の作品では、読み上げるのはすべて貴族階級に属する人物である。残る2篇の作品は、後述する『夏の夜の夢』と『ウィンザーの陽気な女房たち』であるが、そこでは、読み書きの学習熱にとりつかれた庶民階級の人物たちが時代色豊かに描かれている。

ライサンダー　まるで暴れ馬に乗っているようなものですね。止め方を知らない。いい教訓になります。ただ語るだけでは聴くに堪えず、正しく語って初めて語るに足る。

ヒポリタ　ほんとに、まるで子供が吹く笛のような口上だわ、音はするけれど調子がとれない。

シーシアス　もつれた鎖のようでもある。どこも切れてはいないのだが、ごちゃごちゃにからまっている。

The. This fellow doth not stand upon points.

Lys. He hath rid his prologue like a rough colt; he knows not the stop. A good moral, my lord: it is not enough to speak, but to speak true.

Hip. Indeed he hath play'd on this prologue like a child on a recorder——a sound, but not in government.

The. His speech was like a tangled chain; nothing impair'd, but all disorder'd.　(5.1.118-26)

　貴族たちのこの批評の一言一句は、狂言『ピラマスとシスビ』を用意した職人たちの痛ましい努力を、よく表現している。それは、シーシアスの批評そのままに、「ごちゃごちゃ」の読み書きでもよいから、それを身につけようとしたロンドンの人々の学習意欲でもあった。

　一般の人々にとって、時代はまさに修学（また、就学）の時代であった。『ウィンザーの陽気な女房たち』には、庶民的なペイジ夫人がフォルスタッフ男爵の恋文を読み上げる第2幕第1場がある。それに加えて、当時の教育ママたちを描いた第4幕第1場がある。子供を文法学校に連れて行く途中で、ペイジ夫人は主婦仲間のクィックリー夫人と立ち話を始める。そこへウェールズ出身のエヴァンズ先生がやって来て、その日は運動日で授業がないと分かる。運動日、と聞いて教育ママたちは愕然とする。彼女たちは運動日というものが好きでないらしい。子供の成績が心配のペイジ夫人は、早速、路上での青空教室を先生にお願いする。一人だけの生徒を相手にエヴァンズ先生のラテン語の授業が始まる――

エヴァンズ　……ウィリアム、「ラピス」は何かね？
ウィリアム　「石」。
エヴァンズ　では「石(いす)」は何かね？
ウィリアム　「砂利」。
エヴァンズ　違う、「ラピス」でないの。頭脳に記憶しておきなさい。
ウィリアム　「ラピス」。
エヴァンズ　よろすい、ウィリアム。

> *Evans.*　　　...What is *lapis*, William?
> *Will.* A stone.
> *Evans.* And what is "a stone," William?
> *Will.* A pebble.
> *Evans.* No, it is *lapis*. I pray you remember in your prain.
> *Will. Lapis.*
> *Evans.* That is a good William. （4.1.31-38）

　エヴァンズ先生は、まず、ラテン語を英語に訳し、その英語訳を、今度は逆に、ラテン語に訳す、という当時の語学教育を、舞台の上で披露しているだけではない。約90行のこの場面でエヴァンズ先生がウィリアムに尋ねるラテン語の問題は、当時の文法学校で普通に使われていた通称「リリーの文法」('Lily's Grammar')[22]の最初の数ページに出てくるものである。それは、シェイクスピア自身、故郷の文法学校で習ったはずの文典である。シェイクスピアはエヴァンズ先生を担ぎ出し、庶民の子女の教育に携わる現場の教師の授業ぶりをありのままに舞台で演じて見せたわけである。その舞台は、観劇中の庶民たち——文法学校で教育を受けた者はもちろん、自らは受けることがなかったと

---

[22] ヘンリー八世の1540年の触れでお墨付きを得たこの教科書は、第1部が英語文法、第2部がラテン語文法という2部立ての、当時の標準ラテン語文典であった。1540年の初版以来次々と重版や新版を出し続け、『ウィンザーの陽気な女房たち』が書かれ初演された1590年代末までには、実に37版を数えた。1590年代だけでも、6版もの新版（STC 15610.5-15624；*STC* (1991), ii. 63-4）を出し、その後もさらに重版を出し続けた。

しても、自分の子供には受けさせたいと念じる親たち——が、あるいは苦笑し、あるいは新鮮な好奇心を持って凝視する場面であったに違いない[23]。

§ 7

これらの作品に続く、おそらくは1600年以降に書かれた、『ハムレット』を含む17篇のシェイクスピア作品において、読むという具体的な所作を観客に見せる作品は13篇を数える。76パーセントに当たる。それまでに書かれた作品との比較において、頻度はほぼ同じということになる。しかし、読む庶民の姿を積極的に観客に見せようとする作品は一つもない。題材のためだけではないようである。その原因は社会一般の学習熱の変化だ、と明言できるほどの証拠はないが、ロンドン地域の人々の識字率の低下の中にそれを暗示するものがあるように思われる。先に援用したクレッシーの調査結果の図4（55ページ）によれば、エセックス州やハーフォードシャー州（略称ハーツ州）などのロンドン近郊の人々の識字率は、17世紀初頭の10年間は、依然として急上昇を続けているが、ロンドンではかなり急激に下降し始めている。前世紀末の教育投資の一般的低下が引き金となったのかも知れないが[24]、その原因が何であった

---

23) 学校での授業ぶりを見せる舞台は稀であるが、『ウィンザーの陽気な女房たち』の数年後に上演されたジョン・マーストンの『何なりと』（John Marston, *What You Will*, 1601年創作、1607年出版）にその1例がある。第2幕第2場で120行ほどにわたってラテン語の授業が展開される。シェイクスピアのものよりも難しいラテン語の授業である。しかし、この芝居は比較的知的な観客の集まる屋内劇場を対象として書かれたものである。

　一方、1594年頃に書かれた『恋の骨折り損』は言葉遊びのとりわけ豊かな喜劇であるだけに、作者シェイクスピアは観客の反応について気をつかったらしい。本を読み上げる場面も1回ならず披露されるが、第5幕第1場では、ペダンティックで気取り屋のホロファーンズが登場し、いささか怪しいラテン語を盛んに喋る。その限りでは、この作品は大衆向けの半屋外劇場の観客というよりも、屋内劇場の観客に相応しいとも言えそうである。

24) 表1（15ページ）によれば、1590年代の教育投資はかなり落ち込んでいる。しかしその後1600年代には急速に回復して、それが1640年代の市民革命のときまで増大し続けている。地方からの人口の移入も識字率の低下と無関係とはいえないが、高速度の人

としても、事実として、一般の人々の学習熱の冷え込みを、他の地域に先んじて、ロンドン地域がまず示したのだと思われる。その後、1610年から1630年の間には、北部地方を除くイングランド全域で識字率が低下し続けた。そのような社会現象を反映して、17世紀初頭のシェイクスピア作品の登場人物たちは読む所作を積極的に観客に見せようとしなかったのかも知れない。舞台上で読むという具体的場面を披露するこの時期の13篇の作品の人物は、ほとんどすべてが、職人や商人よりも上の階級に属している。それは単なる偶然かも知れない。例外は、『終わりよければすべてよし』第4幕第3場で命令書を読む兵士と『十二夜』第5幕第1場でオリヴィア姫に促されて姫宛ての恋文を読む下男フェイビアンだけである[25]。

　1601年頃の作品『十二夜』のマルヴォリオを軸に展開する場面は圧巻である。主人のオリヴィア姫に恋慕する執事マルヴォリオを懲らしめてやろうじゃないか、と周りの者たちが思い立つ。そして、獲物をとるときに仕掛ける罠のように、偽の恋文をさりげなく通路に落としておく。その恋文を拾い上げたマルヴォリオは、まずその筆跡を吟味し始める――

　　口移入は、序章で考察したように、少なくとも1570年代以来すでに常態化したものであったから、特に17世紀初頭の10年間の識字率の低下の直接の原因と考えることは難しい。一方、ロンドンの人口の約5分の1が死亡した1603年のペストが原因であった可能性はある。おそらくこれらすべての社会的出来事の複合作用が1610年代のロンドンの識字率低下の要因であったと思われるが、確かなことは分からない。

25)　『トロイラスとクレシダ』では知将ユリシーズが、『マクベス』では夫人が、『尺には尺を』では役人が、『オセロー』では武将オセロー自身が、『コリオレイナス』では将軍オーフィディアスが、皆それぞれに手紙を読み上げて聞かせる。『ハムレット』ではポローニアスと王とホレイショーなどが読む。『アテネのタイモン』では第2幕第2場でアピマントスが読む（第5幕第3場ではタイモンの墓碑銘を読むことのできない兵士が出てきて、隊長に読んでもらうために拓本を採る）。『リア王』第5幕第3場では伝令官が、『ペリクリーズ』第3幕第2場ではセリモンが、そして第4幕第4場ではペリクリーズ自身が読む。『シンベリン』のイノジェンは、第1幕第6場では自分に届けられた手紙を読み、第3幕第4場では字の読めない下男のために手紙を読んでやる。『冬物語』第3幕第2場では役人がアポロの宣託を読み上げる。『終わりよければすべてよし』第4幕第3場では通訳担当の兵士が命令書を読む。『十二夜』では第2幕第5場の執事のマルヴォリオ、第3幕第4場のトービー男爵、第5幕第1場の道化と下男フェイビアンがそれぞれに手紙を読み上げる。

なんと、お嬢様の筆跡、このC、U、T、それにこの大文字のPの書き方。間違いない、お嬢様の字だ。

By my life, this is my lady's hand: these be her very c's, her u's, and her t's, and thus makes she her great P's. It is, in contempt of question, her hand. (2.5.86-88)[26]

　マルヴォリオは、まんまと罠にかかる。姫の前に出た時、姫のあずかり知らないその恋文に書かれた通りに様々な奇態を演じ、「水茎の跡うるわしい筆跡を見まごう者はおりませんよね。」('I think we do know the sweet Roman hand' (3.4.28))と、その筆跡に言及する。習字手本の新式の知識を耳にした観客がこの台詞に駆り立てられるような思いで反応する姿が、手に取るように伝わってくる。マルヴォリオが口にするこの「水茎の跡うるわしい筆跡（the sweet Roman hand)」、つまり、ローマ字体（いま一般に使われている活字のイタリック体に近い書体）は、社会の上層部の人々の間ではつとに流行していたが、『十二夜』の書かれた1601年頃には、伝統的なイギリス秘書体（ドイツ語の旧式の筆記体に似た書体）を常用する一般の人々の間にもハイカラなものとして浸透しつつあった。人々のそのような心理をくすぐる台詞をマルヴォリオは語ったのである[27]。

　実際、シェイクスピアは、当時の一般市民が抱いていた読み書きの能力に対する一種の憧憬にも近い熱望と、それが成就したときの誇りに近い喜びとを、

---

26) 断わるまでもなく、リヴァーサイド版を底本とした場合には、日本語訳の「C、U、T、」は小文字の「c、u、t、」となる。
27) 登場人物が書体に言及する場面はこのほか、シェイクスピアでは、例えば、『ヘンリー六世第二部』（1591年までに創作、1594年出版）の第4幕第2場第85-110行がある。謀叛者のジャック・ケイド側に捕まった書記が「法律体」を書くことのできる男として責められる。また、屋内劇場のために書かれた、ジョン・マーストンの『寄生虫』(Parasitaster, 1604年創作、1606年出版）では、読む場面が第3幕第1場にも第4幕第1場にも出てくるが、とりわけ、第4幕第1場第54-160行では、男から女に宛てた、あるいは、女から男に宛てた幾種類もの恋文が披露される。登場人物の会話は書体や筆跡にまで及び、「上手な秘書体だ」とか「ローマ字体だ」とか「ひどいDだ」とか「ひどいonlieの書き方だ」とかが話し合われる。

実に見事な筆致で描くことができた。1598年に書かれたとされる『から騒ぎ』の1齣がそれである——

> ドグベリー　まず第一に、巡査として最もふさわしい失格のある者は誰だ？
> 夜警1　ヒュー・オートケーキとジョージ・シーコールです、二人とも読み書きができますんで。
> ドグベリー　隣人シーコール、一歩前へ。神はお前に良い名前をくださった。男の顔の良いのは運命の女神の贈り物だ、しかし読み書きができるのは生まれつきだ。
> シーコール［夜警2］　あっしはその両方とも——
> ドグベリー　持っておる。それがお前の答えであろう。ところでお前の顔に関しては、いいか、神に感謝しろ、だが自慢はするな。読み書きに関しては、見栄を張る必要のないときには見せびらかすがいい。

> *Dog.* First, who think you the most desartless man to be constable?
> *1. Watch.* Hugh Oatcake, sir, or George Seacole, for they can write and read.
> *Dog.* Come hither, neighbor Seacole. God hath blest you with a good name. To be a well-favor'd man is the gift of fortune, but to write and read comes by nature.
> *2. Watch.* Both which, Master Constable——
> *Dog.* You have: I knew it would be your answer. Well, for your favor, sir, why, give God thanks, and make no boast of it, and for your writing and reading, let that appear when there is no need of such vanity.　(3.3.9-22)

ドグベリー（野茨）特有のひとひねりした諧謔の中で、庶民階級出身のシーコール（石炭）の優越感は見事に水平化されてしまう。しかし、観客全員が共有することとなったその優越感の水平化は、観客を傷つけるものではなく、実際には、観客をくすぐり、おだてあげる種類のものであった。

§8

　読む演技にくらべ、書く仕種を舞台の上で具体的に披露し、観客の好奇心を刺戟することは必ずしも容易ではなかった。劇場空間という物理的制約だけではなく、上演時間という時間的制約があるからである。舞台上で読む行為は、数多い歌う行為と同じように、空間的にも時間的にも、普通の台詞のリズムの中に自然に溶け込み、劇全体の流れに乗って演じ続けることができる。しかし、書くという行為は、音声を伴わないだけではなく、空間的には一つの場所に固定され、時間的にも相当の持続性を必要とする。読む行為のようにはいかない。劇全体の流れが止まってしまう。舞台上でその仕種を披露する必要があるとしても、それはせいぜい、極めて短い断片的なものに終わらざるを得ない。『タイタス・アンドロニカス』の場合のように、ひとつの見せ場として、不自由な体となったラヴィニアがマーカスと筆談するとか、『恋の骨折り損』第1幕第1場のビルーンのように、用意された書面にただ名前を書き込むとか、『から騒ぎ』第4幕第2場の役人のように、簡単な口述筆記という程度のものである。読む仕種の頻繁さに比べて、書く仕種が比較的少ないのはごく自然なことであろう。

　シェイクスピア時代の作品で十数行に及ぶ口述筆記の例は極めて稀である。ジョージ・チャップマンの『執事』（George Chapman, *The Gentleman Usher*, 1602-03年頃の創作、1606年出版）第3幕第2場第484-500行は、伯爵の娘マーガレットが、仲人役よろしく勝手に振る舞う執事に、恋文の返事を口述する場面である。それに先行する100行あまり（380-483行）の舞台も、同様に、その恋文にかかわる読み書きの仕種を観客に見せる場面ではあるが、それは、書く仕種そのものに対してというよりは、特殊な用語に対して、観客の好奇心を促すことを目的としている——

　　打ってつけの書記ぶりは間違いなし。
　　つまみ食いのお目当てはお触れの単語、

偉人の語録、ベストセラーの文章。
A proper piece of scribeship, there's no doubt:
Some words pick'd out of proclamations
Or great men's speeches or well-selling pamphlets.　(3.2.398-400)

と、執事の文章づくりをからかうマーガレットの言葉通り、執事が探し求める気取った用語——'endear', 'condole', 'model', 'believe it' という類の、当時では、役人的響きや衒学的な響きを感じさせた語句——に、観客はある種の屈折した好奇心を寄せたに違いない。確かに、この場面は比較的高度の知的刺戟を期待する観客に相応しい。事実、『執事』は17世紀のごく初頭に、屋内劇場ブラックフライアーズ劇場で観劇する社会的にも知的にも比較的高級な人々を対象として書かれたものであった。それは大衆向けの半屋外の大劇場の客筋とは違う観客を相手にしていたのである。

　シェイクスピア時代の作品で、十行を超える筆記の場面は、このほか、例えば、チャップマンの作品では、『ジャイルズ鷲鳥男爵』(*Sir Giles Goosecap*, 1602年創作、1606年出版) 第4幕第1場におけるモムフォード、『ドリーヴ氏』(*Monsieur D'Olive*, 1605年創作、1606年出版) 第4幕第2場におけるロダリーグとミューゲロンなどがあるが、いずれも、『執事』同様、屋内劇場やオックスフォード大学の観客が対象であった。

　大衆向けの半屋外劇場の観客を相手に、筆記する場面を見せる作品は、さらに稀である。1例として、ベン・ジョンソンの『ヴォルポーニ』(Ben Jonson, *Volpone*, 1606年頃の創作、1607年出版) 第5幕第1場におけるモスカの例を挙げることができる[28]。

---

28) これらの例はいずれも1600年代最初の10年間に創作され、かつ出版されたものである。時代を少し下ると、ジョン・フレッチャーの『宿屋の美しい娘』(John Fletcher, *The Fair Maid of the Inn*, 1626年創作、1647年出版) 第4幕第2場におけるフロボスコーの例があり、ジェイムズ・シャーリーの『快楽の夫人』(James Shirley, *The Lady of the Pleasure*, 1635年創作、1637年出版) 第3幕第1場における秘書の例がある。いずれも屋内劇場を対象とした作品である。
　時代をさらに下り、王政復古期に入っても、劇中で実際に書く仕種を演じることは稀

第 2 章　識字率の向上とその演劇的反映　69

§ 9

　以上の具体例はいずれも、当時の学習熱が戯曲の中にどんな形で反映されたかを示すものであるが、その反映の頻度を数量的に把握することができれば、この学習熱の寒暖の推移を、もっと具体的に、知ることが可能になるかも知れない。そのように考えて、集計をおこなってみた。表 8 がそれである。総合的な調査を体系的に徹底しておこなったわけではないが、身近にあって調べられる限りの作品を調べた結果である。調査したのは、シェイクスピア作品 39 篇とシェイクスピア以外の作品ちょうど 200 篇の戯曲である[29]。このなかには、仮面劇、パジェント、エンターテイメント、その他ティルトやジッグの類（masques, pageants, entertainments, tilts, jigs）は含まれていない。グレッグは演劇（drama）の定義をし[30]、これらをその書誌目録に加えているが、本書では一貫して除外している。それは研究目的の相違によるものである。

　数多くの仮面劇、パジェント、エンターテイメント、その他ティルトやジッグなどを除く現存作品で、1640 年までに刊本となった作品は、グレッグによれば、500 篇余りである[31]。従って、本書で示すのは、全体の約 2 分の 1 に当

　　であった。その稀な例の一つとしてウィッチャリーの『田舎の女房』（William Wycherley, *The Country Wife*, 1675 年創作・出版）第 4 幕第 2 場を挙げることができる。夫人の浮気を咎める妻抓り氏（Mr. Pinchwife）が、相手の男を非難する手紙を夫人に口述筆記させている場面である。口述の間の、夫婦の対話と夫人の女らしい機転が、聞かせどころと見せどころになっている。
29) 付録 3 を参照。本研究の原型を中間報告として発表した 1986 年 3 月からこの章を書き改めた 2010 年 3 月までの 24 年間に各種の校注本が刊行された。現在なお進行中の The Revels Plays 双書と The New Mermaids 双書で新しく出版された校注本は数十冊に上るが、その大部分はすでに調査済のものであった。資料として新たに追加されたものはわずか 11 篇に過ぎない。
　　一方、2007 年にオックスフォード大学出版局から出たミドゥルトン全集（*Thomas Middleton: The Collected Works*. Gen. eds. Gary Taylor and John Lavagnino. Oxford: Clarendon Press, 2007）からは、12 篇の戯曲を新資料とすることができた。
30) Greg (1939–59), IV. xxii ページ以下。
31) 現存作品のみを扱ったグレッグの書誌 Greg (1939–59) では、本研究で除外した仮面劇

表8 読み書きへの言及があったり仕種が演じられたりする戯曲数

推定創作年代		-1535	1536-40	1541-45	1546-50	1551-55	1556-60
シェイクスピアの作品	作品数						
	読む						
	書く（+読む書く）						
	読み書きの言及のみ						
	言及もなし						
シェイクスピア以外の作品	作品数	8	1		1		3
	読む	1	0		0		1
	書く（+読む書く）	0	0		0		0
	読み書きの言及のみ	1	0		0		0
	言及もなし	6	1		1		2
調査された作品数		8	0	1	0	1	3
Harbage (1989) 記載の作品数		–	41	9	22	18	21
（現存作品数）		–	(16)	(6)	(6)	(8)	(12)

推定創作年代		1561-65	1566-70	1571-75	1576-80	1581-85	1586-90
シェイクスピアの作品	作品数						7
	読む						4
	書く（+読む書く）						0
	読み書きの言及のみ						1
	言及もなし						2
シェイクスピア以外の作品	作品数	1	1		1	3	14
	読む	1	0		0	1	9
	書く（+読む書く）	0	0		0	0	2(+2)
	読み書きの言及のみ	0	0		0	0	0
	言及もなし	0	1		1	2	3
調査された作品数		1	1	0	1	3	21
Harbage (1989) 記載の作品数		28	32	34	55	39	50
（現存作品数）		(16)	(15)	(9)	(8)	(19)	(36)

などを含め、ちょうど600篇である。ハービッジの年表［Harbage (1989)］では、消滅した作品は言うまでもなく、仮面劇、パジェント、エンターテイメント、ティルト、ジッグなどを除いても、原稿作品やラテン語劇などを含めているので、作品数は1400篇を優に超える。現存作品数が約800篇にものぼるのは、グレッグが除外したラテン語劇はもちろん、戯曲本文ではないかも知れない断片的な原稿なども数えているからである。

第 2 章　識字率の向上とその演劇的反映　71

推定創作年代		1591-95	1596-1600	1601-05	1606-10	1611-15	1616-20
シェイクスピアの作品	作品数	7	9	7	7	2	
	読む	4	7	7	4	1	
	書く（＋読む書く）	2(+2)	1(+1)	0	0	0	
	読み書きの言及のみ	1	0	0	1	0	
	言及もなし	0	1	0	2	1	
シェイクスピア以外の作品	作品数	4	22	32	23	24	6
	読む	1	11	17	11	10	1
	書く（＋読む書く）	0	0	4(+3)	0	2(+2)	1(+1)
	読み書きの言及のみ	2	3	3	3	4	2
	言及もなし	1	8	8	9	8	2
調査された作品数		11	31	39	30	26	6
Harbage (1989) 記載の作品数（現存作品数）		90 (46)	165* (57)	159 (79)	83 (68)	93 (61)	83 (56)

＊この他、1592-1600 年間のバービッジ関係の再演記録に残る作者・年代不詳の作品 41 篇がある。

推定創作年代		1621-25	1626-30	1631-35	1636-40	1641-	計
シェイクスピアの作品	作品数						39
	読む						27
	書く（＋読む書く）						3(+3)
	読み書きの言及のみ						3
	言及もなし						6
シェイクスピア以外の作品	作品数	22	9	10	7	8	200
	読む	9	4	2	2	8	89
	書く（＋読む書く）	0	1(+0)	1(+0)	1	0	12(+8)
	読み書きの言及のみ	5	3	4	3	0	33
	言及もなし	8	1	3	1	0	66
調査された作品数		22	9	10	7	8	239
Harbage (1989) 記載の作品数（現存作品数）		112 (56)	67 (52)	110 (86)	108 (85)	− −	1459 (797)

たる作品群の集計に過ぎない。信頼度を高めるためには、さらに多くの作品を調べなければならないが、それをやりおおせる見通しがあるわけでもないので、現在までの成果を、ここに提示する。なお、ハービッジの年表［Harbage (1989)］から得た作品数を参考資料として添えておく[32]。

　この表では、大衆向けの半屋外劇場のために書いたシェイクスピアの作品か

ら得られる数値が（特に1600年前後の15年間には）圧倒的に大きな意味をもっているので、屋内劇場作家と大衆向けの半屋外劇場作家とを区別する必要は特にないように思われる。項目の中の「読む」は「読む場面のある作品数」を意味し、「書く（＋読む書く）」の意味は、「書く場面のある作品数（および読む場面も書く場面もある作品数）」を意味する。わざわざ「（＋読む書く）」というような括弧プラス表記にしたのは、「読む」作品と重複して数えないためである。「読み書きの言及のみ」は読み書きへの言及はあるがその仕種を伴っていない作品数、「言及もなし」の意味は読み書きの仕種も言及もない作品数を意味する。参考資料として提示したハービッジの年表から得た作品数は上下2段組みとし、上段には現存作品と消滅作品の合計数を記録し、下段には括弧内に現存作品数のみを示して、調査した現存作品数のおよその割合が分かるようにした。

　この表を作成する際の原則など、細かなことは、巻末の付録3に「覚え書」として書き留めておいた。作品の創作年代については定説があるわけではない。特に、シェイクスピアの作品39篇については、異論が出ると予想されるので、推定創作年代の典拠を付録4として記録しておいた。その他の作品については、原則として、ハービッジの年表によった。

　読み書きの仕種を盛り込んだ作品の割合が比較的高騰するのは、1586-90年期のことである。シェイクスピアの作品で最初に世に出たのは1589年の『じゃじゃ馬馴らし』と考えられているから[33]、その翌年の『ヘンリー六世第一部』などの作品7篇がこの集計の数値となっている。一方、同年期のシェイクスピア以外の作品は14篇を調べることができた。そのうち11篇の作品に読みの仕種があるのみならず、実にその2篇は書く仕種を伴っている。

---

32) 刊行年を軸にしたグレッグの書誌［Greg (1939-59)］よりも、推定創作年を軸にしたハービッジの年表［Harbage (1989)］のほうが、識字率の演劇的反映を主題としたこの統計の資料としては遥かに望ましいと考えられる。しかし、本研究で除外した仮面劇などのハービッジの範疇はかなり不明確であるし、また、前の脚注31で述べた理由のために、現存作品数もグレッグの数を遥かに超えるので、ハービッジの年表の作品数はあくまで参考と考えるべきものである。

33) Morris (1981), 65.

このシェイクスピア以外の作品14篇は主としてリリー（John Lyly, ?1554-1606）やマーロウ（Christopher Marlowe, 1564-93）やグリーン（Robert Greene, 1558-92）などの戯曲で、屋内劇場と大衆向けの半屋外劇場とにほぼ等しく分かれる作品群である[34]。読み書きのこの高い数値には劇場の区別がない。社会のすべての階層のあいだに高まりつつあった学習熱の、疑う余地のない演劇的反映であると考えられる。1589年頃に最初の作品を書いたシェイクスピアは、学習熱が舞台の上に著しく反映されるようになってから作家活動を始めたと言えそうである。

　この学習熱の高まりは、すでに述べたように、文法学校での教育の普及によるものであり、その背後には習字手本の出版があった。学習熱の高まりが習字手本の需要を生み、その需要と供給の相乗効果的な社会現象が舞台に強く反映し、読み書きの仕種の演劇的表現となったと考えることができる。

　1591-95年期以降、シェイクスピアの作品ではこの反映はほとんど弱まることがなかったと言えるが、1605年までの15年間は、他に例を見ることができないほど強い反映であった。一方、数値的には同じ一般的傾向を示すシェイクスピア以外の作品でも、1601-05年期が反映の度合いの一番高い期間であった。ロンドンの演劇界全体としては、間違いなく、1601-05年期が読み書きの演劇的反映の最も顕著な期間であったと思われる。

　このことは、量的な数値の上でそうであるというだけでなく、実は、質的にもそうであった。それを示す具体例は、既に見たように、1601年に書かれ、初演はともかく、その後、大衆向けの大劇場で上演されたシェイクスピアの

---

34) 屋内劇場では『ボンビー母さん』（J. Lyly, *Mother Bombie*）、『カルタゴの女王ダイドー』（Ch. Marlowe, *Dido Queen of Carthage*）、『エンディミオン』（J. Lyly, *Endymion*）、『愛の変身』（J. Lyly, *Love's Metamorphosis*）、『ミダス』（J. Lyly, *Midas*）、『月の女』（J. Lyly, *The Woman in the Moon*）；大衆向けの大劇場では『内戦の傷』（T. Lodge, *The Wounds of Civil War*）、『タンバレイン大王』（Ch. Marlowe, *Tamburlaine the Great*）、『ファウスト博士』（Ch. Marlowe, *Doctor Faustus*）、『ベイコン坊主とバンゲイ坊主』（R. Greene, *Friar Bacon and Friar Bungay*）、『マルタ島のユダヤ人』（Ch. Marlowe, *The Jew of Malta*）、『ジェイムズ四世』（R. Greene, *King James the Fourth*）；どちらの劇場か不明のものは『フェイヴァシャムのアーデンの悲劇』（作者不詳、*The Tragedy of Arden of Faversham*）、『老妻物語』（G. Peele, *The Old Wives Tale*）である。

『十二夜』である。マルヴォリオは習字手本の書体に言及しながら偽の恋文の筆跡をあれこれと吟味するが、この場面は習字手本の忠実な反映そのものであった。この質量ともに整った読み書きの演劇的表現は、55ページの図4に見られるように、皮相的には、17世紀最初の30年間におけるロンドン地区の識字率の一過性的後退と矛盾するものではあるが、本質的には、エセックス州とハーフォードシャー州のような近隣地域が示した識字率の急上昇に象徴される、当時の社会を挙げての学習熱を反映するものであった。

第 3 章　演劇の興隆と戯曲の読者の誕生

16 世紀後半からにわかに顕著になったロンドン書籍商の隆盛とそれに呼応した読者層の形成が、当時の極めて流動的な社会の著しく複合的な変動の結果であったことは、第 1 章で考察した。書籍の流通と販売を促進したのは、書籍商組合の構成員の分業化（印刷専従者と出版・販売専従者との分業化）と専門化（書籍をジャンル別に専門化して取り扱う業界の傾向）であったが、その促進が具体的にどのようなものであったかについては、詳らかではない[1]。しかし読者層の形成を物理的に支えたのは、言うまでもなく、書籍商組合の組合員たちが世に送り出した商品そのものであった。

§ 1

書籍商が出版したものは一般に書籍と呼ばれるものばかりではなかった。1 枚刷りの俗謡の類もあったし、説教や戯曲などの薄っぺらな単行本もあった。それらは、低収入の人でさえも、店頭や行商人から、容易に買い求めることができた[2]。

---

[1] 稀にではあるが、序文などで次に書く作品を予告する作家もいたし、販売中の本の中に在庫本リストの紙片を差し込む書店主もいた。この種の広告を集めた資料としては、Greg（1939-59), iii. 1141-90 を参照。地方の読者のためには、生活必需品の販売網があったり、相当数の行商人がいたことはすでに述べた——第 1 章の脚注 46 を参照。

[2] セントポール寺院での説教はしばしば公刊された。戯曲本は、通常、全紙 10 枚ほどか

当時出版されて現存する戯曲本の網羅的な調査にはグレッグの書誌目録が役に立つ[3]。しかし、この資料には、前章§9で述べたように、戯曲のほかに、仮面劇、パジェント、エンターテイメント、その他ティルトやジッグなど本書で対象としない12種類のジャンルが含まれているので、それは除外しなければならない[4]。

グレッグによれば、戯曲本は1510年代のものが最も古い[5]。わずか4篇の作品に過ぎない。その後1550年代前半までは、出版点数が大きく変化することはなかった。1550年代後半に継続的な増加の兆しが見られ、急激な変動が1560年代に起きた。1640年までに初めて版本となった戯曲は494篇、初版のあと新版・重版[6]として1640年までに出た戯曲本は延べ473点ある。これらすべてを、グレッグに基づき[7]、5年単位で、取りまとめてみると、表9ができる。合計欄の下に同じ時期に出版された書籍類の総点数[8]ならびにその中

ら成る80ページ前後の四つ折り本で、店頭に並ぶ未製本のものは6ペンスであった[Greg (1955), 454-5]。1枚刷りの俗謡は1ペンスに過ぎなかった。鉛管工、舗装工、石工、指物師、大工などのように特技のある職人は食事つきで日給8ペンスから11ペンスであったし、特技を持たない労働者でも食事つきの日給5ペンス、食事つきでなければ9ペンスもの収入を期待できた[Cook (1981), 278-9]。従って、俗謡や戯曲本などは庶民がかなり気楽に買えたはずである。

3) Greg (1939-59) である。
4) この取り扱いは、第2章と同じである。
5) 同書, i-ii. なお、ここで「1510年代」とは「1511年から1520年」の10年間のことを意味している。表9に関係する部分では、すべてこれに準じた「年代」である。
6) 現在の読者には理解しがたいことのようであるので、繰り返しの解説となるが、当時のイギリスでは、少なくとも1587年12月以降には、書籍の出版には法的規制があって、通常1250部を上限として出版部数を刷り終わったとき、組版は原則として解版しなければならなかった。内容が全く同じでも「版」を重ねるためには活字を改めて組みなおす必要があった。本文での用語「重版」はその意味である。題扉や内容の部分的変化があれば、それは本文での用語「新版」となる。第2章の脚注22での用語もこの意味である。詳しくは、第1章の脚注18と脚注33を参照。
7) 同書, 81-285. 2部作などの作品は、グレッグに従い、2篇とした。とりわけ1570年代までは、出版年のはっきりしない版が多い。従って、この統計数値は年代を多少前後して変動する可能性を含んでいる。その可能性を最小にするため、最新の研究成果を集大成したパンツァーのSTC (1991) の推定年とグレッグの推定年を照合し、違う場合は、STC (1991) の推定年を採った。
8) 「書籍類」と断ったのは、例えば、1枚刷りの俗謡などもあるからである。この総点数

表9　1640年までに版本となった戯曲数

西暦年	1511-15	1516-20	1521-25	1526-30	1531-35	1536-40	1541-45	1546-50	1551-55
初版の作品数	4	2	4	6	4	0	1	6	0
新版と重版	0	0	0	3	1	0	1	2	0
合計	4	2	4	9	5	0	2	8	0
書籍の総点数	239	358	353	501	539	505	515	966	823
戯曲の割合（％）	1.67	0.55	1.13	1.79	0.92	0	0.38	0.82	0

西暦年	1556-60	1561-65	1566-70	1571-75	1576-80	1581-85	1586-90	1591-95	1596-1600
初版の作品数	5	8	17	9	7	12	6	38	36
新版と重版	4	8	4	3	3	12	5	9	28
合計	9	16	21	12	10	24	11	47	64
書籍の総点数	716	722	911	949	1186	1387	1414	1423	1669
戯曲の割合（％）	1.25	2.21	2.30	1.26	0.84	1.73	0.77	3.30	3.83

西暦年	1601-05	1606-10	1611-15	1616-20	1621-25	1626-30	1631-35	1636-40
初版の作品数	43	57	33	14	28	21	52	81
新版と重版	29	33	40	48	54	32	102	52
合計	72	90	73	62	82	53	154	133
書籍の総点数	1870	2218	2434	2634	3113	2731	3237	3397
戯曲の割合（％）	3.85	4.05	2.99	2.35	2.63	1.94	4.75	3.91

に占める戯曲本の割合が併記してあるのは、戯曲の出版点数の変動の実態を書籍業界の全出版活動との関係においてよりよく理解できるようにするためである。

　戯曲の出版点数は、多少の起伏はあるが、大局的に見れば、1550年代後半以降いわゆる右肩上がりである。1570年代と1580年代の落ち込みの原因はよく分からないが、1610年代と1620年代の落ち込みはジェイムズ一世の宮廷を取り巻く仮面劇やパジェントへの熱狂的な傾倒が大きな原因となっている。

　　は英国図書館がインターネット上で公開している *ESTC*（http://estc.bl.uk, 2012年3月24日現在）による。

この期間だけで50篇あまりもの仮面劇などが初版どまりの出版を見たが、ここでの考察の対象とはなっていない。しかし、戯曲の読者という観点から見れば、1610年代と1620年代における戯曲の新版・重版の数値は確実に右肩上がりの傾向を示していると考えることができる。

　表9で急激な増加が目立っているのは1560年代と1590年代である[9]。1560年代の急増も1590年代の急増も、その原因は同じであったと思われる。それは読者の需要であった。その需要がどのようにして生まれたのか、すぐには明らかでないとしてもである。1590年代の増加の原因の説明のひとつに、1594年にはペストの流行で収入減を余儀なくされた劇団が、また、1599年と1600年にはそれぞれ「地球座」(The Globe)と「運命座」(The Fortune)の新築で財政の圧迫を受けた劇団が、演目の元になる虎の子の戯曲原稿を書籍業者に売ったためであろうという推測がある[10]。しかしこの推測はこの急増の原因の必要にして十分な説明にはならない。急激な増加は初版だけでなく、新版・重版も同じように急激に増加しており、その増加の根本的な原因は同じであったと思われるからである。それは疑いもなく戯曲の読者の需要であった。

　この時期、特に1570年代の半ばまでには、第1章で述べたように、識字率が全国的に、特にロンドンでは、著しく向上し、紳士はもちろん、自由農民、小売商人、手工業職人などに至るまで、相当多数の人々が字の読めない障害から解放されていた。形成された読者層は、時間の経過とともに、読者それぞれ

---

9) 1590年代に出版された戯曲本の詳細については、付録5を参照。また、1584年から1616年までの戯曲本の出版点数に関しては、Erne (2009), 26-7を参照。ルーカス・エルンの3種類の棒グラフを見ると、この期間の戯曲本の作家別の量的な内訳が一目で分かる。どのグラフでもシェイクスピアは25点、29点、45点と桁違いの第1位である。第2位以下は、1600年までのグラフでは、リリー（13点）、ピール（8点）、グリーン（8点）、マーロウ（7点）、キッド（6点）で、1603年までのグラフでは、リリー（14点）、グリーン（9点）、ピール（8点）、キッド（8点）、マーロウ（7点）、ジョンソン（6点）、デカー（5点）、1616年までのグラフでは、ヘイウッド（23点）、マーストン（18点）、デカー（17点）、ジョンソン（15点）、マーロウ（14点）、リリー（14点）、チャップマン（14点）、ミドゥルトン（13点）、キッド（10点）、グリーン（10点）である。

10) Chambers (1930), i. 13.

の好みに応じて、成長し多様化していったと思われるが、1560年代と1590年代における戯曲本の出版のこの増加は、1570年までにすでに、戯曲本を必要とする人々がかなり多くいたということを物語っている。書籍業者はその需要に敏感に反応したのである。

　1590年代に出版された延べ111篇の戯曲を劇団と書籍業者との関連のなかで詳しく調べてみると、そのことがよく分かる[11]。戯曲本の出版に比較的力を入れる書籍業者が現れ始めていたのである。250名前後と推定される書籍業者（出版・販売専従者は200名足らず）[12]のうち30名ほどがこれらの戯曲本を読者に提供した。2、3篇の作品を出版しただけの者がほとんどで、5篇以上を出版した者は印刷・出版者1名（クリード、Thomas Creede, ?1554-?1619）と出版・販売者7名だけであった。7篇以上を出版した者は出版・販売者4名に過ぎない。バーリー（William Barley, 1591-1614）が7篇、ワイト（Edward White, 1577-1612）が10篇、ワイズ（Andrew Wise, 1589-1603）が11篇、バービー（Cuthbert Burby, 1592-1607）が13篇である。ワイトやバービーのようにどの劇団の戯曲も分け隔てなく取り扱う者もいれば、クリードやバーリーあるいはワイズのように女王一座あるいは宮内大臣（1603年以降は国王）一座の作品に比較的集中する者もいた。いずれの場合も、数年間にわたり継続して戯曲本の出版に関係した[13]。比較的小さな資本によって商品化の可能な、そして安価なゆえに多売を期待できる、戯曲本への専門化の兆しを、彼らのこうした出版活動の中に、感じ取ることができる[14]。特に1590年代後半に見られる新版・重版の頻度から推し量ることができるように、戯曲本の出版の旨味が数名の書籍業者の職業的衝動を駆り立て、出版のための戯曲原稿の発掘と戯曲本の増加を促したと思われる。書籍業者は、読者からの需要にたいして、初版だけでは応

---

11) 付録5を参照。
12) Yamada (1986), 5-23を参照。
13) 6篇を出版した親方印刷者クリードも、バーリーと同じように、女王一座の作品に比較的集中して数年間の関わりを持った。
14) 同じ時期に見られる類似の専門化の例は1枚刷りの俗謡の出版・販売に精励したリチャード・ジョーンズである。第1章の31ページを参照。

えきれず、既刊本の新版や重版によっても応えたのである。

　新版や重版がとりわけ目立つようになったのは 1590 年代、特に後半である。その 5 年間だけで、28 篇もの作品が題扉を新たにして再び出版された。そのうちの実に 20 篇が初版あるいは直近の重版から 5 年以内の新版・重版であった[15]。その半数以上の 11 篇が英国史もので、際立っている。それはこの時期に台頭した国史劇の評判の反映であると同時に、1588 年にスペイン艦隊を撃破したイギリスの国家意識の高まりを享受する読者の歴史的興味の反映でもあった。あるいは、それ以上に、それは物語性に富んだ歴史ものの読み物としての特性のためであったのかも知れない。ともかく、戯曲の読者は確実に増え続けていたのである。

　増え続ける戯曲の読者に書籍業者が提供したのは薄っぺらな、戯曲 1 篇が 1 冊になっている、単行本だけではなかった。1573 年には、翻訳劇を含むギャスコイン（George Gascoigne, c.1534-77）の作品集が出て、1575 年頃と 1587 年に版を重ねた。1559 年を皮切りに 1560 年代以降、次々と単行本で出たセネカ（Lucius Annaeus Seneca, c.4 B.C.-A.D.65）の英訳悲劇 9 篇が、1581 年にさらに 1 篇を加え、1 冊本となって出版された。1590 年代になると、著作権意識の目覚めというよりはむしろ著者の社会的地位の自覚あるいは宣伝の証しででもあるかのように、サミュエル・ダニエル（Samuel Daniel, 1563-1619）が、戯曲を含む自身の作品を改訂・増補しながら、1 冊本として、94 年、95 年、98 年、99 年と、立て続けに出したりした。単行本よりも遥かに重量感のある、従って、単行本の数倍の価格の作品集が、戯曲本の増加に呼応して、1570 年代以降、次々と読者の前に現れたのである。

§ 2

　それまでにも戯曲本は出版されていたから、戯曲本の読者がいなかったわけではないが、この時期、一般の読者が戯曲本に抱いた一層の興味は、社会現象の

15）付録 5 を参照。

常として、いろいろな出来事の相互作用から生まれたのであろう。基本的には、一般読者の層の厚さがすでに相当なものにまで発達しており、読書欲というエネルギーの大きな蓄積があったはずである。さらなる蓄積に弾みをつける識字率の向上と書籍業者の熱心な戯曲本の出版活動という下支えがあったことは言うまでもない。しかし、読者に戯曲本への興味を煽り立てた直接の原因は、疑いもなく、読者の周りで渦巻く、大人劇団の活発な演劇活動であった。屋内劇場に依存した少年劇団の活動ではなく、巡業する大人劇団の公演活動[16]であった——大人劇団の公演を前提とした相次ぐ旅館の改造、大人劇団のための小規模な専用劇場「赤獅子座」(The Red Lion) の出現、さらには、半ば野外形式の大規模な大衆向けの「劇場座」(The Theatre) の出現によってますます活発となった大人劇団の公演活動であった[17]。

　ロンドンの市壁の外側北東の郊外約1キロメートルのところに大衆向けの本格的な大劇場「劇場座」と「カーテン座」(The Curtain) が出現する1576-77年以前から、ロンドンの市民たちは芝居を楽しむ機会に恵まれていた。市壁に囲まれた市そのものは、東西2キロメートル足らず、南北1キロメートル足らずのほぼ台形の、テムズ川の北岸に沿った狭い区域であったが、市内に点在する数軒の旅館の中庭を借りた巡業劇団による公演もあったし、1567年には、東の郊外1.2キロメートルのところに、木戸銭をとって興行する小規模の大衆向けの劇場「赤獅子座」もあった。さらにそれ以前には、ギルドによる大掛かりなキリスト受難劇は言うまでもなく、巡業劇団による小規模の宗教劇やインタリュードと呼ばれる道徳劇が、中世以来のしきたりによって、

---

16) 当時、法的に認められた劇団は、大別して、教会や教育機関に関わりのある少年劇団と貴族をパトロンにいただく大人劇団の2種類があった。ロンドンの少年劇団は、16世紀の終わりまでは、王室チャペル少年劇団（The Children of the Chapel）とセントポール少年劇団（The Children of Paul's）のみであった。いくつもあった大人劇団と同様に、宮廷での上演を担っていたが、演劇専用の大規模な大衆向けの劇場「劇場座」が出現する1576年までは、少年劇団のほうが遙かに優勢であった。このことはハービッジの年表［Harbage (1989)］を縦覧するとすぐ分かる。Chambers (1923), ii. 1-61 を参照。

17) 屋内上演が前提の宮廷における上演は別として、職業劇団が一般大衆向けの公演で屋内劇場を使い始めるのは1609年、劇場はブラックフライアーズ劇場（The Blackfriars）、劇団は国王一座（The King's Men）と呼び改められたシェイクスピアの劇団であった。

戸外で上演され、誰でも観ることができた。貴族お抱えの大人劇団は[18]、時々その貴族の屋敷で特定の限られた観客に芝居を観せる一方、常に巡業する職業劇団として、時には法律とのせめぎ合いの中で[19]、市井の人々の小銭を目当てに公演を続けた。彼らは、縁日などを利用してロンドンを始め各地の広場や町役場など公共の場所を渡り歩いた[20]。人口密度の高いロンドンではもちろん、その近郊でも、旅館の中庭を借りて興行し、集まってくる人々から見物料を取った[21]。大邸宅の広間での上演もあった。文法学校や法学院などの教育機関においても、比較的知的な一般庶民向けの、主として屋内での、生徒や学生による演劇活動があるにはあった。しかし、これらのいずれも、少年劇団の活動と同じように、上演の頻度や観客動員の規模は決して大きくはなかった。

　こうした各種の演劇活動は、すべて小規模で、観客はせいぜい数百人止まりであった[22]。しかしこの種の演劇活動でも、年間の観客動員数は、小規模では

---

18) 16世紀末の英国には、少なくとも21の大人劇団があった。その多くがロンドンで活動した。1576年頃には、最大の劇団はレスター伯爵一座（The Earl of Leicester's Men）であったが、世紀末には、シェイクスピアが率いる宮内大臣一座（The Chamberlain's Men）が第1の、海軍大臣一座（The Admiral's Men）が第2の劇団として活躍した。Chambers (1923), ii. 77-240 を参照。

19) 芝居の公演は当局の取締令を頻繁に誘発した。Chambers (1923). iv. 260-345 には、1531年から1616年までの、実に160例を記載している。このうち、大規模な大衆向けの劇場「劇場座」が出現する1576年までのものは、32例に上る。それまでの演劇活動がすでに、いかに盛んであったかが分かる。例えば、1549年5月27日にロンドン市議会はなめし皮商人に「自宅でのインタリュードや芝居」の即時禁止を命じた。また、1553年には、「芝居とインタリュードは日曜日と祭日には午後3時以後」とした。午後3時前からの公演が頻繁にあって、教会活動などの妨げとなったのであろう。

20) 巡業日程の組み方については、Wickham (1980), i. 269 を参照。

21)「猪の首屋」（The Boar's Head）や「赤牛屋」（The Red Bull）をはじめとする旅館での興行の資料は極めて乏しい。確かなことはほとんど分かっていない。このどちらの旅館も、やがて、芝居の公演用に改装され、大衆向けの劇場として機能した。1557年の公演記録のある「猪の首屋」あるいは「猪の首座」全般については、Sisson (1972) および Berry (1986) を参照。

22) 本格的な大衆向けの劇場出現以前のこれらの演劇活動については、観客動員数は言うまでもなく、どの作品がいつどこでどの劇団によって上演されたかという具体的記録に乏しいが、詳細については、Chambers (1903) および Chambers (1923), ii と Wickham (1980), i を参照。

あったが、演劇専用の大衆向けの劇場「赤獅子座」がロンドン東郊に出現する直前の1560年代に、すでに、戯曲の読者集団を誕生させるのに十分なものであったのであろう。芝居の観客すべてがそのまま戯曲の読者となるわけではないが、芝居そのものが戯曲の読者の増加の促進剤となった。それは表9（77ページ）にある1560年代前半の戯曲本の出版数から肯くことができる。

　巡業劇団が旅館の中庭を借りて公演をするのが普通であった1560年代に、大衆の演劇熱を受け止め、演劇の事業としての可能性を見抜いた事業家がいた。ジョン・ブレイン（John Brayne, 1586年歿）である。彼は、1567年に、ロンドンの東郊に専用劇場「赤獅子座」を建てたのである[23]。その規模は既存の建物を改造した程度のものであった。公演1回当たりの入場者は数百人で代り映えしなかったとしても、常打ちの強みで延べ人数は確実に増加したはずである。いずれにしても、それは、1560年代後半の戯曲本の出版点数の増大に反映されているように、戯曲の読者の急増に、直接的にも間接的にも、大きく加担した。この読者の急増は、新しい娯楽として芝居に熱狂する市民のなかに発生した、いわば、時の風の吹き荒れた後姿とも考えることができよう。

§ 3

そもそも成算を見込めるほどの社会的需要を感じなければ、事業家は敢えて事業を起こそうとはしない。ロンドン初の大規模な大衆向け劇場と一般に言われている「劇場座」を建てたジェイムズ・バービッジ（James Burbage, 1530または1531-97）は、そのような事業家であった。彼は、地方巡業に慣れた、当時最大の、レスター伯爵お抱えの劇団のリーダー格であったが、観劇が日常的な

---

[23] Loengard (1983), 305. 建物の規模などは分かっていないが、厳密な意味では、これが最初の演劇専用の大衆向けの劇場であった、と言える。しかし、ハーバート・ベリーは、それに懐疑的である。Berry (1989) を参照。一方、シソンによれば、「赤獅子座」は旅館の改造劇場で、それを最初に借り切った劇団は、恐らく、レスター伯爵一座であったという。Sisson (1972), 4-5 を参照。バウシャーの最新の研究によれば、農場の住宅を改造した小劇場であった。Bowsher (2012), 52 を参照。

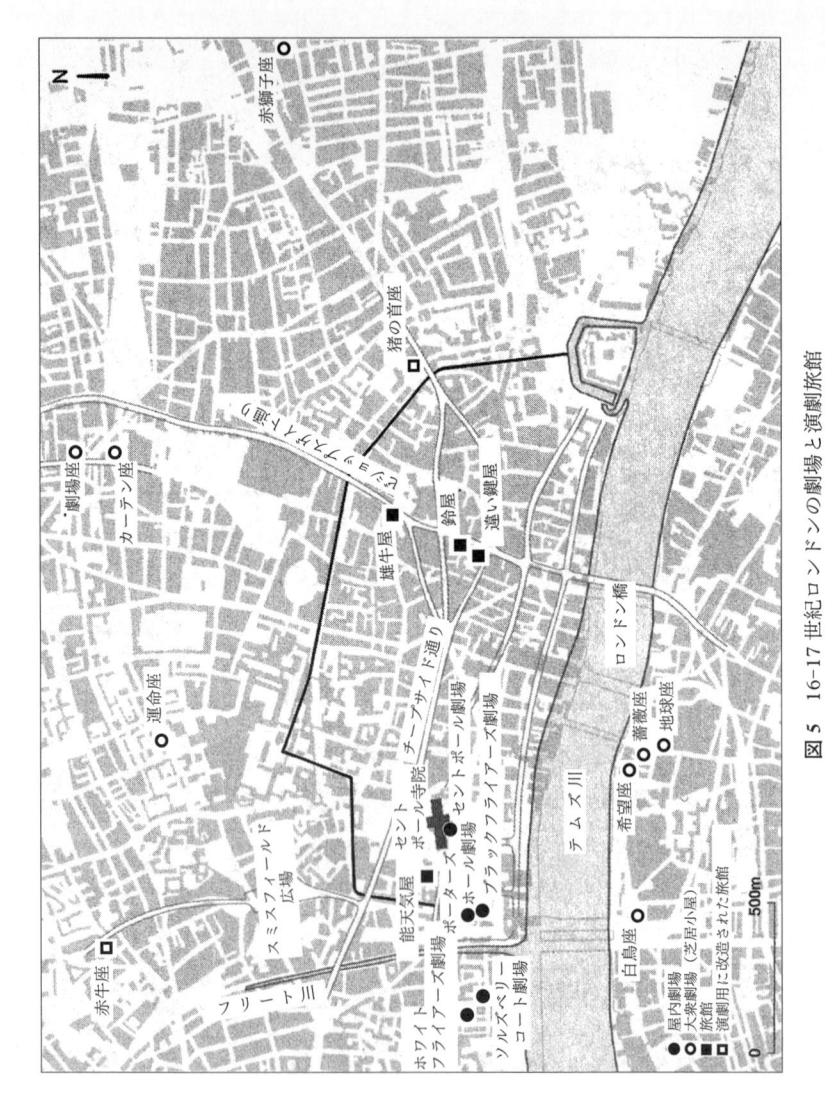

図 5 16-17 世紀ロンドンの劇場と演劇旅館
この図は異なる時期に建てられたものをまとめて掲げている [Bowsher (2012), 26. ロンドン考古学博物館の許可による]

娯楽としてロンドン市民の間に流行しつつあるという、時の風を肌で感じていたに違いない。新しい事業の可能性を巡業先の旅館での興行の賑わいの中に感じ取った彼は、妻の兄弟ジョン・ブレインと共同で1576年に、ロンドン北東の郊外に、その名もただ「劇場座」と呼ぶ、芝居専用の途方もなく大きな劇場を建てる決心をし、実行した。同じ時の風を感じ取っていたブレイン自身、それに先立ち、すでに「赤獅子座」を建てていたのである[24]。ブレインは「赤獅子座」(1567年) と「劇場座」(1576年) の成功に気をよくして、さらに1580年、ロンドン橋の数百メートル先にある旅館「ジョージ屋」(The George) を劇場に改造するほどの事業家であった[25]。ひとりの事業家が13年間に3軒もの劇場をつくるために投資したという事実は、当時、観劇が庶民に大人気の娯楽で、芝居興行が大当たりする事業であった何よりの証拠であろう。

バービッジが1576年にロンドン北東の郊外に大規模の「劇場座」を建てると、巡業劇団はこの演劇専用の本格的な劇場を活動の根拠地、つまり、常打ち小屋として利用し始めた[26]。ロンドンに根拠地を持ちたいと望む劇団は他にもあり、ひとつの専用劇場では間に合わないので、その翌年、すぐ南隣に、同じように大規模の「カーテン座」(1577年) が新築開場した (図 5[27]を参照)[28]。劇団の需要はもちろんのこと、市民の需要に応えるために、旅館を劇場に改造する事業家の投資活動は続いたが[29]、観客収容力の大きい「劇場座」を模倣す

---

24) Loengard (1983). これには異論もある。脚注23を参照。
25) 同書、12-22.
26) 最初は、多分、彼が所属していたレスター伯爵一座で、その後、ウォリック伯爵一座 (The Earl of Warwick's Men) などが続いた。Chambers (1923), ii. 393-4 を参照。
27) 旧版の Bowsher & Miller (2009), 18: MOLA Monograph 48, figure 10 では、屋内劇場と旅館等の位置が多少異なり、「サラセンの首屋」(The Saracen's Head) とロンドン塔の旅館が記載されている。これはすべて誤りということで、新版の Bowsher (2012), 26 において、全面的に改訂された。
28) 「劇場座」と「カーテン座」は、ある時期、それぞれ、レスター伯爵一座とシェイクスピアの劇団である宮内大臣一座などが常時使った。
29) 例えば、上述のロンドン橋の先にある「ジョージ屋」あるいは「ジョージ座」(The George, 1580年) や市壁の西北の郊外の「赤牛屋」あるいは「赤牛座」(The Red Bull, 1606年)。

る劇場建築も盛えた。その後 25 年足らずの間に、次々と建てられた類似の、本格的な、大規模な大衆向けの劇場は、遊興地区として特別扱いされたテムズ川南岸の「薔薇座」(The Rose, 1587 年新築開場) と「白鳥座」(The Swan, ?1595年)、「薔薇座」の筋向いの「地球座」(1599 年)、および人口が急増する北北西郊外の、「『地球座』に似せて」造られた「運命座」(The Fortune, 1600 年)[30]などであった。「運命座」は市壁の外側僅か 400 メートルほどの新興住宅地に位置していた。これらの大衆を対象とする劇場はいずれも、その時々に、劇場主と契約を結んだ劇団の根拠地となった[31]。ペンブルック伯爵一座 (The Pembroke's Men) が利用していた「白鳥座」は劇場主の放漫経営で 1597 年夏に店閉まいしてしまったが[32]、「白鳥座」の最初の 2 年間は、東郊の「赤獅子座」を別にして、北郊に 2 軒、テムズ川南岸に 2 軒、実に 4 軒が共存共栄の繁盛ぶりであった[33]。借地権問題でやむを得ず取り壊された「劇場座」に代えて 1599 年に「地球座」が「薔薇座」の筋向いに建ち、翌 1600 年に「運命座」ができると、再び、北郊の 2 軒とテムズ川南岸の少なくとも 2 軒、時として 3 軒、が同時に営業することになった[34]。この事実もまた、劇場経営が演劇ブー

---

30) Chambers (1923), ii. 436-39.「運命座」が新築された数年後、1604-6 年には、そこからさらに 800 メートルほど西北の郊外に、旅館を改造した「赤牛座」が現れた。「運命座」のような大規模劇場ではないが、「運命座」の出現から数年しか経っていないのに、しかもかなり接近したところに「赤牛座」の出現が可能であったと言う事実は、劇場の繁栄のみならず、この新興の住宅地の人口増加の激しさをも物語っている。
31)「薔薇座」は、「運命座」に移るまで海軍大臣一座が、続いてウースター伯爵一座 (The Earl of Worcester's Men) などが使った。「地球座」は、「劇場座」を取り壊したシェイクスピア劇団の専用であった。
32) Sisson (1972), 47 ; Chambers (1923), ii. 412-3.
33) Chambers (1923), ii. 360.
34) 当時の劇団は、それなりの訳があって、時々、上演劇場を変更した。例えば、「薔薇座」を使っていた海軍大臣一座は、1600 年に、できたばかりの「運命座」に移った。従って、劇場経営の実態は、劇場主と契約を結んだ劇団の活動に左右されていた。劇場は演劇以外の見世物に使われることもあった［Chambers (1923), ii. 366 を参照］ので、劇場建築物の数がそのまま、1 日に上演される戯曲数になるものではなかった。しかし、時代は少し下るが、1611 年の外国人旅行者たちが伝えるように［同書、ii. 368-70］、「ロンドンでは、日曜日を除いて毎日、7 軒の劇場が同時に営業していた」という印象記などは、芝居の上演用に改造した劇場旅館や専用劇場の盛況ぶりについての立派な証

ムの波に乗って急成長する有望な事業であったことを如実に物語っている。

「金に糸目をつけず造られた劇場」(The sumptuous Theatre houses)[35]とか「豪華な演技場」(the gorgeous playing place)[36]などと周りから揶揄されたこれら芝居専用の大劇場の出現は、外国人旅行者たちにも印象に残るものであった。1585年にロンドンを訪れた、ドイツはウルムの商人キーヘル (Samuel Kiechel, 1585-89年活躍) の目には、北東郊外に隣り合わせに建つ2軒の劇場は「3層ほどの桟敷のある……奇妙な建物」(peculiar houses, which ... have about three galleries over one another) の娯楽施設として映った[37]。1596年頃ロンドンに旅行したオランダの学生ヨハネス・デ・ウィット (Johannes de Witt, 1566-1622) は、ロンドンでの見聞の記録にテムズ川南岸の「白鳥座」のスケッチを添えた(次ページの図6を参照)。この有名なスケッチの写し[38]によれば、「白鳥座」にも3層の桟敷があった。「劇場座」を建て替えた「地球座」をはじめ、テムズ川南岸の新しい劇場には、(証拠があるわけではないが) 恐らくすべて、3層の桟敷があったと考えてよかろう[39]。桁外れに大規模で「豪華な」これらの娯楽施設は、当時のロンドンの娯楽文化に、実に強烈なインパクトを与えたのであった。

§ 4

もしこれらの劇場の観客数が分かれば、その出現以前の1560年代との比較に

言であろう。時代によって変化する劇場の込み入った営業状況については、同書、ii. 355-79を参照。
35) 1577年に聖職者トマス・ホワイト (Thomas White, 1624年歿) が説教で使った言葉。同書、ii. 358を参照。
36) 1578年に聖職者ジョン・ストックウッド (John Stockwood, 1610年歿) が説教で使った言葉。同書、ii. 358を参照。
37) 同書、ii. 358.
38) 見聞録もスケッチも原本は存在しない。現存するのは写しだけで、友人エルノート・ファン・ブッヘル (Aernout van Buchel, 1565-1641) によるものである。写しの年代も正確さも知ることはできない。
39) 同書、ii. 530.

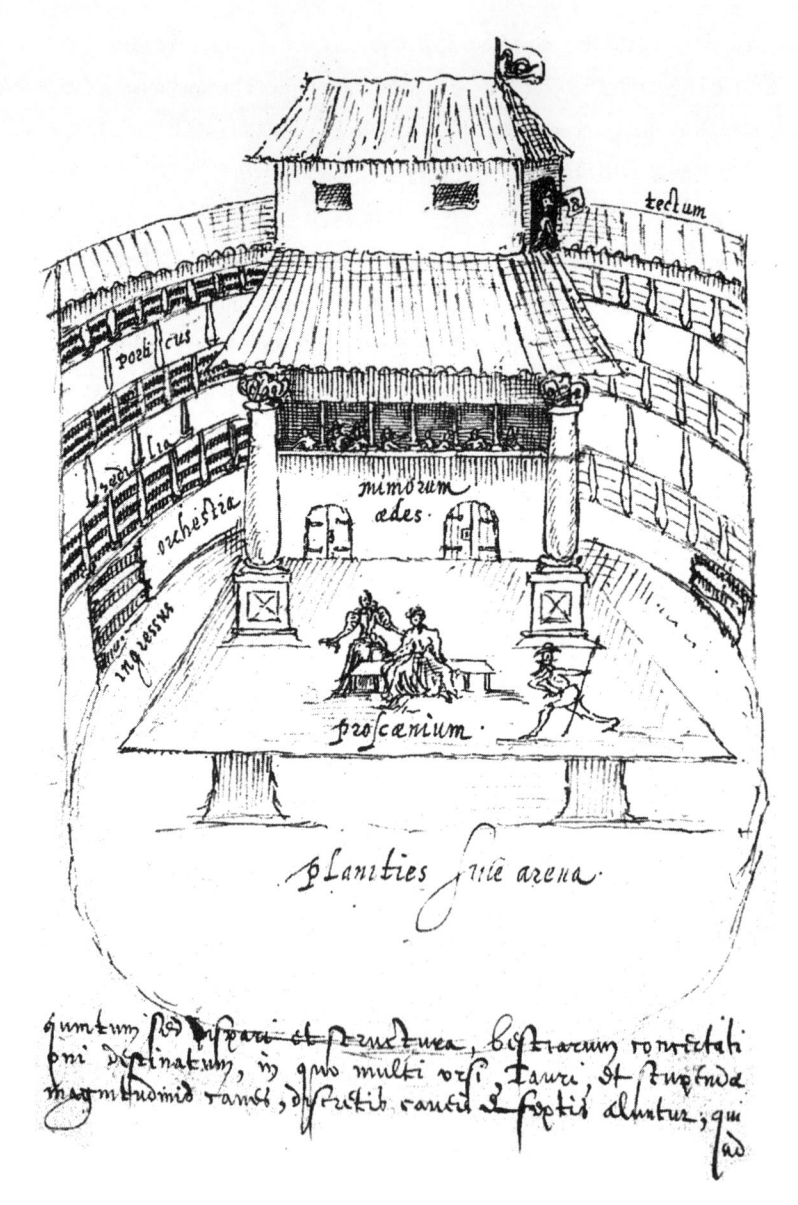

図6 ヨハネス・デ・ウィットによる「白鳥座」のスケッチ
［ウトレッヒト大学図書館の好意による、Ms. 842, fol. 132r.］

おいて、そのインパクトの強さを、数値で、具体的に推し量ることができるはずである。しかし、「大勢の人々」（a great number of people）[40]というだけで、正確な人数は分かっていない。具体的な数としては、「白鳥座」の3000人というデ・ウィットの1596年頃の旅行記だけである[41]。外的証拠ではあるが、見聞録、しかもその写し、であるので、証拠としての価値に問題が残る。一方、「薔薇座」については、1988年から1991年までの発掘調査の報告および発掘に伴う土間の観客数についての実験結果がある。それによれば、1592年の改築の際、舞台を2メートル余り後退させて土間を広くしたことが分かった[42]。土間の観客数の実験では、広げる前の土間では、ゆったりと立ち見すれば400人、詰め込めば530人であった。広げた後の土間では、550人と740人であった[43]。3層の桟敷の席数は発掘調査でも明らかにはできなかった。しかし、最低400人の観客収容数を土間だけで確認できたことの意味は大きい。土間だけでも旅館での興行の収容規模を大きく下回ることは恐らくないからである。デ・ウィットのスケッチによれば、1層と2層の桟敷は3段、最上層の桟敷は2段の造りで長椅子が作り付けになっているので、かなり多数の観客を収容できたはずである。3層の桟敷全部の収容力が土間を上回るかどうか、本当のところはまったく分からない。仮に2倍であったとすれば、劇場全体では最低1200人になる。手堅く割引きすれば、1000人ということになろう。従って、デ・ウィットが記録に残した数字を最大値とすれば、大衆向け劇場の観客収容規模は1000人から3000人だったということになる[44]。

　興行が毎回大入り満員ということは、時と所を問わず、あり得ない。当時の

---

40) 同書、ii. 358.
41) 同書、ii. 362.
42) Bowsher & Miller (2009), 54-64.
43) 同書、157、右の欄。
44) エクルズ［Eccles (1990), 136］は、アンドルー・ガー（Andrew Gurr, 1936-）の新しい見解だと断わり、桟敷の収容能力を1654人としている。土間の収容能力を加えれば、優に2000人を超える。発掘に従事したバウシャー［Bowsher (2012), 170］は「約2000-2500人」としている。「地球座」に似せて建てられた「運命座」の規模は「2138人、詰め込んで2558人」だったとする説もある［Chambers (1923), ii. 526を参照］。

ロンドンでも同じで、「薔薇座」の管理を一手に引き受けていたフィリップ・ヘンスロー（Philip Henslowe, 1616年歿）の経営日誌を見ればすぐ分かる[45]。日誌は1592年から1603年までのものであるが、海軍大臣一座（the Admiral's Men）[46]の「薔薇座」や「運命座」での公演にかかわる収支などの実態がかなり詳細に記録されている。日によって、収入が大きく変動しているのである。そこで今、一つの試みとして、常に満席の公演を最大値とし、平均の入りを非常に厳しく設定して満席時の60パーセントで営業を続けたという仮定で[47]、1560年代前半から約40年間のロンドンにおける劇場の観客動員力を考察してみよう。

16世紀の終わり頃まで、ロンドンには、中庭などで興行できる旅館が市内に少なくとも4軒、郊外に2軒、存在した[48]。郊外の2軒はいずれも、恐らく1580年以後、中庭に半永久的な舞台を拵えたり建物の一部を桟敷席に構造変

---

45) 日本語の表記は「ヘンズロー」が普通のようである。古文書にはHensloweのほかHenslo, Hensley, Hinshley, Hinchley, Hynchlowes, Inclowなどがある。「ズ」音を読み取るには無理がある。現在のロンドンには南東部にHenslowe Roadという名前の道もある。

46) この劇団は1596年に再編成して座名変更をしているが、座の中核は変わっていない。付録5を参照。

47) 出典を示すことはできないが、現今の劇場の採算目標は70パーセント、採算の分岐点は60パーセントだ、と一般に言われている。

48) すなわち、市内の「鈴屋」(The Bell)、「違い鍵屋」(The Cross Keys)、「雄牛屋」(The Bull)、「能天気屋」(The Bel Savage)および郊外の「ジョージ屋」と「猪の首屋」。正式名が分かっていないので、所在した地名を借りた呼び名の「ニューイントン・バッツ座」(The Newington Butts)は「劇場座」の直前に出現した短命の芝居小屋であったが、ロンドン郊外と言うにはあまりにも遠い所に位置していた。

芝居を公演した旅館についての研究はあまり進んでいない。また、公演をした旅館が、現在、すべて判明しているわけでもない。演劇専用の大規模な「劇場座」と「カーテン座」が出現して間もない1578年にセントポールにおける説教の中でストックウッドは、ロンドンには北東郊外の「劇場座」を含め芝居を公演する所が「6軒ほどあるが、それは多すぎると思います」(there are by sixe that I know to many)と述べたり、「私の知っている市内の8軒の旅館」(eighte ordinarie places in the Citie whiche I knowe)で公演している、と述べたりしている。しかし、チェインバーズはこの説教のことばを「6軒あるいは8軒の『旅館』」と解釈しているようである。同書、ii. 357; iv. 200を参照。

1596年以来、市内のこれらの旅館での公演はなくなった。ロンドン市が枢密院のお墨付きで演劇を市内から閉め出したからである。同書、ii. 359-60, 379-83を参照。

更したりして、劇場旅館に改造された。劇場旅館に改造されると、貴顕の庇護を受けた劇団の、少なくともある期間、常時興行ということもあったが、旅館での興行は、怪しげな劇団による興行も含め、常時という保証はなかったと思われる。しかし旅館での興行が日常化していたことは間違いない[49]。どの程度の日常化であったか明確ではないが、それまでに既にかなりの数の演劇愛好者たちがいなければ、それはあり得ないはずのことであった。演劇愛好者の数は、戯曲の公演の数や創作戯曲の数と、多かれ少なかれ、関連するものであろうが、表13（105ページ）を見ると、創作戯曲の数は1546-1560年間はほぼ一定で、その数に見合う演劇愛好者たちがいたことを示している。表13はイングランド全体の姿であるが、ロンドンはその縮図と考えて差し支えないから、1560年までは、その演劇愛好者たちの多くがロンドンにおける旅館での興行を可能にしたのであろう。その後の5年間に創作戯曲の数は増加傾向を見せはじめているので、演劇愛好者の数も増加したと考えられる。その増加の効果の表れが、1567年の演劇専用劇場「赤獅子座」の出現であったのであろう。

　一方、「赤獅子座」が営業を始めるまでの、1566年以前のロンドンの市内と郊外の、芝居を市民に提供した旅館については、軒数も週当たりの公演回数も確かなことは分かっていない。著者にとって唯一の、具体的な数値への手掛かりは、ストックウッドが1578年にセントポールで行った説教である――「私の知っている市内の8軒の旅館が、週に1回だけ（実際は多くの場合2回、時々は3回）芝居を見せて稼ぐお金は、最低に見積もっても、1年に2千ポンドになります」[50]。説教のこの部分の主旨は、（公序良俗にかかわる）芝居の公演による旅館の1年間の稼ぎの大きさであって、公演の頻度ではない。演劇に対して多かれ少なかれ批判的な聖職者の説教であるから、政治性がないわけではないが、まったく根拠のないことでもないであろう。何と言っても、当時最

---

49) 脚注48を参照。
50) "For reckoning with the leaste, the gaine that is reaped of eighte ordinarie places in the Citie whiche I knowe, by playing but once a weeke (whereas many times they play twice and sometimes thrice) it amounteth to 2000 pounds by the yeare' [Chambers(1923), iv. 200].

高の公的な場所での説教のことである。市内には多数の旅館があったに違いないが、芝居の公演ができるところが何軒あったかは定かではない[51]。まだ古文書の中に埋もれたままのものがあるかも知れない。しかし、ここでは、ストックウッドが「私の知っている市内の8軒の旅館」などと、わざわざ「市内」、「8軒」、「旅館」と特定していることに注目したい。この説教を参考にして、1566年以前のロンドン市内の旅館の観客動員力を推定することができるからである。ただし、説教の年のロンドン市内のそのような旅館の数が1566年以前と同じであったという前提での推定である。また、劇団の夏季地方巡業ということがない旅館での公演は、おそらく四旬節を除く年中無休であったと思われるが、公演のための1年間は40週間で、1週間の公演回数は、「多くの場合」2回と言うストックウッドの言葉に基づく推定である[52]。この仮定では、8軒の旅館が週2回の公演で1週間に稼ぐ金額は50ポンドであるから、1軒の旅館の稼ぎは週平均6ポンド以上、1回平均3ポンド以上になる。ヘンスローの経営日誌に照らしてみると、これは相当な稼ぎであった[53]。当時の旅館や半屋外の専用劇場での興行の入場料は、1ペンスと2ペンスと3ペンスの三段階であった[54]。3ペンスは限られた数の特別席の料金であったらしいから、旅館での興行の入場料は、大まかに、1ペンスの土間の立ち見料金と2ペンスの桟敷料金の2種類であったと考えてよいであろう。今、仮に、仮設舞台などを設けた旅館は土間のスペースが小さくて1ペンスの観客は全体の5分の1で、残りは2ペンスの観客であったとすれば、土間の観客は83人、桟敷の観客は333人となるから、1軒の旅館の公演1回当たりの平均観客動員力は約420人となる[55]。月曜から土曜までの一週間に、8軒の旅館が同時に公演をす

---

51) 脚注48を参照。
52) 興行する1年を40週間とする仮定は「薔薇座」の実績に基づくものである。脚注60を参照。
53) 「薔薇座」での1597年10月から1598年3月までの劇場主ヘンスローの稼ぎの平均は週3ポンド以上、1599年10月から1600年7月までの平均は週5ポンド以上であった。Greg (1908), 132-3を参照。
54) Chambers (1923), ii. 365, 393, 465, 532を参照。
55) 1軒の旅館の1回当たりの観客動員力Xは、(5分の1X × 1ペンス) + (5分の4X × 2

第3章　演劇の興隆と戯曲の読者の誕生　93

る曜日とまったくしない曜日を考えることができるが、ストックウッドの言うように、多くの場合、週2回の公演であったとすれば、満員であったかどうかは別として、平均的には、3軒の旅館が同時公演する曜日が一週間に4日できる。残り2日は2軒の旅館の同時公演となる。市内の旅館挙げての1日当たりの観客動員力の観点からすれば、同時に三つの公演がある曜日の観客動員力を取り上げなければならない。三つの公演は3軒の旅館によるものであるから、1軒の旅館の公演1回当たりの平均観客動員力420人の3倍、すなわち1260人が、市内の8軒の旅館が観劇のためにロンドン市民を一度に動員できた最低の人数である（最大の人数は、言うまでもなく、非現実的な8軒分の3360人である）。

　市内の旅館とは別に、郊外には、ロンドン橋を渡るとすぐのところに昔からの旅館「ジョージ屋」があり、市壁の東側には「猪の首屋」があった。いずれも中庭に仮設舞台を据えて芝居の公演ができる規模の旅館であったから、この2軒は市内の8軒と同じように公演活動をしていたと考えられる。市内の四分の一に当たる活動であるから、この2軒で動員できた観客は合わせて約315人である。

　従って、市内と郊外の旅館10軒が動員できた最低の観客数は、計算値の端数を切り上げて、1600人であった。おそらくこの人数が1566年以前のロンドンの市内および郊外の演劇愛好者たちの最低の人数であったと考えられる。

　以上はストックウッドの説教に根拠をおいた推定である。この推定の最大の利点は具体的な数値に依存できることである。それに劣らず大きな利点は、今までの論述から分かるように、（市内の旅館の数が1566年から1578年まで同じであったという前提と、最低3軒の旅館による同時公演は1週間に4日あったという前提と、入場料1ペンスの観客は全体の5分の1で残りは入場料2ペンスの観客であったという前提以外には）芝居を公演することのできた旅館すべての具体的

ペンス）＝（1軒の旅館の1回の公演による稼ぎ）の数式で求めることができる。X は416.6人となる。なお、当時の1ポンドは20シリング、1シリングは12ペンスであった。

な名前を探索したり検証したりする必要もなく、また、そのような旅館1軒1軒の観客収容力など不確かな事柄についての仮説を設定する必要もなく、郊外を含む、当時のロンドンのすべての旅館が動員できた観客規模を一括して推定することができることであった。そこで、今度は、この推定値を出発点として、大衆向けの専用劇場の観客収容力と観客動員力についての作業仮説を立てながら、論を進めてみたい。

1567年にロンドンの東郊に出現した最初の大衆向けの専用劇場「赤獅子座」は、おそらく大きな農場の住宅を劇場に改造したもので[56]、その観客収容力はあまり大きくはなかったと思われる。いま仮に、上述した市内の8軒の旅館の観客動員力を参考にして、控えめな数値として、収容力が500人であったと仮定すれば、専用劇場として最低60パーセントの入りで毎日営業を続けるためには、1日当たり最低300人の動員力を必要とした。従って、市内と郊外の旅館の観客動員力、すなわち、1566年以前のロンドンの観客動員力1600人、を加えた1900人が1567年のロンドンの観客動員力となる。

その後10年ほどは変化がなかったが、1576年に、最低1000人の収容力のある、「白鳥座」と同じように大規模な「劇場座」が北東の郊外に現われた。60パーセントの入りで毎日営業を続けるためには、600人の観客動員力を必要としたので、ロンドン全体の最低観客動員力は2500人となった。その翌年には、隣に同じように大規模な「カーテン座」が建って、最低観客動員力は3100人となった。その後10年間は再び変化がなかったが、1587年、遊興地区のテムズ川南岸に、それまでと同じ大規模な「薔薇座」が現れ、最低観客動員力は3700人となった。1595年には、その約500メートル上流に、これまた大規模の「白鳥座」が建ち、最低観客動員力は4300人にもなった。

1596年には、市内の興行が全面禁止となったので[57]、1日当たりの観客の動員数は、理屈の上では、減少するが、実際には、旅館興行に足を運んだはずの市民たちの大半は、代わりに、禁令の及ばない郊外の、まだ満席になってい

---

56) Bowsher (2012), 52.
57) 脚注48を参照。

ない劇場に向かったであろうと思われるから[58]、劇場の観客動員の観点からは、この1596年の禁令を特に考慮する必要はないであろう。事情は少し厳しくなるが、ほぼ同様に、1597年夏の「白鳥座」の閉鎖も考慮する必要はないであろう。かなりの数の観客が他の劇場に散ることができたはずである（その結果、そのような観客を受け入れた劇場は満席になったであろうし、それが事業家に劇場の新築や移築を促した一因であったかも知れない）。また、1599年には、シェイクスピアの「地球座」が「薔薇座」の筋向いに建ったが、これは北東の郊外にあった「劇場座」の建て替えであったから、観客の収容力は変わらない（遊興地区というテムズ川南岸の立地条件の良さによる観客動員の効率は、また別の問題である）。

　1600年には、人口が拡大し続ける北西の郊外に「地球座」と同じ規模の「運命座」ができて、ロンドンの劇場全体の最低観客動員力は4900人にもなった。

　以上は、劇場経営の成否の分岐点は劇場の収容力の60パーセントという仮定で推計した、1560年代前半から約40年間の特定の年々の、ロンドンの劇場の1日当たりの最低観客動員力である。

　営業は日曜日を除く週6日であった[59]。四旬節の興行禁止令、夏の地方巡業、疫病の流行などを経験しながら営業した「薔薇座」の実績に基づいて考えると、（旅館での公演を含め）ロンドンでの営業は、通常、1週6日、1年40週、営業日数240日であったとしてよいであろう[60]。いま仮にこの営業状態が1560年

---

[58] 1596年までには観客収容力1000人の大規模な劇場が4軒（北東の郊外に2軒とテムズ川南岸に2軒）あったので、理屈の上では、60パーセントの入りの時には、この4軒で最大1600人をさらに受け入れることができた。禁令の対象となった観客は最低1260人である。

[59] 102ページの「薔薇座」の演目を参照。1585年にロンドンを訪れた、ドイツの商人キーヘルの証言では、「毎日」。Chambers (1623), ii. 358を参照。

[60] 海軍大臣一座は「薔薇座」で1594年からの3年間は126週、1597年からの3年間は115週営業した。一般に、日曜日の禁止令も四旬節の禁止令も守られないことが多かった。疫病が大流行した1593年でも、禁止令までに26回の興行をした。特定劇団の地方巡業による専用劇場の空白は、演劇以外の興行はもちろん、別の劇団などの興行で穴埋めされた。日曜日を除く文字通りの年中無休ならば、営業日数は312日となるが、

代後半から続いていたとすれば、60 パーセントの入りの観客の年間延べ人数は上記の 240 倍、すなわち、1566 年以前には 38 万 4000 人、1567 年に 45 万 6000 人、1576 年に 60 万人、1577 年に 74 万 4000 人、1587 年に 88 万 8000 人、1595 年に 103 万 2000 人、1600 年に 117 万 6000 人であった。

　これらの数字の意味は次の 3 点にまとめることができる。

　第 1 に、観客の増加率。小規模の常設専用劇場が生まれる以前の観客数を基準にすると、それが誕生した 1567 年には、観客数が約 1.2 倍になり、大規模の劇場が 2 軒出現した 1577 年には、約 1.9 倍になり、大規模劇場が 3 軒となった 1587 年には、約 2.3 倍となった。また、テムズ川南岸の「地球座」に続いて、北西の郊外に「運命座」が建った 1600 年には、約 3.1 倍となった。小規模の常設専用劇場の出現から 33 年後の観客数のこの膨張ぶりは注目に値する。

　第 2 に、劇場の増加と人口の増加。自然増を上回る、地方からの流入人口によって増加し続けたロンドンの人口は 1567 年に約 5 万 9200 人、1577 年に約 8 万 4600 人、1587 年に約 11 万人、1600 年に約 14 万 3100 人であったので[61]、小規模の常設専用劇場が生まれた 1567 年には市民の延べ約 3.2 パーセントが、(原則として) 四旬節や日曜日や地方巡業以外の毎日、上演中の芝居を観ていたことになる。この数値は、北東の郊外に「劇場座」に続いて「カーテン座」が建った 1577 年には約 3.7 パーセント、テムズ川南岸に「薔薇座」が開場した 1587 年には約 3.4 パーセント、「運命座」が建った 1600 年には同じく約 3.4 パーセントとなった。1567 年以降、ほぼ一定の割合を示すこの数値は、「白鳥座」の閉鎖や市内での公演禁止令などの影響を受けて演劇の需要が伸び悩んだことを暗示しているのかも知れない。それを完全に否定することはできないが、実際は伸び悩みではなくて、需要 (すなわち、市民の演劇熱の高まり) と供給 (すなわち、その演劇熱を満足させるための劇場の新築) の絶妙なバラ

　　不確実なことばかりなので、唯一記録の残る海軍大臣一座の「薔薇座」の資料 Henslowe (2002) に基づき、240 日と仮定することが望ましい。過大にならないように、推定値の安全性を重視した配慮である。Chambers (1623), ii. 141-2, 159-60 を参照。
　61) 序章および付録 1 を参照。

ンスを表わしているのであろう。換言すれば、この数値は市民の演劇熱の、いわば、臨界温度を示していると言える。ほぼ間違いなく、この数値は、ロンドンに流入した、おそらくそれまで劇場経験のほとんどなかった非常に多くの人々が、次々と劇場に足を運ぶようになるという演劇熱の恒常的な高まりを示していると思われる。

第3に、市民1人当たりの年間観劇頻度。これは前項の百分率を観劇回数に置き換えたものである。1年間の市民1人当たりの観劇回数は、1567年には約7.7回、1577年には約8.8回、1587年には約8.1回、1600年には約8.2回であった。

次々と劇場が増築されたおかげで、流入した多くの人々を含む市民たちはその演劇熱を、いわば臨界温度で、維持し続けることができた。その結果、市民たちの観劇率と年間の観劇頻度は、時代と関係なく大きな変化はなかったが、1566年以前の1日の観客数を基準とした増加率は、数値プラス・アルファー、つまり、数値以上に、社会的需要の力強さを示している。その力強さは、1年間の延べ観客数の加速度的な増大に対応を促された度々の劇場建設によって、はっきりと目に見えるものになっている。実際、1576年以降の、郊外およびテムズ川南岸における劇場の相次ぐ新築は――とりわけ、1600年の海軍大臣一座のための「運命座」の建設は、1599年に自分たちの劇場「薔薇座」の筋向いに建ったライバル劇場「地球座」（宮内大臣一座のための劇場）に対する事業家の機敏な処置というだけでなく、1596年の禁令や1597年の「白鳥座」の閉鎖に対応した結果でもあり、また同時に、郊外に向けて展開する――急激な人口増加を直視した事業家の対応の結果以外の何ものでもなかった。

いくつもの年代や数値を盛り込んだ以上の記述は煩瑣のきらいがあるので、年代を1567年、1577年、1587年および1600年に絞り、要点のみを記せば、表10のようになる[62]。

---

62) これらの年代を特定した理由のひとつは1567年が最初の大衆向けの専用劇場と言われる「赤獅子座」の出現した年、1577年が前年の「劇場座」に続いて、それと同じように大規模な、大衆向けの半屋外的な「カーテン座」が出現した年、1600年が同じように大規模な「運命座」が出現した年で、1587年を加えると、社会変動の変化を認識で

表10 16世紀後半におけるロンドンの劇場の観客動員数と市民の観劇率

西 暦 年	1567	1577	1587	1600
ロンドンの推定人口（付録1参照）	59,203	84,612	110,023	143,055
1日の推定観客動員力（満席の60%：1566年以前は1,600人）	1,900	3,100	3,700	4,900
1566年以前の観客数を1とすると	1.2	1.9	2.3	3.1
市民100人当りの1日の観劇人数	3.2	3.7	3.4	3.4
市民1人当りの年間（240日）観劇回数	7.7	8.8	8.1	8.2

注：小数点2位以下四捨五入。

　市民1人当たり年間観劇回数の信じ難いこの多さは、実は、戦後の日本で映画ブームが始まった1950年代前半の映画観賞回数の全国民の平均値とほぼ同じなのである[63]。

　以上の考察では、ロンドンの人口の35.45パーセントを占める15歳以下の未成年者を含んでいる[64]。彼らは、通常、徒弟奉公にも出られない[65]。従って、収入がなく、入場料も払えない、15歳以下の未成年者の観劇は稀であったはずであるから、観客を構成するのは主として成人人口のみであったと考えられ

　　きる可能性のあるほぼ10年間隔であるからである。
63) 以上の考察は、基本的には、ストックウッドが説教で語った旅館の具体的な稼高を基礎とした観客動員数の考察であるが、その説教よりも不確定要素の多い、個々の旅館や劇場の推定観客動員数のみを基礎とした考察でも、結論は非常によく似ている。以下はそのあらましである。
　　1596年まで、中庭で興行できる旅館がロンドンには少なくとも、脚注48にあるように、6軒あった。1軒当たりの観客が数百人、仮に満員時500人で、同時公演が常であったとすれば、観客収容力は3000人となる。1567年には東の郊外に恐らく500人規模の「赤獅子座」が建って3500人となり、1576年に最低1000人は入る「劇場座」が北東の郊外に建って4500人となり、その翌年、すぐ隣に同じ規模の「カーテン座」が建って5500人に膨れ上がった。1587年にテムズ川南岸に同じ規模の「薔薇座」が建ち6500人、1595年に同じ規模の「白鳥座」が建ち7500人となった。1600年には北西の郊外に同じ規模の「運命座」が建ち、ロンドンの劇場全体の観客収容力は8500人となった。
　　劇場の採算の分岐点は60パーセントと一般に言われているので、それを前提とすると、ロンドンのすべての旅館や劇場が観客を動員できた最低の人数は、上の数値から、1566年以前には1800人、1567年には2100人、1577年には3300人、1587年には3900人、1600年には5100人となる。表にすれば以下の通りである。

る。そこで、いま、その事項ごとの数値を求めてみると、1567 年には、日曜日以外の毎日、成人 100 人のうち約 5 人が劇場通いをし、年間では、成人約 3 万 8200 人全員が 1 人当たり約 12 本の芝居を観たことになる。1577 年には、日曜日以外の毎日、成人 100 人のうち約 5.7 人が劇場通いをし、年間では、成人約 5 万 4600 人全員が 1 人当たり約 13 本半の芝居を観たことになる。1587 年には、日曜日以外の毎日、成人 100 人のうち約 5.2 人が劇場通いをし、年間では、成人約 7 万 1000 人全員が 1 人当たり約 12 本半の芝居を観たことになる。1600 年には、日曜日以外の毎日、成人 100 人のうち約 5.3 人が劇場通いをし、年間では、成人約 9 万 2300 人全員が 1 人当たり約 13 本近くの芝居を観たことになる。以上をまとめると、表 11 となる。この推定値が当時の劇場の本当の賑わいを物語っているのであろう[66]。

西　暦　年	1567	1577	1587	1600
ロンドンの推定人口（付録 1 参照）	59,203	84,612	110,023	143,055
1 日の推定観客動員力（満席の 60%：1566 年以前は 1,800 人）	2,100	3,300	3,900	5,100
1566 年以前の観客数を 1 とすると	1.2	1.8	2.2	2.8
市民 100 人当りの 1 日の観劇人数	3.5	3.9	3.5	3.6
市民 1 人当りの年間（240 日）観劇回数	8.5	9.4	8.5	8.6

　いずれにしても、ロンドンの人口 1 人当たりの年間観劇回数が約 8 回ないし 9 回であったことは、一見、信じ難い。しかし、空前絶後と言われる戦後日本の映画ブームの体験はこのロンドンの演劇ブームを理解する助けとなる。敗戦による疲弊と荒廃のどん底から立ち直ろうとする 1950 年代の日本には、テレビも普及せず、まだこれといった娯楽施設が整っていなかった。映画は比較的安い料金で楽しむことができる庶民的な娯楽であった。外国映画で外国の風物を知ることもできた。どの映画も、内外の最近の出来事を録画したニュースで始まった。16-17 世紀のロンドンの観客が劇場に期待するものと似たものが、戦後日本の映画館にはあった。1950 年代前半には、毎年、人口 1 人当たりの年間の映画鑑賞回数は 9 回を超えた。1956 年には 11 回を超え、最高の観客動員数 11 億 2700 万人を記録した 1958 年には実に 12.2 回であった。テレビが普及する 1960 年代にはいると、この映画ブームは急速に冷え込んだ。JSY(1963)を参照。

64) この百分率は、1600 年前後のロンドンの人口を推定するために考えた作業仮説に基づく男・女・子供の構成比の子供の分である（付録 1 を参照）。子供の推定値は、1567 年には 2 万 987 人、1577 年には 2 万 9994 人、1587 年には 3 万 9003 人、1600 年には 5 万 712 人である。
65) 徒弟奉公は、通常、16 歳を過ぎてからであった。

表11 16世紀後半におけるロンドン市民（成人）の観劇率

西　暦　年	1567	1577	1587	1600
ロンドンの推定成人人口	38,216	54,618	71,020	92,343
成人100人当りの1日の観劇人数	5.0	5.7	5.2	5.3
成人1人当りの年間（240日）観劇回数	11.9	13.6	12.5	12.7

注：小数点2位以下四捨五入。

　以上の考察では、屋内劇場を除外し、大衆向けの半ば屋外の、演劇旅館や演劇専用の劇場のみを対象とした。また、疫病その他の理由で、公演取り止めの日があったかも知れないが、実質はともかく名目上は休業しなければならない四旬節や日曜日や夏季の地方巡業期間以外は、年中無休を前提とし、「薔薇座」の実績を踏まえ年間の営業日数を40週、240日とした。しかも、常に満席であったという保証はないから、採算性の分岐点は満席の60パーセントという前提で、入場者数の推定をした。劇場建設のラッシュを見た当時の状況から判断して、これらの前提が入場者数の過大評価を許すことはまずあり得ない。しかし、かりに過大評価があったとしても、この考察そのものが四旬節や日曜日の禁令破りや屋内劇場を除外したものであるから、過大評価の分とその除外分とは何がしか相殺し、それだけ、上記の数値は実態に近付くことになろう。

　いずれにしても、見世物としては、芝居以外には、フェンシングのような舞台上での競技やテムズ川南岸で楽しむことのできた牛いじめ、闘鶏のような土間のリング内での競技などしかなかった当時、劇場と観客のこの有り様は、相当な出来事であったと言うべきであろう。表9における戯曲本の出版数の推移を眺めてみると、1560年代以降のこのように活発な劇団活動と大規模な観

---

66) 仮に、市内8軒の旅館の土間と桟敷の観客数の比が、1対4ではなくて、「薔薇座」のように1対2であったとすれば、1566年以前の1日の推定観客動員力は1700人となり、1567年、1577年、1587年、1600年における市民100人当たりの1日の観劇人数は、それぞれ、3.4人、3.8人、3.5人、3.5人、市民1人当たりの年間観劇回数は、8.1回、9.1回、8.3回、8.4回（観客が成人のみの場合は、成人100人当たりの1日の観劇人数は、5.2人、5.9人、5.4人、5.4人、成人1人当たりの年間観劇回数は12.6回、14.1回、12.8回、13.0回）となる。傾向としては、土間と桟敷の観客数の比が1対4の場合とそれほど大きな違いはない。

客動員が、直接的にも間接的にも、戯曲の読者の増加を促し、戯曲本出版の急増に貢献した、と考えざるを得ない。

§ 5

　劇団の公演活動を支えたのはもちろん観客ではあったが、観客を劇場に繋ぎ止めることができたのは、少数の人気役者と活発な創作活動を続ける比較的多数の劇作家たちであった。劇団は次々と新しい出し物を用意して、観客を喜ばせる必要があった。そのような事情をヘンスローの経営日誌から窺うことができる。チェインバーズ（E. K. Chambers, 1866-1954）のまとめによれば[67]、ヘンスローが海軍大臣一座のために買い取った新作戯曲は1594年6月から1597年6月までの3年間に55篇、その後1598年までの1年間に17篇、その後1599年までの1年間には21篇、その後1600年までの1年間には20篇、その後1601年までの1年間には7篇、その後1602年までの1年間には14篇、その後1603年までの1年間には9篇であった。記録が比較的整っている1594年からの3年間は、新作の上演は約2週間に1篇で、1週間に2篇の新作を上演することはなかった[68]。

　人気役者や新作に関連したもろもろの調度品の新調はともかく、劇作家たちの新作だけで劇場経営は成り立つものではない。しかし新しい作品は舞台のマンネリ化を防ぎ、観客を舞台に繋ぎ止めるための気付け薬であった。観客は新しい作品の新鮮な刺戟を舞台と共有して満足した。劇場経営の成否の鍵は新旧の作品を取り混ぜて組み立てることのできる劇団のレパートリーの広さにあった。ヘンスローの経営日誌の中にそれをはっきりと読み取ることができる。
　例えば、海軍大臣一座の「薔薇座」における1597年1月24日（月）から3週間の演目を一覧表にすると表12のようなものができる[69]。表中の太字はこ

---

67) Chambers (1923), ii. 143-4, 165-6, 169, 171, 177-80.
68) 同書、143. Henslowe (2002), 21-57.
69) Henslowe (2002), 56. イギリスでは1752年までユリウス（・カエサル）暦を使い、1年の終わりは3月24日であったが、ヘンスローはローマ法王が1582年に布告したグ

表 12 「薔薇座」の演目（1597 年 1 月 24 日-2 月 12 日）

月　日	作　品	ジャンル	初演年月日	作　者
01.24	That Will Be Shall Be	?	1596.12.30	?（散逸）
25	The Blind Beggar of Alexandria	喜劇	1595.02.12	G. チャップマン
26	Nebuchadnezzar	聖書物語	1596.12.19	?（散逸）
27	**A Woman Hard to Please**	喜劇	**1597.01.27**	?（散逸）
28	Long Meg of Westminster	喜劇？	1594.02.14	?（散逸）
29	A Woman Hard to Please			
31	Jeronimo	喜劇	1597.01.07	?（散逸）
02.01	A Woman Hard to Please			
02	That Will Be Shall Be			
03	Osric	?	?	?（散逸）
04	A Woman Hard to Please			
05	Vortigern	歴史	1596.12.04	?（散逸）
07	Osric			
08	A Woman Hard to Please			
09	Jeronimo			
10	Captain Thomas Stukeley	歴史	1596.12.11	T. ヘイウッド（部分）？
11	**Alexander and Lodowick**	ロマンス	**1597.02.11**	?（散逸）
12	Alexander and Lodowick			

　の期間中の新作 2 篇の題名と初演年月日である。ジャンル、初演年月日、作者、作品が現存するか否かなど、当面必要な注釈はこの期間中に初めて上演された作品のみにつけてある。期間中に再演された作品にはついていない。

　この表では二つ目の新作戯曲が上演されるのは、その前の新作の上演後、ちょうど 2 週間経ってからである。すでに述べたように、1594 年から 1600 年までにヘンスローが海軍大臣一座のために買い取った新作戯曲は年間ほぼ 20 篇であったから、観客動員数の推定にあたって仮定した年間 40 週（すなわち、240 日）の営業では、平均的には、表 12 のように、2 週間ごとに必ず新作が上演されたことになる[70]。換言すれば、上演までの準備に 2 週間を必要とした。その準備期間中、役者たちは 1 週 6 興行をこなさなければならなかった。こ

　　レゴリオ暦をしばしば混用している。本書では日付はすべてグレゴリオ暦である。
70) 表 12 は非常に均整の取れたモデルであって、ヘンスローの記録の多くはもっと不規則である。

の表 12 の例で見る限り、どの週も出し物は 5 種類であった。つまり月曜から土曜までの 1 週間に同じ演目での再演興行は 1 回に限られていた。しかも、それは新作に限られていた。新作以外の演目は、旧作と言ってもほとんどが過去 2 か月以内に新作として上演されたものばかりである。劇場経営成功の期待が新作戯曲にかかっていたことがはっきりと分かる。

もしこのようなレパートリーの広さが劇団と劇作家とのあいだの標準的な取引関係の結果であったとすれば、上述したように、当時のロンドン市民たちは、1 年間の平均的な観劇回数が 8-9 回ほど（観客に未成年者はいなかったとすれば、12-13 回ほど）であったから、贔屓の俳優を抱えた特定のひとつの劇場に通い続ければ、そこで上演される新作戯曲の少なくとも半分近くを（観客に未成年者はいなかったとすれば、優に過半数の新作戯曲を）楽しむことができたことになる。

表 12 の例によれば、3 週間で 10 種類の出し物が用意されたが、喜劇が圧倒的に多い。旧作で再演される作品は 3 年前、2 年前の作品もあるが、ほとんどが過去 2、3 か月以内に新作として上演された作品ばかりであった。毎週 5 篇もの作品の台詞を忘れることなく舞台に立たなければならない俳優たちの負担はかなりのものであったに違いないが[71]、観客にしてみれば、劇場に行けば

---

71) 俳優たちのこの負担は「薔薇座」の俳優たち——シェイクスピア時代の俳優たち——に限ったものではなかったと推量される。例えば、2 世紀以上時代はくだるが、1827 年の夏、地方巡業をしたコヴェント・ガーデンの「シアター・ロイアル劇場」(The Theatre Royal, Covent Garden) 一座の演目も、同じように、人気俳優ウォード氏とジャーマン嬢 (Mr. Warde and Miss Jarman) のコンビにはかなり厳しいものであった。8 月 27 日（月）から 2 週間のバーミンガムでの興行は、週 5 日、夕方 7 時の開演、原則として、大小の作品 2 本立てであった。8 月 27 日（月）の初日はシャーリーの『賭博者』(J. Shirley, *The Gamester*, 1633 年初演) とお笑い 1 幕物『どこで食べよう』(J. T. G. Rodwell, *Where Shall I Dine*, 1819 年初演) と歌を主としたケニーの 2 幕物『結婚』(James Kenney, *Matrimony*, 1805 年初演) が上演された。翌日はトビンのヒット作、5 幕物喜劇『新婚旅行』(John Tobin, *The Honey Moon*, 1805 年初演) とケニーの 2 幕物のメロドラマ『エラ・ローゼンバーグ』(James Kenney, *Ella Rosenberg*, 1807 年初演) であった。第 2 週の 9 月 3 日（月）にはシェイクスピアの『ハムレット』のあとジャーマン嬢は歌が目玉のお笑い物『サルタン』(Isaac Bickerstaffe, *The Sultan*, 1775 年初演) に出演した。4 日（火）にはセントリヴァーの喜劇『奇跡』(S. Centlivre, *The*

何か新しいものが観られるという期待感を持つことができたはずである。

§6

これらの戯曲作品のほとんどが今に伝わってはいない。劇団の公演活動を支えた劇作家たちの活発な創作活動を跡付けるためには、そのような散逸してしまった作品も含めた考察が必要であろう。ヘンズローの経営日誌はそのことを明確に語っている。幸い、散逸作品を渉猟し、版本となった作品とともに、推定創作年代順に整理したハービッジ（Alfred Harbage, 1901-76）の資料がある[72]。この資料にも、グレッグの資料と同じように、仮面劇、パジェント、エンターテイメント、その他ティルトやジッグなどが含まれているので、それを除外しなければならない。除外した後に残った戯曲の数を5年ごとに調べてみると、表13のようになる。参照のための便宜に、表13と同じ時期に版本となった戯曲の合計を併記した（表9参照）。言うまでもなく、同じ時期に書かれた作品と版本となった作品とは必ずしも同一ではないし、版本も初版だけではない。

　1530年代後半における単発的な戯曲数の急増の原因は、英国国教会設立に伴うもので、ジョン・ベイル（John Bale, 1495-1563）など反カトリック的な政治色の強い聖職者たちの20篇に及ぶ作品である。演劇を国教会の情宣活動のために使ったのであろう。その時期を除けば、戯曲数が急に増加し、その増加

Wonder, 1714年初演）とヴィクトル原作・ペイン翻案の3幕物メロドラマ『テレーズ』（John H. Payne/Ducange Victor, *Therese*, 1821年初演）、5日（水）にはメルシエ原作・ケンブル翻案の3幕物『面目』（Charles Kemble/Louis-Sebastien Mercier, *The Point of Honour*, 1800年初演）とソーヌ原作・スコット翻案の3幕物『ロブ・ロイ』（Walter Scott/George Soane, *Rob Roy*, 1818年初演）であった。巡業最後の9月7日（金）にはシェリダンの『悪口学校』（R. B. Sheridan, *The School for Scandal*, 1777年初演）と当時人気の2幕物『メアリー・スチュアート』（*Mary Stuart*, 1818年初演、このスコットの小説の脚色家は不詳）であった。これ以外の4日分の演目は未詳であるが、この6日分の演目だけでも、「薔薇座」の場合と同じように、俳優たちにはかなりの負担であったと思われる。

72) Harbage (1989) である。この資料は、ハービッジ自身が指摘する（xivページ）欠点にもかかわらず、ここで展開中の考察にはたいへん役に立つ。

第3章　演劇の興隆と戯曲の読者の誕生　105

表13　1511-1600年間に書かれた戯曲数（散逸作品を含む）

西暦年	1511-15	1516-20	1521-25	1526-30	1531-35	1536-40	1541-45	1546-50	1551-55
作品数	16	11	5	11	8	41	9	22	18
版本数	4	2	4	9	5	0	2	8	0

西暦年	1556-60	1561-65	1566-70	1571-75	1576-80	1581-85	1586-90	1591-95	1596-1600
作品数	21	28	32	34	55	39	50	90	165
版本数	9	16	21	12	10	24	11	47	64

この他，1592-1600年間のハービッジ関係の再演記録に残る作者・年代不詳の作品41篇がある。

の勢いを確実に維持し始めるのは1561年以降である。戯曲本の出版事情と相通じるものがある。1576年以降は、数年間の落ち込みがあるものの、戯曲本も断然突出した勢いで増加している。この表は、一方では、大衆向けの劇場が出現する1560年代以前における、宮廷や（主として少年劇団が使う）屋内劇場のために書いた劇作家たちの比較的緩やかな活動ぶりを示しているが、他方では、それ以後における、半ば屋外の演劇旅館や大衆向けの専用劇場を使う大人劇団のために書いた劇作家たちの忙しく活動する姿を表している。大衆向けの劇場のために書いた劇作家たちは、1567年にロンドンの東郊にできた「赤獅子座」や市内に点在する演劇旅館のための演目の需要の高まりを歓迎し、1576年以後次々と建った大規模の大衆向けの半屋外劇場のための戯曲の創作に精いっぱい働いたのである。

　大衆向けの劇場のために書いた劇作家たちの素材は多様そのもので、観客の興味を刺戟し、観客の知的世界を広げるのに大いに役立つものであった。ハービッジの資料には作品の内容を大まかに分類する項目が付いているので、それに助けを得て考察することができる。主として宮廷や大広間が上演の場所であった1565年頃までに書かれた作品の主なタイプを大まかに（ほぼ年代順に）列挙すれば、宗教劇、ラテン語劇（喜劇、悲劇）、反カトリック劇のほかインタリュード、道徳劇、喜劇、悲劇、悲喜劇などである。変化に乏しい。それに対して、一般市民の演劇熱が盛り上がり、小規模ながらも演劇専用の大衆向けの劇場が生まれる1560年代後半以後、大衆向けの劇場が上演の主たる場所であった1600年までに書かれた作品のタイプは、ラテン語劇（喜劇、悲劇）、喜劇、

悲劇、インタリュード、道徳劇、英雄ロマンス劇、ロマンス劇、古典歴史劇、古典伝説劇、牧歌劇、英国史劇、風刺劇、外国歴史劇、浪漫喜劇、悲喜劇など、新旧取り混ぜて、多種多様である。劇作家たちが惜しみなく知識を解放している姿と、それに呼応して、観客たちが空想的経験世界の広がりを貪欲に追い求めている姿が鮮やかに浮かび上がってくる[73]。観客の文化的興味という文脈においては、シェイクスピアが先導したかに見える英国史劇が、1590年頃から特有のジャンルとして、短期間ではあったが、ほかのジャンルの芝居を圧倒して栄え、すでに述べたように、新版・重版のかたちとなって顕現したことは特筆しておくべきであろう。

　確かに、演劇界のこの一般的傾向は出版の世界においても顕著になっていた。1560年代半ばを過ぎた頃から、散文文学関係の出版が年とともに急速に伸びていたのである。イギリスで印刷された1642年までの散文文学の出版点数の調査報告のうち1600年までを引用し[74]、それを出版物の総点数およびその総点数に対する割合とともに表記すれば、表14となる。1560年までは10年ごとの数値[75]、その後は5年ごとの数値である。

　この表によれば、印刷がイギリスで始まって半世紀ほどの間は、散文文学の出版は全体との関係では比較的盛んであったが、1530年頃から35年間ほどはかなり衰退し、年間の出版点数が平均1点にもならないことがあった（同じ時期、1550年代前半まで、戯曲もまた1点にもならなかったが、後半には突然約2点となり、その勢いはその後も続いた）。しかし、大衆向けの専用劇場「赤獅子座」が活動を始める1560年代半ばを過ぎると、急速に勢いづき、それまでの

---

[73] この後、17世紀になると、特にロマンス劇、英国史劇、風刺劇などが新しいタイプの戯曲として栄えることになった。
[74] Mish（1952）, 269. この調査報告はアランデル・エスデイル（Arundell Esdaile, 1880-1956）の書誌 Esdaile（1912）に基づいている。ミッシュはグレッグの書誌 Greg（1939-59）に基づく戯曲の出版点数を併記して報告しているが、本研究では仮面劇などを除外しているので、その引用は差し控えた。
[75] 英国図書館がインターネット上で公開している ESTC（2012年3月24日現在）による。この ESTC では10年ごとの数値は5年ごとの数値の和にはならない。多少の誤差を生じるのが常である。

表14　1475-1642年間に出版された散文文学の点数

西　暦　年	1475-1500	1501-10	1511-20	1521-30	1531-40	1541-50	1551-60
散文文学出版数	28	17	12	13	5	15	23
書籍の総点数	481	472	593	852	1033	1469	1526
散文文学の割合（％）	5.82	3.60	2.02	1.52	0.48	1.02	1.50

西　暦　年	1561-65	1566-70	1571-75	1576-80	1581-85	1586-90	1591-95	1596-1600
散文文学出版数	7	22	12	33	35	40	46	64
書籍の総点数	722	911	949	1186	1387	1414	1423	1669
散文文学の割合（％）	0.96	2.41	1.26	2.78	2.52	2.82	3.23	3.83

2倍以上の出版点数を見ることになった。全書籍の出版点数に対する割合でも、散文文学は戯曲を遥かに凌いだのである。大衆向けの劇場の刺戟が空想的経験世界に憧れる一般の人々を散文文学に向かわせたのか、それとも散文文学の刺戟がそのような虚構の経験世界を直接五感で楽しみたい人々を劇場に向かわせたのか、どちらとも言えないが、おそらく、社会現象の常として、この両者の複雑な相乗効果の結果が戯曲本の読者をますます生み出すことになったのであろう。言うまでもなく、戯曲本を読者に供給する書籍業者の活動を無視することはできない[76]。

いずれにしても、大衆向けの劇場の活発な活動によって可能となった人々の劇場経験が、識字率の向上および戯曲本の普及と相まって、読書力を身につけた人々を散文文学書のみならず戯曲本に向かわせたとしても不思議ではない。戯曲本は、散文文学書ほどではないにしても、1560年代が始まる以前に、僅かながらも出版されていたから、戯曲を読み物として楽しむ人々がすでにいたわけではあるが、1560年代にはその出版数が一挙に増え、戯曲本に熱中する相当数の人々から成る読者集団が誕生した、と言えそうである。散文文学書の絶対的優位に甘んじてきた戯曲本ではあるが、16世紀の最後の10年間には、

76）もし宗教を含む哲学関係、外国史を含む歴史関係、散文文学や詩歌や戯曲を含む文学関係の書籍のすべてを、その他の自然科学や社会科学のすべての書籍とともに、そのようなジャンル別に分類した資料があって、それを出版年ごとに統計することができれば、この考察はさらに説得力を持つに違いない。残念ながら、そのような資料がない。

この章のはじめに提示した表9と比較して理解できるように、全書籍の出版点数に対する割合では、寸分の違いもなく、遂に完全に互角となったのである。

§ 7

シェイクスピア時代に戯曲がどの程度一般的な読みものであったかを知ることは容易ではない。ひとつの目安は表題の文言であろう。1566年暮に出版されたルイス・ウェイジャー（Lewis Wager, 1566年頃活躍）の『マグダラのマリアの嘆き』（*The Repentance of Mary Magdalene*）の表題の一部は、「信心深く学もあり実り豊かなばかりか、愉快な娯楽としても行き届き、観客にも、あるいは、読者にも、非常に楽しい」[77]作品であるとうたっている。この表題の文言が作者のものか印刷者のものかは分からない。しかし、観客を先に、読者を後にしてはいるが、それぞれに対する配慮の度合いは同じのように思われる。1560年代後半までには、一般庶民からなる観客と同じほど多くの一般庶民の読者がいたようにも聞こえる。表題で観客や読者に言及した作品としては、これが1600年までに出版された全戯曲本の中で唯一の例である。

　版本ではなくて手書き本では、その10年余り後、1579年頃の作品の表題にも読者への言及がある。フランシス・マーベリーの作とされる『才気と知恵の結婚』である[78]。表題の一部は「観客にはもちろん読者にも聞く人にも楽しい喜びに満ちた」[79]となっている。「聞く人」への言及は注目に値する。なぜならば、明らかにこの構文では、「聞く人」は、『マグダラのマリアの嘆き』の場合のような、当時よく使われた意味での、台詞を聞きながら芝居を観る人たちのことではなくて[80]、この戯曲を声を出して読む人に耳を傾けて聞き入る人た

---

77) 'not only | godlie, learned and fruitefull, but also well furnished with plea=|saunt myrth and pastime, very delectable for those | which shall heare or reade the same'.
78) この作品については、付録6および図17（254ページ）を参照。
79) 'full of pleasante mirth as well for the beholders as the Readers or hearers'.
80) 当時 'hear' という動詞は芝居などの舞台芸術を「見たり聞いたりする」意味で極めて一般的に使われていた。オックスフォード大辞典（*OED, v.* 5.a.）を参照。

ちのことだからである。読み聞かされる聖書のように、戯曲もまた、読み聞かされるものであったことをうかがわせている[81]。一般庶民の匂いがするのである。この手書き本は散逸した版本の写しであるので、この表題は印刷者の工夫した文言であったかも知れないが、もし作者のものならば、この時期すでに、作者自身が幅広い戯曲の読者を意識していた、ということになろう。

　戯曲がどの程度一般的な読みものであったかを知るもうひとつの目安は、版本にしばしば見受けられる序文代わりの読者への呼びかけの言葉、通常、「読者へ」（To the Reader）と題して著者や編者あるいは印刷者などが読者に宛てた挨拶文であろう。戯曲の上演のときには、しばしば、開幕と同時に前口上が、あるいは、閉幕直前に納め口上が出てきて観客に挨拶をする。それと同じ機能を読者に向けて発揮しているのが戯曲本の挨拶文「読者へ」である。そのような挨拶文を付けた最初の戯曲本はセネカ悲劇の英訳本『トロイの女たち』（Troas）で、1559年にリチャード・トッテル（Richard Tottell, 1593年歿）が印刷・出版した。この後1600年までに挨拶文の付いた初版は少なくとも12例あるが、3例以外はすべて翻訳本である[82]。読者に向けた挨拶文は1560年代以降のセネカ悲劇の英訳本を始めとする翻訳劇に特徴的なものであったと言える。翻訳劇の読者は、庶民的な一般読者とは区別された、特殊な読者として意

---

81) 具体的な方法はよく分からないが、独り芝居のように、一人（あるいは複数）の読み手が読み通して、聞き手に聞かすことは可能であったと思われる。
　　版本『マグダラのマリアの嘆き』および手書き本『才気と知恵の結婚』の表題の文言をはじめ、エリザベス時代のト書きなどを論じるリンダ・マックジャネットは、当時の劇場関係者は新作戯曲の上演に先立ち、作者などが関係者に読み聞かせ（read）をし、関係者がそれを聞いて（hear）その作品を取り上げるかどうかを決定した、という趣旨のことを述べている。McJannet (1999), 22-4 を参照。
82) 『オイディプス』（Oedipus, 1563）、『アガメムノン』（Agamemnon, 1566）、『メディア』（Medea, 1566）、『オクテウィア』（Octavia, 1566）［以上セネカの悲劇の英訳］、『自由意志』（Free Will, ?1573）［イタリア語の悲劇の英訳］、『アブラハムの犠牲』（Abraham's Sacrifice, 1577）［フランス語の悲劇の英訳］、『プロモスとカッサンドラ』（Promos and Cassandra, 1578）［イタリア語の喜劇の英訳］、『アンドゥリア』（Andria, 1588）［テレンティウスの喜劇の英訳］、『タンバレイン大王』（Tamburlaine the Great, 1590）、『エンディミオン』（Endymion, 1591）、『ジョン王』（King John, 1591）、『メネクミ』（Menaechmi, 1595）［プラウトゥスの喜劇の英訳］。

識されていたのかも知れない。

　通常、重版は初版の挨拶文を継承するが、そのような重版は少なくとも延べ4例、すべて翻訳劇である[83]。しかし伝説的な古代イギリスの領土争いを題材とした初期の英国悲劇『ゴーボダック』（Gorboduc, 1565年刊）は、初版から5年遅れて1570年頃に再版された時、初めて挨拶文が付いた。印刷者ジョン・デイ（John Day, ?1546-1584）が読者に宛てた宣伝色の強い挨拶文である。1565年の初版は剽窃本だから再版本では本文を改訂して出版したのだ、と印刷者デイは読者に語っている[84]。読者、しかも疑う余地もなく翻訳劇の読者よりも広い範囲の読者、イギリスの戯曲を志向する読者を強く意識した呼びかけである。1570年頃までにはそのような戯曲の読者がすでに相当数いたことを暗示している。一方、初版で挨拶文を付けたイギリス戯曲の最初の例はマーロウ（Christopher Marlowe, 1564-93）の『タンバレイン大王』（Tamburlaine the Great）で、挨拶文の付いた『ゴーボダック』の再版よりも20年も後、1590年に印刷・出版された。印刷者は俗謡の出版・販売に力を入れたリチャード・ジョーンズであったが、ジョン・デイと同じように、上演本文に介入したことを断わりながら、「読書する紳士諸氏および歴史ものを楽しく読む人々に」[85]と呼びかけている。「歴史もの」（あるいは「物語」）とジャンルを特定しているところが興味深い。1590年までには関係者の間にジャンルの意識があった証と言えよう。

　正誤表もまた戯曲がどの程度一般的な読みものであったかを示す指標であろう。正誤表の付いている1600年までの初版は少なくとも8例ある[86]。そのう

---

83)『トロイの女たち』（Troas, 1559 ; ?1562 ; 1581）および『オイディプス』（Oedipus, 1581）。
84) Greg (1939-59), iii. 1193 を参照。
85) 'To the Gentlemen Readers: and others that take pleasure in reading Histories'.
86)『オイディプス』（Oedipus, 1563）、『アガメムノン』（Agamemnon, 1566）、『オクテウィア』（Octavia, 1566）［以上セネカの悲劇の英訳］、『ジョカスタ』（Jocasta, 1573）、『自由意志』（Free Will, ?1573）［以上イタリア語の作品の英訳］、『政治の鏡』（The Glass of Government, 1575）、『アミンタスの牧歌』（Amyntas' Pastoral, 1591）、『貞淑なオクテウィア』（The Virtuous Octavia, 1598）。

ちの5例は1560年代と1570年代に出版された翻訳劇である。翻訳劇の正誤表は誤訳のそしりを避けるためのものであろう。しかし翻訳劇でもないのに、ジョージ・ギャスコイン（George Gascoigne, c.1534-77）は1575年の『政治の鏡』（The Glass of Government）の初版に正誤表を付けた。正誤表は初版本全部に付いているのではなく、一部のもの、しかも刊記の後に印刷されているので[87]、ずさんな出版のそしりをかわすためににわかに用意されたものであったのかも知れない[88]。しかし、それは読者を意識した作者が読者のために配慮したものでもあったと考えることもできる。いずれにしても、創作戯曲の正誤表としては、史上最初の例である。

戯曲の作品集の出版もまた、戯曲がどの程度一般的な読みものであったかを示すものであろう。ギャスコインの作品集が一番古い。1573年に初版が出て、2年ほどして版を重ねた。「嗅ぎ分けの鋭い、学のある読者の娯楽と利益を兼ね備えた」[89]とうたう、読者を意識した表題は言うまでもなく、「印刷者より読者へ」（The Printer to the Reader）の挨拶文も付いているし、正誤表（Faultes escaped）も付いている。正誤表は著作者自身が社会の反応を気にしたからであったのかも知れない。しかしこれらすべてが作品集を提供した著作者および出版者が読者を意識した結果であることに変わりはない。

セネカの悲劇集が出版されたのは1581年であったが、一般読者への呼びかけはない。1560年代と1570年代の単行本ではしばしば読者への挨拶文があったことを考えると不思議なくらいである。そもそも、セネカの翻訳者たちは

---

87) 現代の読者にはこの正誤表の印刷事情を理解することが難しいようである。当時は、印刷中のページを訂正したいときには、いつでも印刷を中断し、組版を緩めて訂正したいところの活字を組み直した後に、印刷を継続した。従って、同じひとつの「版」のなかでも本文の異同が生まれることになる。ギャスコインの『政治の鏡』の正誤表をつける決定は、初版の刊記を印刷している時点でなされたものと思われる。
88) ギャスコインは1573年の処女出版『百華集』（A Hundreth Sundrie Flowres, STC 11635）の校正の不備で苦い経験をしていた［Austen (2008), 73, 169-70を参照］。その経験が動機づけとなって、『政治の鏡』の正誤表が生まれたのかも知れない。彼は1576年出版の『最後の審判の日の太鼓』（The Droomme of Doomes Day, STC 11641）にも正誤表をつけた。
89) 'bothe pleasaunt and profitable to the well smelling noses of the learned Readers'.

大学と関係の深い人たちであった。セネカ悲劇そのものも、少なくとも16世紀の間は、文法学校とは縁の少ない、庶民的な匂いの薄いものであった[90]。文法学校では、修辞学や弁論術の学習のためにキケロ（Marcus Tullius Cicero, 106-43 B.C.）の対話形式で書かれた『弁論家について』（*De Oratore*）などの著作をはじめ、テレンティウス（Publius Terentius Afer, c.190-?159 B.C.）やプラウトゥス（Titus Maccius Plautus, c.254-184 B.C.）の喜劇などが教科書として使われていた。ラテン語劇は対話形式の言語操作の手本と見做され、公式の行事には、生徒たちによる上演が奨励された。最初の翻訳は1520年頃に出版された、翻訳者も出版者も明らかでない、テレンティウスの喜劇『アンドゥリア』（*Andria*）である。見開きページの形式もユニークであるが、英語とラテン語の対応を確認できるような教育的配慮が施されている[91]。英訳の部分は、頭文字程度に約めた登場人物名が台詞に対応して欄外に印刷してあるので、戯曲本としての機能を一応は果たしている。このユニークな形式の翻訳本が、実際に教材として使われたかどうかは分からない。しかし、文法学校における古典劇を介したラテン語教育が、対話形式の言語操作の習得という教育目的を超えて、ごく自然に、教師や生徒たちの興味を英語劇にも向かわせたのであろう。名門のイートン校で教え、ウェストミンスター校の校長を務めたニコラス・ユードル（Nicholas Udall, 1504-56）は、先行訳を踏まえながら、テレンティウスのいくつもの喜劇の台詞を抜粋し英訳したが、先行訳と同じく、文脈もなく適宜抜粋した語句を逐語訳的にラテン語・英語、ラテン語・英語と短く区切りながら読み進んでいる。教室の授業のように、いかにも教育的ではあるが、戯曲本の体をなしていない。再版本も同じであった。抄訳のみに満足することので

---

90) セネカの悲劇が教材として使われることは1600年以前にはほとんどなかったらしい――Baldwin (1944), 3を参照。文法学校で当時よく使われたラテン語の教科書は、ウィリアム・リリー（William Lily, c.1408-1522）の、俗に「リリーの文法」（'Lily's Grammar'）と呼ばれるものであった。「リリーの文法」以外の、当時の教科書などについてはWatson (1908) を参照。文法学校のラテン語教育が、直接あるいは間接に、シェイクスピアの作品に反映されている具体例については、第2章およびSandys (1916) を参照。

91) この翻訳本の書式については、付録6および図15（250ページ）を参照。

きなかったユードルは、みずから英語の喜劇『ラーフ・ロイスター・ドイスター』(Ralph Roister Doister, 1552 年頃の作、1566 年頃出版)を創作し、生徒たちに演じさせたのであった[92]。最初の本格的な英国喜劇と言われるこの作品では、登場人物名を見開きページの外側欄外に印刷するなどして台詞に対応させているので、戯曲本の機能を備えているのみならず、読むこともできるものとなっている。同じ時期に出版された、セネカの悲劇『オイディプス』のアレキサンダー・ネヴィルによる英訳本(Seneca, Oedipus. Alexander Neuyle 訳、1563 年出版)もこの書式である。

　見開きページの外側欄外を使うこの書式は現今の読者には馴染みのないものであるが、読者の便宜を考えた作者あるいは印刷者の工夫であったに違いない。そこで、試みに、戯曲本の書式の変遷を調べてみたところ、戯曲の読者という文脈において、非常に意味のある事実が明らかになった。実際、今の読者が見慣れている書式が確立し始めたのは、版本では、1570 年代であり、1580 年代初頭には完全に確立した、と言えそうである。それは作者あるいは翻訳者のせいというよりは、むしろ、正字法の確立と同じように、刷り上がりページの形態の画一化にこだわる印刷所のせいであったと考えられる。個人的好みの出やすい原稿本でも、換言すれば、作者あるいは翻訳者や筆耕の間でも、資料が極めて少ないので断定はできないが、1580 年頃が戯曲本の書式が確立しようとしていた時期であったらしい[93]。戯曲本の書式確立へ向かう動きは、戯曲本の需要の伸びと連動していたように思われる。この動きは、セネカの翻訳悲劇の相次ぐ出版をきっかけに、1559 年から 1560 年代前半にかけて始まり、大衆向けの専用劇場の出現によって一挙に加速し、芝居見物が一般の人々の身近な娯楽となった 1570 年代を通り抜けた直後、これまたセネカの悲劇全集が出版

---

[92] この英語劇の日本語の表記「ラーフ」はロンドン書籍商組合の出版登録簿にある記録 'Rauf Ruyster Duster' を根拠としている。この英語劇が、ウェストミンスター校ではなく、イートン校の生徒たちによる上演を念頭に書かれたことはほぼ間違いない(Chambers (1923), ii. 74)。文法学校の少年劇団については、同書、ii. 1-76 を参照。

[93] 今ここで詳細を述べるのは適切ではないので、付録 6「戯曲本の書式の変遷」において、その確立までの歴史を考察し、最小限度の図版を用い、試論として述べておいた。関連する先行論文に Howard-Hill (1990) がある。

された1580年代初頭にほぼ終わったのである。シェイクスピアが活動し始めたのはこの書式が確立した後であった、と言ってまず間違いはない。

　書式の統一によって、一般の読者には、対話形式で埋め尽くされた活字ページを読み解くときの障害が、少なくともひとつ無くなったのである。統一された書式で印刷された真新しい戯曲本、例えば、シェイクスピアの戯曲本の初版が店頭に出れば、その書式に慣れた読者は、上演された芝居見物の有無にかかわらず、見た目の違和感もなく、読みものとして、その作品への興味をそそられたことであろう。統一された書式に向けての、約20年間にわたる戯曲本の書式の変遷は、その変化のたびごとに、時期を同じくする大衆向けの劇場が出現のたびごとに観客に新しい刺戟を与えたのと同じように、戯曲本を楽しむ読者集団の誕生を促しただけでなく、遂には書式の確立によって、1590年代以降に見られる戯曲本の出版の急増およびそれに見合う読者の増大をもたらしたのであった。

　16世紀後半の国際都市ロンドンは、前半に宗教改革という精神的激動を経験し、同時に、労働を賃金に転換できることを知った市民たちで湧き返っていた。成人人口の流入によって都市そのものが急激な膨張を続けた。居住地も郊外に広がった。激しいインフレにもかかわらず、市民たちは逞しく生活した。成人人口の密度も、識字率も、イギリスの他の地域に比べて格段に高かった。一般市民にとって、娯楽と言えば、1560年代半ばまでは、旅館の中庭で上演される巡業劇団の芝居やテムズ川南岸で楽しむことのできる熊いじめなどの見世物だけであった。

　時の運は、しかし、芝居に向かっていた。屋内劇場に馴染んでいた従来からの演劇愛好者たちに加えて、一般市民の演劇熱は相当に高まった。芝居の公演に積極的な市内の旅館を総動員した中庭興行だけでは足りなくなった。それを見抜いた役者や事業家が現れ、1567年に、小規模ながら、演劇専用の大衆向けの劇場が生まれた。1576年にはヨーロッパ大陸からの旅行者さえも目を見張る大規模な半屋外の劇場が現れ、類似の大劇場が次々と後に続き、1600年には活動中のものが少なくとも4軒にもなった。いずれも法的規制のない郊

外、市壁の北の郊外やテムズ川南岸で興行した。市民の演劇熱と人口の増加にぴったり見合うだけの劇場の新築によって恒常的な需要を満たし、大衆向けの劇場の誕生以来、常に、平均すれば、全市民100人のうち3人以上が（観客は成人のみであったと仮定すれば、5人以上が）毎日劇場に出かけ、市民だれしも1年に8回以上（観客は成人のみであったと仮定すれば、実に、12回以上）芝居を観たのであった。もし「薔薇座」における海軍大臣一座の興行形式が一般的なものであったとすれば、ロンドン市民たちは、ひとつの劇場に通い続け、そこで次々に発表される新作のおそらく半数近くを（観客は成人のみであったと仮定すれば、過半数を）観ることができた。大衆向けの大劇場の誕生以前と比べ、芝居の種類は多様化し、観客数も3倍以上になった。

　演劇の隆盛は戯曲作家の活動を活発にし、折あるごとに作家としての自意識をくすぐり、新作戯曲の増加を促した。演劇は、市民に共通のメディアとして、いろいろな情報を提供し、市民の文化的興味を刺戟し、戯曲本の需要の源泉となり、戯曲の読者集団の誕生を招来した。1560年代以降の、戯曲本の出版と戯曲の読者の増加は相互に作用し合い、1600年頃には戯曲本の出版は散文文学の出版と互角の勢いとなった。当初、戯曲本の書式はまちまちであったので、その統一は印刷者の課題であったが、戯曲の読者の継続的な需要に助けられる形で試行錯誤が続き、1580年代初頭までに、一応統一された書式の確立を果たした。それは現代の書式に近いものであった。シェイクスピアはこの確立されて間もない現代風の書式をふまえて作品を書くことのできた作家のひとりであった。この戯曲本の書式の確立は、戯曲にかかわるすべての人々——作者、劇場関係者、筆耕、印刷者、書籍商、読者、観客——の利益となり、17世紀前半までの演劇のさらなる興隆に寄与したのであった。

第4章　戯曲の読者——その遺墨(1)
チャップマン、フォード、マーストンの戯曲

16世紀後半からにわかに顕著になったロンドン書籍商の隆盛とそれに呼応した読者層の形成が、当時の著しく流動的な社会の複合的な変動の結果であったことは、第1章で考察した。読者層の形成過程において、特に戯曲本に興味を持つ相当数の読者集団が演劇の大衆化とともに誕生したことは、前章で考察した。

　この章では、17世紀終わりまでの読者が戯曲の本文にどのように反応していたかを考察する。ここでの読者を厳密に定義することはできないが、以下の考察は、ちょうど名前の書けることが識字率の研究の基準であるように、古版本に何らかの書き込みをした人は一応その所有者であり読者であったと見做すという程度の認識に基づく考察である。従って、考察のための1次資料は、かなり多数の現存本の調査の過程で、体系的とは言えないが、副次的に収集された、読者の書き込みである[1]。

§1

活字化された台詞を、舞台から離れて自分の書斎で、俳優を経由することなく直接自分で読むためには、休むことのない能動的な行為を必要とする。舞台を

---

1) 付録7を参照。

観た後で作品を読む人もあったであろうし、舞台を観る前に作品に当たるという読者もあったであろう。舞台を観る前のほうが見た後の何倍もの、想像力と呼ばれる能動的な活動を必要とするのが普通であろう。

　当時の作家の中には、舞台も活字も表現手段としては十分でない、と心得ている人たちがいた。シェイクスピアは舞台という表現手段が不十分なことをよく知っている作家のひとりであった。例えば、『ヘンリー五世』(*Henry V*, 1599年初演、1600年刊)で、はじめに前口上を出し、舞台の不便さや不完全な表現力を弁解させている。舞台は英仏海峡でもあり、相対時した英仏両軍の陣営でもあるし、数名の俳優で大軍を表現してもいるが、「私どもの至らぬところは皆さんの想像力で補ってください」(Piece out our imperfections with your thoughts [Prologue 23])などと挨拶して観客の想像力に期待する。また、『夏の夜の夢』(*A Midsummer Night's Dream*, 1596年初演、1600年刊)では、ヒポリタ姫が劇中劇の職人たちの素人芝居に耐えかねたとき、シーシアス公爵は

　　芝居というものは最高の出来でも所詮は影、そのかわり最低のものでも影以下ということはない。想像力で補えばいいのだ。
　　The best in this kind are but shadows; and the worst are no worse, if imagination amends them.　(5.1.211-2)

と言って姫を諭す。

　ジョン・マーストン(John Marston, ?1575-1634)もまた、活字が舞台に及ばないことを強く意識していた作家のひとりであった。『不満分子』(*The Malcontent*, 1602-4年初演、1604年刊)をやむを得ず出版することになった事情を説明し、次のように弁解している——

　　俳優が喋るために書いたのですが、残念ながら、やむ無く、活字で読んでいただくことになってしまいました。……気迫のこもったきびきびした動きをお楽しみいただいた舞台に免じて [綴りの小さな間違いなどは] お許しください。
　　Only one thing afflicts me, to think that scenes, invented merely to be

spoken, should be enforcively published to be read … [slight errors in orthography] may be pardoned for the pleasure it once afforded you when it [=this trifle] was presented with the soul of lively action. （To the Reader）

マーストンが弁解する通りならば、戯曲の読者は、シェイクスピアの観客以上に、想像力を働かせる必要があった。

当時、戯曲の読者はおそらく例外なしに文法学校での教育を受けた人たちであったであろうから、そこでの教育が何らかの形で作品の読み方に反映しているのかも知れない。しかし学校ではラテン語そのものの学習が目的であったから、教材となった戯曲を含む作品の鑑賞や批評はあまり重要視されていなかったかも知れない。従って、戯曲の読者の読み方は、文法学校での教育とは関係のないものであったのかも知れない。どのような読者であったかを知るためには、当時の読者が戯曲の古版本の中に残した書き込みを調べるのが最良の方法であろう。

古版本に発見される書き込みの種類や性格は千差万別である。つれづれに書かれたとしか思えない欄外余白の覚束ない署名や手習い代わりの模写的な落書きや簡単な金銭勘定のような計算メモなど、この章のためにはあまり役に立たないもの[2]がかなりある。それと対照的なものとして、欠けたページを補うために別の古版本を見ながらできる限り忠実に筆写された本文なども散見される[3]。署名や読者の紛れもない読書反応のようなきちんとした記録に至るまで、千差万別である。

きちんとした書き込みであっても、納得できるような説明的な解釈を用意するのにいろいろな困難を伴うので、考察の対象としては敬遠せざるを得ないものがいくつもある。その代表的なものは、例えば、署名である。時々遭遇する手習い的な落書きのような署名は別として、ほとんどは所有の証しのための意図された署名である。まじめな書き込みではあるが極端に短い。それ自体は貴

---

[2] 識字率などの考察の基本資料となるこの類の書き込みは非常に多い。
[3] 例えば、チャップマンの『メイデー』（*May-Day*）がある。この例については、Yamada (2010), 158-71 を参照。シェイクスピアの例については次章§5を参照。

重な書き込みではあるが、その人自身のその他の書き込みがない場合には、その署名の中に読者としての特別な反応を読み取ることはできない。署名よりもさらに面倒な書き込みの代表は、文字ではなく、ただの×印を始めとするいろいろな記号や線や点などである。しかし、単発的な印の場合は言うまでもなく、相当量の印が集合した場合でも、例外はあるが、説得できる言葉で考察することはかなり難しい。一方、欄外に相当量の文字による書き込みがあっても、その書き込みを無視した後世の製本者の裁断によって多くが失われ、その意味が理解できないので、考察が困難な場合もある[4]。

稀にではあるが、文字ではなく記号や線や点などの書き込みが、欄外にとどまらず作品全体の本文に及ぶときには、文字による書き込みが一切なくても、作品の作り替えや上演を暗示する読者の積極的な作品解釈を読み取ることのできる場合がある[5]。それとは反対に、作品本文の単語を訂正した書き込みは、単発的なものであっても、明らかに読者の積極的な反応を表現したものである。もし同一作品の中でそのような例がいくつも集まれば、名前の分からない読者であっても、それなりの読者像が浮かび上がる。読者を特定することはできないが、書体や単語の綴りの筆跡からおよその時代を推定することも可能である。文字を伴わない線と記号だけの書き込みでは、インクやペンの吟味ができたとしても、時代推定は難しい。

当時の書き込みに使われた書体は、秘書体（Secretary hand, 書記体とも呼ぶ）

---

[4] 例えば、英国図書館が所蔵する（C.45.b.9.）チャップマンの『バイロン公爵チャールズの陰謀と悲劇』の再版本（*The Conspiracy and Tragedy of Charles, Duke of Byron*, 1625年刊）の書き込みがある。書き込みをしたのは国王一座（旧宮内大臣一座）のパトロンとなった第4代ペンブルック伯爵フィリップ・ハーバート（Philip Herbert, 4th Earl of Pembroke, 1584-1650）と分かっていながら、後世の再製本の際の裁断で失われた部分が大きすぎるので、その内容を解読することは非常に困難である。しかしこの版本については、トリコミの研究［Tricomi (1986)］がある。トリコミによれば、書き込みから読み取れるものは、ベン・ジョンソンからチャップマンを経てマッシンジャー（Philip Massinger, 1583-1640）に継承されたこの政治的な戯曲を、公的には1626年以来演劇を庇護する宮内大臣の職にありながら、個人的には議会派の立場で読んだ伯爵の姿勢であると言う。

[5] 下に記述するチャップマンの場合が好例であろう。

とイタリア体（Italian hand）である。17世紀半ばまでにはイタリア体風の書体の混じる、崩れた秘書体が見られるようになり、17世紀後半から末葉にかけて急速にイタリア体化したが、18世紀以降の書体とは容易に区別することができる。17世紀終わりまでを考察の対象とした1次資料の選定はそれほど困難ではない。しかし、そもそも、当時の書き込みは極めて少ない。ウィリアム・シェイクスピアについては次の章で述べるが、この章のための資料は、ジョージ・チャップマン（George Chapman, ?1559-1634）、ジョン・フォード（John Ford, 1586-1639以後）およびジョン・マーストンの古版本の調査中に著者が出会った書き込みである。しかもそれは、シェイクスピアの1623年の戯曲集を別とすれば[6]、書き込みなどの研究のために体系的に収集したものではなく、まったく別の目的のために行ってきた古版本の調査の過程で偶然に出会い、注意を惹いたものばかりである。

　偶然性という点では、この種の研究においては、おそらく体系的に資料収集をした場合でも、大同小異ではないかと思われる。ただ、本書で扱う素材の出所の範囲は極めて限られている。それが大きな弱点であることは認めざるを得ない。そのため、結果的には、この章も次の章も、個々の事例それ自体は興味あるものであっても、相互の関連性もなく、全体としての統一性にも欠ける具体例を単に展示する場になっているように映るかも知れない[7]。しかし、どの事例の場合も、ひとりの読者として書き込みをした人の人物像はくっきりと浮かび上がっている。

　古版本の中で通常遭遇する、上に述べたような書き込みを羅列すれば、この章はますます博物館の、主題のない陳列室の様相を呈することになるかも知れない。その危険を避けるために、考察の範囲を17世紀末までの古版本と17世紀終わりまでの読者と限定し、具体的な例示としては、この章ではチャップマン、フォードおよびマーストンそれぞれひとりの作家についてひとりの読者

---

6) Yamada（1998）は書き込みに関する体系的な考察の結果である。
7) 相互に関連性を持たない事例に基づくこの種の研究に対しては批判がある。それに応えた優れた論にJackson（2005）がある。

ということにし、次の章ではシェイクスピアの喜劇、英国史劇および悲劇の読者ということにする。それでも事例研究の域を出ないものとなるおそれはある。その危険を避け得たかも知れないと言うささやかな望みは、シェイクスピアのほぼ同時代者に限った一種の読者論という主題を掲げたことである。

§ 2

まず最初の例としてジョージ・チャップマンを取り上げる。1700年までのチャップマンの古版本には、『すべて馬鹿』(*All Fools*, 1605年刊) などの喜劇が少なくとも8篇（調べることのできた古版本は少なくとも210点）ある。また、『ビュッシ・ダンボワ』(*Bussy D'Ambois*, 1607年初版、1608, 1641, 1646, 1657, 1691年重版) などの悲劇が少なくとも5篇（古版本は240点）ある[8]。20世紀初頭までのきちんとした書き込みは、喜劇の古版本210点中22点、悲劇の古版本240点中30点に見つけることができる。書き込みのある古版本の割合が一番多いのは、喜劇では『陽気な日の笑い』(*An Humorous Day's Mirth*, 1599年刊)の古版本17点につき5点（29.4パーセント）、悲劇では『バイロン公爵チャールズの陰謀と悲劇』(*The Conspiracy and Tragedy of Charles, Duke of Byron*, 1608年初版、1625年再版) の古版本65点につき13点（20パーセント）である。喜劇全体では、上述の数値から、約10.4パーセント、悲劇全体では約12.5パーセントとなる。チャップマンの喜劇・悲劇全体を平均した割合は古版本8.6点につき1点（約11.5パーセント）である[9]。

---

8) 付録7を参照。*The Memorable Mask of the Middle Temple and Lincoln's Inn* (1613) は仮面劇であるため、また *Eastward Ho!* (1605) は三人の作家たちの共同作品であるため対象とはしなかった。

9) 体系的な調査に基づいていないから、このような数値は無意味かも知れないが、作品ごとの内訳を記せば、喜劇では、*All Fools* (1605) は25点中1点（4.0パーセント）、*The Blind Beggar of Alexandria* (1598) は12点中3点（25.0パーセント）、*The Gentleman Usher* (1606) は21点中1点（4.7パーセント）、*An Humorous Day's Mirth* (1599) は17点中5点（29.4パーセント）、*May-Day* (1611) は24点中1点（4.1パーセント）、*Monsieur D'Olive* (1606) は37点中4点（10.8パーセント）、*Sir Giles Goosecap* (1606, 1636) は42点中4点（9.5パーセント）、*The Widow's Tears* (1612) は32点中3点

書き込みのある喜劇 22 点と悲劇 30 点の中で、明らかに 17 世紀終わりまでに書かれたと思われるものは少なくとも 13 点ある[10]。そのうちの 2 点は既に公開され、著者の旧著の中に再録されている[11]。

ここで取り上げるのは、『バイロン公爵チャールズの陰謀と悲劇』の初版本（1608 年刊）の書き込みである。オックスフォード大学ウスター学寮図書館が所蔵する整理番号 Plays 4.32 の古版本である。作品そのものは『陰謀と悲劇』という 2 部作であるが、ウスター学寮の所蔵本は『陰謀』のみである。

『陰謀』のみのこの古版本の作りは、やや専門的な記述になるが、4°、A^2 B-H^4 I1-1^v である[12]。つまり、2 葉構成の折丁 A、4 葉構成の折丁 B-H、1 葉構成の折丁 I でできた全部で 31 葉 62 ページの薄っぺらな四つ折り本である。書き込みの主は分からない。書体は首尾一貫して秘書体である。書かれた年代も分からないが、書体から判断すると、おそらく 17 世紀の初期である。

(9.3 パーセント) であるので、合計では古版本 210 点中 22 点、平均では 9.5 点中 1 点（約 10.4 パーセント）となる。悲劇では、*Bussy D'Ambois* (1607, 1608, 1641, 1646, 1657, 1691) は古版本 76 点中 8 点 (10.5 パーセント)、*Caesar and Pompey* (1631, 1652, 1653) は 39 点中 4 点 (10.2 パーセント)、*Chabot, Admiral of France* (1639) は 38 点中 5 点 (13.1 パーセント)、*The Conspiracy and Tragedy of Charles, Duke of Byron* (1608, 1625) は 65 点中 13 点 (20.0 パーセント)、*The Revenge of Bussy D'Ambois* (1613) は 22 点中 1 点 (4.5 パーセント) であるので、合計では古版本 240 点中 30 点、平均では 8 点中 1 点（約 12.5 パーセント）となる。

10) *The Blind Beggar of Alexandria* (1598) [所蔵図書館を付録 7 の略記号で示せば、Bod/Mal.240(1)]、*Caesar and Pompey* (1631) [NLS]、*The Conspiracy and Tragedy of Charles, Duke of Byron* (1608) [BL/C.30.e.2., CLUC, PU and Worc/Plays 4.32]、*The Conspiracy and Tragedy of Charles, Duke of Byron* (1625) [BL/C.45.b.9.]、*The Gentleman Usher* (1606) [Glas]、*An Humorous Day's Mirth* (1599) [DFo Copy 1 and NLS]、*May-Day* (1611) [Worc/Plays 2.5.]、*Monsieur D'Olive* (1606) [NN]、*Sir Giles Goosecap* (1606) [DFo]。

11) 校正ゲラを保存する *An Humorous Day's Mirth* (1599) [NLS] 論と数ページの本文が写筆された *May-Day* (1611) [Worc/Plays 2.5.] 論である。Yamada (2010), 149-71 を参照。

12) この記述の意味は次の通りである。通常 1 丁（4 葉 8 ページ）の単位となる全紙を 2 回折り、4 葉に畳んだ大きさの、いわゆる四つ折り本 (4°) で、扉や献辞などは A の符号の付いた 2 葉 4 ページから成る前付 (A^2) に印刷され、作品の本文は B から H までの符号の付いた 7 丁（28 葉 56 ページ）と I1 の符号の付いた 1 葉の表と裏（2 ページ）の 29 葉 58 ページ (B-H^4 I1-1^v) に印刷されている合計 62 ページの本。

書き込みは全巻にわたるが、やや特殊な例であるので、抜粋することなく、そのすべてについて記述を進める。古版本への言及には古版本のページ記号 B-I と行数に続いて、［　］の中に、標準的な校訂本[13]の幕・場・行を併記する。

最初の書き込みは、C3^r, 32-3 [II.i.0.2-1][14]の右欄外にある。この 2 行を括弧 ｝で括り、その右に'nupe< | Actus p□□<'[15]と分かち書きしたメモがある。右端は裁断で失われている。これはおそらくラテン語で、「新しい第 1 幕」を意味している。読者はこの芝居『陰謀』の原作の第 1 幕を完全に省略し、原作の第 2 幕の始まりを改作の第 1 幕の始まりとしようとしているのである。

その次の書き込みは、D1^v, 13-4 [II.i.155-6]の左欄外にある。この 2 行の本文の中程のところから水平に左欄外に向けて長い線が引かれ、その先端の上下に'+ here end | Exit By'と分かち書きしたメモがある。命令形の英語は「*ここで終わり、バイロンは退場」ほどの意味であろう。改作の工夫として、バイロンの長い台詞をここで止めて、後はカットしたのである。

これに続く書き込みは、対話相手の没落貴族ラファンが退場したところでサヴォイ公爵がアンリ四世に気付いて話しかける最初の 1 行（D2^v, 29 [II.ii.66]）の右余白に書き込まれた'exit□□□□y'である。この改作者は一度書き込んだメモを抹消したのである。抹消されたために読み取れない文字は、おそらく sauo であろう。ラファンの退場に続いてサヴォイ公爵も退場させ、原作を大きくカットしようとして思い直したと思われる。そのために改作の第 1 幕は次の書き込みのあるところまでしばらく続くことになる。

4 ページ（すなわち、約 170 行）ほど後の E1^r, 17-8 [II.ii.240-1]の右欄外に、'Actus □< | ─□─<'と本文の 2 行に合わせた分かち書きの書き込みがある。裁断で失われたり、判読できない文字ないし単語があるが、2 行目のとりわけ

---

13) Holaday (1987), 265-422.
14) 上付きの^{r}は右（表）ページを、^{v}は左（裏）ページを表す。この表記はページ記号 C3 の右ページの 32-3 行を意味する。[II.i.0.2-1] は Holaday (1987) の幕・場・行を示している。以下同様。
15) <印（右欄外の場合）あるいは>印（左欄外の場合）は製本の時に小口の裁断とともに書き込みが切り捨てられたことを意味している。また、□印は判読し難い文字あるいはその断片が 1 個あることを意味している。

太い短線は多分第1幕の終わりを示すものと思われる。なぜならば、この分かち書きのメモのすぐ下からこのページの下の端までの右欄外に（つまり、この本文の2行に続くE1ʳ, 21-35［III.i.0.1-14］の右欄外に）大きく縦に細長い×印が書き込まれているだけでなく、このページに続く2ページ（つまり、E1ᵛ, 1-38［III.i.15-50］およびE2ʳ, 1-38［III.i.51-84］）の欄外にも、同じように大きく縦に細長い×印が、裁断後の痕跡として残っていたり、裁断を免れていたりしているからである。この×印は疑いもなくカットを意味している。

カットはさらに続き、次のページの左欄外の大部分E2ᵛ, 1-27［III.i.85-III.ii.22］にも大きな×印の痕跡がある。しかしその×印のすぐ下の残りの欄外（E2ᵛ, 28-30［III.ii.22.1-23］の左欄外）[16]には'▯p▯/ | >us | >cundus'という3行に分かち書きされた書き込みがある。欠落部分や解読不能の部分を復元すれば、これは疑いもなく'nupe | actus | secundus'であり、「新しい第2幕」を意味している。改作を企てたこの読者は、原作の第1幕全部と第3幕第1場を完全にカットし、原作の第2幕を多少のカットで短くして改作の第1幕とした。そして今、それにすぐ続くバイロンとラファンの登場を改作の第2幕の始まりとしたのである。

その次の書き込みは、E3ʳ, 20［III.ii.44］に登場するサヴォイ公爵に答える大使ロンカスの「さようでございます」（'The same my Lord.'）という短い台詞をバイロンに語らせるという変更である——台詞の頭書きRon.を抹消してその左の欄外にBy(ron)を意図して書き込んだ'By ~~Ron.~~'という変更である。ロンカス役を演じる役者の負担を軽くしたり、役者そのものを節約したりするための工夫であろう。改作者は、同じ目的で、E4ʳ, 23-4［III.ii.120-1］に登場する公爵の侍者ブレトンの台詞2行も、版本の本文に直接3個の×印を書いて抹消している。

E2ᵛ, 28-30［III.ii.22.1-23］に始まった改作の第2幕は、これらの小さな変更のあと、アンリ王の長台詞の途中のF2ʳ, 33［III.ii.273］に至り着く。この行の終わりから右欄外にかけて'× here end ▯<'の書き込みがある。裁断で失われ

---

16) 22.1-23は、22行の下のト書き第1行から23行までを意味している。

た文字は分からないが、「＊ここで……止め」とは、明らかに、アンリ王の長台詞を打ち止めにするためのメモである。

それに続く F2^r, 34-8 ［III.ii.274-8］の右欄外とその次のページの上半分 F2^v, 1-16 ［III.ii.279-94］の左欄外には、それぞれカットを示す大きな×印が書かれている。この左欄外のカットは、原作の第3幕第2場が終わる部分で、国王が長台詞を吐いて退場し、バイロンが居残って独白しようとするところである。改作者は、そのカットにもかかわらず、独白冒頭の台詞担当者を別の人物にしようとしたらしい。F2^v, 7 ［III.ii.285］の本文の左余白に、最初、原本にある 'Byr.'（バイロン）を抹消して '▢▢▢▢Byr.' のように判読できない別の人物名を書いたと思われる。しかし（以下に述べる理由で）思い直し、'▦▦▦▦Byr.' とその人物名も抹消した。さらにそのカットの終わる F2^v, 16-7 ［III.ii.294-III.iii.0.1］の行間に 'god saue you sir'（ご機嫌よろしく）と書き込んだのである。したがってバイロンは舞台に残ることになり、すぐあと F2^v, 17 ［III.iii.0.1］で登場するラブロスに、行間の書き込み通りに「ご機嫌よろしく」と挨拶をすることになる。この挨拶は明らかに F3^r, 19 ［III.iii.37］から借りたものであるから、そこまで読み進んだ改作者は 40 行ほど逆戻りして、'god saue you sir' と行間の書き込みをし、同時に、F2^v, 7 ［III.ii.285］の本文の左余白の '▢▢▢▢Byr.' のような最初の書き込みを完全に抹消して '▦▦▦▦Byr.' としたのであろうと思われる。この挨拶と抹消の2つの書き込みは連動したものと考えられる。

そのさき、改作者は原作の第3幕第3場の最初の19行をそのまま活用しているが、そのあと、バイロンの台詞 F3^r, 2-19 ［III.iii.20-37］の右欄外にふたたび大きな×印を書いた。しかし、バイロンの台詞の一部である F3^r, 11-2 ［III.iii.29-30］の2行の本文には6個の×印が直接書き込まれているので、おそらく改作者は、最初、この2行のみを6個の×印でカットするつもりであったが、思い直して20行ほどのバイロンの台詞全部をカットすることにし、右欄外に大きな×印を書き込んだものと思われる。

その次の書き込みは F4^r, 7 ［III.iii.92］にあるバイロンの台詞に直接書き込まれた6個の×印である。その次の書き込みは F4^v, 25-6 ［III.iii.145-IV.i.0.1］の

左欄外に 3 行に分かち書きされた 'secundi | ~~Quartij~~ | >nis' である。「第 4 2 幕の終わり」を意味する。多分、改作者は最初 Actus> Quartij | finis と 2 行に分かち書きしてから間違いに気付き、Quartij を消してそのすぐ上に secundi と書き直したのであろう。ともかく、E2^v, 28-30 [III.ii.22.1-23] で始まった新しい第 2 幕の終わりである。

　この書き込みの下の欄外余白（F4^v, 27-34 [IV.i.0.2-7] の左欄外）にはカットを意味する大きな×印の痕跡がある。その次のページ G1^r, 1-38 [IV.i.8-45] の右欄外にも大きな×印がある。その次のページ G1^v, 1-38 [IV.i.46-82] の左欄外にも大きな×印の痕跡がある。続く 3 ページ G2^r–G3^r [IV.i.83-196] にも、さらに続く G3^v, 1-27 [IV.i.197-223] の左欄外にも大きな×印がある。その×印の下の欄外余白（G3^v, 29-32 [V.i.1-4] の左欄外）には 3 行に分かち書きした '>pe | □s | >□ius' という書き込みがある。多分、nupe actus tertius というラテン語で「新しい第 3 幕」を意味する。改作者は、新しい第 2 幕を閉じた後、原作の第 4 幕をすべてカットし、原作の第 5 幕の始まりを新しい第 3 幕の始まりとしたのである。

　その次の書き込みは、おそらく H2^r, 9 [V.i.154] の台詞のリズムを整えるためのもので

> *Bethune,* ~~and~~ Saint *Paule,* B*apaume,* and *Courcelles,*
> ベシューン、セントポール、バポームとコーセルズ

のように、印刷された本文の接続詞 'and' を直接インクで塗りつぶしている。本文への唯一の干渉である。

　その次の書き込みは I1^r, 20-2 [V.ii.222-4] のそれぞれの行の右余白から欄外にかけてのもので、20-1 行の右の余白には、「第 3 幕終わり」を示すために 'Act 3 finis' と端的に記している。22 行の右の余白には、サヴォイ公爵だけが退場するためのト書き *Exit* を「全員退場」と変えるために、'~~Exit~~. exeunt omne< | ――' と分かち書きをし、やや長いダッシュで第 3 幕の終わりの駄目押しをしている。この書き込みの下の欄外（I1^r, 23-38 [V.ii.225-40] の右欄外）とその次のページ（I1^v, 1-23 [V.ii.241-64]）の左欄外には、それぞれ大きな×

印のカットがあるので、古版本にはそのあとの台詞2行に続いて「最終第5幕の終わり」を意味する'Finis Actus Quinti, | et ultimi.' があるが、事実上、改作はI1^r, 22の欄外書き込みの「全員退場」でバイロン劇の『陰謀』の部は終わる。

　改作者によってカットされたのは第1幕の444行全部、第2幕の415行のうち19行、第3幕の526行のうち151行、第4幕の223行全部、第5幕の304行のうち42行である。換言すれば、5幕1912行から成る『陰謀』が3幕1033行に短くされたのである。

　カットは原作をほぼ半分に短縮しただけではない。登場人物を大きく節約することにもなっている。第1幕のカットで7名、第4幕のカットで2名の登場人物が節約された[17]。原作では、侍者を除き、24名の人物が登場するが、カットの結果、15名が登場するだけとなった。

　『悲劇』4212行を同じ仕方でカットした四つ折り本は知られていないので確かなことは分からないが、この改作者は、いくらか規模の小さい劇団のために、それぞれ5幕から成り立つ『陰謀』と『悲劇』の2部作を『陰謀』と『悲劇』を通した5幕物に改作する予定であったと推量される。どのような改作が試みられたとしても、新しい5幕物の『陰謀と悲劇』はかなり長大な作品となったであろう。改作者がプロであったかアマチュアであったかは分からない。迷うことなく自信を持ってカットを入れている。アマチュアであるとすれば、かなり経験豊かな人物であろう。古版本に残された、ほとんど書き直しのない、実に明快な書き込みの中に[18]、改作者がこの長大な作品を、初演から20年も

---

17) 第1幕全部のカットで、ブリュッセルに関係するPicoté, Bellièvre, Brulart, D'Aumaleの4名とオーストリアに関係するOrange, Albert, Mansfieldの3名が節約され、第4幕全部のカットで、登場人物のすべて——フランスの貴族D'AumontとCrequiの2名——が節約される（第4幕は、出版に際して当局の検閲に引っ掛かり、骨抜きとなり、そもそも演劇性に欠ける幕である）。

18) この書き込みは非常に整然としているが、別の古版本を使って行われた下書き的な改作メモの清書であるという可能性はない。その理由は、例えば、F4^v, 25-6 [III. iii. 145-IV.i.0.1] の左欄外に「第4 2幕の終わり」のような清書ではあり得ない間違いがあるからである。

たたないうちに[19]、しかも作者チャップマンがまだ健筆をふるっている時期に、装いを新たにして舞台に乗せようと意気込んでいることも、感じ取ることができる。

　この改作が実際に上演されたかどうかは分からないが、書き込みのすべてから、改作者の人物像が浮かび上がる。自信を持ってカットできるだけでなく、この改作者は原作者の表現を手慣れた調子で利用できる器用な人物でもあった。F2ᵛ, 16-7 ［III.ii.294-III.iii.0.1］の行間に書き込まれた'god saue you sir'が何よりの証である。原作の第3幕第2場の終わりで独白をカットされたバイロンはそのまま舞台に残り、第3場の初めに登場する星占い師ラブロスに、書き込み通り、'god saue you sir'と挨拶をする。このさりげない挨拶は、実は、変装したバイロンが第3場37行でラブロスに挨拶するときに使う言葉なのである。

　この読者は明らかに芝居熱心な人で、僅かな文字の書き込みの書体から判断すると、おそらく17世紀の初期にはすでに経験を積んだ活動期に入っていた。上演を念頭に、長大な2部作の改作を目指すだけの野心のみならず自信もある人であった。10幕から成るこの戯曲を5幕物に作り変えようとして、作品を十分に理解しながら読み進み、独自の創意をもとにほとんど迷うことなく、原作に大鉈を振った。第三者にも容易に理解できるやり方で、簡単明瞭に、脇目も振らず一生懸命にメモ書きをし続けたのである。

§3

次に、第2の例としてジョン・フォードを取り上げる。1700年までに出版されたフォードの主な戯曲の四つ折り本は、ほとんどすべて、印刷上の異同が少なく[20]、見た目にはかなりの美本である。書き込みのあるものも比較的少ない

---

19) この読者が使用した版は創作・初演後間もなく出版された1608年版である。1625年の再版本ではない。しかも書き込みの書体は17世紀初期のものと推定される。
20) 例えば、『哀れ彼女は娼婦』の最終ページの弁解にもあるように、フォードは誤植に気を遣い、自ら校正をする、当時としては、数少ない作家のひとりであった。

ようである。書き込みが全然ないのは英国史劇『パーキン・ウォーベック』(*Perkin Warbeck*, 1634 年刊、調査した古版本 32 点）だけである。古版本 1 点のみに書き込みのある作品は、喜劇では、『純潔にして高貴な空想』(*The Fancies, Chaste and Noble*, 1638 年刊、調査した古版本 32 点）と『夫人の試練』(*The Lady's Trial*, 1639 年刊、33 点）の 2 篇、悲劇では、『失意の人』(*The Broken Heart*, 1633 年刊、調査した古版本 23 点）と『哀れ彼女は娼婦』('*Tis Pity She's a Whore*, 1633 年刊、32 点）の 2 篇である。古版本 2 点に書き込みのある作品は、悲劇『愛の犠牲』(*Love's Sacrifice*, 1633 年刊、調査した古版本 38 点）と悲喜劇『恋人の憂鬱』(*The Lover's Melancholy*, 1629 年刊、33 点）の 2 篇である[21]。

　これら七つの事例が 20 世紀初頭までのきちんとした書き込みのすべてである。調査したすべての古版本の中で書き込みのあるものが占める割合は、英国史劇は 0 パーセント、喜劇は 3.0 パーセント、悲劇は 4.3 パーセント、悲喜劇は 6.0 パーセントである。フォードの喜劇・悲劇・悲喜劇全体では 4.1 パーセント、英国史劇を加えた全体では 3.5 パーセントである。平均では、フォードの主な戯曲の古版本 27.8 点について 1 点の割合で書き込みがあるということになる。

　書き込みのある 8 点の古版本の中で、少なくとも 2 点は明らかに 17 世紀終わりまでに書かれたと思われる。悲喜劇『恋人の憂鬱』（1629 年刊）と喜劇『純潔にして高貴な空想』（1638 年刊）である。『恋人の憂鬱』には、同時代者のインクで書かれた署名と鉛筆で書かれた縦線が欄外のあちらこちらに残っている。鉛筆の線は時々裏移り（set-off）[22]している。使用された鉛筆はそれほどに柔らかくて古いが、同じ人の書き込みかどうかは分からない。『純潔にして高貴な空想』には少なくとも三人の書き込みがある。その二人がインキで書いているが、その中の一人が 17 世紀の読者であり、もう一人は 18 世紀の読者である。三人目は、鉛筆を使って欄外に縦線を引いているだけであるので、確

---

21) 付録 7 を参照。
22) 印刷術の専門語であるこの用語は、印刷された文字の乾き切っていないインクが他の紙面に裏返しになって「移る」ことを意味する。

第 4 章 戯曲の読者——その遺墨(1)　131

かな年代を推定することはできないが、17世紀の読者かも知れない。

　この『純潔にして高貴な空想(おもい)』の四つ折り本はオランダのハーグにある王立図書館の所蔵本、整理番号 234.H.56. である。本の作りは 4°、A^4 ($A1+a^2$) B-K^4 の 42 葉である。ここでは、インキを使った 17 世紀の読者について考察し、鉛筆を使った読者については簡単に述べるにとどめたい。

　インキによるこの書き込みの事例は非常に珍しい。書き手が誰かは分からないが、戯曲と深いかかわりのあった 17 世紀半ば頃の人であることは間違いない。手慣れたイタリア体を駆使することができる人であった。書き込みはこの作品の四つ折り本の最終ページの裏（$K4^v$ページ）の何も印刷されていないページにある。その 3 分の 2 ほどを使って次のように伸び伸びと書かれている
――

　　Sforza, Duke of Millian.
　　Antonio, his great favourite.
　　Marquess of Pe╫zara, friend to Sforza.
　　2 Lords of Sforza's Counsell.
　　Iulio t̶o̶ ̶A̶ Servant to Antonio.

　　The old Dutches, Mother to Sforza.
　　Isabella Dutches of Millian＝
　　　　　　　　| Wife to Sforza
　　　　　　to
　　Leonora sister [∧] Sforza, wife to Antonio.
　　Lucina sister to Antonio.
　　スフォルツァ、　ミラノ公爵
　　アントーニオ、　その寵臣
　　ペツァラ侯爵、　スフォルツァ公爵の友人
　　二人の貴族、　スフォルツァ公爵の顧問官
　　ジューリオ、　アントーニオの召使

老公爵夫人、　スフォルツァ公爵の母
イザベラ、　ミラノ公爵夫人＝スフォルツァ公爵の妻
レオノーラ、　スフォルツァ公爵の妹、アントーニオの妻
ルチーナ、　アントーニオの妹

原典では図7に見える通りである。

　この人の書き込みはこれだけである。3行目の'Pezara'（あるいは'Perara'）を書き損ねたり、5行目では、'Iulio'に続いて'to A'と書いたところで間違いに気付き、まだ乾いていないインクを拭い消して、その上に'Servant to Antonio'（アントーニオの召使）と書き直している。しかしこの書き込みは、この書き直しの仕方から判断しても、また、形式の全体的なまとまりの良さから判断しても、おそらく下書きではなく、下書きをきれいに書き写そうとしたものと思われる。明らかにこれは戯曲の登場人物表であり、シェイクスピア時代にすでに書式が確立しており、'The Names of the Actors'（役者たちの名前）と呼ばれていたものである[23]。この書き込みをした人がその書式を熟知していたことは、一目瞭然である——まず、社会的地位の順に6名の男性名を列挙し、続いて少しの間をおいて、同じように4名の女性名を列挙しているからである。明らかにこの人は能書家であると同時に、戯曲本の書式にまで通じた、かなり高等な戯曲の読者である。

　しかしこの登場人物表は謎の塊でもある。表中の人物の誰一人としてフォードの喜劇『純潔にして高貴な空想（おもい）』には登場しない。この表中に固有名詞で登場する人物は7名いるが、ペツァラ（あるいは、ペララ）侯爵以外はすべて[24]、1594年から1635年までに書かれた現存作品に登場する。しかし全員が同一の作品に登場することはない。一番多くてもスフォルツァ、アントーニオ、ジューリオの3名が登場する場合で、そのような作品にはマーストンの悲劇

---

23) 例えば、1623年出版のシェイクスピアの戯曲全集、第一フォリオ本には少なくとも7篇の作品にこの種の登場人物表がついている。7篇の作品は『テンペスト』、『ヴェローナの二紳士』、『尺には尺を』、『冬物語』、『ヘンリー四世第二部』、『アテネのタイモン』、『オセロー』である。
24) ペツァラ（あるいは、ペララ）侯爵は不詳。架空の人物の可能性が高い。

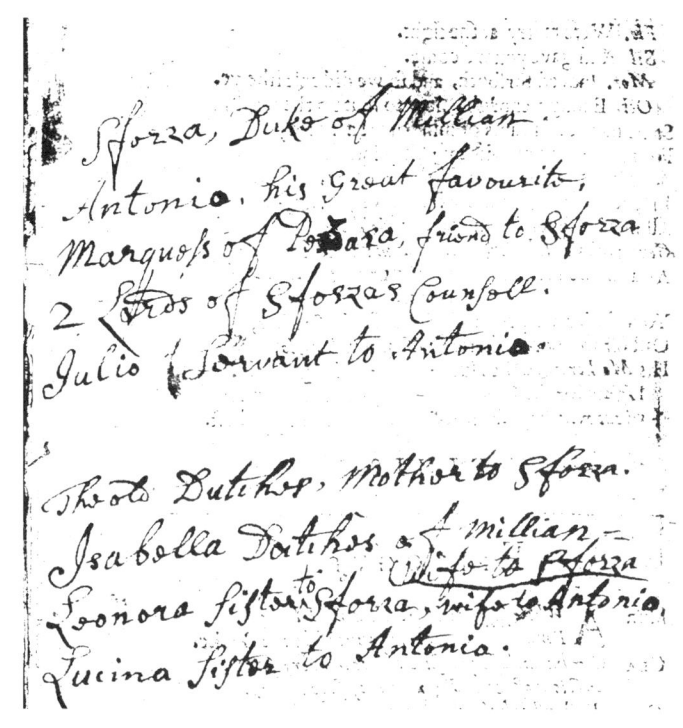

第 4 章　戯曲の読者——その遺墨 (1)　133

図 7　『純潔にして高貴な空想』（1638 年刊）最終ページ（折丁 K4 裏）
　　　［STC 11159：ハーグ王立図書館の好意による、234.H.56.］

『アントニオの復讐』（*Antonio's Revenge*, 1602）がある[25]。しかしこの悲劇の登場人物とフォードの喜劇の余白ページに書き込まれた登場人物とは全く関係がない[26]。この書き込みではペツァラ（あるいは、ペララ）侯爵を除く 9 名はすべてスフォルツァ公爵家の人々であるのに対して、マーストンの作品では登場人物たちは二人の公爵にかかわりのある人々である。

---

25) これらの情報は Berger, Bradford & Sondergard（1998）に記載された登場人物すべてを検索した結果である。
26) 『アントニオの復讐』では Sforza はミラノの公爵ではなくヴェニスの公爵であり、Antonio は公爵の寵臣ではなくジェノアの公爵の息子であり、Iulio は Antonio の召使ではなくヴェニスの公爵の息子である。

フォードのこの四つ折り本の最終ページにどうしてこのようなものが書き込まれたのか、謎に包まれてはいるが、想像してみるのも一興であろう。当時の演劇にかなり精通していたと思われる名前の分からないこの人物は、ひょっとすると、読了したばかりの外国語で書かれた戯曲が印象的であったあまり、たまたま手元にあったフォードのこの四つ折り本の最終ページに、その登場人物表を覚え書き的に書き残したのかも知れない。あるいは、フォードのこの作品を読み終えたとき、何らかの刺戟があって、創作的想像力が湧き起こり、ペンをとり、あり合わせの紙片に、構想した作品の骨組みを浮かび上がるままに描きつけ、今度は、構想の中で登場した人物たちを整理して、読み終えたばかりのフォードの作品の終わりに、登場人物表として清書したのかも知れない。清書は後日のためのものだったのであろう。構想された作品がどのようなものであったかと言えば、登場人物はスフォルツァ公爵一族に限られ、その数も非常に少ないから、多分、小さな劇団のための家庭劇、それもおそらく喜劇であったかと思われる。言うまでもなく以上は単なる想像でしかない。謎は依然として残るし、実際に書きあげられたかどうかも分からない。

　鉛筆で書き込みをしたおそらく別の読者は、欄外に線を引いているだけであるので、確実に17世紀の読者だと断定することはできない。しかしこの読者の特徴は、次のマーストンの例にもあるように、読者の興味を惹いた台詞を一絡げにして、欄外に線を引く、という読み方であった。当時の読書法を示していると思われる。最初の例は、$B2^r$ ページ、5-9 行のところに出てくる——

> *Spa*. Very, very well, if I dye in thy debt for this crack-
> rope) let me be buried in a cole-sacke, I'le fit yee, (apes face)
> looke for't.
> *Nit. And still the Vrchin would, but could not doe.*　sing.
> *Spa*. Marke the end on't, and laugh at last.　*Exeunt*.
> スパドネ　分かった、分かった。お前にこの悪事の借りを作ったまま死んだ時にゃ、石炭袋に包んで埋めてくれ、お前に合わせるぜ（この馬鹿面め）頼んだぞ。

第 4 章　戯曲の読者——その遺墨 (1)　135

　ニティド　この餓鬼、まだやる気だ、できもしないのに。［歌う］
　スパドネ　結果を見て、大いに笑え、ってんだ。［退場］

縦線の右に短い横線があるが、これは多分再読の時のための目印であろう。こうした書き込みが他に少なくとも 27 例ある[27]。1700 年以前の書き込みと断定できないので、これ以上の記述は控えたい。

§ 4

第 3 の例としてジョン・マーストンを取り上げる。1700 年までの古版本で伝わるマーストンの戯曲には、『オランダ娼婦』(*The Dutch Courtesan*, 1605 年刊) など少なくとも 3 篇の喜劇（調べることのできた古版本は少なくとも 59 点）と『アントニオとメリダ』(*Antonio and Mellida*, 1602 年刊) など少なくとも 5 篇の悲劇ないし悲喜劇（古版本は 128 点）がある[28]。喜劇の『おべっか』(*The Fawn*, 1606 年刊) と『何なりと』(*What You Will*, 1607 年刊) および悲喜劇『アントニオとメリダ』には書き込みはない。20 世紀初頭までのきちんとした書き込みのあるのは、喜劇の古版本 59 点中少なくとも 1 点、悲劇・悲喜劇の古版本 128 点中少なくとも 21 点である。書き込みのある古版本の割合が一番多い作品は、喜劇では『オランダ娼婦』で、古版本 12 点のうち 1 点 (8.3 パーセント) に書き込みがある。悲劇・悲喜劇では『不満分子』(*The Malcontent*, 1604 年刊) で、古版本 41 点のうち 9 点 (21.9 パーセント) に書き込みがある。喜劇全体では約 1.6 パーセント、悲劇・悲喜劇全体では約 16.4 パーセントとなる。マーストンの喜劇・悲劇・悲喜劇全体を平均した割合では古版本 8.5 点につき 1 点（約 11.8 パーセント）に書き込みがあることになる[29]。作品全体を平均し

---

27)　この 27 例のある場所は、C4^r,6、D1^r,31、D2^r,21、D2^v,8、D2^v,34、D4^r,16、D4^r,33、D4^v,17、E1^v,13、E2^r,6、E3^r,3、E3^r,16、E4^r,8、F1^v,15、F4^v,12、F4^v,20、G1^r,10、G4^r,11、G4^v,2、H4^r,4、I1^v,18、I2^v,9、I3^r,35、I4^r,3、K1^r,12、K3^r,24、K4^r,12 である。

28)　付録 7 を参照。*Jack Drum's Entertainment* (1601) は家庭劇であるため、また *Histriomastix* (1610) は共同作品の可能性があるため対象とはしなかった。

29)　作品ごとの内訳は、喜劇では、*The Dutch Courtesan* (1605) は 12 点中 1 点 (8.3 パーセ

たこの割合は、偶然かも知れないが、チャップマンの場合とほとんど同じである。主として屋内劇場の観客のために書いたこの二人の作家に対する、1900年頃までの読者の興味が似ていたということであろうか。

　これら書き込みのある22点の古版本の中で、17世紀終わりまでの書き込みをもつものは少なくとも3点ある。『オランダ娼婦』（[所蔵図書館を付録7の略記号で示せば、Dyce : D.26.Box 28.4.]）、『強慾な公爵夫人』（*The Insatiate Countess*, 1613 [McGill]）および『不満分子』の第2版（[BL : C.39.c.25.]）である。

　ここで取り上げるのは、『不満分子』の第2版（1604年刊）の書き込みである。英国図書館が所蔵する整理番号 C.39.c.25. の古版本である。本の作りは $4^°$、A–H^4 I^2 で、34葉68ページの薄っぺらな本である。書き込みの主は分からない。書体はイタリア体であるが、秘書体が混在している。書かれた年代も分からないが、書体や綴字法から判断すると、17世紀の後半である。

　書き込みはほとんどがインクで、部分的に鉛筆が使われている[30]。線や斜線や◎印などによる書き込みが大部分で、全巻にわたっている。文字による書き込みは極めて少ない。以下のページでは、これらのおびただしい書き込みを類型ごとに区分けし、それぞれの特徴を示す具体例を抜粋して論じる。最初にインクの書き込みを取りまとめ、その次に鉛筆の書き込みを取りまとめて記述を進める。古版本に言及するときには古版本のページ記号 A–I と行数に続いて、[　] の中に、ブッレン（A. H. Bullen, 1857–1920）が編纂した作品集3巻本[31]

ント）、*The Fawn*（1606）は28点中0点（0パーセント）、*What You Will*（1607）は19点中0点（0パーセント）、合計で59点中1点（約1.6パーセント）となる。悲劇・悲喜劇では、*Antonio and Mellida*（1602）は10点中0点（0パーセント）、*Antonio's Revenge*（1602）は12点中2点（16.6パーセント）、*The Insatiate Countess*（1613）は古版本44点中9点（20.4パーセント）、*The Malcontent*（1604）は古版本41点中9点（21.9パーセント）、*Sophonisba*（1606）は21点中1点（4.7パーセント）であるので、喜劇・悲劇・悲喜劇の合計では187点中22点、平均では8.5点中1点（約11.8パーセント）となる。

30) 書き込みには最初にインク、次に鉛筆、続いて再びインクが使われた。詳細については、143–5ページの叙述(7)の項を参照。

31) Bullen (1887).

の幕・場・行を併記する。

(1) 最初の書き込みは、文字ではなく、句読点の導入と印刷文字を抹消するための斜線の使用である。それはマーストン自身が読者に宛てた序文（TO THE READER.）の本文全体に直接インクで書き込まれている。A3^v–A4^r の対面する 2 ページに見ることができる。全巻を通してこの種の書き込みが圧倒的に多い。この類の書き込みがないのは D1^r–D2^r と I1^v–I2^r の 5 ページだけである。抹消文字を例えば e のように、追加の句読点を例えば［,］のように表記して、A3^v, 5-18［TO THE READER. 3-9］にある書き込みの実際を示せば次の通りである（日本語訳は省略してある）――

> In plainenesse therefore | vnderstand, that [,] in some | things [,] I have willingly er- | red ... for | which some may wittily accuse me, but my defence | shall bee as honest, as many reproofes vnto mee have | been most malicious. Since (I heartily protest) t'was | my care to write so farre from reasonable offence, | that even strangers, in whose State I layd my Scene, | should not [,] from thence [,] draw any disgrace to any, | dead or living.

この読者は綴りの近代化を試みているようにも見えるが、ここに出ている therfor/therefore や som/some や whos/whose の例をはじめその他の非常に多くの例で明らかなように、印刷者よりもずっと旧式である。句読法では、印刷者よりも几帳面な句読点の多用者である。

(2) ト書きにかかわる書き込みは、すべてインクの書き込みで、抹消のための斜線の数には及ばないが、目立つという点では勝るかも知れない。登場、退場、その他記述的なト書きなど、すべての種類のト書きが対象となっている。台詞に埋没する恐れのあるト書きが主な対象となっているようである。幕・場の初めにある登場のト書きはほとんど対象となっていない。反対に、埋没する可能性の高い短いト書きは、洩れたものもあるが[32]、ほとんどこの読者の注意を惹いている。ト書きの周囲を線で囲む方法が一番多く、時々は L 字型に引いた

線で下半分を囲むこともある。台詞とト書きが入り乱れて印刷されている D2^v, 13-7 [II.iii.69-71] におけるト書きの囲い込みの例を示せば次の通りである——

» Must haue broad hands, close hart with *Argos* eyes,
» And back of *Hercules*, or els he dyes. | *thrusts his rapier in*
Enter Aurelia, *Duke* Pietro, Ferrard, Bilioso, | *Fer.*
Celso *and* Equato.
All. Follow, follow,

L字型の書き込みは、ト書きの種類を問わず、比較的短いト書きに限られ、B-F丁に集中している。E3^r, 11 [III.i.283] にある例を示せば次の通りである——

Mal. Shall I get by it? | *Giues him his purse.*

ごく稀に、短い退場のト書きや叙述のト書きの場合、そのすぐ前に、ただ縦の線丨だけを書くこともある。退場のト書きの場合はC4^r, 34 [II.ii.34.1] とD2^r, 31 [II.iii.59] に、また、叙述のト書き'*Cornets sound.*'（「コルネットの吹奏」）の場合はF1^v, 36 [IV.i.65.1] に見られる。反対に、H3^r, 2-5 [V.iii.44.1-5] にある登場のト書きは5行に及ぶ長大なもので、場の最初にあるにもかかわらず、ページの左端から右端までいっぱいに活字を組んでいるために散文の台詞のように見えるので、四角で囲む代わりに、左右の両端に大きな｛　｝を書いて括っている。

いずれにしても、この読者はト書きをこのように、いろいろの工夫をして囲い込んだのである。この囲い込みの方法は、実は、当時の戯曲原稿にしばしば見られたもので、この読者の時代には、すでに、優に半世紀以上の歴史を持つ戯曲本の書式の一部分でもあった[33]。この読者はその書式を知っていたのかも

---

32) 例えば、欄外に印刷された、かなりの数に上るト書きのほとんどがそのままになっている。台詞に埋没することも、それと混同することもないからであろう。

知れない。

　特に目立つこの囲い込みが、台詞の頭書きにも使われている。例外的な措置であることは明らかである。印刷者は、H3の表裏2ページにおいてのみ3回[34]、特に紙を節約する必要もないのに、なぜか、よく必要に迫られた際にするように、第1の人物の台詞が終わった行の右の余白に第2の人物の台詞の頭書きと短い台詞を組み込んでいる。台詞の頭書きは台詞の行の中に埋没して目立たなくなっているので、この読者はそれをペンとインクで囲い込み、目立つようにしたのであろう。この読者にとっては極めて自然なことであった。

(3)　この読者は、囲い込みをしないト書きの3か所において、一対の丸括弧（　）を使っている。F2^v, 6 [IV.i.97.1-2] と F3^r, 16 [IV.ii.0.2-3] の2か所では、登場するピエトロの変装を記述する部分だけをそれぞれ丸括弧で次のように括っている――

　　Enter Maleuole, *and* Pietro [(] *disguised like an Hermit.* [)]
　　マレヴォーレと（隠者のように変装した）ピエトロ登場

　　Enter Maleuole *and* Pietro [(] *still disguised,* [)] *at seuerall doores.*
　　別々のドアからマレヴォーレと（変装姿のまま）ピエトロ登場

これらはいずれも変装にかかわる叙述的ト書き部分を際立たせるための工夫なのであろう。

　H1^r, 25 [V.ii.195.1] の退場のト書きも同じように囲い込みをすることなく、'[(] *Exeunt all sauing* Maleuole. [)]' とト書き全部を丸括弧で括っている。このト書きは第3場の3行目のもので、その直前の2行は囲い込みがされていない登場のト書きである。台詞はない。第2場が終わった舞台にはマレヴォーレがひとり居残っている。そこへメンドーゾ（Mendozo）を含む大勢の人物たちが登場して第3場が始まる。まず、2行にわたる登場のト書き、続いてこの

---

33)　付録6（特に253ページと255ページ）を参照。
34)　H3^r, 14 [V.iii.53-4]、H3^r, 23 [V.iii.63-4]、H3^v, 17 [V.iii.90] においてである。

退場のト書き、その後に、メンドーゾとマレヴォーレの間で交わされる20行余りの対話がある。退場のト書き通りではこの対話は成り立たない。だからと言って、このト書きを削除すれば、メンドーゾ一行の全員が舞台に出ていることになり、メンドーゾが対話の初めに一行に向かって「先へ行け、放っておいてくれ」(On on, leaue vs, leaue vs,) という台詞と辻褄が合わなくなる。従って、このト書きの '*sauing* Maleuole' は '*sauing* Mendozo' の誤りだということになる。この理解が十分できなくて、この読者は、取りあえず、この退場のト書きを括弧で括ったのかも知れない。削除のつもりであろうか。よく分からない。

丸括弧は、D3^r, 12-3 [II.iii.99-100] と F3^r, 28-9 [IV.i.152-3] の2か所の台詞にもそれぞれ次のように使われている――

> *Mend.* Why tell me [,] faire cheekt Lady, [(] who euen in teares
> Art powerfully beautious, [)] what vnaduised passion
> メンド　お顔立ちのきれいなお方よ（涙をお流しなのにすごく美しいお方よ）、どうしてこうも無分別な激情に駆られ

> For our good fathers losse,
> [(] For so we well may call him: [)]
> わがごりっぱな父君の亡くなられたがために
> （そのようにお呼びするのが当然でしょうが）

いずれも、無くもがなの感じがするけれども、これは削除ではなく、構文の明確化のための工夫であろう。

(4)　インクの書き込みで機能がよく分からないのは◎と×を組み合わせた⊗印である。多くはないが、必ず欄外で使われている。最初に書かれているところは E1^v, 6 [III.i.159] の左欄外である――

> ⊗　Thou that in sluggish fumes all sence doost steepe:
> 　　すべての感覚をもやもやとした気だるさに浸すものよ、

これはマレヴォーレが薄明の夜に語りかける独白の第 1 行である。⊗印の書き込みは読者反応であることは間違いないが、取り立てて印をするほどのものでもないように思われる。このほか、E2^v, 6 [III.i.239]、F2^r, 9-10 [IV.i.69-70]、F4^v, 7-8 [IV.i.235-6]、G1^r, 16-7 [IV.iii.30-1]、H1^v, 5-6 [V.ii.210-1]、H3^v, 30 [V.iii.104] で同じ印が使われている。×印の付いていない◎印まがいの印は E3^v, 1 [III.i.312] と E3^v, 14 [III.i.248 & 249.1] に使われているが、読者反応としては似たもののように思われる。しかし、E3^v, 18-21 [III.i.334-8] におけるメンドーゾとマレヴォーレの会話の 4 行を括弧で括った上で使われている例――

◎ {
why wert not thou an Emperour, when wee are Duke ile
make thee some great man [,] sure?
　Mal. Nay [,] make me some ritch knaue, and Ile make my
selfe some great man.
}

[メンド]　どうして皇帝になろうとしないの？　僕が公爵ならば、君を大物にしてやるのだが。

マレヴォ　いや、大悪人にしてくださいな、大物には自分でなります。

この例は、◎印とは別に、次の下線などの例と似たような読者反応の端的な表れであろう。

(5)　台詞の行間の下線、行を束ねるために左余白に書かれた縦線や波線や括弧――こうした書き込みが 5 か所に見られる。これらもまた端的な読者反応と考えられるので、該当する本文を次に書きとめておく（下線などの書き込みは省略してある。ただし抹消された e はそのまま）――

that sharpe nos'd | Lord,　　　　　　　　　　(B3^v, 24-5 [I.i.247])
あの鼻先の尖った御仁

We are all the sonnes of heauen [,] though a Tripe
wife were our mother;　　　　　　　　　　(B4^r, 8-9 [I.i.311-2])

僕たちはみんな神の子だ、お袋は極道女房だけどよ。

Most silly Lord, name me? O heauen
I see God made honest fooles, to maintaine craftie knaues
(D4ʳ, 4-5 [II.iii.164-5])

間抜けの公爵ってわけ？　何と言うこと！
神様は正直な抜け作をつくってずるい悪人を育てるんだ。

I doe discrie crosse-poynts, honesty, and court-ship, straddle
as farre a sunder, as a true Frenchmans legges.　(D4ᵛ, 11-2 [II.iii.205-7])

分かった、千鳥跳びだな。正直と処世術は雁股で、生粋のフランス人の両足みたいに開いてるのさ。

Thou foggie dulnesse[,] speake? liues not more faith in a home thrusting tongue, then in these fencing tip tap Courtiers.
(E4ᵛ, 26-9 [III.ii.69-71.1])

靄(もや)のような気だるさよ、口を利け。単刀直入の信念はないのか、新米の剣士を演じる宮仕えの連中さながらに。

格言的な味わいのあるものもあるが、それぞれに読者の人物像が浮かび上がる。E1ʳ, 23 [III.i.22] においては、ビリオーソ（Bilioso）の台詞に書き込まれた下線とともにその右欄外にメモ書きされたユニークな例がある──

...fine names: *Phisicke for Fortune: Lozinges of sancti-*　　Jo Pet<

イタリア体で書かれた欄外のメモは、明らかに、本文中にわざわざ下線をした部分（『運を迎える薬』という題名の本）の著者名であろう。この読者は思い当るところがあってメモをしたのであろう。読者の知識を反映する見事な読者反応と言うべきものである。ブッレンによれば[35]、ペトラルカ（Francesco Petrar-

---

35) Bullen (1887), 255.

ca, 1304-74) の英訳本 *Physic against Fortune*（『運に備える薬』）が 1579 年に出ている[36]。よく似た題名である。欄外のメモはフランチェスコの略記 'Fr' ではなく、ヨハンやヨゼフなどの略記 'Jo' である。メモの書き手の思い違いかも知れないが、欠けた部分があり、確かなことは分からない。

(6) この読者は古版本の語句の訂正もしている。但しそれは C-E 丁の数ページに限られている。理由は分からない。半分は 1 個の活字を上書きで訂正し、残り半分は、単語を抹消し、その上の行間あるいは左右の欄外に訂正語を直接書き込んでいる。ほとんどがイタリア体混じりの秘書体である。列記すれば──

  C4ʳ, 9　[II.ii.7]：　　　　'ha h' から 'hath' へ
  C4ᵛ, 19　[II.ii.50]：　　　'beseld' から 'dazled' へ*
  C4ᵛ, 27　[II.ii.74]：　　　'with' から 'which' へ
  C4ᵛ, 28　[II.ii.75]：　　　'loft' から 'soft' へ
  D3ᵛ, 27　[II.iii.149]：　　'kingdome' から 'dukedom' へ*
  D4ʳ, 21　[II.iii.181]：　　'morne.' から 'morn?' へ
  E1ʳ, 23　[III.i.21]：　　　'neare' から 'never' へ
  E3ʳ, 31　[III.i.305]：　　'now.' から 'now?' へ

古版本にはマーストンが断っているようにあちらこちらに本文の乱れがあるが、とりわけ C4ᵛ のページでは乱れがひどく、解読が困難である。それにもかかわらず、よく解読した欄外の書き込みである。* 印のもの以外はすべて後世の校訂者の誰かが校訂しているものと同じである。* 印のものもそれなりによく考えた訂正であると評価してもよいように思われる。

(7) この古版本の書き込みには鉛筆も使われている。鉛筆はよく使われて先端が太くなったもので、一見すればそれとすぐ分かる。それ以外の鉛筆は使われ

---

36) STC 19809.

ていないから、鉛筆の使い手が一人であることは疑う余地がない。使われた時期は、少なくとも二度にわたるインクによる書き込みの時期に挟まれていると推量される。その根拠は二つの書き込みである。一つはC1^v, 32［I.ii.84.1］における退場のト書きであり、もう一つはE4^r, 9［III.ii.14］の欄外にある書き込みである。

　第1の根拠であるC1^v, 32［I.ii.84.1］における退場のト書きは、前後にあるたくさんのト書きと同じように、下半分がインクで囲い込まれている。しかしなぜかこのト書きだけが、鉛筆によって丁寧な四角で囲い込まれている。これ以外に鉛筆によるト書きへの書き込みはない。鉛筆の書き込みは古版本の終わり近くまで続けられているから、もしインクの書き込み以前になされたのであれば、これ以外のト書きにも鉛筆による書き込みがなされるのが自然であろう。鉛筆による書き込みはインクによる書き込みの後であったと思われる。

　しかし第2の根拠であるE4^r, 9［III.ii.14］の欄外にある書き込みでは、この順序が逆になる。鉛筆の書き込みに重ねてインクで書き込みをした次のような例である——

　　Piet. What strange dreame？　　　◎

　　ピエト　　どんな奇妙な夢？

右欄外の鉛筆の◎印はインクの3本の斜線と組み合わさっている。鉛筆の書き込みのほとんどが対面ページに裏移りしているが、右ページにあるこの書き込みも、左ページの対照的な位置に、はっきりと裏移りしている。その裏移りでは、右ページの書き込みのインクがかぶさった鉛筆の部分が欠けているのである。つまり、鉛筆の線が一種の破線となっている。インクの被膜が鉛筆の裏移りを妨げたのである。鉛筆が先に、その後にインクが使われた証拠である。

　第1回目のインクの使用は、上述したように、線を主としたもので、ト書きに集中した。第2回目のインクの使用は、上述の◎や⊗印など機能のよく分からない記号を主としたもので、欄外に集中した。時々は、上述の裏移りの例のように、鉛筆で書かれた記号に上書きされることもあった。鉛筆の書き込みもインクの書き込みも、機能はよく分からないが、記号の書き方がよく似て

いるので、断定はできないが、同じ読者によるものと思われる。いずれも17世紀の書き込みであることは間違いない。

(8) インクのみを使用した欄外書き込みの例はすでに考察した。鉛筆とインクが併用された例は、上述の裏移りの源の例を含めて3例ある。一つはH4ʳ, 14 [V.iii.130] の '... and Ile marrie you by my soule.'（「私の魂に誓ってあなたと結婚します」）という他愛もない台詞の右欄外の記号で、鉛筆で書かれた◎印の上に重ねて○印と×印を組み合わせた⊗印がインクで書かれている。2度にわたる書き込みの意味はよく分からない。E4ʳ, 9 [III.ii.14] における裏移りの源の例もまた、対象となった台詞は何ということもないもので、欄外書き込みの意図はよく分からない。しかし、残るもう一つのC2ᵛ, 27 [I.ii.147] における例は、書き込みの意図が分かるように思われる。左欄外に鉛筆とインクが重なった◎印があり、鉛筆の記号は○印に＼印が組み合わさった⦸印のようにも見える。この1行はメンドーゾが徳高い男と操のない女とを対比してまくし立てているところである。一気に9行が語られる。それを欄外の記号とともに以下に引用する——

  At women, true, why what cold fleame could chose,
  Knowing a Lord so honest, vertuous,
  So boundlesse louing, bounteous, faire-shapt, sweete,
  To be contemn'd abus'd, defam'd, made Cuckold,
  Hart, I hate all women for't: sweete, sheetes, waxe lights,
◎Antique bed-posts, Cambrick smocks, villanous Curtaines,
  Arras pictures, oylde hinges, and all ye tong-tide lasciuious
  witnesses of great creatures wantonnesse: what saluation
  can you expect?　　　　　　　　（C2ᵛ, 23-30 [I.ii.142-50]）
  女たちを、そう。一体どういう無神経な体液のせいで、
  実に真面目で、徳もあり、愛情深く、気前良く、
  容姿も立派で、優しい殿だと分かっていながら、

蔑まれ、罵られ、誹謗され、寝取られたりするのだろう。
ね、君、だから僕は女は嫌いなんだ。甘い寝床、蠟燭の灯、
彫刻で凝った寝室、贅沢な部屋着、悪の極まったカーテン、
壁掛けの絵、油の利いた蝶番、そのほか大物の浮気の証拠の数々はどれもみな口封じだ。救いなんてどこにある？

このメンドーゾの台詞全部を念頭に、欄外の記号が書き込まれたとすれば、二度にわたるこの書き込みは、以前も今回も変わらぬ読者の反応を反映するものと理解してもよいように思われる。しかしこの9行を括る括弧が行の左にはない。

(9) 鉛筆のみの使用による◎印ないし○印の書き込みは、意外と少ない。裏移りかも知れない1例を含めて、13か所に見られるが、そのうちの4か所が括弧やスラッシュなどと組み合わさっている。D4ʳ, 26 [II.iii.186] では○印と＼印を組み合わせた記号が、またH1ʳ, 21 [V.ii.163] では○印と///印を組み合わせた記号◐印が欄外に書かれているが、対応すると思われる台詞は特に際立つものでもないので、その機能はよく分からない。しかし、C1ᵛ, 33-6 [I.ii.85-9] におけるそれぞれ組み合わさった二つの記号◎と◓は、すぐ上の引用にある類似の組み合わさった記号と同じ働きをしているように思われる。どうしてひと括りの括弧の部分で、二つの違った記号◎と◓が使われているのかはよく分からないが、ここでは、ともかく台詞は括弧で括られている——

> ◎ ⎡ *Mend.* Women? nay furies, nay worse, for they tormente
> ⎢   onely the bad, but women good and bad.
> ⎢   Damnation of mankinde, breath [,] hast thou praisd them for
> ◓ ⎣ this? And ist you *Ferneze* are wringled into smock grace [?] sit
>
> (C1ᵛ, 33-6 [I.ii.85-9])

メンド　女ども？　いや、呪いの神、いやもっと悪い。呪いの神は悪人だけを苛むが、女は善人も悪人も苛む。
　　　人類の破滅だ！　息よ、お前はこんなことで女を褒めたのか。部屋着女

第 4 章　戯曲の読者――その遺墨(1)

に取り入っているのがフェルネゼか？　座れ！

　これは女の悪徳を並べたてながら毒づくメンドーゾの長い独白の始まりの部分である。毒舌の具体的内容はこの後 13 行に及ぶ。欄外には、これ以外に、括弧も記号も書き込まれていない。

　鉛筆による◎印（1 例は◯印）のみの欄外書き込みは、裏移りかも知れない 1 例を含めて 9 例しかない。いずれも読者反応の証ではあるが、B4^r, 5-6 [I.i. 308-9]、D1^v, 7-8 [II.iii.1-2]（これは D2^r, 10-11 の裏移りかも）および D3^v, 13 [II.iii.136]、H1^v, 31 [V.ii.253] などでは書き込みの趣旨がよく分からない。その他のものは読者の反応をはっきり読み取ることができるので、次に書き留めておく――

　　Maq. Why that, at foure [,] women were fooles, at foure- 　◎
　　teene Drabbes, at forty bawdes, at fourescore witches, and
　　a hundreth Cats. 　　　　　　　　　　　　　　　(C1^r, 21 [I.ii.34-6])
　　マクエ　女は四歳で間抜け、十四歳で淫売、四十歳で置屋の女将、八十歳
　　　では魔女、百歳になれば猫。

　　Maq. Cherish any thing sauing your husband, keepe him
　　not too high least he leape the pale: but for your beauty, let 　◎
　　　　　　　　　　　　　　　　　　　　　　(D2^r, 10-1 [II.iii.37-9])
　　マクエ　どんなものも大事にしなさい、ご主人は別。買い被らないことよ、
　　　柵を乗り越えるから。でもあなたの美しさは……

　　Mal. As a Rauen to a dunghill: they say, ther's one dead 　◎
　　　　　　　　　　　　　　　　　　　　　　(D4^r, 22 [II.iii.182])
　　マレヴォ　堆肥に降りる烏のように。噂では、死体がひとつ……

　　Pietro All is damnation, wickednesse extreame, there is no
　　faith in man.
　◎　*Men.* In none but vsurers and brokers, they deceiue no

man, men take vm for bloud-suckers, and so they are: now

(F4ᵛ, 32-5 [IV.ii.14-7])

ピエトロ　全くの破滅、悪の極み。人は信用できぬ。
メンド　左様。が、高利貸と斡旋屋は別だ。彼らは人を騙しはしない。世間では吸血鬼と言う、その通り。ところで……

◎　(flatter the greatest, and oppresse the least:) a whorson

(G2ᵛ, 14 [IV.ii.136-7])

(最大には諂え、最小には圧迫だ。)淫売の子供……

格言のような、処世術のような、俗信的な、時と場合で的を射る言葉ばかりである。欄外の記号は覚書帳に書き留めるための準備であったのかも知れない[37]。

---

37) 現代でも一部の人々が実践しているように、覚書帳（commonplace-book）に名辞名句を書き留めることはシェイクスピア時代の人たちの間でも極めて日常的なことであった。OED によれば、'commonplace-book' という単語の初出は 1578 年であり、その次は 1599 年で、引用されているのはその年に出版されたマーストンの風刺詩『悪徳の天罰』である——

> Now I have him, that ne'er of ought did speak
> But when of plays or players he did treat——
> Hath made a common-place book out of plays,
> And speaks in print:
> 　　　　　　　*The Scourge of Villainy*, XI, 41-4. [Bullen (1887), iii.372.]

あんなのが居るな、まったく無口な奴だったが、
芝居や役者の話のときだけは別だった。
そいつが台詞をねたに覚書帳なんど作り
いま活字でしゃべりおる。

これは、戯曲を読みながら抜き書きして貯めたものを、例えば、諺集とか名句集などと銘打って出版する輩への面当てである。

同じころ、1602-03 年に書かれたチャップマンの喜劇『執事』にも覚書帳に名辞名句を書き貯める書記が引き合いに出てくる。そのくだりは第 2 章 (67-8 ページ) ですでに論じているので、ここでは日本語訳だけを引用する。

> 打ってつけの書記ぶりは間違いなし。
> つまみ食いのお目当てはお触れの単語、
> 偉人の語録、ベストセラーの文章。

⑩　読書の実際という点で、とりわけ興味深いものは、太い鉛筆で欄外に書き込まれた短い斜線である。左右それぞれの欄外に見える最初のものを次に例示する。

　　　／　bid vm auant [,] bid vm aunnt.　　　　　　　　(B2^v, 19 [I.i.115])
　　　　先に行け、先に行け、とおっしゃってください。

　　　are onely the Diuels they tremble at:　　／　　　　(C2^r, 12 [I.ii.101])
　　　……だけが彼らの身震いする悪魔だよ。

このほかに 12 例、全部で 14 例ある。すなわち、B2^v, 19 [I.i.115]、B4^v, 19 [I.i.356-7]（古版本の第 1 幕第 5 場終わり）、C2^r, 12 [I.ii.101]（第 1 幕第 6 場終わり）、C4^r, 34 [II.ii.34.1]（第 2 幕第 2 場終わり）、D2^r, 35 [II.iii.110]（第 2 幕第 4 場終わり）、D4^r, 34 [II.iii.193]、E1^r, 23 [III.i.21]（これは斜線でなくて短い横線）、E3^r, 8 [III.i.279-80]、E4^r, 27 [III.ii.34-5]、E4^v, 34 [III.ii.76]（第 3 幕第 5 場終わり）、G2^v, 28 [IV.ii.150-1]、G4^r, 24 [V.ii.96]（第 5 幕第 1 場終わり）、H2^v, 27-8 [V.iii.34-6]、H2^v, 35 [V.iii.42]（第 5 幕第 3 場終わり）である。斜線は読者が作品を読み進んでひと休みした場所の目印であると考えられる。斜線使用の頻度を古版本の印刷行数に置き換えれば、斜線と斜線との 15 の間隔は、順に、第 1 幕の最初の 121 行、そのあと 140 行（古版本の第 1 幕第 5 場終わりまで）、99 行（第 1 幕第 6 場終わりまで）、161 行（第 2 幕第 2 場終わりまで）、137 行（第 2 幕第 4 場終わりまで）、140 行、66 行（これは斜線でなくて短い横線）、131 行、91 行、42 行（第 3 幕第 5 場終わりまで）、417 行、101 行（第 5 幕第 1 場終わりまで）、179 行、7 行（第 5 幕第 3 場終わりまで）、およびそのあと最終行までの 165 行である。区切りの間に読むことのできた行数が一定していないだけでなく、意外なほど短い理由のひとつは、ほとんど文字を使わない書き込みをしながらの読書ではあるが、単語の綴りを確かめつつ不要な e を抹消しながらの読書であったからであろう。一番長い継続時間で読まれたのは古版本の E4^v, 34 [III.ii.76]（第 3 幕第 5 場終わり）から G2^v, 28 [IV.ii.150-1] までの 417 行である。作品の約 5 分の 1 に当たる。しかしその部分の書き込みは他

の部分と特に変わってはいない。

⑾　以上がこの古版本にある書き込みの全容である。確実に 17 世紀の書き込みと断定できるのは、崩れた秘書体混じりの、インクで書かれた数個の単語と古版本の単語を古綴りに変えるための、全巻を通して首尾一貫したインクによる斜線の使用（eの書き込み）だけである。インクによるト書きの囲い込み、太い鉛筆による◎印などの欄外の書き込み、インクによる◎印などの欄外の書き込みは、それ自体では 17 世紀の書き込みの証拠とはなり得ないが、eの書き込みと C1^v, 32 ［I.ii.84.1］（インクおよび鉛筆によるト書きの囲い込みの例）と E4^r, 9 ［III.ii.14］（鉛筆およびインクによる◎印の裏移りの例）から、いずれもほぼ間違いなく 17 世紀のものであると推定できる。インクや鉛筆を使った書き込みは、eの書き込み、数個の単語、ト書きの囲い込み、◎印などの記号の欄外の書き込み、通し読みのひと区切りを示す欄外の斜線など 5 種類に分類できる。複数の読者が書いた可能性がないわけではないが、個々の事例に即して詳述した事柄を総合的に判断すれば、一人の読者の書き込みの可能性が高い[38]。

---

38) 2008 年 8 月 13 日にこの書き込みについて英国図書館に問い合わせをしたところ、9 月 4 日付の返事があった。発信者は、近代手書き本の担当者フランセス・ハリス博士（Dr. Frances Harris of Modern Historical Manuscript）とともにこの書き込みを調べた、1800 年までの英語版本の担当者モィラ・ゴフ博士（Dr. Moira Goff of British Collections 1501-1800）。その返事の要点をまとめると、「①書き込みは 17 世紀のもの、②鉛筆の書き込みは分析困難だが、E4 の◯印は他の同様の印に使われたインキで抹消されているようだから、この◯印は 17 世紀のもの、③他の書き込み、例えば、C1^v の下のほうにある括弧はそれより新しいかも知れない、④鉛筆の書き込みが、同じ人のもの、あるいは、同じ時代のものであると断定はできない、⑤鉛筆はインキよりも区別し難いが、総合判断として、2 回の書き込みは考えられない、⑥鉛筆の裏移りは異常なほど強いので、どちらが元で、どちらが裏移りかは判断できない、⑦ E4^v の下のほうの / 印は、拡大鏡で見たところ、印刷インキの汚れらしい。（後略）」("The date of the handwriting is no later than the 17th century. | The pencil markings are difficult to interpret. The round pencil mark on E4 seems to be scribbled out in ink of the same type as the other annotations, which is evidence of the former being 17th-century. Certain others, for example the bracket mark low down on C1^v, might be more modern. It is not possible to be certain that the pencil marks are by the same person or of the same date. Pencil is harder to distinguish than ink, but on balance it is unlikely that the book was annotated twice. The

疑いもなく17世紀後半の読者ではあるが、社会的にどのような位置づけのできる人物であるのかは分からない。芝居の実際に従事している人でないことは明らかであるが、頻繁にト書きに注意を払っているので、活字から舞台を想像できる人であろう。しかし、通読して作品を楽しむタイプの読者ではない。むしろ、愚直なまでに綴字法にこだわる人である。その結果、時には新しい語形への変更もしているが、全体的には非常に古風な語形への変更を貫く人である。『不満分子』の第2版は1604年の版本としてはおそらく標準的な綴字法で印刷されていると考えられるが、この読者は執拗にそれに逆らっている。

単語の語形への執拗な干渉や頻繁なト書きの囲い込みなどは、書き手の意思を明瞭に読み取ることのできるものではあるが、新版を用意しているとは思えない。誰のためにこのような書き込みをしたのかよく分からない。それが書き手自身のためにということはあり得ないことではない。C-E丁の数ページに集中する数例の本文の訂正についても同じことが言える。この古版本には訂正を必要とする箇所が他にも多々あるが、すべて見逃されている。書き込みが自身のためのものであるならば、わざわざ訂正を書き込まなくても読むのに支障はないからである。一方、確かに、書き込みの中には明らかに読者自身のためのものであると言えるものがある。台詞の本文に直接引かれた下線、数行の台詞を括るために引かれた欄外の大きな括弧あるいは縦線、欄外に書かれた◎印を始めとする諸記号など、いろいろの書き込みの多くが読者自身の覚え書きのようである。いずれも読書中に読者の心をとらえた台詞の場所を示すためのものであろう。覚え書きとはいえ、基本的な◎印にいろいろ付加的な記号を重ねた数種類の記号それぞれの機能はよく理解できないが、それぞれの記号が指し示していると思われる台詞はいずれも文脈から切り離されても意味深いものが多い。格言めいたものもあれば、処世訓じみたものもある。この種の欄外書き込みは鉛筆によるもの、インクによるもの、その両者の併用によるものがあり、

---

offsets of the pencil marks are unusually heavy and it is impossible to be certain which are the marks and which the offsets. | The / sign at the foot of E4^v looks, under a magnifying glass, to be no more than excess printer's ink....')

読者は、精読しながらの通読を終えた後、書き込み、とりわけ各種の記号を頼りに、印象に残った台詞を求めて、古版本のあちらこちらを繰り返し拾い読みしていたと思われる。読者自身のための読書であったに違いないが、欄外の記号に限って言えば、これらの書き込みは読者が、当時の読書法に従って、覚書帳に書き写すための便法であったのかも知れない。

　以上の考察が間違っていなければ、この無名の読者は、文法学校での教育を忠実に守り、戯曲本から学び取れるものを学び取ろうとして、ひとり書斎に座し、大衆向けの劇場の作家とは違う味わいのあるマーストンの悲喜劇を[39]、実に丹念に、黙々と精読し、記憶に値すると感じた台詞を読み返したり、書き写したりしていたのである。

---

39)『不満分子』の初演は少年劇団によるブラックフライアーズ劇場における上演であったと考えられている。Hunter (1975), xli-xliv, lxxxi を参照。

第 5 章　戯曲の読者——その遺墨(2)
シェイクスピアの戯曲

前章に続き、古版本に見られる書き込みを取り上げる。この章ではウィリアム・シェイクスピアの作品のみを扱う。前世紀末近くに追加された『血のつながった二人の貴公子』(*The Two Noble Kinsmen*, 1634 年刊) も考察の対象とする。しかし『エドワード三世』(*King Edward III*, 1596 年刊) は、資料収集ができなかったので、対象とすることができなかった。シェイクスピアの場合も、書き込みの資料を体系的に収集したわけではなく、偶然に出会ったものばかりである。明星大学図書館が所蔵する 1623 年の戯曲全集の書き込みの、著者による翻刻でさえも[1]、偶然の出会いがきっかけとなり、体系的な収集に発展したものに過ぎない。

§ 1

シェイクスピアにとって最初の、この戯曲全集は、その配列の仕方によれば、喜劇 14 篇、英国史劇 10 篇、悲劇 12 篇、合計 36 篇の作品を収録している[2]。

---

[1] Yamada (1998) は書き込みに関する体系的な考察の結果である。
[2] 1970 年代以後にシェイクスピア作品として追加された作品は言うまでもなく、伝統的にシェイクスピア作品とされてきた『ペリクリーズ』などは、1623 年の戯曲全集には収録されていない。ジャンル別の区分けの仕方も作品の数も現在の、一般に普及している全集とは異なっている。

この全集には『ペリクリーズ』も『血のつながった二人の貴公子』も『エドワード三世』も含まれていない。書き込みはすべての収録作品に及んでいる。書き込みのほとんどすべてが戯曲全集と同時代の秘書体を常用する人物によるものと推定される[3]。書き込みの書体の特性や単語の特性から 1620 年代ないし 1630 年頃のスコットランド人である。戯曲全集の前付に達筆で署名している当時の所有者ウィリアム・ジョンストウン（William Johnstoune）の可能性がないわけではないが、断定することはできない。明星大学でこの戯曲全集を閲覧したポール・コリンズ（Paul Collins, 1969-）はこのジョンストウンが書き込みの主であるとするだけでなく、それが 1626 年から死去する 1640 年までアバディーン大学で教えた数学教授と同一人物であると推測している[4]。しかし、著者が追跡調査をした限りでは[5]、この推測は当たっていない。現時点では、書き込みの主について断言できることはスコットランド人ということだけである。いずれにしても、この書き込みすべてについての総合的な考察は 1 冊の本に値するであろう[6]。

　戯曲全集がある、しかも 17 世紀の間に 4 版を出した、ということだけでもシェイクスピアは同時代作家の中で稀な存在である[7]。のみならず、各作品の四つ折り本の多くが重版を出している点でも際立っている。他の作家と比較し

---

3) 第 2、第 3 の人物による断片的な書き込みもあるがその数は極めて僅かである。
4) Collins (2009), 210-2.
5) 2009 年の夏以来、アバディーン大学図書館と著者の間で数回の連絡を取り合ってきた。アバディーン大学図書館はその数学教授の関係文書を整理中とのことである。それぞれの署名のコピーも比較検討したが、筆跡は全く違う。
6) ジョナサン・ベイトはシェイクスピアの伝記を書き終わる最終章でいくつかの古版本に残された書き込みを論じている。総合的考察というほどではないが、明星大学図書館のこの戯曲全集も取り上げ、書き込みをしたこの読者の人物像、読書法、さらには当時のシェイクスピア評価の一端などを明らかにしようとした、かなり示唆的な考察をしている。Bate (2009), 417-21 を参照。Siemon (2009) は『リチャード三世』の脚注でこの書き込みを活用している。
7) 戯曲全集は、上演を意図する読者に書き込みを促したと思われる。わずか 10 葉前後の大判の紙面に作品全体を概観できるからであろう。シャタック（Charles H. Shattuck, 1910-92）の上演本目録 Shattuck (1965) によれば、1700 年までの書き込みでは、戯曲全集、特に第 3 版（1663 年刊）への書き込みが圧倒的に多い。

て、より大きな需要があったということである[8]。しかし、調査した258冊の四つ折り本に限った考察では、17世紀末までの書き込みは意外と少ない。署名や単なる落書き様のものを含めても13例ほどしかない[9]。それとは反対に、18世紀以後のものは圧倒的に多い。ティボールド（Lewis Theobald, 1688-1744）、スティーヴンズ（George Steevens, 1736-1800）、マロウン（Edmond Malone, 1741-1812）など18世紀を代表する編纂者の書き込み本が目を引く[10]。しかし、本章のための調査は現存本すべての調査からはほど遠く、前章で試みたような、調査した現存本に対する書き込み本の割合を求めてもほとんど意味をなさないので、それは省略した。その代り、喜劇、歴史劇、悲劇など個々の作品に見られる読者の具体的な反応を考察する前に、シェイクスピアの人気の一端を示す興味深い書き込みの二つの例と、戯曲の読者の典型的側面を示していると思われる珍しい例を一つ書き留めておこう。

第1の例は、英国図書館所蔵の『ロミオとジュリエット』第2四つ折り本（1599年刊、C.12.g.18.）の書き込みである。この作品は'FINIS'で幕を閉じるが、そのすぐ下に'Agst.23.1621.'の書き込みがある。文字の書き込みはこれだけであるが、作品の半ばまでいろいろの記号が少なくとも42個書き込まれている。第2幕第2場のバルコニーの場面には、集中して、19個の記号がついている。最後の記号はロミオの台詞——

この体の忌まわしいどの部分に
僕の名前が宿っているのか？
In what vile part of this Anatomie
Doth my name lodge?　　　　　　　　　　　　（H1^r, 15-6 [3.3.106-7]）

---

[8] Erne (2009) を参照。
[9] 付録7を参照。Shattuck (1965) は5例を記載している。
[10] 例えば、スコットランド国立図書館所蔵の『ヴェニスの商人』初版本（STC 22296 ; NLS, Bute.494.）にはティボールドやスティーヴンズの書き込みがあり、ボドレー図書館が所蔵する旧マロウン所蔵本の多くにはマロウンの夥しい書き込みがある。ケンブリッジ大学にある旧ティボールド所蔵本は未調査である。

この2行の台詞の右に ｝の印がしてある。この読者は名前のもつ呪詛的な束縛にこだわるロミオに共感できるかなり現代的な感性の持ち主であるらしい。巻末の日付は同じペンとインクで書き込まれているので、おそらく読了した日を書き記したのであろう。この古版本にはこの日付の書体よりも古い書体の手習い的な落書きがあるので、この読者は出版から20年以上経った古本を入手して、『ロミオとジュリエット』を味読したものと思われる。1621年8月というのはシェイクスピアの戯曲全集が出る1年半前のことであった。

　第2の例は、フォルジャー・シェイクスピア図書館所蔵の『ハムレット』第2四つ折り本（1604年刊）の題扉にある書き込みである。これ以外の書き込みはない。図8の筆跡から分かるように、これはシェイクスピアの同時代者が書いたものではない。一般に秘書体と呼ばれる当時の書体ではなく[11]、擬秘書体とでも言うべきもので、多分、18世紀以降の読者の手になるものである。本書では、1700年までを考察の対象としているが、また、すでに公開されているものであるが、以下に述べる特異性のために、例外としてここで論じることにする。

　これを書いた人は、十分ではないが、かなり熱心に秘書体を学習した人である。個人的な癖ということではすまされない、型破りの文字の作り方がとくにo、v、wなどに見られるが、全体としては、イタリア体が混じる17世紀初期

---

11) この筆跡はシェイクスピア時代の秘書体に見えるが、似て非なる書体である。その証拠はいくつもあるが、決定的なものはアルファベットの作り方にある。

　この書き込みを活字にすれば、製本時の裁断による欠落もあるが、およそ次のようになる——(who with some errors not to | be avoided in that age, had, vndoubtedly a larger soule of poesie then | ever any of our nation) was the first who, to shun y^e. pains of continuall | rhym̄g Invente< | that kinde of | writing which | we call blanck verse, but y^e. french more properly Prose | Mesureè: into which the english tonge So naturally &c<

　インターネット上で公開されている「シェイクスピア四つ折り本古文書」(The Shakespeare Quartos Archives (SQA): http://www.quartos.org) が注記しているように、この書き込みはドライデンの悲喜劇『張り合う女たち』(John Dryden, *The Rival Ladies*, 1664, sig. A3^v) に著者自身がつけた献辞の中の文言である。SQAで公開されている『ハムレット』のフォルジャー本については、フォルジャー図書館のヘザー・ウルフ博士 (Dr. Heather R. Wolfe) に教えられた。感謝したい。

THE
Tragicall Historie of
HAMLET,
Prince of Denmarke.

By William Shakespeare.

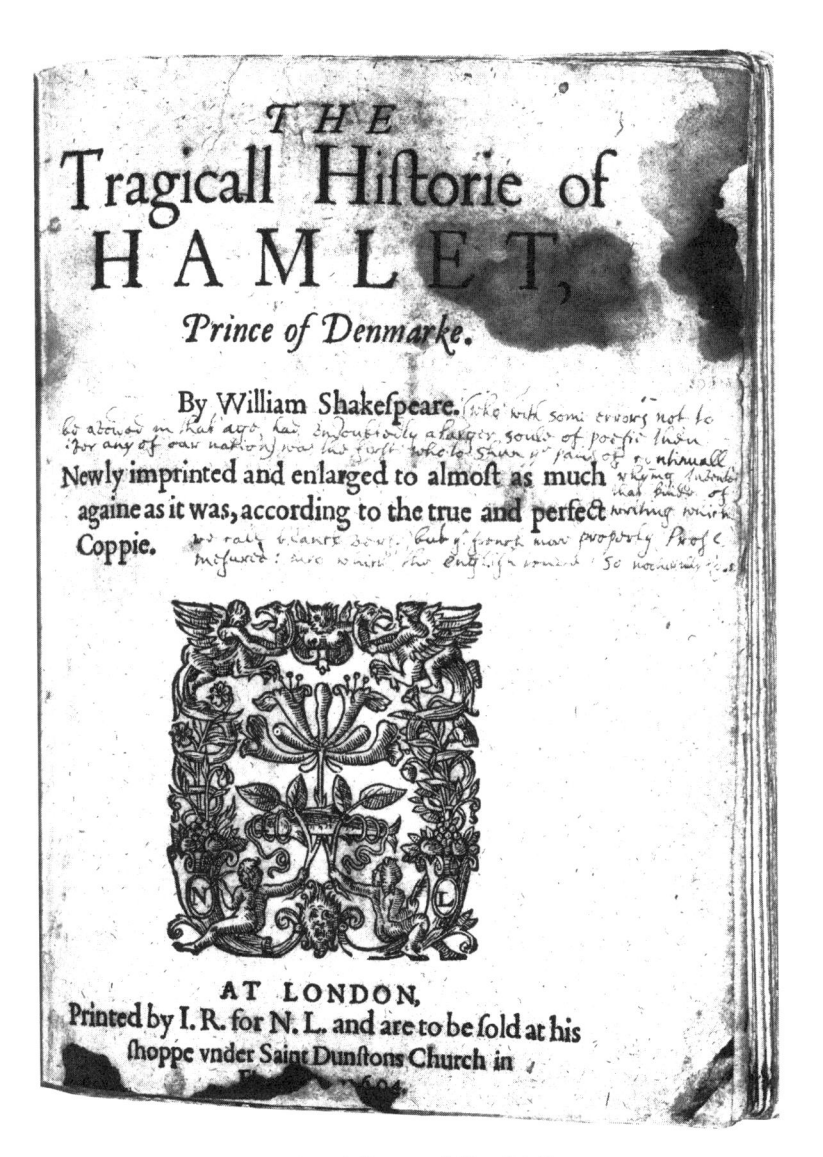

Newly imprinted and enlarged to almost as much againe as it was, according to the true and perfect Coppie.

AT LONDON,
Printed by I. R. for N. L. and are to be sold at his shoppe vnder Saint Dunstons Church in

図8 擬秘書体による後世の書き込み
[STC 22276, title-page：フォルジャー・シェイクスピア図書館の好意による]

の秘書体に似た書体で書くことのできた人物である。『ハムレット』は、後世における人気は言うに及ばず、初演当時から大当たりした作品である。そのような『ハムレット』を意図的に選んだのかどうかは知る由もないが、この読者は、明らかに、不特定の第三者を念頭に、作者シェイクスピアの解説をしようとしている。しかしその解説文は読者自身のものではない。1664年に出版された悲喜劇を貴顕に献呈した際のドライデン（John Dryden, 1631-1700）の長文の献辞からの引用である[12]。しかも引用文は完結していない。シェイクスピアが無韻詩（blank verse）の創始者だとするこの文章を書いたドライデンの説明は、現在の知識からすれば、正しくはないが、この読者は当時まだ一般にはあまり馴染みのない「無韻詩」という言葉を理解することができる程度にはこの方面の事情に通じていたと思われる[13]。この読者は、ドライデンの戯曲の読者でもあったのであろうが、シェイクスピアの解説のためにドライデンから引用するだけでは満足できなかった。彼は、シェイクスピアが原稿などを書くときに日常的に使った秘書体をわざわざ真似して書いたり、一貫性はないが、現代綴りで印刷されている原典の単語を次々とシェイクスピア時代の古い綴りに変えたりした[14]。このような特別の骨折りをこの読者が惜しまなかったのは、シェイクスピアの後塵を拝したいという熱烈な気持ちがあったためであろうか、あるいは、シェイクスピア時代のむせかえるような読み書きの雰囲気に強く憧れたためであろうか。いずれにしても、間違いなく、ここにはひとりの特異な読者がいたのである。

　戯曲の読者という観点からは、もう一つの書き込みもまた興味深い。英国図書館所蔵の『ヴェニスの商人』の初版四つ折り本（1600年刊、整理番号 C.34.k.

---

12) 脚注11を参照。
13) *OED* によれば、'blank verse' の初出は1589年、その次の事例は『ハムレット』で1602年（ママ、1603年でも1604年でもない。第2幕第2場第325行）、その次は1739年である。
14) 斜体・立体および大文字・小文字の変更と句読点の有無を別にして、単語の綴りが変えられた例は、出現順に列挙すれば、*undoubtedly* → vndoubtedly, *Soul* → soule, *than* → then, *the pairs* → y^e. pains, *continual* → continuall, *Rhyming* → rhy$\bar{\text{m}}$g, *kind* → kinde, *the French* → y^e. french, *Mesureé* → Mesureè, *Tongue* → tonge などである。

22.)の題扉の裏の書き込みである。この読者の書き込みはこれだけであるが、秘書体とイタリア体が混じった典型的な、17世紀中期の書体で、戯曲15篇のリストが次のように書かれている。

	1	The merchant of venice	(1600, W. Shakespeare)
	2	A midsomer nights dreame	(1600, W. Shakespeare)
	3	Much adoe about nothinge.	(1600, W. Shakespeare)
	4	Law trickes	(1608, J. Day)
+	5	Sir Giles Gosecappe.	(1606, G. Chapman)
+	6	The woeman Hater.	(1607, F. Beaumont)
	7	The puritan widdow.	(1607, Anonymous)
	8	Lingua	(1607, T. Tomkis)
	9	Michaellmas Tearme.	(1607, T. Middleton)
	i0	A Tricke to Catch the ould one.	(1608, T. Middleton)
	i1	Your fiue Gallants	(c.1608, T. Middleton)
	i2	Cynthias revells	(1601, B. Jonson)
+	13	Cupids wherligigge	(1607, E. Sharpham)
+	14	The Fleire.	(1607, E. Sharpham)
+	15	The phœnix.	(1607, T. Middleton)

（　）内は便宜的に付記した初版四つ折り本の出版年代と作者名で、書き込みにはない。これらの創作年代は1596年頃から1607年頃までのものであり、出版年代は、シェイクスピアとベン・ジョンソンの作品を除けば、1606年から1608年までの3年間で、出版後間もないものばかりである。数の上ではトマス・ミドゥルトンの4作品を筆頭に、エドワード・シャーファムの2作品のあと、ジョン・デイ、ジョージ・チャップマン、フランシス・ボーモント、トマス・トムキスおよび作者不詳の作品が続く。この読者は出版されたばかりで比較的手に入れやすい作品を記録したのであろうか。もしそうであれば、17世紀中期に典型的なこの書体を17世紀初頭に書きこなすことができたこの読者は、新しい書体に順応できるかなり若い世代の進歩的な人であったと推定

される。五つの作品名の左に書かれた＋印が何を意味しているのかは分からない。しかし、明らかに、この読者は戯曲の読者と呼ぶにふさわしい人で、少なくともこれらの「現代作家」の作品に大きな関心があったと考えられる。この書き込みは、この時期までに、本物の戯曲の読者が存在したことのれっきとした証しであろう。

§ 2

さて、この章では、シェイクスピアの喜劇、英国史劇、悲劇それぞれから作品1篇を取り上げる。喜劇では書き込みのある適当な四つ折り本が手元にないので、戯曲全集から巻頭を飾る『テンペスト』(*The Tempest*) を取り上げる[15]。英国史劇では、ハンティントン図書館が所蔵する『ヘンリー五世』(*King Henry the Fifth*) の初版四つ折り本（1600年刊）の題扉にあるいろいろな書き込みは十分興味深いものであるが、すでに公開されている[16]。他にこれと言うほどのものがやはり手元にないので、望ましくはないが、止むを得ず、再び戯曲全集の『ヘンリー五世』を取り上げ、同じ読者の書き込みを考察することとする。悲劇では、『オセロー』(*Othello*) の初版四つ折り本（1622年刊）を取り上げる。1700年以前の書き込みのあるハンティントン図書館の所蔵本は非常に興味深いが、これもすでに公開されているので[17]、英国図書館の所蔵本を考察する。

戯曲全集では書き込みと本文との対応は、四つ折り本のように、一見しただ

---

15) この戯曲全集の書き込みはすでに公開されている。Yamada (1998) およびそれを改訂した電子版 http://shakes.meisei-u.ac.jp である。
16) 足し算の計算、1704年や「読んだ、1695年」(read | 1695) という年代、著名人の署名、その他いろいろの覚え書きがある。なかでも最古の署名者 I. ffleming の読後感想と思われる「シェイクスピアの悲劇と余り変わらない」(much ye same wth y Tragedy in | shakespeare) が興味深い。Huntington (1981), 524, 894 を参照。
17) 数多くの記号のほか、とりわけ興味深いのはト書きであろう。例えば、オセローの頭痛をいたわってその額にハンカチをあてがおうとするデズデモーナの場面 (H1^v, 9-10) には 'lets fall her | napkin'、また、終幕近くでエミリアがイアゴーに盾つく場面 (M4^r, 27-8) には 'Iago strikes her wife | with a sword' などがある。Huntington (1981), 787-835, 897-8 を参照。

けでは分からない。1ページを縦に折半し、左右の2段組みにした二つ折りの戯曲全集ではページの左右の欄外の使用は稀で、ほとんどの場合、左右それぞれの段の上下の欄外が使われている。従って、書き込みの場所とその書き込みに対応すると思われる作品の本文を示すためには新しい工夫が必要となる。『テンペスト』と『ヘンリー五世』の書き込みは各ページの左右の段それぞれの上と下の欄外だけが使われているので、上の欄外の左半分をa、右半分をb、下の欄外の左半分をc、右半分をdと決め、a、b、c、dにある書き込みに対応すると思われる本文への言及にはヒンマン(Charlton Hinman, 1911-77)が考案した「通し行数」を使い[18]、同時にエヴァンズ(G. Blakemore Evans, 1913-2006)が編纂したリヴァーサイド全集1巻本[19]の幕・場・行を併記する。例えば、『ヘンリー五世』にある書き込み 'fooleries of rogues and whoores'(ごろつきや淫売の馬鹿げた振る舞い)の場合は、その位置の表示は

$$h4^r, b \ [823:2.3.1]-h4^v, a \ [884:2.3.63]$$

となるが、この記述の意味は、この書き込みが $h4^r$ ページの上の欄外右半分から $h4^v$ ページの上の欄外左半分に書かれており、書き込みに関係があると思われる本文は通し行数 823-84 行、リヴァーサイド全集の 2.3.1-63 に対応していると考えられる、ということである。但し、作品本文を引用したり言及したりする時には、左右二段組みの左段をa、右段をbとして本文の位置を示すこともある。

§ 3

最初に、喜劇『テンペスト』の書き込みについて考察する。書き込みの語数は 294 語で戯曲全集中で3番目に少ない。4番目は『夏の夜の夢』の 300 語である。一番少ない『ウィンザーの陽気な女房たち』は 201 語、その次が『ヴェローナの二紳士』の 235 語である。作品の行数に対する書き込みの単語数の

---

18) Hinman (1968) を参照。
19) Riverside (1997).

割合でも、『ウィンザーの陽気な女房たち』と『ヴェローナの二紳士』の順位は変わらないが、『テンペスト』は低いほうから7番目である。喜劇の中でこの割合が一番高いのは『終わりよければすべてよし』で全作品中12番目であるが、書き込みの単語数は812語で15番目に多い。戯曲全集全体として見ると、総じて喜劇の書き込みは少ない。

『テンペスト』の読者の書き込みの形式は、『ヘンリー五世』の図9（181ページ）に見えるものと基本的には同じである。三つの形式がすべてである——(1)文字による欄外の書き込み、(2)台詞の1行1行に引かれた上線（下線の反対の直線）および念入りに時々付け加えられる行頭の括弧｛、(3)確かに読んだという確認のためにつけられた各行頭の、やや上から右下がりに引かれた短い斜線である。時としてこの斜線は短い上線となることもあるし、行頭のただの点となることもある。この三つの形式以外には、記号の使用もなければ、本文への干渉もない。

この読者が欄外メモの配置の仕方を——左の段のための書き込みはその上と下の欄外に、右の段のための書き込みはその上と下の欄外にという具合に——初めから決めていたことは明らかであるが、全集を最初のページから読み始めたという証拠はない。しかし、『テンペスト』では行頭の印の付け方に首尾一貫性がないことから判断すると、この巻頭の作品はこの読者が読んだ最初の作品であった可能性が高い。作品を読んでいる最中の読者の心理的軌跡を辿るためには、それぞれの書き込みを作品の進行どおりに順次に考察していくのが、いささか退屈であっても、書き込みの極端に少ない『テンペスト』には最適であろう。

(1)　二つ折り本では、『テンペスト』の最初のページの大部分は第1幕第1場全部に相当する。それは、この劇の主人公であるミラノ公国の元君主プロスペローの魔法の磁場の中で起きる嵐が、王位を簒奪した弟アントーニオや実直な顧問官ゴンザーローやナポリの王アロンゾー一族を乗せた船を翻弄する場面（A1^r, a［2 : 1.1.1］-A1^r, b［79 : 1.1.68］）である。本文は2段組みになった左右の段に均等に印刷されている。右の段の上の欄外余白の書き込みはただ'Tempest'（嵐）とあるだけであるが、左の段の上の余白の書き込みは

> feare and confusion in sea tempest
> scornfull contempt of danger
> signes of a man borne to be hangd
> Counsellors can not command the Weather
> 海上の嵐の恐怖と混乱
> 人を馬鹿にしたような危険の軽視
> 絞首刑に生まれついた人間の特徴
> 顧問官は天候を支配できない

とある。第1行と台詞の引き写しに近い第4行は明快そのものである。第2行は嵐と格闘する船員と対話するゴンザーローたちの振る舞いを評したものであろう。その振る舞いが、この読者には、嵐の危険にさらされた船員を「馬鹿にしたような」ものに映ったのである。読者のメモであるから、嵐の危険を侮っているのが誰かをわざわざ書かなくてもよいのであろうが、主語なしでは第三者には分かりづらい。さらに分かりづらいのは第3行である。この書き込みと関係のある本文はゴンザーローの台詞である。

> あの男のお陰ですっかり気が楽になった。あれは溺死するような質（たち）ではない、どこから見ても絞首台行きという面がまえだ……あいつが縛り首になるよう生まれついていないなら、我々はみじめなことになる。
> I haue great comfort from this fellow: methinks he hath no drowning marke vpon him, his complexion is perfect Gallowes ... If he be not borne to bee hang'd, our case is miserable. （A1ʳ, a［36-41：1.1.28-33］）

たしかにこの書き込みはこの台詞のまる写しに近い。この読者は、この部分が印象的であったので、わざわざ上線を引いている。しかしこの台詞に通じていない第三者には、書き込みにある「人間」が全力を挙げて嵐に挑んでいる船員だと理解することは不可能であろう。

このあと、第1幕第2場（A1ʳ, b［80：1.2.1］-A3ᵛ, a［671：1.2.503］）の長丁

場が続く。二つ折り本では、第 2 ページから第 6 ページの半ばまでである。欄外の書き込みの多くに主語がない不便さは変わらない。孤島の洞窟で元ミラノの君主プロスペローが娘ミランダに身の上話を語り終え、プロスペローの魔法の手先となって仕えるエアリエルを呼び出すまでの最初の 1 ページ半にかかわる欄外余白の書き込みを列挙すれば次の通りである（和訳を省く代わりに、書き込みの中身と直接関係すると思われる人または物を丸括弧内に示す）——

  simplicitie of princes too bookish　（ミランダ）
  Compassion for the death of persons perished by shipwrake　（同）
  Learning preferred to empire　（プロスペロー）
  power abused by fauorits coosening prince & people　（アントーニオたち）
  Their Ingratitude and ambition　（同）
  an habitued liear　（同）
  abased royaltie　（ミラノ公国の王位）
  treacherous Ingratitude of fauorits　（アントーニオたち）
  Cruell committing the prince to sea in a
  rotten boat　（アントーニオたち）　Compassion　（ゴンザーロー）
  virtuous education　（ミランダ）
  Iudiciall astrologie　（プロスペロー）　Ease by sleep　（ミランダ）

この読者は、これらの書き込みをするだけでなく、二つ折り本の本文のほとんどの行に上線を引いている。さらに念を入れて、その多くの行頭に確認のための点を打っている。間違いなく、非常に丁寧に読んでいるのである。しかし、欄外の書き込みは、そっけないほどに客観的な、しかも断片的な表現に徹しているので、作品の本文と照合しない限り、そのままでは、第三者にはほとんど役立たない。このあと全巻を通して、この読者の書き込みはほぼ一貫してこの調子である[20]。

---

20) Yamada (1998) はこの読者が戯曲全集に書き込んだメモのすべてを記録している。『テンペスト』のこのあとの場面の、省略された書き込みについてはこの拙著を参照さ

これに続く場面、プロスペローの身の上話に聞きくたびれてミランダが眠ったあとの場面（A2^r, b［299：1.2.188.1］-A3^r, a［518：1.2.374］）では、エアリエルが呼び出され、原住民のキャリバンも登場し、プロスペローとミランダが漂着する前の孤島の未開世界の様子が事細かに語られるが、9行39単語から成り立つ断片的な欄外書き込みからは、その片鱗さえも知ることはできない。

　さらにそのあと（A3^r, a［519：1.2.374］-A3^v, a［671：1.2.503］）、ふたたびプロスペローの魔法の磁場に入り、難破したはずのファーディナンドが登場し、おそらく作品中もっとも印象的な場面のひとつが始まる。しかしこの場面についての書き込みはわずか5行、しかも本文のどの部分に対応しているのか、必ずしも明確とはいえない。読み進むにつれて書き込みがなされた、という前提で判断するしかない。

　この場面は、A3^{r}ページの左の段の中程から始まる場面であるが、左の段の欄外には書き込みはない。右の段の欄外の3行の書き込みは次の通りである（和訳の後に対応すると思われる本文を括弧内に付記するが、その前半はヒンマンの通し行、後半［　］内はリヴァーサイド版の幕・場・行である）──

easie gaine contemned
power of beautie
Too easie winning makes the prize light
楽な利得を軽蔑　（557-60［1.2.414-7］）
美の威力　（568-74［1.2.422-8］）
楽な儲けはその値打ちを軽くする　（605-6［1.2.452-3］）

これらの書き込みに対応すると思われる本文には上線が引かれているだけでなく、第1と第3の場合には、行頭を縦線（あるいは、括弧）で括りさえもしている[21]。第3の書き込みはプロスペローの台詞の引き写しである。この読者は

21）いずれの書き込みも諺 'Light gains (winning) make(s) heavy purses'（薄利多売）を踏まえている。

その台詞によほどの感銘を受けたのであろう。しかし、これに続く A3ᵛ ページの左の段の欄外には次の2行の書き込みがあるのみである。

Torture   affrighted guiltie conscience
power of affection   obedient seruant
拷問　（617-20［1.2.462-5］）　恐怖のために目覚めた罪の良心　（630-1［1.2.471-2］）
情愛の威力　（645-7［1.2.482-4］）　従順な召使　（668-70［1.2.500-1］）

A3ʳ ページから A3ᵛ ページにかけて書かれたこれら5行の欄外書き込みは、ひと塊りのものとして何回も繰り返し読みなおしてみても、この場面の演劇的な素晴らしさとは全く無関係のメモ書きとしか思えない。舞台空間いっぱいに絶妙に表現された緩急・甘苦の入り混じる一連の出来事の流れ——この場面だけの序章とも言うべき美しい音楽をはじめ、若者たちのみずみずしさ、初恋の清純さ、祖国から追い出された元君主と追い出した一味にくみする王を父に持つ、無垢な王子との劇的アイロニーに満ちた対話など——をメモ的に書き留めることは容易ではないかも知れない。その上、この場面のプロスペローの台詞は、途中で頻繁に話し相手が入れ替わることが多い。活字の上でそれを読み解くにはそれなりの読解力も要求されるであろう。二つ折り本を読破したこの読者にはそのような読解力は十分備わっていたに違いないが、この場面の書き込みを見る限り、この読者がこの場面の演劇的な素晴らしさに気付いていたとは思えない。エアリエルの歌に合わせた音楽による雰囲気作りの見事さに共鳴しなかったことは確かである[22]。そのことは、本文の中の線の引き方でも分かる。この読者は、これまでは、欄外に書き込みをするだけでなく、頻繁に台詞に上線を引いてきたのであるが、エアリエルの歌にかかわる部分では、上線が極端に少ない。上線があるのは、

---

[22] 『テンペスト』の初演はおそらく1611年11月、王宮の屋内劇場 Whitehall での上演である。当時においては、屋内劇場における音楽の効果は大衆向けの半屋外劇場の比ではなかったと思われる。

> *Foote it featly, heere, and there,* (A3ʳ, a [524 : 1.2.379])
> 踊れ、かろやかに、そこここで。

> This Musicke crept by me vpon the waters,
> Allaying both their fury, and my passion
> With it's sweet ayre: (A3ʳ, a [534-6 : 1.2.392-4])
> あの音楽が波間を縫って忍び寄り
> 甘い調べで海の怒りと俺の悲しみとを
> 和らげてくれた。

> *Nothing of him that doth fade* (A3ʳ, a [542 : 1.2.400])
> その身はどこも消え果てず

この3か所だけである（ただし、2番目の例では、3行の行頭を括弧〔で括り、上線は2行目にある）。これらの上線の引き方から判断すれば、エアリエルの歌が醸し出す舞台効果にこの読者が共感したと推量することは難しい。

(2) 次の第2幕第1場（A3ᵛ, a [672 : 2.1.1]-A5ʳ, a [1036 : 2.1.327]）もかなりの長丁場である。アントーニオ一行が同じ孤島に漂着し、古典文学のディードー伝説を持ち出したりして、長々と冗談を飛ばし合う。彼らの冗談は、この読者には、書き込みにあるように、婚礼の帰途の遭難の恐怖とは不釣り合いな「場違いの果てしないおしゃべり」（Impertinent and endless pratling）に映った。しかし、このおしゃべりの中でもひときわ観客の耳に訴えるのはファーディナンドについて語るフランシスコーの台詞であろう――

> 私はこの目で見ました。王子様は抜き手を切って
> 波の背に乗り、水を蹴り、
> 襲いかかる海の敵意を払いのけ、
> 山なす大波を胸で搔き分けて行かれました。
> 逆巻く波のうえに昂然（こうぜん）と頭をもたげ、
> たくましい腕を櫂（かい）にして力強く水を切り、

岸へ向かわれました。波に削られた岸壁は
頭(こうべ)を垂れ、かがみこんで王子様を
救い上げるようでした。
I saw him beate the surges vnder him,
And ride vpon their backs; he trod the water
Whose enmity he flung aside: and brested
The surge most swolne that met him: **his bold head**
'Boue the contentious waues he kept, and oared
Himselfe with his good armes in lusty stroke
To the shore; that ore his waue-worne basis bowed
As stooping to releeue him: (A4^r, a [786-93 : 2.1.115-22])

　豊かなリズムに乗り、視覚化とともに広がる、この聴覚的創造力の見事さは、文脈を離れても、おそらく第一級のものであろう。しかし、二つ折り本の読者はフランシスコーの台詞の中程の3行のみに上線（引用文では太字）を引き、欄外にはただ「嵐との戦い」（Resistance to tempest）と書いただけである。この読者はシェイクスピアの詩的表現力に感動しなかったのであろうか。

　このすぐあと、この孤島に（当時の人びとの関心事であった）植民をしてユートピアの建設をしようという調子の良いおしゃべりが始まり、お決まりのお笑いで終わる。提案者のゴンザーローの台詞にはほとんどすべて上線を引くほどに、この読者はそれを熱心に読んだ。が、他の場面と同様、欄外の書き込みは十分とは言えない。わずか4行17単語の書き込みの最後の1行は「つまらぬことで笑う。眠りの安らぎ」（Laughing at Nothing Confort by sleep）である。この前半はゴンザーローの台詞（A4^r, b [856 : 2.1.175]）のほぼまる写しで、後半は、姿を隠したエアリエルがアントーニオとセバスチャン以外のみんなを眠らせたこと（A4^r, b [874 : 2.1.198]）の覚え書きである。

　エアリエルの催眠術にかかり、意識下の世界で会話するミラノの簒奪王アントーニオとナポリ王の弟セバスチャンの場面（A4^v, a [875 : 2.1.199]-b [998 : 2.1.296]）は、アントーニオがセバスチャンをそそのかして第二の簒奪王を作り

上げ共存共栄を画策する場面である。100行ほどの比較的短いが、現実と非現実とが交錯した非常に珍しい場面である。この読者は、そのような交錯した意識の世界については一切かかわることなく、丹念にびっしりと上線を引きながら、淡々と読み進んでいる。しかしここでは、見落としがちな（実際、繰り返し読んでも著者の見落とした）くだりをきちんと欄外に覚え書きしているのである。それは右の段の欄外のわずか1行3単語の「不正に簒奪した罰」（Vniust Vsurpation punished）という書き込みである。おそらくこれはその段の数行目にあるアントーニオの台詞——「そこからの｜帰りに我々はみな海に吞まれたが」（from whom | We all were sea-swallow'd [944-5 : 2.1.250-1]）——とその20行ほど先にあるセバスチャンの台詞——「君は実の兄のプロスペローに取って代わった」（You did supplant your Brother *Prospero* [969 : 2.1.270]）——を踏まえているのであろう。このいずれの台詞にも上線はない。異例なことと言ってよい。おそらくこのくだりにきて、「不正」と「罰」の倫理意識がこの読者の中に強烈に湧き起こり、この右の段の最初の欄外書き込みとなったのであろう。この書き込みの後には次の3行の書き込みがあるのみである（和訳を省く代わりに、書き込みの中身と直接関係する人物を丸括弧内に示す）——

  Contempt of Conscience　（アントーニオ）
  offer to commit murder for rewarde　（セバスチャンからアントーニオに）
  foolish security　（セバスチャンとアントーニオ）

この最後の書き込みは第2幕第1場が終わろうとする場面、二つ折り本ではA5^{r}ページの左の段の上半分の場面に対応している。アントーニオとセバスチャンがいよいよ策略を実行に移そうとしたところでエアリエルが現れ、陰謀に気をつけろ、目を覚ませ、と歌いながら、眠る人々を起こした直後の場面である。

 第2幕第2場は、劇場では、開幕して初めて観客が笑う場面である。しかし欄外の書き込みは笑いとは関係がないようである。まずキャリバン、次に道化のトリンキュロー、続いてステファノーが登場する。プロスペローの酷使を呪うキャリバンの台詞（A5^r, a [1040-56 : 2.2.1-14]）には数行に上線が引かれ、

二つの欄外書き込みがある——「呪い」(Imprecation) と「魔法による苦痛」(Torments by enchantment) である。続くトリンキュローの台詞（A5ʳ, a [1057：2.2.18]-b [1080：2.2.41]）は後半に上線が引いてある。死んだふりをして地面に伏せるキャリバン、それを見つけていろいろ検分するトリンキューローの饒舌については「くだらない、かつ無情な称賛」(foolish and vncharitable admiration) の欄外書き込みがある。突然の嵐を避けてキャリバンの下に潜り込むトリンキューローの機智については「窮すれば通ず」(miserie teaches relief) の欄外書き込みがある。いずれも舞台の笑いとは無関係の書き込みである。トリンキューローが窮地を凌いでいるところへ一升瓶をぶら下げご機嫌のステファノーが現れ、お互いに九死に一生を得た難破のあとの再会をトリンキューローと確認し合い、飲んだくれのキャリバンと一緒に三人が第 2 場の終わり（A5ᵛ, b [1233：2.2.188]）まで舞台を賑やかす。観客席を笑いで満たすであろう 150 行ほどの場面であるが、上線はほとんどない。欄外の書き込みも「けなし」(detraction) の一語のみである。この書き込みの出所はステファノーの台詞である——

　　前から出る声は味方を褒め、後ろの声は悪態ついてけなしやがる。
　　his forward voice now is to speake well of his friend; his backward voice, is to vtter foule speeches, and to detract:　（1134-6 [2.2.90-2]）

この 2 行の散文の台詞には例外的に上線が引かれ、さらに念入りに、行頭が括弧 { で括られている。読者の注意が異常なまでに喚起された証拠である。ここで、シェイクスピアはキャリバンとトリンキューローが同体となった「脚が四本、声ふたつ——出来のいい化け物」(Foure legges and two voyces; a most delicate Monster [1133-6：2.2.89-90]) を舞台上に創り出して観客を笑わせているが、実は、道化の場面によくあるように、道化の口を借りて、二枚舌を使う人間の姿を語らせてもいるのであろう。この読者は、ここに、シェイクスピアの笑いの中に隠された意図をはっきり読み取ったのである。笑いを抑制してまで、作品から人世訓的なものを得ようとする読書法が身についていたのかも知れない。

(3) 第3幕第1場（A5ᵛ, b［1234：3.1.1］-A6ʳ, b［1349：3.1.96］）はプロスペローの言いつけ通りに丸太を運ぶファーディナンドとそれに同情するミランダが愛し合う場面である。台詞にはかなり上線が引かれている。欄外の書き込みは次の通りミランダに集中する（和訳を省く代わりに、書き込みの中身と直接関係する人物を丸括弧内に示す）――

 Perfite Woman　（ミランダ） Beloued man　（ファーディナンド）
 Teares of Ioy　（ミランダ）
 Loue offered by a lady　（ミランダ）

第3幕第2場（A6ʳ, b［1350：3.2.1］-A6ᵛ, b［1512：3.2.152］）では、再び飲んだくれのキャリバンがトリンキューローおよびステファノーと一緒に登場する。彼らはプロスペローを殺害し、ミランダを王姫にしてステファノー王国を建設しようなどと妄想する。エアリエルの機転で何事も起こらず、舞台はエアリエルの賑やかな音楽で満たされるが、欄外の書き込みはない。

第3幕第3場（B1ʳ, a［1513：3.3.1］-B1ᵛ, a［1649：3.3.109］）はプロスペローの魔法の磁場が舞台いっぱいに顕現する場面である。難破したアントーニオたちが孤島に辿り着き、疲れ切って休もうとするところで、二つ折り本のト書きにあるように、「厳かで不思議な音楽」（*Solemne and strange Musicke*）とともに「不思議な姿をしたものたちが登場し」（*Enter seuerall strange shapes*）、アントーニオたちのために饗宴の席を用意し、無言のまま挨拶をして立ち去る。この4行のト書きに上線は引かれていないが、この出来事に驚いたセバスチャンとアントーニオの台詞（B1ʳ, a［1543-50：3.3.21-7］）――嘘みたいな旅行者の土産話は本当だという主旨の台詞――にはびっしりと上線が引かれている。この台詞は、この読者も恐らく聞いたり読んだりしたことのある、当時広く流布していた、豊富な挿絵入りの旅行譚に言及したもので、とりわけ印象深いものであったのであろう。いま目にした光景を「生身の人形芝居です」（A liuing *Drolerie*（B1ʳ, a［1543：3.3.21］））とセバスチャンは言い、「この上ない無言の言葉を語るようだった」（expressing | ... a kinde | Of excellent dumbe discourse（B1ʳ, a［1563-5：3.3.37-9］））とアロンゾーは評しているが、アロンゾーのこの3行

の台詞にもびっしりと上線が引かれている。しかし、欄外の書き込みは「信じられないような本当の報告」(true reports seeming Incredible) と「無言の言葉」(dumbe discourse) の2行のみである。

このあと、B1^{r}ページの右の欄に、雷鳴の轟く稲妻とともに現れた鳥の姿のエアリエルが羽ばたくと饗宴の料理は消え失せる、という趣旨の3行にわたる長いト書きがある。そしてエアリエルがアントーニオたちに天罰の苦しみについて長々と告げる。そのあと、再び、雷鳴の轟く稲妻とともにエアリエルは退場し、代わって、音楽とともに、不思議な姿をしたものたちがまた登場し、「口をゆがめ嘲るような表情で踊り、食卓を運び去る」(and daunce (with mockes and mowes) and carrying out the Table) という趣旨の3行にわたる長いト書きがある。これら二つの長いト書きには上線はないが、エアリエルの長々と話す天罰のくだり (B1^r, b [1605-12 : 3.3.72-9]) には上線だけでなく行を括るための括弧もついている。それに呼応してこの読者は、

　　sinfull world　　vengeance of wickednesse from heauen
　　罪深い世の中　　邪悪に対する天からの復讐

と欄外の書き込みをしている。

このように、第3幕第3場には上線などの引かれていない長いト書きが3か所にある。そのいずれも平易な散文で書かれた、演出のための説明文であるから、この読者は舞台上のこの特殊な演出を想像したり、その効果を理解したりできたはずである。しかし、この読者にとっては、演出の面白さはどうでもいいことであった。劇場空間で繰り広げられる異次元の世界の出来事を現実の世界のものに置き換えて読むことで満足したのである。おそらくその結果が勧善懲悪的な書き込みとなったのであろう。この読者には、少なくともこの部分では、欄外の簡単な書き込みはいわば見出し語のようなもので、その詳細は上線がいっぱい引かれた台詞の中に見つけることができる仕組みになっていたのであろう[23]。

---

23) もし四つ折り本であれば、書き込みのための欄外余白は、見開きページの左右の欄外余

(4) 第4幕（B1^v, a ［1650：4.1.1］-B2^v, a ［1944：4.1.266］）は『テンペスト』の中でもっとも祝祭的な場面である。舞台の情景は次々と賑々しく変わるが、二つ折り本の読者はそれに特別の注意を向けることもなく、これまで通り、淡々と読み進んだようである。プロスペローはミランダとファーディナンドとの結婚に同意し（B1^v, a ［1665-75：4.1.12-23］）、ファーディナンドに婚前の禁欲を説く（B1^v, b ［1707-9：4.1.51-3］）。お祝いに、エアリエルを自身の魔法の手先として使い、豊穣を祝う歌やダンスなどの余興を披露する（B1^v, b ［1714：4.1.56］-B2^r, a ［1812：4.1.142］）。二つ折り本の読者は、プロスペローが同意し、禁欲を説くこの二つの場面と、お祝いの余興でジューノーとシーリーズが歌う場面（B1^v, b ［1767：4.1.106］-B2^r, a ［1778：4.1.117］）にびっしりと上線を引き、同時に欄外に、それぞれ次の書き込みをしている——

 marriage happy
 Temptation of lust fertilitie
 Happy wishes to a married Couple
 幸せな結婚
 情欲の誘惑 多産
 新婚夫婦に幸せな祝福

しかし、舞台上の祝宴は突然終わる（B2^r, a ［1812：4.1.142］）。プロスペローを殺害しステファノー王国を建設するという陰謀（第3幕第2場での陰謀）が実行されようとしていることをプロスペローが思い出したからである。そしてプロスペローは有名な台詞を語る——

 余興はもう終わりだ。いまの役者たちは、
 さっきも言ったように、みな妖精だ、そしてもう
 空気に融けてしまった、希薄な空気に。

白であろうから、この簡単な書き込みは見出し語としての機能を容易に果たすことができるはずである。図3（46ページ）およびそれに関連した引用文（44-5ページ）を参照。

だが、礎(いしずえ)を欠くいまの幻影と同じように、
　　雲をいただく高い塔、豪華な宮殿、
　　荘厳な寺院、巨大な地球そのものも、
　　そうとも、この地上のありとあらゆるものはやがて融け去り、
　　あの実体のない仮面劇がはかなく消えていったように、
　　あとにはひとすじの雲も残らない。我々は
　　夢と同じ糸で織り上げられている、ささやかな一生を
　　しめくくるのは眠りなのだ。

　　Our Reuels now are ended: These our actors,
　　(As I foretold you) were all Spirits, and
　　Are melted into Ayre, into thin Ayre,
　　And like the baseless fabricke of this vision
　　The Clowd-capt Towres, the gorgeous Pallaces,
　　The solemne Temples, the great Globe it selfe,
　　Yea, all which it inherit, shall dissolue,
　　And like this insubstantiall Pageant faded
　　Leaue not a racke behind: we are such stuffe
　　As dreames are made on; and our little life
　　Is rounded with a sleepe:　　　　　(B2^r, a [1819-29 : 4.1.148-58])

　この台詞は、プロスペローに託して、シェイクスピアが、ステファノー一味のどろどろと濁り切った人間世界の現実を超越した魔法——ある種の宗教的・呪術的でさえもある、詩的創造——の世界に遊ぶ自身の姿を客観化し、現実の世界で生活するひとりの人間としての真情を吐露したものであるのかも知れない。後世の多くの読者と同じように、二つ折り本の読者もまた、この台詞にかなりの感銘を受けたようである。その4行目からびっしりと上線を引くのみならず、終わりの3行の行頭を括弧 { で括り、さらに欄外に「地上の万物の不安定さ」(Instabilitie of all earthlie things) と書いている。書き込みそのものはいつものようにそっけないが、この例では、この読者がシェイクスピアを読

むことによってその作品から得ようとしているものの片鱗が見えるようである。

このあと（B2ʳ, b［1839：4.1.166］-B2ᵛ, a［1944：4.1.266］）、プロスペローは魔法の力で狩人に変身し、ステファノー一味を場外に狩り出し、第 4 幕が終わる。欄外の書き込みは「増大する悪意」（encrease of malice）と「泥酔の効果」（effects of drunkennesse）の 2 行である。

(5) 第 5 幕では観客の意表を突くアトラクションが次々と続き、『テンペスト』を構成するすべてのエピソードが急テンポで収斂し、幕を閉じる。第 1 のアトラクションは魔法の衣と杖で初めて正装したプロスペローの登場である。難破した者たちの様子について同情的なエアリエルの報告を聞いたプロスペローが慈悲心を起こし、天変地異をほしいままにした魔法を解く決心をする場面（B2ᵛ, a［1945：5.1.1］-b［2008：5.1.57］）の始まりである。この部分の欄外には、「悲惨への同情」（Compassion of miserie）、「慈悲」（Clemencie）、「魔法の奇跡的な効果」（Miracoulous effects of Magike）の書き込みがある。

続く第 2 のアトラクションは、荘厳な音楽とともに、エアリエルの先導で、難破した者たちが半ば心神喪失の状態で登場する異様な場面である。老顧問官ゴンザーローを最初に目に留めたプロスペローは「私にとっては命の恩人」（'My true preseruer'）と呼びかけて、10 行ほどの台詞を語る（B2ᵛ, b［2018-27：5.1.62-71］）。ぎっしりと上線が引かれたこの部分は行頭が括弧｛でも括られている。欄外には、ただ 1 語「感謝」（gratitude）の書き込みがあるだけである。この 1 語の中には、他のところでもしばしばうかがえるように、読者の倫理観が出ていると思われる。野心に駆られ王位を簒奪した弟アントーニオに呼びかけ、その罪を赦すプロスペローの台詞（B3ʳ, a［2030-5：5.1.74-9］）にも上線が引かれ、欄外の書き込みは「野心は人性の絆を引きちぎる」（ambition breakes the bonds of nature）とある。赦しについては書き込みがない。

続く第 3 のアトラクションはプロスペローの早変わりの場面（B3ʳ, a［2040-52：5.1.84-95］）である。二つ折り本の読者はこの早変わりを読み取り、魔法の衣を脱ぎ捨てミラノ公国の君主の姿に戻ろうとするプロスペローの台詞（B3ʳ, a［2031-2：5.1.75-6］）および早変わりしたプロスペローを見て驚くゴン

ザーローたちの台詞（B3ʳ, a [2061 以下：5.1.104 以下]）に上線を引き、行頭を括弧〔で括っているが、欄外の書き込みは「驚き」(amazement) の1語だけである。心神の喪失状態から回復したアントーニオたちにプロスペローが改めて罪の赦しをする場面（B3ʳ, b [2094-6：5.1.130-2]）にも上線と行頭の括弧があり、ここでは欄外に「寛大な赦し」(generous pardon) と書かれている。アロンゾーが難破で息子のファーディナンドを亡くしたと嘆き、プロスペローがミランダをその結婚で失ったと語るのもこの場面（B3ʳ, b [2102-16：5.1.137-48]）で、欄外の書き込みは「忍耐の神もいやせないほどの損失」(Losse beyond patience) とあるが、これはアロンゾーの台詞を部分的に借りたものである。

　この直後に、第4のアトラクションとしてプロスペローが岩屋の帳（とばり）を開ける。舞台は文字通り全開する。おそらく『テンペスト』でもっとも有名な、明るく、美しい場面である。アロンゾーは岩屋の中でミランダとチェスをする息子のファーディナンドを見て驚き、ミランダはアロンゾーたちを見て感嘆する——

> ああ、不思議！
> こんなにきれいな生きものがこんなにたくさん。
> 人間はなんて美しいのだろう。ああ、素晴らしい新世界、
> こういう人たちが住んでいるの！
> O wonder!
> How many goodly creatures are there here?
> How beauteous mankind is? O braue new world
> That has such people in't.　　(B3ʳ, b [2157：5.1.181]-B3ᵛ, a [2160：5.1.184])

二つ折り本の読者も、人間を賛美するミランダの言葉に共鳴し、3行目に上線を引いている。しかし欄外書き込みはただ1語「感嘆」(admiration) とあるだけである。この奇跡に喜び合うアロンゾーとゴンザーローの台詞にも上線がびっしり引かれ、欄外にはアロンゾーの台詞（B3ᵛ, a [2196-8：5.1.213-5]）を借りたらしい書き込み[24]「悲しみ転じて喜び」(sorrowes turned to Ioy) がある。

このあとは、アトラクションと言うよりは芝居を締めくくるための、残りのエピソードのまとめである。そのひとつは、この劇の冒頭の嵐で遭難した船長と水夫長が、エアリエルに案内されて、岩屋の前のアロンゾーたちと合流し、お互いの再会と船の無事を喜び合う場面（B3ᵛ, a［2200：5.1.216］-b［2246：5.1.255］）である。水夫長の台詞とそれに驚くアロンゾーのくだりには上線がびっしり引かれ、欄外にはそれぞれに対応して、「思いがけずの保存」（vnexspected preseruation）と「尋常でない業」（extraordinar operation）の書き込みがある。不思議な出来事に驚くアロンゾーをいたわるプロスペローの台詞には上線や括弧があり、欄外には「不思議なことどもに驚嘆すべからず」（strange things not to be admired）の書き込みがある。

　もうひとつのエピソードのまとめは、飲んだくれたキャリバン、ステファノー、トリンキューローの三人組が呼び出される場面（B3ᵛ, b［2247：5.1.216］-B4ʳ, a［2319：5.1.319］）である。欄外の書き込みは「運」（fortune）と「魔女たち」（witches）の2語だけである。これはそれぞれ、ステファノーの台詞「万事、運次第なればなり」（for all is | But fortune）とキャリバンの「母親は強い力を持つ魔女だった」（His Mother was a Witch, and one so strong）というプロスペローの台詞に呼応するものである。このエピソードは、しかし、恩讐を超えすべてを赦すプロスペローが真情を吐露する台詞（海路、アロンゾー一行をナポリに送り届け、そこでファーディナンドとミランダの挙式のお祝いをしようと言う台詞）とナポリへの水先案内をしてから自由になれとエアリエルに言う台詞で終わっているが、この部分には上線もないし、書き込みもない。その代わり、自身は、ミラノに帰り、「一にも二にも、墓に入る日のことに心を向けるつもりです」（Euery third thought shall be my graue.）という1行の台詞に上線と括弧が書かれ

24）この台詞は、アロンゾーがファーディナンドとミランダの手をとり、ふたりを祝福する台詞である。二つ折り本では次のようになっている——Giue me your hands: | Let griefe and sorrow still embrace his hearte, | That doth not wish you ioy. 二つ折り本では'Giue me your hands:'にト書きがついていないので、'your hands'はアロンゾーと会話をしてきたプロスペローとゴンザーローの手のように読める。二つ折り本の読者は、多分そのように読み、'Let'以下の2行に上線を引き、さらに括弧で括り、欄外の書き込みをしたのであろうと思われる。

ている。この読者が我知らず共鳴した痕跡のように思われる。
　『テンペスト』には形式的な結びの口上がある。この読者はこれを丁寧に読んでいる。観客の贔屓に訴える後半で、口上は、人が神のお恵みを求めて祈るように、観客のお恵みを求める。この部分に上線が引かれ、欄外には「祈りの効力」（force of praier）の書き込みがある。この極めて簡単な語句はこの読者の欄外書き込みの仕方の典型と言ってもよい。この表現は台詞が述べられた場からも、また台詞の中の文脈からも独立して圧縮されたものであり、第三者が、この語句から、その語句の元となった台詞の具体的内容を知ることはほとんど不可能である。

(6)　以上の記述から、二つ折り本の読者の読書法の特色が明らかになるであろう。もっとも大きな特徴は、文字通り精読そのもので、本文に直接、しかも頻繁に、上線を引き、台詞の話題に注意を払い、特に興味を覚えた話題の中身を数語にまとめ、個人的な覚えとして欄外に書き留めることである。作品の筋の流れを辿る速読とは正反対の読書法である。上線を引いたり書き込みをしたりする分だけ余計に時間のかかる精読ではあるが、味読であるかどうかは必ずしもはっきりしない。しかし、この精読と書き込みは、疑いもなく、一生懸命に作品を読んだ読者自身のためのものであり、決して第三者を想定したものではない。作品を熟知している第三者でさえも、多くの場合、欄外の書き込みから作品の特定の場面を思い出すことは容易ではない——そのような書き込みの仕方である。

　欄外であれ行間であれ、読者自身のための書き込みでありながら、『テンペスト』の本文に散在する諺的な表現や文章の手本となるような表現に、終始、特別の注意が払われた形跡は全くない。別冊の覚書帳を使っていればともかく、二つ折り本の書き込みに見える限りでは、この読者にはそのような修辞的関心はなかったように思われる。この読者が学んだ文法学校での読書法とこの書き込みの仕方との関連は、興味ある問題であるが、残念ながら、著者には考察のための足掛かりさえも見出すことができない。

　この読者の視点は、魔法の磁場の中で展開されるいくつかのエピソードとと

もに移動し、常に登場人物の目線と同じ高さで動き続ける。登場人物に密着している。従って、登場人物の台詞の中身を客観化し、ある距離を置いてそれを吟味し、個人的な感情をまじえてそれを評価することは稀である。しかし、時には、この読者の批判的基準の片鱗を垣間見ることができる場合もある。例えば、第2幕第1場においてアントーニオたちが古典文学のディードー伝説まで取り込んで冗談を言い合う場面は、この読者には、欄外の書き込みにあるように、「場違いの果てしないおしゃべり」に映った。古典文学を持ち出したのは屋内劇場の観客を意識したシェイクスピアの工夫であったに違いないが、そのような観客への配慮は、作品の精読に徹するこの読者には、不必要に冗長なものに感じられたのであろう。この読者には観客の視点が十分ではなかったのかも知れない。

　『テンペスト』の精読からこの読者が得たものは、読書の喜びであったには違いないが、行間や欄外の書き込みの中にそれらしいものはあまり現れていない。この読者の、禁欲的と言えるほどに徹底した主観排除の姿勢のせいであるのかも知れない。しかしそれらしい書き込みがまったくないわけではない。数少ない例のひとつは、第4幕第1場の饗宴を終わる時のプロスペローの台詞への反応であろう。上線の書き込みと「地上の万物の不安定さ」という欄外書き込みそのものはいつものようにそっけないが、ここに、この読者がなぜこれほどシェイクスピアに傾倒するのか、その情熱の片鱗が見えるように感じられる。

　しかし、この読者が、作品全体を総括して、読後の個人的な思いを述べることは、少なくとも『テンペスト』の場合にはない。のみならず、この作品が、終始、日常性から脱した（魔法という）異次元の世界で展開されているという指摘もない。主人公プロスペローその他の登場人物像を浮き彫りにしようとする試みもなされていない。そのような鑑賞や批評が、精読の過程で、この読者の隠された精神活動として可能であったかどうか、欄外の書き込みからは判断することができない。

§4

次に再び戯曲全集から『ヘンリー五世』を取り上げる。本書で取り扱う唯一の英国史劇である。作品の総語数に対する書き込みの総語数の比率が戯曲全集では比較的高いだけでなく[25]、観客に演劇的表現の解説をするためにわざわざ前口上が登場する作品で、戯曲の読者論の素材としてはこの上なく望ましい。しかしこの章で955語に及ぶ欄外の書き込みや本文に記された上線、括弧、点など無数の書き込みすべてを引用して論じることはできない。臨機応変の選択となるのは止むを得ない。

(1) この読者の書き込みの形式は、基本的には、『テンペスト』その他の作品の場合とまったく同じで、図9にある三つの形式がすべてである——欄外の書き込み、台詞に引かれた上線、行頭の短い斜線と括弧 { である。時としてこの斜線は短い上線や行頭のただの点となることもある。『ヘンリー五世』の本文にはいくつもの誤植や校訂を必要とする乱れがあるが[26]、この読者はその類のことをあまり気に掛けなかったようである。本文への干渉はまったくない。

　前口上の台詞は、この図版に見える通り、ひと塊りの二段組みとなっている。その下に、新しく改めた二段組みとして第1幕第1場の本文が続く。この戯曲全集に一貫した書き込みの仕方に従って、上部欄外の左半分のaのスペースには第1段に印刷された第1幕第1場の本文に対応する書き込みが、また、上部欄外の右半分のbのスペースには第2段に印刷された第1幕第1場の本

---

25) 一番高いのは『アテネのタイモン』（*Timon of Athens*）の7.459パーセント、一番低いのは『ウィンザーの陽気な女房たち』（*The Merry Wives of Windsor*）の0.951パーセント、『ヘンリー五世』は3.377パーセントで上位から10位である。『テンペスト』は1.833パーセントで全体の30位、戯曲全集の区分けによる喜劇では8位である。2パーセントに満たない8篇はすべて喜劇である。Yamada (1998), xxviiiを参照。

26) おそらく一番有名な例は第2幕第3場の 'a Table of greene fields' (h4^r, b [839 : 2.3.16-7]) であろう。RSC (2007) はこの読みの前に 'on' を補足し、そのまま受け入れている数少ない例である。

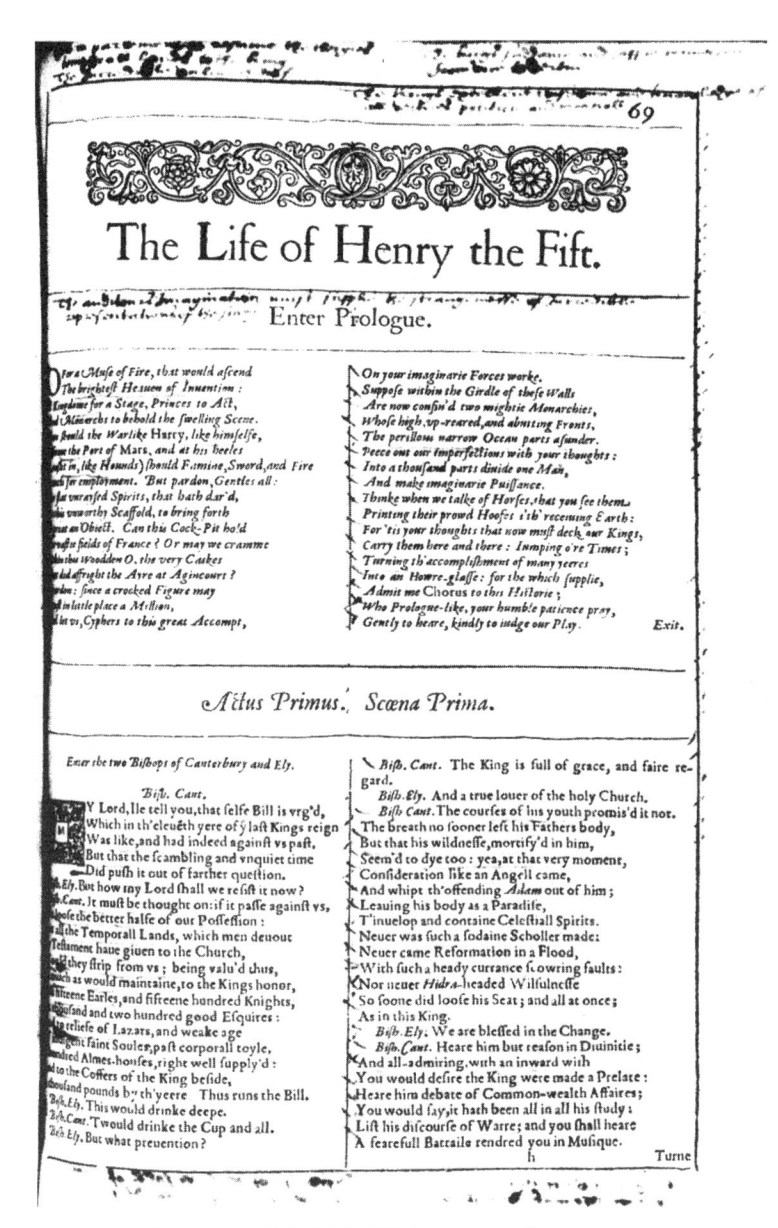

図9　1623年版戯曲全集所収『ヘンリー五世』の書き込み
［STC 22273：明星大学図書館所蔵、MR 774：明星大学図書館の好意による］

文に対応する書き込みがある。前口上に対応する書き込みは例外的なやり方として、作品の表題の下にある広いスペースを利用している。前口上の登場のト書きのすぐ上に書かれた、2行の書き込みは次の通りである——

> The auditours Imagination must supplie the strangenesse of Incredible representations of the stage
> 観客は舞台上の、とても信じられない表現の、奇妙なところを想像力で補足しなければいけない。

前口上については、言葉による書き込みはこれだけである。34行に及ぶ解説的な台詞の集約としては極端に短い。しかし、図9に見るように、その台詞には、ところどころ、上線が引かれている[27]。少なくともこの読者は前口上の意図するところをきちんと受け止め、その要点を最小限の語数にまとめているのである[28]。

　第2幕のはじめに登場するコーラスは観客の想像力に言及しない。しかし第3幕のコーラスは、開口一番、

> 速やかに場面が移る私どもの芝居は
> こうして空想の翼に乗り、人の思いに劣らぬ速さで
> 飛んでゆきます。
> Thus with imagin'd wing our swift Scene flyes,
> In motion of no lesse celeritie then that of Thought.
>
> 　　　　　　　　　　　　(h5^r, a [1045-6：3.Chorus.1-2])

と観客に語りかける。コーラスは改めて想像力という言葉を使ってはいない。

---

[27] 図版では確認がやや困難であるが、上線が引かれているのは通し行数4, 5, 7, 8, 9, 19, 24, 25, 29, 30, 31, 32である。これは http://shakes.meisei-u.ac.jp で確認できる。

[28] 前口上の内容については118ページを参照。同ページに記したように、『夏の夜の夢』第5幕第1場第211-2行における、素人芝居についてのシーシアス公爵のコメントの内容はこの前口上の解説と同じであるが、戯曲全集に丹念な書き込みをしたこの読者はそこでは何の書き込みもしていない。

第 5 章　戯曲の読者──その遺墨 (2)　183

しかしこの読者は想像力という言葉を使い、

> Imagination must conceiue the suddane
> changes and actions of the stage
> 想像力は舞台の突然の変化や
> 動きを心中に描かなければいけない。

と書き込みをしている。コーラスの台詞をパラフレーズして、開幕早々に前口上が披露した解説を、裏打ちしているのである。さらに、第 5 幕冒頭のコーラスは、

> 　　　　　　　さて、私どもは国王を
> カレーへと運びます、さあ、お着きになった、
> と思う間に、皆様の想像力の翼に王をお乗せして
> ドーヴァー海峡をひとまたぎ。
> 　　　　　　　　　　　　Now we beare the King
> Toward Callice: Graunt him there, **there seene,**
> **Heaue him away vpon your winged thoughts,**
> **Athwart the Sea:**　　　　(i6ʳ, a ［2856-9：5.Chorus.6-9］)

と観客に語りかける。それを受けたこの読者は、分かち書きして、

> The Imaginary conception by thoght of the | Victorie
> 想像力によって描かれた勝利の思い。

と欄外に書いている。第 3 幕の場合と類似の語句 (Imaginary/Imagination と conception/conceiue) のみならず、コーラスが使った語 (thoght/thought) を反復して、コーラスの台詞を的確に集約している。それだけでなく、さらに、本文に上線 (引用文では太字) を引いて、読者反応の強さを表現している。

　前口上とコーラスの台詞は、他の登場人物の対話の台詞よりも文語的であり、統語法もより詩的である。その上、内容が凝縮され簡潔になっているので、その理解にはそれなりの読解力が必要である。この読者は、以上の考察から判断

すれば、明らかに、前口上とコーラスの趣旨を十分に理解できる読者であった。
　しかしこの読者は現代の読者ならば多分抱くに違いない興味のいくつかを必ずしも共有してはいなかったようである。例えば、第5幕冒頭のコーラスが観客に語りかける台詞——

> 　　　　　　　　すでにお読みになった方々には
> そこにおける長い時間、膨大な物量、事の経緯を
> ありのままに再現するのは無理だという弁解を
> お聞き入れ頂きとうございます。
> 　　　　　　　of such as haue [read the story],
> I humbly pray them to admit th'excuse
> Of time, of numbers, and due course of things,
> Which cannot in their huge and proper life,
> Be here presented.　　　　　　　(i6ʳ, a [2852-6:5.Chorus.2-6])

は、文言通り、必ずしも史実に忠実ではないことへの弁解であるが、古典劇の三一致の法則を守っていないことへの弁解であると解することもできる。しかしこの読者はここでは何らの書き込みもしていない[29]。また、同じように、第4幕冒頭では、コーラスが、

> 　　　　　　　　とは言え今しばらくお席にて、
> 真似ごとの戦を手がかりに本物の戦場をご想像ください。
> 　　　　　　　　　　　　Yet sit and see,
> Minding true things, by what their Mock'ries bee.
> 　　　　　　　　　　　　(i2ʳ, b [1841-2:4.Chorus.52-3])

と観客に語りかける。これは日本の近松門左衛門の虚実皮膜論を持ち出すまでもなく、演劇の本質をついた言葉であるが、この読者はここでも何の書き込みもしていない。演劇論のようなことには関心がなかったのかも知れない[30]。

---

29) この劇には古典劇に準じた幕場割りがある。

コーラスが述べる納め口上は百年戦争や薔薇戦争への連想を呼び醒ます『ヘンリー六世』上演の実績を観客に売り込んで終わる。しかしこの読者は、口上の1行を言い換え、'desolation of the state by [a] number of commanders'（「船頭が多くて国は荒廃」）と欄外に書き込んでいるだけである。確かに、これは『ヘンリー六世』が描く荒廃した英国の姿を的確に表現してはいるが、史実に対するこの読者の興味を表現しているとは言えない。

(2) 歴史的事実に特別の関心がないこの読者の一面は、第4幕第2場冒頭の書き込みにはっきりと出ている。それは、開戦を前にしたフランス王が、英国に大敗を喫した歴史を語り、油断は禁物であると部下に訓示する場面（h4ᵛ, a[885：2.4.1]–b[954：2.4.64]）である。登場人物のどの台詞にも上線などを引きながら非常に熱心に精読した跡が認められるが、書き込みは、フランス王が名指しで言及したウェールズの黒王子エドワードについて'fearefull remembrance of the blacke prince'（「恐ろしい黒王子の思い出」）とあるだけで、フランス王の脳裏に焼き付いた歴史の具体化は行われていない。

歴史的事実に対する無関心は、第4幕第7場のアジャンクールの場面にもはっきり認めることができる。フランス軍からの伝令を接見したヘンリーが勝利を喜び、ウェールズ出身の将校フルエレンと会話する（i5ʳ, b[2612-26：4.7.84-98]）。フルエレンは、その昔、百年戦争のもとをつくった王の曽祖父エドワード三世とその子ウェールズの黒王子エドワードがこの場所で奮戦したことを王に語るのであるが、この読者は何らの書き込みもしていない。のみならず、台詞の行頭にも、この読者独特の読んだという確認の印も付いていない。この読者に歴史の知識があったかどうかも分からない[31]。

---

30) 類似の演劇談義で有名なのは、『ハムレット』第3幕第2場第1-45行で旅役者と会話するハムレットの台詞であろう。この読者は、そこでは1行1行を丁寧に読んではいるが、欄外の書き込みは、この読者に典型的なスタイルで、'Instructions to Comedians in their acting'（役者たちに演技の指導）とあるだけである。「指導」の中身、演技論には触れていない。

31) 第4幕第1場で、フランス軍との戦いを前にしたヘンリーが、リチャード二世を殺害して王位についた父君の罪の赦しを神に祈る場面（i3ʳ, b[2144-55：4.1.292-302]）に

同じことが、この作品におけるフランス王女キャサリンのエピソードに関連しても言える。フランス王が王女キャサリンを持参金と領地付きでヘンリーに差し出すというコーラスの解説（h5^r, b［1073-5：3. Chorus.29-31］）にも、キャサリンと侍女がフランス語で会話する場面（h6^r, a［1320：3.4.1］-b［1377：3.4.62］）にも、欄外の書き込みはない。のみならず、フランス語の台詞の行頭にも読んだ印はほとんど付いていない。付いているのは終わりの数行のみである。

　この読者がフランス語の台詞を素通りしたらしいことは、ピストルとフランス兵の場面（i4^r, b［2384：4.4.1］-i4^v, a［2456：4.4.77］）の書き込みからもうかがえる。行頭の読んだという確認の印は、台詞がフランス語であれ英語であれ、飛び飛びで、気まぐれである。欄外の書き込みは'Guard of the baggage neglected'（荷物の見張りなし）だけである。この書き込みはこの場面の終わり4行の内容のまとめに過ぎない。台詞にあるluggage（手荷物）をbaggage（荷物）に置き換え、Guard（見張り）は台詞そのものを借りたものである。この場面の内容のまとめとは言えない。

　それに続く、壊滅的打撃を受けたフランス軍の陣営の場面（i4^v, a［2457-82：4.5.1-23］）はフランス語の台詞で始まる。「仏軍壊滅」と書き込みがあっていいところであろうが、欄外の書き込みは全くない。初めの3行はフランス語の台詞で、読んだ印さえもない[32]。しかしこれはこの読者にはフランス語が分からなかったということではない。終幕近く、ヘンリーの求婚の場面では、フランス語の台詞に少なくとも2か所（k1^r, b［3169-72：5.2.181-4］およびk1^v, a［3241-7：5.2.253-9］）に読んだという確認の印が付いているからである。

　　　ついては書き込みがあるが、これは例外的なものと思われる。ヘンリーの台詞の中にヘンリーの父君に関する史実のみならず、リチャード王を厳かに弔ったヘンリー自身に関する史実が語られているので、この読者はそれを覚え書きのように欄外に書き込んだものと思われる。

32）このあとはほぼ全部が英語の台詞で、丹念に読んでいる。2か所には、フランス軍の気持ちをよく読み取って、上線が引かれている──8行目の'Be these the wretches that we plaid at dice for?'（絶対に負けると我々が賭けたあのみじめな軍隊があれか？）と最終行の'Let life be short, else shame will be too long.'（命は短いに限る、さもないと恥が延々と長生きする）である。

ヘンリーがフランスの王女キャサリンに求婚するこの場面（k1ʳ, a [3087 : 5.2.98]-k1ᵛ, b [3268 : 5.2.280]）はこの劇の見せ場の一つであるが、長丁場の割には、欄外の書き込みが少ない。全部で 57 語から成る 8 行のみである。しかも、その書き込みはヘンリーの巧みな言葉遣いの含みの部分を正確にとらえているかどうか疑わしいところがある。少し長いが、ヘンリーの台詞とそれに対応すると思われる書き込みを引用しよう。散文のヘンリーの台詞は——

　ああ、父の野心がうらめしい！　私の種を生みつけた時の父は、内乱のことしか考えていなかった。だから私は生まれつき鉄のようにごつい面相なのだ。女性を口説こうとすれば怖がられる。だが、ケイト、私は年を取るにつれて見た目もましになるはずだ。せめてもの慰めは、美貌を皺にたくしこんで台無しにする老齢も、私の顔をこれ以上駄目にできないということだ。君が夫として手に入れるのは、私を夫にしてくれたとしての話だが、最悪の状態の私だ。それに、この先ずっと一緒に過ごせば、私と一緒に過ごしてくれたとしての話だが、私は良くなる一方だ。

Now beshrew my Fathers Ambition, hee was thinking of Ciuill Warres when hee got me, therefore was I created with a stubborne out-side, with an aspect of Iron, that when I come to wooe Ladyes, I fright them: but in faith *Kate*, the elder I wax, the better I shall appeare. My comfort is, that Old Age, that ill layer vp of Beautie, can doe no more spoyle vpon my Face. Thou hast me, if thou hast me, at the worst; and thou shalt weare me, if thou weare me, better and better:　　　　　　　　　　（k1ᵛ, b [3212-21 : 5.2.224-33]）

である。この部分すべてに読者の念入りな上線が引かれている。欄外の書き込みは——

The king hard fauoured but noble valiant and
　true harted　　　Beauties decay by age
Inside better then the outward shew of the king
国王は容貌はごついが高貴、勇猛、

真心のひと。　美貌は年とともに朽ちて行く。
　　　外見よりも中身の良い国王。

である。この書き込みには、リチャード二世との不和に絡む、即位以前および以後のヘンリー四世の歴史についてのこの読者の関心は示されていない。書き込みそのものもこの読者のいつものまとめ方ではない。台詞から離れた、かなり自由なものと言えそうである。部分的には、ヘンリーの言葉遣いから受けた印象を断片的に書きとめた性格批評みたいなものにさえもなっている。この読者としては珍しい。

(3)　一方、この読者は、登場人物が使った単語をそのまま借用して、要点を簡潔にまとめることもあった。簡単な例はすでに言及した。見事な例は、アジャンクールの戦いの前夜に、身分を隠したヘンリーが三人の兵士と会話する場面（i2ᵛ, a［1951-8 : 4.1.100-7］）にある。「王位を象徴する飾りを取って裸になれば、ただの男と変わりはない」（his Ceremonies layd by, in his Nakenesse he appeares but a man）とヘンリーは語っているが、この読者は、それをそのまま借りて、'Ceremonies layed aside the king is but / a man'（王位を象徴する飾りを取れば、ただの男）という欄外書き込みをした。これほど完璧な書き写しは『ヘンリー五世』ではこの事例以外にはないようである。

　身分を隠したヘンリーのこの場面はこの後200行ほど続く。戯曲全集ではさらに1ページ半ほどである。この場面には上線がびっしりと引かれている。この読者がとりわけ熱心に読んだ証拠である。先ほど引用した部分、長々と語られるヘンリー自身の儀式論（i3ʳ, a［2088 : 4.1.238］-b［2134 : 4.1.284］）、そのほか兵士たちの会話——これらの場面の台詞に引かれた上線は、この読者の興味が君主論であることを示している。i2ᵛ ページでは上の欄外余白だけでは足りないので下の欄外余白も使ったりしている。そこに、いささか大げさな表現をすれば、君主論に関心を示すこの読者の思想的側面を垣間見ることができる[33]。

(4) この読者は、あたかも傍観者であるかのような書き込みに徹しているが、時として好き嫌いの感情を全開にして、ありのままの素顔を見せることがある。それは、作品では使われていない形容詞を、書き込みの中で使うときである。典型的な例は、多分、ニム、バードルフ、ピストル、ホステスたちが登場する場面（h3^r, a［505：2.1.1］-h3^v, a［560：2.1.128］）であろう。h3^r ページの上の欄外左半分には書き込みはなく、右半分に 'foolish brawles of dastardlie rogues and whoores'（腑抜けのごろつきや淫売たちの馬鹿げたけんか騒ぎ）とある。「馬鹿げた」(foolish) とか「腑抜けの」(dastardlie) という形容詞にはこの読者の価値判断の基準が示されている。この読者にはピストル一味がよほど気にかかる存在であるらしい。第3幕第6場でフルエレンとガワーがピストルの人物批評をする僅か60行ほどの場面（h6^v, b［1469：3.6.20］-h7^r, a［1528：3.6.81］）では、h6^v ページの下の欄外に長々と次のような書き込みをしている——

 Cowardlie rascals and feintharted brawle In
  words and rodomonts
 heartlesse villaines couer their cowardize
  with words and shewes
 臆病な、気の弱いごろつきは
  たいそうな言葉をまくしたてる。
 意気地のない悪党は臆病を
  言葉と格好で隠す。

ここでは同じ内容のことが繰り返されてさえいる。使われている「臆病な」(Cowardlie)、「気の弱い」(feintharted)、「意気地のない」(heartlesse) などの形容詞は言うまでもなく、ほとんどの単語が、この読者の独創である[34]。

---

33) Yamada (1998) の『リチャード三世』の欄外書き込みについて考察したジェイムズ・シーモンはこの読者が「神、君主制、階級、秩序に関してしっかりした正統的感受性の持ち主であったことは明らか」と述べている。Siemon (2003), 362 を参照。
34) 第2幕第3場に登場するこの連中について「馬鹿げた振る舞い」(fooleries) と書き込んでいることはすでに§2で述べた。これは 'foolish' と関係のある名詞である。また、

フランスについてのこの読者の反応もかなり個性的である。フランス王からヘンリーに侮辱的なテニスボールが贈られた場面（h2ᵛ, a [409：1.2.259]-b [448：1.2.310]）では、フランス大使へのヘンリーの返事について、この読者は「胸を張った返事」(proude ansuer)であり「声高い圧力」(boisterous threats)である、と書き込んでいる[35]。これに対して、イギリス軍と対峙して陣営を築いている第3幕第7場のフランス軍の場面（i1ʳ, a [1562：3.7.1]-i2ʳ, a [1787：3.7.157]）では、i1ʳページとその裏ページの上の欄外に、フランス軍の士官たちの会話について次のような書き込みをしている――

> fond praises of a horse
> Ridicoulous and nipping discourses of great
> Captaines
> disdainfull estimation of vntried valour
> scoffing vnseemelie to great warriours
> Contempt of the enlish by the French
> くだらない、馬の誉め合い。
> 高級士官たちの笑止千万な刺々しい
> 談論。
> これからの武勲の軽蔑すべき評価。
> 大戦士には不似合いの冷笑。
> フランス人のイギリス人蔑視。

この書き込みの中に好意的な形容詞は見当たらない。「フランス人のイギリス

第3幕第2場（h5ʳ, b [1119：3.2.1]-h5ᵛ, a [1135：3.2.53]）でも「腑抜けの」(dastardlie)という形容詞をこの連中の登場に合わせて使っている。さらに、ピストルが登場する第5幕第1場（i6ʳ, b [2911：5.1.14]-i6ᵛ, a [2983：5.1.89]）でも、「臆病な、大法螺吹きの兵士が淫売兼掏りに変わる」(an cowardlie bragging souldiour turnes bawde | and cutpurse)などとピストル評をしている。

35) 第4幕第3場の対峙するフランス軍からイギリス軍に特使が派遣される場面（i4ʳ, a [2324：4.3.79]-b [2375：4.3.129]）でも、特使に対するヘンリーの返事は「見事な返事」(braue ansuer)である、と書き込まれている。

人蔑視」の語句は、第4幕第2場の初めにフランスの貴族たちが登場する場面（i3ᵛ, a［2165：4.2.1］-b［2236：4.2.63］）の書き込みにも使われているが、そこでは「軽蔑すべき」（disdanefull）という形容詞が意味を強めるために付いている。この読者の目にはシェイクスピアが描いたフランス軍のお偉方たちは、例外なしに負のイメージとして映ったのであろう。

　この読者の目には、アイルランド、スコットランド、ウェールズ出身の三人の指揮官たちが登場する場面（h5ᵛ, a［1192：3.2.74］-b［1258：3.2.141］）も、フランスの士官たちが会話する場面と同じように映ったらしい。彼らがそれぞれに特有の発音と語法を曝け出して話し合う台詞に、いちいち読んだという確認の印をつけ、欄外には「品がない話し合い」（rude conference）と書き込んでいる。イギリス人が書きそうなことである。しかしこの読者自身は間違いなくスコットランド人である。それだけにスコットランド人を含む指揮官たちを蔑んだこの書き込みは特に興味深い。この読者はこの場面を完全に客観化して読んでいるのであろう。

　すでに述べたように、この読者はイギリスの王ヘンリーがフランスの王女キャサリンに求婚する場面を丹念に読んだ。それに続く婚約成立の場面も丹念に読んでいる。そこではヘンリー王がフランスのバーガンディー公爵と愛の談論をする。この談論（k1ᵛ, b［3269-319：5.2.281-328］）は「愛は盲目」という主題のもとで展開される、卑猥な含みの多い、巧みな比喩の応酬である。機敏に反応しないとついていけないが、この読者は「楽しい愛の談論」（louelie discourses of loue）と欄外に書き込んでいる。この読者がこの問答の含みと比喩をどこまで読み取ったかは分からない。しかしこの読者はあちらこちらに上線を引いているので、問答の淀みない楽しさを十分に受け止めることができたのだと思われる。

(5)　以上、読者像が描けると思われる書き込みに注目しながら、この読者が『ヘンリー五世』をどのように読んだかを考察した。書き込みから浮かび上がる読者としての人物像は、基本的には、『テンペスト』の場合と同じである。この読者の書き込みは、台詞で語られる個々の話題の要約である。それは、通

常、個人的な感情を徹底的に排除した表現をとっている。しかしその話題は恣意的に選択されたものであるので、それを通し読みして作品の梗概が、少なくとも第三者に、理解できるようにはなっていない。この読者自身の覚え書き以外の機能を持つものではない。

　この読者は、フランス語の台詞など限られた例外はあるが、台詞の各行の左端に（この行は読んだという目印のための）印を付けながら作品の終わりまで丁寧に読んだ。このような読み方は、著者の知る限り、この戯曲全集の読者の他に例がない。この読者は、時には台詞をそっくり書き写すことはあるが、台詞で語られる格言や名文句などを特に抜き書きして欄外に書いたりすることはない。また、覚え書きとして、それらに特別の印を付けたりすることもない。『ヘンリー五世』には本文にいくつかの乱れがあるが、この読者は本文にはまったく干渉していない。これは、精読を極めた読み方に照らして考えると、不思議なほどである。この作品の前口上の台詞には一般読者の文学観や演劇観を刺戟しそうなくだりが多いが、この読者は、前口上の台詞の要点をこの上なく簡単にまとめるだけで、評論めいた言葉は一切使っていない。完全な沈黙を守っている。そのようなことに関心があったかどうかも分からない。また、この英国史劇では、登場人物間で歴史的言及があるのは当然であるが、この作品に関係する歴史的認識をこの読者がどの程度持っていたのかよく分からない。そもそもこの読者に歴史意識があったのかどうかもよく分からない。書き込みから判断する限り、英国史そのものにとりわけ強い関心があったとは思えない。しかしこの読者の思想的側面が比較的よく出ているのは、兵卒に変装したヘンリー王が部下の兵士たちと交わす国王についての議論の場面である。その場面における比較的密度の高い書き込みからこの読者の国王観を読み取ることができそうである。（本人はスコットランド人であるが）イングランド人としてならば、ごく一般的な忠君愛国の士のようである。この読者が個人的感情を率直に表現したと思われる書き込みがまったくないわけではない。フランス軍の貴族や士官たちについての書き込み、アイルランド、スコットランド、ウェールズ出身の指揮官たちについての書き込み、ピストルとバードルフの「ごろつき」集団についての書き込みには、この読者の差別感情がはっきりと表現されてい

る。とりわけピストルの仲間たちに対しては、この読者は相当な軽蔑と嫌悪感を抱いていたようである。この類のことに寛容な現代の読者ないし観客の演劇的基準を持ち出さないとしても、この読者は、戯曲の読者としては、包容力の比較的貧しい人物であったのかも知れない。だからと言って、この人物には活字となった戯曲を楽しむことは無理であったということではない。むしろ反対で、戯曲全集全篇を読み通すほどの楽しみようであった。実際、『ヘンリー五世』の終わり間際の、含みの多い台詞で展開される、理解の難しい場面について、「楽しい愛の談論」と欄外に書き込みをしているように、この読者は読むことそれ自体を楽しむ人であったと言える。少なくとも読むことと書き込むことに楽しく没頭できる環境の中で生活することが可能な人物であった。その環境については、残念ながら、具体的には何も分かっていない。

§ 5

次に取り上げるのは、英国図書館所蔵の悲劇『オセロー』の初版四つ折り本(1622年刊、整理番号 C.34.k.33.)である。欠落した部分を手書きの戯曲本文によって補充した、17世紀の版本としては比較的珍しい例である[36]。完全本のつくりは 4°、A^2 $B-M^4$ N^2 の48葉である。後世の製本の際に本文がいくらか切り落とされているが、完全に欠落した部分は最終折丁 N^2 の2葉である。図10から分かるように、書体は17世紀前半末の典型で、伝統的な秘書体と新しいイタリア体が絶妙に混じり合っている。書き慣れた人の、勢いのある、やや乱暴な書体である。

---

36) チャップマンの例については、第4章の脚注3を参照。『オセロー』のこの手書き本文については、Alston (1994) には記録がない。ケンブリッジ版 (1984年刊)、アーデン版 (1996年刊) およびオックスフォード版 (2006年刊) など校注本として代表的な最新版のいずれにも言及がない。しかし英国図書館の蔵書目録 (*The British Library General Catalogue of Printed Books*, Vol.229, p.342) には記録があり、後述の、冒頭に追加された6行への言及もある。

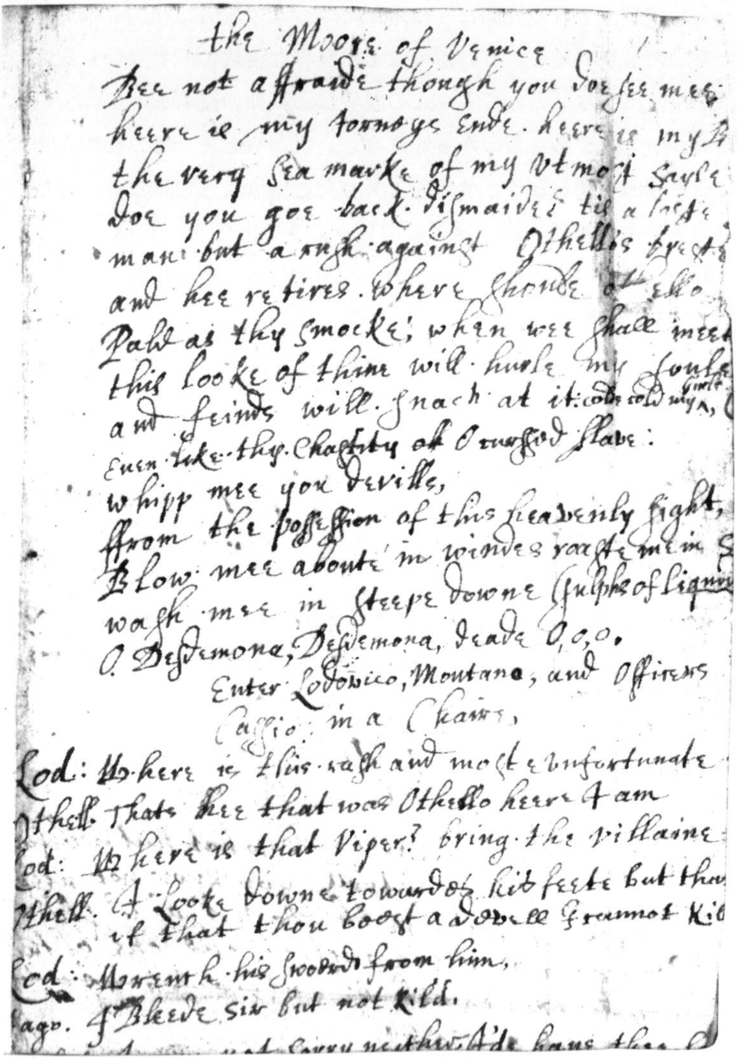

the Moore of Venice
bee not affraide though you doe see mee
heere is my iornyes Ende. heere is my [?]
the very Sea marke of my vtmost Sayle
doe you goe back dismaide? tis a loste
man: but a rush against Othello's brest
and hee retires. Where should Othello
Pale as thy smocke; when wee shall meete
this looke of thine will hurle my soule
and feinds will snach at it: [?] my [?]
Euen like thy Chastity. O cursed slaue:
whipp mee you deuills,
from the possession of this heauenly sight,
Blow mee aboute in windes roast mee in [?]
wash mee in steepe downe gulphs of liq[uid]
O Desdemona, Desdemona, deade O, O, O.
          Enter Lodouico, Montano, and Officers
          Cassio in a Chaire,
Lod: Where is this rash and most vnfortunate
Othell: Thats hee that was Othello heere I am
Lod: Where is that Viper? bring the villaine
Othell: J looke downe towards his feete but thats
   if that thou beest a deuille J cannot kill
Lod: Wrench his swoord from him,
Jago: J bleede sir but not kild.
  [?] Ciuu neither J'de haue thee [?]

図10 『オセロー』初版本を手書きの戯曲本文で補充した第1ページ
[STC 22305 (sig. N1)：英国図書館の許可による、C.34.k.33.]

(1)　悲劇『オセロー』は 17 世紀中に 10 種類の刊本が出た。6 種類の四つ折り本（1622 年、1630 年、1655 年、1681 年、1687 年、1695 年）と 4 種類の二つ折り本戯曲全集（1623 年、1632 年、1663 年、1685 年）である。しかし大きな異同のある本文の源泉は四つ折り本の初版と二つ折り本の初版のみである。四つ折り本の第 2 版の本文は初版を基にしているが、二つ折り本の初版の本文との合成本文である。

『オセロー』は本文に異同のある作品であるから、まず最初に、ここで取り上げる手書き本文がどの系譜に属しているかは、一応、知っておかなければならないであろう。細部の異同はともかく、系譜の最も明快な決め手のひとつはト書きである。手書き本文第 1 ページにある登場のト書きは、図 10 に見えるように、行の中央に、

    Enter Lodovico, Montano, and Officers,
      Cassio in a Chaire.

とある。ところが、1623 年の二つ折り本のト書きは、

    Enter Lodouico, Cassio, Montano, and Iago,
      with Officers.

となっていて、手書き本文のト書きとは大きく異なる。1622 年の第 1 四つ折り本のト書きは、

    Enter Lodouico, Montano, Iago, *and Officers,*
      Cassio *in a Chaire.*

となっていて、手書き本文のト書きと似てはいるが、'Iago' の登場があるので、手書き本文のト書きと同じではない。しかし 1630 年の第 2 四つ折り本のト書きは、

    Enter Lodouico, Montano, *and officers,*
      Cassio *in a chaire.*

で、手書き本文のト書きと実質的にはまったく同じである。手書き本文は、このト書きに限れば、第2四つ折り本を受け継いだことになる[37]。

　第2四つ折り本には全篇にわたって第1四つ折り本にない台詞がたくさんある。そのほとんどすべてが二つ折り本から引き継がれたものである。この読者が欠落を補充した手書き本文の冒頭の6行（図10の最初の6行、ヒンマンの通し行数3566-71）は第1四つ折り本にはないが、二つ折り本と第2四つ折り本にはある台詞である。それぞれの本文の異同を調査して、詳細に論じるほどのことでもないが、手書き本文の冒頭6行の台詞を代表して第1行だけを取り上げれば、行末の単語のひとつは製本の際の裁断で失われているけれども、

　　Bee not affraide though you doe see mee <

となっており、これに相当する第2四つ折り本の読みは、

　　Be not affraid, though you doe see me weapon'd;　　　　　　($M2^v$, 29)

である。二つ折り本の読みも実質的に同じであるから、手書き本文の冒頭6行の台詞の部分については手書き本文の系譜は決定できない。しかし、上述のように、ト書きでは手書き本文は第2四つ折り本の系譜であるので、この読者は、1630年出版の第2四つ折り本を踏まえて手書き本文を書いた、と推論することができる[38]。

(2)　この読者がこの初版を入手した時すでにこの欠落があったのかどうかは分からない。完全本であったとすれば、この読者が最終折丁の2葉をわざと破棄して、手書きの本文をつくったことになる。不自然ではあるが、その可能性

---

37) 第2四つ折り本のあと、1655年に忠実なリプリントとも言うべき第3四つ折り本が出ているので、この手書き本が第3四つ折り本を受け継いだ可能性がまったくないわけではない。しかし手書き本の筆跡はほぼ間違いなく17世紀前半末のものである。

38) 二つ折り本を踏まえていないことは、ト書きの違いだけで明白であるが、補充された手書き本文の第3行目（ヒンマンの3568行）の違い、the very（手書き本文）/ The very（第2四つ折り本）/ And verie（二つ折り本）、からも明らかである。

をむげに否定することはできない。初版の本文と手書きの本文が違うのみならず、手書きをするときに、この読者は明らかにその違いをはっきりと認識していたからである。欠落した第1四つ折り本の最後のページ、M4^v ページの右下にあるキャッチワード[39]は 'Pale' であるのに、欠落を補充するための手書き本文の第1行は 'Bee' で始まるので、この読者は印刷されたキャッチワードを 'Bee' と書き直し、補充ページへの続き具合を整えているのである。これは初版の本文と手書き本文の違いをこの手書き本文を書いた人が認識していた何よりの証拠である。しかし欠落がもともとあったものか作為的なものであったのかについては、本当のところは分からない。

　第2四つ折り本を底本として第1四つ折り本の欠落した部分を補充する際に、もしその気にさえなれば、この読者は、M4^v ページのキャッチワード 'Pale' を尊重して、第2四つ折り本の M2^v ページ36行目の 'Pale' で始まる行から、書き写し作業を開始することができた。しかし実際にはそのようにはしなかった。その代わり、その8行前の1行が第1四つ折り本の M4^v ページの最終行と同じであるので、それに続けて第1四つ折り本にはない数行を書き写すことにしたのであろう。まず、上述のように、キャッチワード 'Pale' を 'Bee' と書き直すことから書き写し作業は始まったはずである。この冒頭の数行が、本来、第1四つ折り本にはない台詞であることを十分認識していた上での作業であった。

　この読者は第2四つ折り本で増補された本文を抵抗感なしに受け入れることができたと思われる。この読者の時代には、先行する版本を増補したとか、誤りを直したとか、と扉にうたう改訂版が頻繁に出ており、最新版を尊重するのが一般の習わしとなっていた。シェイクスピアについても例外ではなかっ

---

39) キャッチワード（catchword）はページをまたぐ際に文の続きを示す工夫であった。それは、ページをまたごうとする時、まず行を変えてその右端に、新しいページの初めに書く単語を書き（あるいは、植字する単語を植字し）それから新しいページに移り、同じ単語を繰り返し使って書き続ける（あるいは、植字し続ける）という約束ごとであった。イギリスでは、20世紀半ばにおいてさえも、手書きの手紙で、ページの数字の代わりに、この約束ごとを守り続ける人がいた。

た[40]。『オセロー』の本文の欠落を補充するために、この読者はこの慣習に従ったに過ぎない。それゆえ、増補された本文に気後れすることなく、それを手書き本文の冒頭から書き写すことができたのであった。

(3) この読者は書き損じをあまり気にしなかったようでもあるし、書き落としの有無を確認するほどの注意深さもなかったようである。意外なことに、それは手書き本文の冒頭部分、第1四つ折り本にない部分で起きている。第2四つ折り本で増補された台詞は7行（第5幕第2場266-73行、ヒンマンの通し行数3566-72）であるが、この読者はその7行目を書き落としている。その書き落としがなければ、増補された台詞の6行目と7行目およびそれに続く台詞（すなわち、欠落した印刷ページの第1行目）は、第2四つ折り本に従って、おおよそ次のようになっていたはずである――

> And he retires. Where should *Othello* goe?
> How dost thou looke now? O ill star'd wench,
> Pale as thy smocke; when we shall meet at compt,
> たじたじとなる。オセローはどこへ行けばいい？
> そうだ、お前は今どんな顔をしている？　ああ、不幸な星周りの女、
> 肌着と同じように蒼ざめて。最後の審判の日に出会ったら、

この2行目が抜け落ちたのでは、およそ意味をなさないが、この読者は気にしなかったようである。

　この読者は、第1または第2四つ折り本の柱（running-title）[41]までもきちんと書き写してはいるが、ページ全体を四つ折り本の外観どおりに復元しようとはしていない。それは単語の綴りに端的に表れている。手書き本文の冒頭の6行に限ってみても、Bee（手書き本文）/Be（第2四つ折り本の本文）、affraide/affraid、mee/me、heere/Here、Journeys ende/iournies end、heere/here、

---

[40] Yamada (2010), 49-52 を参照。
[41] 'The Tragedy of Othello | the Moore of Venice.'

the/The、back dismaide/backe dismaid、man/Man、brest/breast、and hee/And he、shoulde/should などを挙げることができる。この読者は自身の綴り癖を抑制して書くことがあまり好きではなかったらしい。

(4) 確かにこの読者は、かなり個性の強い人であった。第2四つ折り本に印刷されたままに書き写す意思をあたかも持っていないかのように見える仕事ぶりである。非常に元気の良い筆運びができる半面、脱字などの疎漏もあるが、まったくそれを意に介しない。シェイクスピアの無韻詩にも無頓着な人物である。無韻詩を散文にして平然としている。例えば、この芝居の最後にロドヴィーコーがイアゴーに言う、第2四つ折り本の台詞——

   O Spartane dog,
More fell then anguish, hunger, or the Sea.
Looke on the tragicke lodging of this bed,
This is thy worke; the obiect poisons sight,
   ええい、スパルタの犬め、
苦悶も飢えも荒海をもしのぐ残忍なやつ、
見ろ、このベッドに折り重なった悲劇を。
貴様のしわざだ。この光景には目もつぶれる。

この台詞をこの読者は、第2四つ折り本を見ながら、行末は製本の際の裁断で失われているが、次のように3行にして、あたかも散文のように書いた——

O Spartane dog more fell then anguish <
or the sea Look on ye tragick lodging <
bed this is thy work・the obiect of pois<

この例では最初の行が、四つ折り本では、たまたま半行である。ならば、それに続けて2行目を書いて散文にしたのはこの読者の意図ではないか、ということになるかも知れないが、決してそうではない。手書き本文の至る所で散文

化が行われているからである。この傾向は、手書き本文を書き進むにつれてますます強くなっている。この読者は、無韻詩のリズムにただ鈍感というだけでなく、原典に忠実にという心構えがまったくなかったと考えられる。3行目の終わりには、この読者の個性がそのまま出ているかのように、第2四つ折り本にはない'of'が追加されてもいる[42]。

(5) この読者の目的はこの手書き本文によって『オセロー』の新しい本文をつくるという大それたものではなかった。第1四つ折り本の最終折丁の欠落部分を補充して、戯曲『オセロー』をまがりなりにも完結したものにしようとはした。それを否定することはできない。しかし、おそらくこの読者の性格もあって、補充作業は極めて粗雑なものになった。明らかに作品研究の対象には値しない手書き本文による補充である。ところが、皮肉なことに、読者論の素材としては、この手書き本文はこの上なく貴重なものと考えられる。なぜならば、この手書き本文は、こういう読者もある、という極めて明確な読者像を提示するのみならず、結果的にはまったく特異な『オセロー』本を生み出すことになったからである。手書き本文の冒頭の6行は第1四つ折り本にはない数多くの台詞のひとつであり、かつまた作品の最後に位置している。しかし、この6行があるために、この版本は作品全体としては、第2四つ折り本から派生したとはいえ、独自の本文を持つものとなった。英国図書館所蔵のこの版本は天下の名優ギャリック（David Garrick, 1717-79）が所有していた。もし彼がこれを読んだとすれば、他に例のない『オセロー』を読んだということになろう。彼がこの本文をもとに上演を試みたという記録はない。

---

[42] これとは反対に、手書きの本文では、ロドヴィーコーの台詞の最後の1行'This heauy act with heauy heart relate'の'act'が書き落とされている。

終章　読者の情熱

　書名が表しているように、著者が焦点を絞って考察しようとしたのは、シェイクスピア時代の読者と観客の、いわば文化史的相関関係である。手書き本の時代から活字本の時代に移行する過程で、読者人口が徐々に増大することは、一般的には当然の社会現象と考えられるが、イギリスの場合、ヘンリー八世の宗教革命が、それに伴う教育機関の拡充と相まって、読者人口の増大を積極的に助長した。当時の社会は、貨幣経済の成長とともに、都市への人口移動を伴う、非常に流動的な社会であった。宗教革命という未曽有の変動とそれに連動するさまざまな社会現象の複合的な刺戟を受けてにわかに顕著になったもののひとつに、16世紀後半のロンドン書籍商の隆盛があった。その隆盛は読者層の急速な形成を促した。宗教書に劣らず人生論や文学ものは一般の人々の強い興味の対象であった。宗教革命後には厳しい禁書令が出たが、チョーサーなどの文学ものは禁書の対象外であった。そのような禁書の対象外とされた文学ものなどに興味を抱く読者の集団が、識字率の向上した16世紀後半にはすでに形成されていた。ロンドンを中心にしたこの社会現象は時を移さず地方にも及んでいた。そのような事情を論じたのが第1章である。

　読者層の形成を支える、当時の一般の人たちが抱いた読み書きに対する憧れは、彼らの社会的上昇志向と相まって、相当なものであった。シェイクスピアが活動する1590年代は人々のそうした精神の高揚が沸騰状態になる時期であった。一般庶民の情動的趨勢に敏感に反応する演劇の特性に違わず、当時のロンドンの演劇は読み書きの場面を盛んに舞台に織り込み、読み書きのできない

観客の識字への憧れと社会的向上心を煽ることになった。その具体例としてシェイクスピアの作品にあるいくつかの読み書きの場面を考察したり、シェイクスピア以外の作家の作品を含めて、ロンドンの観客が観たはずの、そのような場面を持つ戯曲の統計をとったりして、識字に対する気持ちの高ぶりを当時の人々が相当期間にわたって持続したことを確認したのが第 2 章である。

　読み書きに対する人々の持続的な憧れは、識字率のますますの向上と読者層のさらなる拡大という形で実を結ぶことになった。偶然とはいえ、同じ時期、16 世紀後半には、大衆向けの専用劇場が相次いで出現し、識字への憧れで熱々の一般庶民を観客とする演劇が隆盛を極めた。シェイクスピアの戯曲を始め数多くの戯曲に読み書きの場面が盛り込まれるのは自然の成り行きであった。人々は、観劇によって識字に対する強い刺戟を受けたと同じように、観劇によって劇作家が提供する物語性豊かな未知の世界に強い興味を掻き立てられた。一般庶民が大量に蓄積したその刺戟と興味は、大衆向けの劇場出現以前にすでに形成されていた読者層の潜在的なエネルギーを取り込み、演劇の隆盛に伴いいわば臨界点に達し、読者層の質的変化を招来した。戯曲の読者として特化した読者集団の誕生である。この読者層の質的変化という仮説を立て、それをできる限りの数値化によって実証したのが第 3 章である。

　実証にあたっての最大の困難は、ロンドンの人口と劇場の観客収容力の具体的数値であった。いずれにも定説がない。人口に関しては、本書の課題に取り掛かった 1980 年代初期には、いくつかの学説はまったく茫漠として要を得なかった。敢えて試論を展開し、序章として収録した所以である。観客収容力については、1596 年頃の「白鳥座」のスケッチと 1988-1991 年の「薔薇座」の発掘調査という客観性の比較的高い資料を始めとする先達の研究成果に導かれながら、できる限り控えめな数値に基づいて論証するように努めた。1600 年のロンドンの人口については、従来ただ漠然と約 20 万人と言われてきたものを、約 14 万 3100 人とし、同じ時期の観客動員力は平均 1 日当たり 4900 人と推定した。推定値を割り出すために選んだその他の年代は 1567 年、1577 年および 1587 年であった。大衆向けの劇場の出現後のロンドン市民の年間の観劇は平均 8-9 回で、観客は大人だけであったとすれば 12-13 回にもなるこ

とが分かった。2世代にわたる演劇のこの驚異的な、ほとんど信じ難い隆盛は、実は、テレビが普及する前の日本の、映画ブームで栄えた1950年代の映画館の観客動員力に匹敵する。戦後日本のその時代を生活した世代には、16世紀後半のロンドンの演劇の隆盛は絵空事ではなく、実感として理解できるものなのである。

　演劇のこの隆盛を可能にしたのは言うまでもなく経営者の手腕による劇場の増加であったが、観客を劇場に引き寄せ続けることができたのは、疑いもなく、俳優と劇作家たちの勤勉と努力であった。劇場経営者フィリップ・ヘンスローの経営日誌によれば、ある時期、俳優たちは1週6興行の中で五つの演目をこなし、そのかたわら2週間にひとつの割合で発表する新作の稽古に打ち込まなければならなかった。数軒の劇場がそれぞれ2週間ごとに新作を公演するためには、相当数いた劇作家たちもかなり勤勉に創作しなければならなかったはずである。彼らの創意工夫による題材の多様化と新しいタイプの戯曲の続出は、極めて自然に観客の興味を広げることになった。劇作家たちが劇場のために書いた作品が出版されたのはごく少数であったが、大衆向けの劇場の出現に端を発した演劇の隆盛とともに、読者に提供される戯曲本も増大した。戯曲の読者集団が誕生する土壌が着実に熟成されつつあったのである。かくして、遂に16世紀末の5年間には、書籍の総点数に対する割合では、戯曲の出版は散文文学の出版と肩を並べることになった。戯曲も散文文学も同じ程度に読者の需要があったということである。

　演劇の大衆化とともに戯曲の読者集団が形成される過程において、書籍業者が果たした役割もまた大きい。戯曲の作者は観客への配慮はしたが、（例外的な少数の作者を除けば、）読者への配慮は必ずしもそれほどではなかった。それに対して、戯曲の出版者や翻訳劇の訳者たちは常に読者を意識していたようである。芝居の前口上や結びの口上と同じ機能を担う「読者へ」という挨拶文や正誤表などが戯曲本に付き始めたのは、ひとつふたつの例を除けば、戯曲の読者集団が誕生する1570年前後からであった。このような添えものは読者の贔屓を期待する事業家の工夫に過ぎないと言えばそれまでかも知れない。しかし印刷者たちは、自身の職業的意気に感じて、読むに便利なだけでなく、見た目

にも美しい戯曲本の制作に心を砕いたのである。劇作家たちがそれぞれの流儀で書きあげる原稿の形式を、印刷者たちは、数十年にわたる試行錯誤の末、現代の読者に馴染みの書式に統一した。劇作家も、読者も、印刷者も、みなこの統一された書式に従って行動することになった。シェイクスピアが活動を始める僅か数年前までの出来事である。その歴史的変遷の具体的局面は付録6で試みた考察のなかに見ることができる。印刷者たちのこの努力と成果がなければ、戯曲の読者の急速な増加はなかったかも知れない。

　以上が、第3章において、関連するいろいろの要素をできる限り数値化しながら、戯曲の読者集団の誕生という仮説を実証する過程で考察したことの要点である。

　16-17世紀において戯曲が人々の間でどのように読まれていたかを知ることは容易ではない。第4章と第5章はその困難な問題に正面から取り組んで得られたささやかな成果である。ここで論じられる読者を厳密に定義することはできない。ここでの考察は、古版本に書き込みをした人は一応その所有者であり読者であったと見做すという程度の認識に基づいている。判読できない単なる落書きは対象としていない。

　当時の文法学校における読み書きの教育はラテン語教育であったから、ラテン語そのものの学習が主要な目的で、教材となった作品の鑑賞や批評は二の次であったのかも知れない。読み書き以外の教科の教材を生徒たちがどのような勉強の仕方で活用していたのかも分からない。戯曲本の読者は例外なしに文法学校での教育を受けた人たちであるから、そこでの教育の仕方が何らかの形で作品の読み方に反映されているのかも知れない。考察の対象のあるものについてはそれらしい反映の跡を認めることはできたが、選ばれた1700年までの書き込みの特色すべてに共通する項目を立てることはできなかった。結果的には、十人十色の読み方というのが実態であった。従って、個々の事例についての考察そのものは、説明文やキャプションをつけた骨董品の展覧会場に似たものとならざるを得なかった。しかし、いずれの考察対象の場合でも、それぞれの読者の書き込みから読者の人物像を描き出すことはできた。もし良質の書き込みの要件のひとつが精魂を傾けた読者の人物像の反映であるならば[1]、第4章と

第 5 章の考察は、戯曲の読者という文脈において、十分に意義深くもあり、理解も得られるものとなった。

　第 4 章ではチャップマン、フォード、マーストンそれぞれにひとりの読者をあて、第 5 章ではシェイクスピアの喜劇と英国史劇にひとりの同一の読者、悲劇に別の読者をあてて考察した。

　チャップマンの『バイロン公爵チャールズの陰謀と悲劇』の四つ折り初版本の読者は、おそらく版本が 1608 年に出版されて何年も経っていない 17 世紀の初期に、10 幕から成るこの長大な 2 部作を多分 5 幕物に改作し上演しようと計画した。この改作が実際に上演されたかどうかは分からない。『陰謀』の部分しか残っていないが、書き込みにある短いラテン語はすべて技術用語で、第三者にも容易に理解できる簡単明瞭なものである。プロかアマチュアかは分からないが、演出や上演を含め実務の才の備わった自信家であったように思われる。疑いもなく、非常に芝居熱心な人物であった。

　フォードの喜劇『純潔にして高貴な空想(おもい)』の読者は、単なる読者というよりむしろその四つ折り本の所有者であり、かつまた読者であったと言うほうがふさわしい。創作的想像力の豊かな演劇通であったようである。たまたま手元にある本だからということであろうか、1638 年に出版されたこの作品の終わりの余白ページに、この作品とは全く関係のない登場人物表を書き込んでいる。17 世紀半ば頃の書き込みと思われる。それは、形式として確立してすでに久しく、戯曲本に親しむ人々にはよく知られた形式に則って書かれている。しかしそれは英国演劇史の記録にはない未知の作品の登場人物表である。登場人物は総勢 10 名で、ひとりの侯爵を除く 9 名のすべてがスフォルツァ公爵家の人々である。外国語で書かれた戯曲の登場人物表を書き写したものか、そうで

---

1) 書き込み研究のエキスパートであるヘザー・ジャックソンは良質の書き込みの要件として次の 8 項目を挙げている——1. 分かりやすさ（intelligibility）2. 関連性（relevancy）3. 真面目さ（honesty）4. 独創性（originality）5. 状況の暴露性（circumstance-telling）6. 個性の暴露性（personality-telling）7. 読書への没頭性（passionate engagement in reading）8. 書き手の精神的生活（mental life of the annotator）。Jackson (2001), Chapter 7 を参照。

なければ、読者自身の創作劇のためのものであったかも知れないということ以外には、この登場人物表をめぐっては何も分からないし、なぜこの読者がそれをこのフォードの作品の終わりの余白に書いたのかを確かめることもできない。

　マーストンの悲喜劇『不満分子』の読者はインクを使ったり鉛筆を使ったりしている。17世紀後半の書き込みと思われる。最も大きな特徴は、1604年に出版された四つ折り本の全巻にわたって、当時としては標準的な単語の綴りを、接尾文字「e」を抹消して、近代化しようと努力していることである。しかしやや古風な綴りに逆行している場合も多い。数語の事例のほかには文字を使うことなく、下線と記号のみの書き込みをしながら熱心に読む人であった。特にト書きを線で囲んで台詞から際立たせているが、これは出版の準備とか、上演の準備とは無関係のようである。戯曲本の通読を助けるための工夫に過ぎなかったのかも知れない。欄外余白の相当数の記号は、文脈とは関係なく、格言めいたもの、処世訓じみたものなど、特に意味深いと読者が感じた台詞につけられている。大衆向けの劇場作家とは一味違うマーストンの悲喜劇の読者にありそうなことであるが、これらの記号を頼りに反復して部分読みをしたらしい。インクの記号と鉛筆の記号が重なって使われているのは多分そのためであろう。文法学校での教育を忠実に守り、戯曲本から修辞学的に学び取れるものを学び取ろうとして、覚書帳に書き写したりしたのかも知れない。いずれにしても、速読を避けた、真面目な、どちらかと言えば几帳面な読者である。

　シェイクスピアの読者については、重版の四つ折り本の多くが調査されないままになったので、十分な資料が整わなかったきらいがある。四つ折り初版本には興味深い書き込みの例がいくつかあるが、すでに公開され論じられているので、重ねて論じることを控えた。その結果、四つ折り本では悲劇『オセロー』を取り上げるだけとなった。幸い、15年前に著者が発表した二つ折り本の初版（1623年刊）の書き込みがあり、まだほとんど論じられていないので、そこから『テンペスト』と『ヘンリー五世』を選ぶことにした。

　シェイクスピアの喜劇『テンペスト』と英国史劇『ヘンリー五世』の書き込みは、スコットランド語の単語が多く混じる英語を用い、1630年頃までに初版の戯曲全集を読破した読者が全巻にわたり几帳面な秘書体で書き込んだもの

の一部分である。この読者の読み方の大きな特徴は、記号を一切使わない代わりに、台詞に上線を引いたり、読んだという確認のために行頭に短線や点などの印をつけたりしながら、興味を覚えた話題の中身を数語にまとめ、それを欄外に書き留めながらの、文字通りの精読である。速読とは正反対の読書法である。本文に乱れがあっても気にすることなく、本文にはまったく干渉しない読者である。これは、精読の度合いに照らして考えると、不思議なほどである。この類のことにはおおらかな人柄ということなのかも知れない。同じように、通常は、読書中の感情の起伏を書き込みに表すことをしない読者である。諺や格言や名文句などに特別の注意を払い記号などで印をする読者でもない。欄外の書き込みは断片的すぎて第三者にはほとんど役に立たないが、このような書き込みの仕方が文法学校ないしは大学での教育方法を反映しているのかどうかは分からない。この読者自身が自身の書き込みを読み直して、作品を振り返って見ることがあったかどうかは疑わしい。

　以上はこの読者の書き込みの一般的特徴であるが、この読者の好みが明確な言葉で書き込まれることもある。例えば、『テンペスト』第2幕第2場は観客が初めて笑う場面であるが、この読者には、この場のトリンキューローの饒舌は「くだらない」ものである。また、『ヘンリー五世』で繰り返し登場するピストルとバードルフたちは「腑抜けのごろつき」集団である。特にこの集団については必ず軽蔑と嫌悪感に満ちた短い書き込みがある。現代の演劇愛好者の標準的基準からすると、この読者はいわゆる低俗な登場人物に対して、かなり寛容度の低い人であるらしい。アイルランド、スコットランド、ウェールズ出身の指揮官たちについても差別的感情をあらわにしている。一方、この読者は『ヘンリー五世』第4幕第1場で展開される君主論には非常に強い肯定的な興味を示しているが、書き込みに見える限りでは、英国史に関する歴史認識は言うに及ばず、一般的な歴史意識そのものを持っていたかどうかはよく分からない。

　この読者の文学的ないし演劇的感性についてもよく分からない。精読に徹するこの読者は、魔法という非日常性のなかで展開する『テンペスト』全体を総括した読後感を述べていない。『ヘンリー五世』についても作品全体の感想などは欄外に書かれていない。そもそも、そのような鑑賞や批評が、精読の過程

で、この読者の隠された精神活動として可能であったかどうか、少なくとも欄外の書き込みから判断することはできない。特に『ヘンリー五世』の前口上の台詞には、読者に文学観や演劇観を刺戟しそうなくだりが多いけれども、この読者は、台詞の主意をふまえて、通常の簡単な書き込みをするにとどまっている。

　このような記述を続けると、二つ折り本の読者は読者として消極的な面しか持ち合わせていない人物であるかのような印象を与えるが、実はそうではない。全巻を通した情熱的な精読からこの読者が得たものは、明らかに戯曲を読む喜びであった。その片鱗を垣間見ることのできる例を『テンペスト』と『ヘンリー五世』からそれぞれひとつ挙げておこう。『テンペスト』第4幕第1場の饗宴を終わる時のプロスペローの有名な台詞にこの読者は、現代の読者と同じように、強く反応している。びっしり引かれた上線とともに「地上の万物の不安定さ」という何気ない欄外書き込みは、ここでシェイクスピアの作品が提示した実存の本質にこの読者が敏感に共鳴し感動した証であろう。また、『ヘンリー五世』の終幕近くの含みの多い台詞のやり取りの場面で、この読者は「楽しい愛の談論」と欄外に書き込みをしている。この場面についての見事に的を射たコメントである。明らかに、この読者は読むことそれ自体を楽しむ人であった。少なくとも読むことと書き込むことに没頭できる環境の中で生活することができた人物であった。

　1622年に出版された悲劇『オセロー』の初版四つ折り本の読者は、おそらく1650年頃までに、1630年の再版本を書き写して、初版本の最終3ページの欠落部分を補充した。何故、誰のために、補充しようとしたのかという動機はもちろん、この欠落がもともとあったものなのか、作為的なものなのか、などについてもよく分からない。しかし、明らかに、この読者は、初版本とは異なる台詞であることを承知の上で、再版本に存在する新しい数行を追加することから作業を開始した。最新版の本文を尊重する当時の慣習にしたがったに過ぎないが、かなり個性の強い人物であったらしく、原文を丁寧に書き写すことをしていない。綴りを自分流儀に変えているのみならず、書き写しの作業そのものが極めて杜撰で、書き損じや書き落としや書き足しなどの誤りが多い。意

味が通らなくなるほどの誤りをしても気にしない人であった。明らかに、シェイクスピアの無韻詩のリズムには乗ることのできない人物で、そのリズムに無神経か、無頓着であったために、無韻詩の多くの部分を散文として書き写している。これほど型破りの読者は稀であろう。読者の名に値しない読者であったのかも知れない。しかしこの読者が補充したユニークな四つ折り本は天下の名優ギャリックが所有することになったのである。

付録1　ロンドンの人口推定値
――山田とサザランドの比較

シェイクスピア時代の劇団や書籍商などの活動を理解するためには観客や読者の規模を把握しないといけないし、その基礎となるのは、結局、当時の人口ではないかと思い至ったのは1980年代のことであった。その当時、シェイクスピア時代のロンドンの人口については定説がなかった。研究もあまり進んでいなかったようである。この試論の原型は、そのような事情の中で、門外漢がやむを得ず試みたものである。その後、イギリスの人口論は急速な進歩を成し遂げた。しかし推定値には上限と下限があって、そのまま活用するには不便である。結果的には事情は以前と余り変わらないので、当時の試論を改訂することにした。補強のために、新しい研究成果を随所で援用もした。以下はいくつかの仮説に基づく数式の組み合わせによって推定値を求めるための試みの詳細である。付録としたのは読みづらい数式ばかりの試論を望まない読者への配慮である。

　この付録の末尾には、参考までに、113教区などの人口について、著者の数式から得られた推定値とイアン・サザランドの推定値[1]との比較表を用意した。

　1980年頃までの数少ない研究報告のうち啓発された主要なものとして、次の3点を挙げることができる――

1. Josiah Cox Russell, *British Medieval Population* (Albuquerque, NM, 1948), pp. 270-81.

---

1) Sutherland (1972), 310.

2. E. E. Rich, 'The Population of Elizabethan England', *Economic History Review*, Second series Vol. 2 (1950), pp. 247-65.
3. Julian Cornwall, 'English Population in the Early Sixteenth Century', *Economic History Review*, Second series Vol. 23 (1970), pp. 32-44.

ジョサイア・ラッセルは、ウィリアム一世（William I, ?1027-87）が土地台帳（the Domesday Book）を完成した1086年から1545年までの人口動静を捉えるために、教会の諸記録、とりわけ1545年の教会文書（chantry certificates）を重視する。この文書はヘンリー八世の時代に始まる教会の組織替えのための教会財産調べであり、寄進の情報や聖職者にかかわる個人的情報の提供源となるばかりでなく、それぞれの教区で聖餐を拝受した信徒の数を知る手がかりを提供する。ラッセルは聖餐拝受者を14歳以上の信徒と考え[2]、この調査報告から得られる数値の歪みを修正し、より正確な数値を得るために1377年の人頭税文書（poll-tax returns）や1603年および1690年の教会文書などの史料を活用した。そして1377年から1545年までの人口増加率を53パーセントとする仮説を設定し、その仮説に基づく同期の人口は1545年から1801年までの人口よりも正確であると結論した[3]。

リッチは人頭税文書や教会文書ではなく、壮丁文書（muster rolls）に注目した。それは各地における16歳から60歳までの男子で兵役に服し得る者の調査である。中央集権体制を固めたエリザベス女王が、一旦緩急あれば、戦闘員として動員し得る男子の調査である。貧富を問うこともなければ、身分による免責もなかった。1569年には、名簿の書式も統一された。しかしそれは、各地方の現場の取り扱いにおいて首尾一貫性を欠いているが故に、イングランド全土の総人口を求めようとする研究者には見捨てられてきた史料であった。それに注目したリッチ自身、その論題にもかかわらず、総人口そのものの推定というよりも人口変動の原因とその追跡に強調点を置いているように思われる。「16世紀イングランドの人口は……都市部においても田園部においても高度に流動的であったかも知れない」[4]と述べ、1583年のサリー州の例――物故者12名に対し転出者6名、す

---

2) Russell (1948), 19.
3) 同書、281.

なわち、転出率は死亡率の 2 分の 1 ——を挙げている。

そのような人口の流動状態が最も激しかったのは、おそらくロンドンであろう。そのロンドンにおける 16-60 歳の男子人口は、リッチによれば、1569 年には 1 万 8145 名（うち、兵役適格者 1 万 2034 名）であり[5]、1587 年における兵役適格者は 2 万 596 名（うち、外国人居留者 923 名）であった[6]。

1569 年のロンドンにおける成年男子の総数に対する兵役適格者の比率は、かくの如く、実に 66.3 パーセントの高率であったが、それは労働力人口の集中する首都ロンドンの特性の一面を示しているのかも知れない。地方におけるその比率は、不完全な報告文書に基づくものではあるが、リッチによれば[7]、1560 年にはバークシャー州で 53.3 パーセント、ドーセット州で 42.9 パーセント、デヴォン州で 39.2 パーセント、コーンウォル州で 58.3 パーセントであった。その平均は 48 パーセント強となる。同様にして、各州の報告に基づく平均値はほぼ 50 パーセントとなることから、リッチは、成年男子の兵役適格者と不適格者とをほぼ同数と見て、それが全国の総人口を算出するための一つの基準になり得ることを示唆した[8]。

ジュリアン・コーンウォルは、地方都市の人口推定の経験を踏まえて、16 世紀初期からのイングランド全土の人口推計を試みている。地方都市の人口に関するその試みは 1962 年に発表された[9]。リッチ同様、壮丁文書に注目したが、コーンウォルの着眼点の優れた一面は、調査対象とほぼ同時期に作成された臨時税台帳と人頭税文書とを突き合わせ、相互の不備を補足修正したことである。この試みで、コーンウォルは文書の氏名を追跡し、1520 年代の地方における死亡率と転出率とは、ほぼ同じ 5 パーセントであるとした。疫病の影響の大きかった当時における人口の年齢別構成を知ることは極めて困難であるが、16 歳以上の成年人口を全体の 60 パーセント（男女を折半して 30 パーセントずつ）とし、15

---

4) Rich (1950), 252.
5) 同論文、251.
6) 同論文、263.
7) 同論文、249.
8) 同論文、252.
9) Cornwall (1962), 57-61.

歳以下の未成年人口を 40 パーセントと仮定し、全人口を推計するための一応の基準とした[10]。これらの基準を柱として、コーンウォルは各地方に残る史料を踏まえながら試算した。それによれば、1377 年から 1520 年代にかけてのイングランド全土の人口は、移動による地方別の増減はあっても、全体的には横ばい状態の 210-230 万人であった。増加はその後に始まり、1545 年には 280 万人、約 70 年後の 1603 年には 1 倍半を優に超える 375 万人となった[11]。

　リッチおよびコーンウォルそれぞれによって示唆された人口推計の基礎は 16 歳以上の男子人口の調査記録であった。この付録 1 の試論では、リッチおよびコーンウォルの調査結果を踏まえて、それをいろいろと補正し、いくつかの作業仮説を立て、ロンドンの人口を推定するための 6 組の数式群を考えてみた。第 1 の踏み台はリッチの基準で、兵役適格者と不適格者とは同数であるということ、第 2 の踏み台はコーンウォルの基準で、成年男子と成年女子と未成年者男女の比はほぼ 3 対 3 対 4 であるということである。もちろん、この両者とも、もともとイングランド全土の総人口を算出することを目的とした基準であるので、中世以来、とりわけルネッサンス期において、ヨーロッパの国際都市として活気を呈した大都市ロンドンに、そのままの形で適用して、意味を持つ推定値を得ることができるとは思われない。事実、すでに述べたように、1569 年におけるロンドンの兵役適格者と不適格者の調査値は同数ではなく、ほぼ 2 対 1 (正確には 1 万 2034 人対 6111 人) であった。全国的にはおよそ 1 対 1 であるので、1569 年のロンドンのこの値が異常値であるのかも知れない[12]。いま仮に、全国平均値とこの異常に高い 1569 年の調査値との中間値が、国際都市ロンドンの通常値であったとすれば、ロンドンの兵役適格者と不適格者の比は 58 対 42 となる。この 58 パーセントは、リッチによる 1560 年のコーンウォル州の調査値、58.3 パーセントとほぼ同じである[13]。一つの試算のための要素として考慮することは可能であろう。

---

10) Cornwall (1970), 36-7.
11) 1997 年に発表されたリグリーたちの研究 [Wrigley &c (1997), 614] では、1546 年の人口は 290 万 8000 人余り、1601 年の人口は 416 万 1000 人余りである。
12) 徒弟奉公のために地方から流入する青年がこの異常な比率の一因であったと思われる。
13) Rich (1950), 249.

一方、グレゴリー・キングは1695年の調査で、未成年者の全国平均は全体の44パーセントであるとしながらも、ロンドンでは39パーセント、その他の都市では42パーセント、そして地方郡部では45パーセントであるとした[14]。人口の激しい流動状態にあった当時のイングランドの各地域が、コーンウォルが対象とした16世紀初期からキングが対象とした17世紀末期までの2世紀近くにわたり、全く同じ人口年齢構成比で推移したと考えるのはおそらく正しくないであろう。合理的に補正した人口年齢構成比で変化したと仮定することが望ましい。従って、コーンウォルが設定した16世紀の全人口に対する未成年者の構成比40パーセントを、キングが調査した17世紀末の全人口に対する未成年者の構成比44パーセントに照らして補正すれば、1600年頃を中心とした16-17世紀における未成年者の人口年齢構成比はロンドンでは約35.45パーセント、その他の都市では約38.18パーセント、そして郡部では約40.90パーセントとなる[15]。さらに、このロンドンにおける未成年者の人口年齢構成比35.45パーセントを基準にして、成年男子と成年女子と未成年男女の比率がほぼ3対3対4であるとするコーンウォルの仮説を、ロンドンでは32.275対32.275対35.45であると補正することができる[16]。

---

14) Cornwall (1970), 36 を参照。
15) それぞれ $(40 \times 39) \div 44 \fallingdotseq 35.45$；$(40 \times 42) \div 44 \fallingdotseq 38.18$；$(40 \times 45) \div 44 \fallingdotseq 40.90$。
16) ロンドンにおける未成年者のこの人口年齢構成比は、下の表が示す通り、出産調整が一般化する以前の大正・昭和期の日本の人口の年齢構成に似ている。

西暦年	0-14歳	15-64歳	64歳以上
1920	36.5%	58.3%	5.3%
1930	36.6	58.7	4.8
1940	36.1	59.2	4.7
1950	35.4	59.7	4.8

（資料：『万有百科大事典12 経済・産業』（小学館 1975年）309ページ「国勢調査」）

この表の15歳以下は37±0.5パーセントであったと考えられる。さらにまた、リグリーたちの研究［Wrigley &c (1997), 615］によれば、1541年以降1660年の王政復古までの15歳以下の未成年者の人口年齢構成比の平均値は35.86パーセントである。その後17世紀末までの40年間のそれは31.27パーセントである。1660年の前と後のこの大差の理由は不明。この数値の詳細については、付録2を参照。

成年男子の兵役適格者と不適格者がほぼ同数であるとするリッチの仮説、それを特にロンドンに適用するために補正した58対42とする仮説、成年男子と成年女子と未成年の男女の比率がほぼ3対3対4であるとするコーンウォルの仮説、それを約一世紀後のキングの調査値によって補正した32.275対32.275対35.45とする仮説、その他僅かな調査値などを基として、1600年前後の半世紀ほどのロンドンの人口を求めるために、少なくとも以下の6通りの組み合わせによる数式群を考えることができる。そしてその各組み合わせのもとで、ロンドンの総人口を求めるには、その数式群に既知数を代入すればよい。数式に使われた記号は次の通りである。

記号：　m_1＝兵役適格者成年男子数
　　　　m_2＝兵役不適格者成年男子数
　　　　M＝成年男子数
　　　　F＝成年女子数
　　　　C＝未成年男女数
　　　　P＝ロンドンの総人口

①の場合：
　組み合わせ：全国的統計のためのリッチとコーンウォルの仮説をそのまま適用した時：
　　リッチ：　　　　$m_1:m_2=1:1$
　　コーンウォル：　$M:F:C=3:3:4$
　ロンドンの総人口等を求める数式：
$$m_1=m_2$$
$$M=m_1+m_2=F$$
$$C=\frac{4}{3}\times M$$
$$P=\frac{10}{3}\times M$$

②の場合：
　組み合わせ：リッチの仮説のみを1569年のロンドンの壮丁文書の壮丁数に置

付録１　ロンドンの人口推定値——山田とサザランドの比較　217

き換えて補正した時：

　　リッチ（調査値）：　　$m_1 : m_2 = 12034 : 6111$

　　コーンウォル：　　　$M : F : C = 3 : 3 : 4$

ロンドンの総人口等を求める数式：

$$m_1 = \frac{12034}{6111} \times m_2$$

$$M = m_1 + m_2 = F$$

$$C = \frac{4}{3} \times M$$

$$P = \frac{10}{3} \times M$$

③の場合：

組み合わせ：全国的統計のためのリッチの仮説についてのみ、1569年のロンドンの壮丁文書の異常に高い兵役適格者の割合（約66パーセント）を、全国平均値（50パーセント）に照らして、両者の中間値58パーセントと補正した時：

　　リッチ（補正値）：　　$m_1 : m_2 = 58 : 42$

　　コーンウォル：　　　$M : F : C = 3 : 3 : 4$

ロンドンの総人口等を求める数式：

$$m_1 = \frac{58}{42} \times m_2$$

$$M = m_1 + m_2 = F$$

$$C = \frac{4}{3} \times M$$

$$P = \frac{10}{3} \times M$$

④の場合：

組み合わせ：リッチの仮説はそのままにして、全体に対する未成年者の構成比を40パーセントとするコーンウォルの仮説のみを、1695年のグレゴリー・キングの調査値44パーセントに照らして、35.45パーセントと補正した時：

　　リッチ：　　　　　　$m_1 : m_2 = 1 : 1$

コーンウォル（補正値）：　M：F：C＝32.275：32.275：35.45

ロンドンの総人口等を求める数式：

$$m_1 = m_2$$

$$M = m_1 + m_2 = F$$

$$C = \frac{35.45}{32.275} \times M$$

$$P = \frac{100}{32.275} \times M$$

⑤の場合：

　組み合わせ：リッチの仮説を、1569年のロンドンの壮丁文書の壮丁数に置き換え、かつ、全体に対する未成年者の構成比を40パーセントとするコーンウォルの仮説を、1695年のキングの調査値44パーセントに照らして、35.45パーセントと補正した時：

リッチ（調査値）：　　　　$m_1 : m_2 = 12034 : 6111$

コーンウォル（補正値）：　M：F：C＝32.275：32.275：35.45

ロンドンの総人口等を求める数式：

$$m_1 = \frac{12034}{6111} \times m_2$$

$$M = m_1 + m_2 = F$$

$$C = \frac{35.45}{32.275} \times M$$

$$P = \frac{100}{32.275} \times M$$

⑥の場合：

　組み合わせ：リッチの仮説については、1569年のロンドンの壮丁文書の、異常に高い壮丁数の割合（約66パーセント）を、全国平均値（50パーセント）に照らして、両者の中間値58パーセントと補正し、かつ、全体に対する未成年者の構成比を40パーセントとするコーンウォルの仮説については、1695年のキングの調査値44パーセントに照らして、35.45パーセントと補正した時：

リッチ（補正値）：　　　　$m_1 : m_2 = 58 : 42$

コーンウォル（補正値）：　M：F：C＝32.275：32.275：35.45

ロンドンの総人口等を求める数式：

$$m_1 = \frac{58}{42} \times m_2$$

$$M = m_1 + m_2 = F$$

$$C = \frac{35.45}{32.275} \times M$$

$$P = \frac{100}{32.275} \times M$$

これら6通りの組み合わせと数式は、いずれも、先達の仮説と調査値に適切な補正を加えて編み出されたものである。①の組み合わせは、リッチとコーンウォルが設定した全国的人口を求める基準をそのまま特異な都市ロンドンに適用しようというのであるから、恐らく最も大きく現実から離れた推定値を導き出すに違いない。16歳前後の大勢の地方の男子を、最低7年の修業期間を必要とする徒弟として受け入れた大小各種のギルド多数を擁する活動的なロンドンでは、$m_1 = m_2$ の仮定そのものが、そもそも、現実からかけ離れたものであると思われる。従って、コーンウォルの仮説を補正したとはいえ、④の組み合わせから得られる推定値は①の組み合わせに次いで信頼度の低いものとなろう。同様に、労働力人口の比率が他の地域よりも高かったと思われるロンドンにおける未成年の構成比を、コーンウォルが設定した全国平均で捉えた②と③の組み合わせにも問題があろう。従って、残る2通りの組み合わせ⑤と⑥とから得られる推定値のみが比較的信頼度の高いもの、ということになる。さらに、この2通りの組み合わせの相対的信頼度を考えてみると、いずれも1695年のキングの調査値を考慮してコーンウォルの人口構成比を補正しているが、⑤の組み合わせは異常とも考えられるリッチの1569年の調査値を使っているので、それを補正した⑥の組み合わせのほうが恐らく信頼度は高い。

　しかし、いずれの組み合わせも先達の仮説を踏み台にし、その調査値に基づいて補正したもので、その信頼度に高低はあるものの、一応、それぞれの組み合わせによる推定値を求め、相互の数値の開きを見てみるだけの価値はあろう。参照した文献にある史料から得られたロンドンの人口に関する具体的な調査値は、上

述したリッチの1569年および1587年の調査値[17]とキングの1695年の調査値[18]のみである。表記すれば、次の通りである。

西暦年	M (人)	m_1 (人)	P(人)
1569	18,145	12,034	
1587		20,596	
1695			244,640

いま、これらの調査値を上述の数式に代入して得られた推定値を、太字で示した調査値とともに表示すれば、以下の4種類の表の通りである。

1569年 （M＝18,145人の場合）：

組み合わせ	m_1	m_2	M(＝F)	C	$P^{19)}$
①	-	-	**18,145**	24,193	60,483
②	-	-	**18,145**	24,193	60,483
③	-	-	**18,145**	24,193	60,483
④	-	-	**18,145**	19,929	56,219
⑤	-	-	**18,145**	19,929	56,219
⑥	-	-	**18,145**	19,929	56,219

---

17) Rich (1950), 251 および 263. リッチの調査値は市壁内97教区だけのものなのか、市壁外16教区（北の郊外12教区とテムズ川の南側サザック地区の4教区）を加えた113教区のものなのか、明言されていないが、113教区のものと思われる。1603年7月からは、さらに9教区が加わった（Sutherland (1972), 290を参照）。教区の具体名等については、Finlay (1981), 168-72のAppendix 3を参照。

18) キングの調査値はGlass (1946), 176のTable Iより算出。この数値は市壁内97教区8万190人および市壁外16教区16万4450人の合計である。この数値は1570年代以降の郊外の都市化を如実に物語っている。

19) 兵役適格者の報告は過少報告に傾く性格があったから、1569年の第1の表の⑥などにある総人口5万6219人は実際よりも小さい数値であったかも知れない。第2の表の⑥などにある6万4285人が実際値に近かったと思われる。教会文書（chantry certificates）を基礎にしたラッセルの推定［Russell (1948), 275］によれば、1545年のロンドンの人口は6万7744人である。ラッセルは16世紀後半の増加率は鈍ったとしているが、ラッセルの数値は1377年から1545年までの168年間の増加率を53パーセントと仮定した数値である。

付録1　ロンドンの人口推定値——山田とサザランドの比較　221

1569年（$m_1 = 12,034$人の場合）：

組み合わせ	m_1	m_2	$M(=F)$[20]	C	P
①	12,034	12,034	24,068	32,090	80,226
②	12,034	6,111	18,145	24,193	60,483
③	12,034	8,714	20,748	27,664	69,160
④	12,034	12,034	24,068	26,435	74,571
⑤	12,034	6,111	18,145	19,929	56,219
⑥	12,034	8,714	20,748	22,789	64,285

1587年（$m_1 = 20,596$人の場合）：

組み合わせ	m_1	m_2	$M(=F)$	C	P
①	20,596	20,596	41,192	54,922	137,306
②	20,596	10,458	31,054	41,405	103,513
③	20,596	14,914	35,510	47,346	118,366
④	20,596	20,596	41,192	45,244	127,628
⑤	20,596	10,458	31,054	34,108	96,216
⑥	20,596	14,914	35,510	39,003	110,023

1695年（$P = 244,640$人の場合）：

組み合わせ	m_1	m_2	$M(=F)$	C	P
①	36,696	36,696	73,392	97,856	244,640
②	-	-	73,392	97,856	244,640
③	-	-	73,392	97,856	244,640
④[21]	39,478	39,478	78,957	86,724	244,640
⑤	-	-	78,957	86,724	244,640
⑥	-	-	78,957	86,724	244,640

---

20) リッチの調査値と一致する組み合わせは②と⑤のみである。しかしいずれも⑥よりも信頼度の低い組み合わせであり、その推定人口（6万483人あるいは5万6219人）は考察を展開するための基礎とすることはできない。⑥の成年男子数の推定値はリッチの調査値よりも2600人ほど大きい。調査値は兵役適格者数を不自然でない程度に小さく報告するための行政的「作文」と見なし、調査値よりも大きい推定値を尊重するのが望ましい。

21) 数式に既知数を代入して得られたPの数値（24万4637）が調査値（24万4640）に満たないが、それはm_1、m_2、M、F、Cの数値を求めるときに小数点以下を切り捨てるためである。表には調査値が示されている。

上の4種類の表のうち2種類は兵役関係項目（m_1およびm_2）に不備がある。以下のページでは、不備のない表の、最も信頼度が高いと思われる⑥の組み合わせから得られた数値に基づいて推論を展開するので、その部分には特に網掛けを施して参照のための便宜とした。

1569年の総人口6万4285人は1587年には11万23人となった。18年間の人口増加率は実に約71.14パーセントである[22]。

仮にロンドンの人口が、ペストその他の災害にもかかわらず、1569年から1587年に至る18年間の増加率約71.14パーセントと同じ速度で、着実に増加したとすれば、1569年の人口をもとにした単利計算では、T年後の（1569＋T）年の人口は

$$64{,}285 + 64{,}285 \times [\{(110{,}023 - 64{,}285) \div 64{,}285 \div 18\} \times T]$$

の数式で求めることができる。

この数式による著者の推定値をイアン・サザランドの推定値[23]と比較したものが以下の表である。第1列は西暦年、第2列はこの数式による著者の推定値で、ロンドンの市壁内97教区と直近の郊外16教区合わせた113教区に関するもの[24]、第3列はサザランドの推定値で、同じく113教区に関するもの、第4列もサザランドの推定値で、その113教区の東・西・北に接するミドゥルセックス州とサリー州にある10教区を加えた123教区に関するものである。

比較の対象とはしなかったが、フィンレイの推定値[25]は概してサザランドよりも数パーセント高い。

なお、第3章「演劇の興隆と戯曲の読者の誕生」では、すべて以下の著者（山田）の推定値を使用した。

---

22) $(110{,}023 - 64{,}285) \div 64{,}285 \times 100 \fallingdotseq 71.14$。
23) Sutherland (1972), 310.
24) 明言されていないが、リッチの推定値は113教区の調査に基づくものと考えられる。リッチの仮説を踏まえた著者の仮説は113教区を前提としている。脚注17を参照。
25) Finlay (1981), 155-7.

付録1　ロンドンの人口推定値——山田とサザランドの比較

西暦年	山田 113教区	サザランド（単位：千）	
		113 教区	122/3 教区
1565	54,121	79-92	
1567	59,203		
1569	64,285		
1570	66,825	86-100	
1575	79,530	93-109	
1576	82,071		
1577	84,612		
1580	92,235	101-118	
1585	104,940	108-126	
1587	110,023		
1590	117,645	116-135	
1595	130,350	123-144	
1597	135,432		
1600	143,055	131-152	
1605	155,760	144-168	184-215
1610	168,465	155-181	199-232
1615	181,170	167-195	213-248
1620	193,875	179-209	227-265
1625	206,580	191-223	242-282
1630	219,285		265-309
1635	231,990		291-340
1640	244,695		317-370
1645	257,400		337-393
1650	270,105		291-339
1655	282,810		372-433
1660	295,515		ロンドン 125 教区：399-465
1665	308,220		426-497
1670	320,925		
1675	333,630		
1680	346,335		
1685	359,040		
1690	371,745		
1695	384,450	244.6*	414*

注：*印はグレゴリー・キングの1695年の調査値。

付録2　16-17世紀イギリスにおける未成年者の人口年齢構成比

16-17世紀におけるイギリスの15歳以下の未成年者の人口年齢構成比を知る直接の手だてはない。しかしリグリーたちが共同で作成した1541年以降の人口に関する各種の推定値の一覧表[1]の中には0-4歳、5-14歳、0-14歳、15-24歳、25-44歳、45-64歳、65-84歳、25-59歳、60歳以上に区分けした年齢構成比の表がある。それを加工すれば15歳以下の未成年者の人口年齢構成比の推定値を得ることができる。

15-24歳の人口年齢構成比のどれだけが15歳によって占められているかを的確に知ることはできない。常識的には、単位当たりの絶対数は若年者よりも年長者のほうが小さいから、15歳が占めている割合はいくらか高いはずである。しかし正確なことは分からない。やむを得ず、年齢にかかわらず均等な割合であると仮定すれば、リグリーたちが提示する15-24歳の人口年齢構成比の10パーセント（小数点以下第3位切り上げ）となる。したがって15歳以下の未成年者の人口年齢構成比は、その10パーセントの数値をリグリーたちが提示する0-14歳の人口年齢構成比の数値に加算すればよい。

1660年の王政復古を境にしてそれ以前と以後では、原因のよく分からない（1665年の大ペストが一因であったかも知れない）、顕著な変化が認められるので、(1)王政復古以前と(2)王政復古以後に分けて表記することが望ましいと思われる。

---

1) Wrigley &c (1997), 615. この一覧表の原型はリグリーとスコフィールドによって Wrigley & Schofield (1981), 528-9 で提示された。

付録2　16-17世紀イギリスにおける未成年者の人口年齢構成比

第1列は西暦年、第2列はリグリーたちが提示する0-14歳が占める人口年齢構成比、第3列は15-24歳が占める人口年齢構成比のうちの15歳分（10パーセント）、第4列は0-15歳が占める人口年齢構成比の推定値である。

(1) 王政復古以前　　　　　　　　（％）

西暦＼年齢	0-14	15	計
1541	34.53	1.75	36.28
1546	35.14	1.79	36.93
1551	36.58	1.78	38.36
1556	37.40	1.76	39.16
1561	33.20	1.96	35.16
1566	32.55	2.09	34.64
1571	33.24	1.96	35.20
1576	35.94	1.55	37.49
1581	35.59	1.66	37.25
1586	35.80	1.90	37.70
1591	35.30	1.85	37.15
1596	34.29	1.89	36.18
1601	33.16	1.97	35.13
1606	34.66	1.86	36.52
1611	34.12	1.77	35.89
1616	34.05	1.77	35.82
1621	33.94	1.81	35.75
1626	32.62	1.90	34.52
1631	32.91	1.84	34.75
1636	32.90	1.80	34.70
1641	32.98	1.77	34.75
1646	32.63	1.79	34.42
1651	31.72	1.86	33.58
1656	31.50	1.80	33.30
平均			35.86

(2) 王政復古以後　　　　　　　　（％）

西暦＼年齢	0-14	15	計
1661	29.17	1.88	31.05
1666	28.58	1.86	30.44
1671	27.93	1.79	29.72
1676	29.30	1.64	30.94
1681	29.47	1.58	31.05
1686	29.64	1.67	31.31
1691	30.66	1.69	32.35
1696	31.60	1.65	33.25
平均			31.27

付録3　表8 作成上の諸原則――覚え書

いかなる集計も、集計処理のために確立された原則が明示され、それが首尾一貫して守られていなければ、その信頼度は高いものとは認め難い。第2章の表8として提示した集計表を作成する際の諸原則は以下の通りである。

1. 項目「読む」欄および項目「書く」欄には、舞台上でそのような行為を実際に見せる作品の数のみならず、そのような行為を暗示する手紙・書籍などへの言及のある作品の数を記録する。
2. 同一作品で「読む」場面と「書く」場面それぞれを含む場合が多いので、項目「書く」欄に「(＋読む書く)」を付記し、そのような作品の数はこの括弧内に示す。項目「読む」欄に記録された作品と重複して数えることを避けるためである。
3. 仮面劇、問答劇、パジェント、エンターテイメント、ティルト、ジッグ（masques, dialogues, pageants, entertainments, tilts, jigs）の類は対象としない。
4. 共同作品は共作者の1人に代表させる。重複して数えない。
5. 年代は出版年ではなく、推定創作年とする。原則として、シェイクスピアについてはアーデン双書第3版（または第2版）の編者の推定年代（付録4参照）、シェイクスピア以外の作品についてはハービッジの年表[1]に記載の「上限下限年」（'Limits'）による。
6. 調査の基礎となった資料は次の通りである。

---

1) Harbage (1989).

a. Beaumont, Francis, and John Fletcher. *The Dramatic Works in the Beaumont and Fletcher Cannon*. Vols. 1-10. General editor: Fredson Bowers. Cambridge: Cambridge University Press, 1966-96.（本研究で活用できたのは4巻までである。）
b. Chapman, George. *The Plays of George Chapman*. 4 vols. Edited by Thomas Marc Parrott. London: Routledge and Kegan Paul, 1910-14. Reprint, New York: Russell & Russell, 1961.
c. Dekker, Thomas. *The Dramatic Works of Thomas Dekker*. 4 vols. Edited by Fredson Bowers. Cambridge: Cambridge University Press, 1953-61.
d. *Five Pre-Shakespearean Comedies*. The World's Classics No. 418. Edited by Frederick S. Boas. London: Oxford University Press, 1934; reprinted 1952.
e. Jonson, Ben. *Ben Jonson*. 11 vols. Edited by C. H. Herford, and Percy and Evelyn Simpson. Oxford: The Clarendon Press, 1925-52.
f. Lyly, John. *The Complete Works of John Lyly*. 3 vols. Edited by R. Warwick Bond. Oxford: The Clarendon Press, 1902; reprinted 1967.
g. Marlowe, Christopher. *The Complete Works of Christopher Marlowe*. 2 vols. Edited by Fredson Bowers. Cambridge: Cambridge University Press, 1973.
h. Marston, John. *The Works of John Marston*. 3 vols. Edited by A. H. Bullen. London: John C. Nimmo, 1887. Reprint, New York: George Olms, 1970.
i. Massinger, Philip. *The Plays and Poems of Philip Massinger*. 5 vols. Edited by Philip Edwards and Colin Gibson. Oxford: The Clarendon Press, 1976.
j. Middleton, Thomas. *Thomas Middleton: The Collected Works*. General editors: Gary Taylor and John Lavagnino. Oxford: The Clarendon Press, 2007.
k. The New Mermaid series. Various titles. Founder editor: Philip Brockbank. General editors: Brian Morris, Brian Gibons, Roma Gill, et al. London: Ernest Benn and London: A & C Black, 1964-.（この双書はなお進行中であるが、2010年以降に出版されたものは参考にしていない。）
l. The Regents Renaissance Drama series. 43 vols. General editor: Cyrus Hoy. Lincoln, NE: University of Nebraska Press, 1963-76.
m. The Revels Plays series. Various titles. Founder editor: Clifford Leech.

General editors: F. David Hoeniger, E. A. J. Honigmann, J. R. Mulryne, et al. London: Methuen, 1958-75 and Manchester: Manchester University Press, 1975-. (この双書はなお進行中であるが、2010年以降に出版されたものは参考にしていない。)

n. Shakespeare, William. *The Riverside Shakespeare*. Second edition. General and textual editors: G. Blakemore Evans and J. M. Tobin. Boston and New York: 1997. (*The Two Noble Kinsmen* と *King Edward the Third* を含むが、*Sir Thomas More* の完本と *A Yorkshire Tragedy* は含まない。)

o. *Six Caroline Plays*. The World's Classics No. 583. Edited by A. S. Knowland. London: Oxford University Press, 1962.

p. Tourneur, Cyril. *The Works of Cyril Tourneur*. Edited by Allardyce Nicoll. London: The Fanfrolico Press, no date (c.1929). Reprint, New York: Russell & Russell, 1963.

q. Webster, John. *The Complete Works of John Webster*. 4 vols. Edited by F. L. Lucas. London: Chatto and Windus, 1927. Reprint, New York: Gordian Press, 1966.

付録4　シェイクスピア作品の創作年代とその出典等

　シェイクスピア作品の創作年代については定説がない。確実な証拠がほとんどないから、作品の編者による考察の結果は必ずしも一致していない。これは時系列的な研究には大きな障害である。本書の第2章、特に表8の集計は、時系列的要素が大きく関係する考察であるので、推定創作年代などを一覧できるものがあることが望ましいと思われる。

　最新の研究成果によるのが理想であろうから、本書の第2章では、進行中のアーデン・シェイクスピア第3版を原則として採用した。しかし、数名の編者は非常に用心深く、推定年代を、結論として簡潔に、明言することを避けているようである[1]。そのような場合には、止むを得ないので、アーデン・シェイクスピア第2版を採用した。例外として、『エドワード三世』はニュー・ケンブリッジ・シェイクスピア版を採用した。

　アーデン・シェイクスピア版以外の推定年代を参考にしたい読者のために、代表的な2種類の全集の年表にある年代を併記しておいた。

　一覧表の第1列は本書の第2章で使った推定年代、第2列はシェイクスピアの作品、第3列は編者（年代の提案者）、第4列は年代が提案されている校注本とそのページ、第5列は「読み」「書き」の場面の有無、第6列はリヴァーサイド・シェイクスピア全集の推定年代、第7列はオックスフォード・シェイクスピア全集の推定年代である。

---

1) そのような作品は *Henry VI Part 1, Henry IV Part 1, Henry IV Part 2, Much Ado About Nothing, Hamlet, Twelfth Night* である。

一覧表に使われた記号は次の通りである。
> A2 = アーデン・シェイクスピア第2版
> A3 = アーデン・シェイクスピア第3版
> C2 = ニュー・ケンブリッジ・シェイクスピア版
> R/W = 「読み」/「書き」
> (R) = 「読み書きの言及のみ」
> Riverside = *The Riverside Shakespeare*. Second edition. Boston: Houghton Mifflin, 1997, pp.77-87.
> Oxford = *William Shakespeare : A Textual Companion*. Oxford: The Clarendon Press, 1987, pp.109-34.

創作年	作品	提案者	出典	R/W	Riverside	Oxford
1589	The Taming of the Shrew	Brian Morris	A2, 65	R	1593-94	1590-91
1590	Henry VI, Part 1	A. S. Cairncross	A2, xxxviii	R	1589-90	1592
1590-91	King John	E. A. J. Honigmann	A2, lviii	(R)	1594-96	1596
1590-92	The Two Gentlemen of Verona	W. C. Carroll	A3, 126	R	1594	1590-91
1590-93	The Comedy of Errors	R. A. Foakes	A2, xxiii	-	1592-94	1594
-1591	Henry VI, Part 2	R. Knowles	A3, 121	R	1590-91	1591
-1591	Henry VI, Part 3	J. D. Cox & E. Rasmussen	Part 2 の Knowles の記述	-	1590-91	1591
1591	Richard III	A. Hammond	A2, 61	R	1592-93	1592-93
1592-93	Edward III	Giorgio Melchiori	C2, 9	R	1592-93	-
1593	Titus Andronicus	Jonathan Bate	A3, 78	R + W	1593-94	1592
1593-96	Romeo and Juliet	Brian Gibbons	A2, 31	R	1595-96	1595
1594	Love's Labour's Lost	H. R. Woudhuysen	A3, 61	R + W	1594-95	1594-95
1595	Richard II	Charles R. Forker	A3, 115	(R)	1595	1595
1595 or 1596	A Midsummer-Night's Dream	Harold F. Brooks	A2, xxxiv	R	1595-96	1595
1596	Henry IV, Part 1	A. R. Humphreys	A2, xiv	R	1596-97	1596-97
1596-97	Henry IV, Part 2	A. R. Humphreys	A2, xvii	R	1595-98	1597-98
1596-98	The Merchant of Venice	John R. Brown	A2, xxvii	R	1596-97	1596-97
1598	Much Ado About Nothing	A. R. Humphreys	A2, 4	R + W	1598-99	1598
1599	Henry V	T. W. Craik	A3, 3	-	1599	1598-99
1599	Julius Caesar	David Daniell	A3, 3	R	1599	1599
1599	As You Like It	Juliet Dusinberre	A3, 37	R	1599	1599-1600
1599-1601	Hamlet (Q2)	Harold Jenkins	A2, 13	R	1600-01	1600-01

付録4 シェイクスピア作品の創作年代とその出典等　231

創作年	作品	提案者	出典	R/W	Riverside	Oxford
1599-	The Merry Wives of Windsor	Giorgio Melchiori	A3, 21	R	1597	1597-98
1601	Twelfth Night	J. M. Lothiand & T. W. Craik	A2, xxxv	R	1601-02	1601
1601	Troilus and Cressida	David Bevington	A3, 11	R	1601-02	1602
1601-02	Othello	E. A. J. Honigmann	A3, 1	R	1604	1603-04
1603-04	All's Well That Ends Well	G. K. Hunter	A2, xxv	R	1602-03	1604-05
1603-06	Macbeth	Kenneth Muir	A2, xviii	R	1606	1606
1604	Measure for Measure	J. W. Lever	A2, xxxi	R	1604	1603
1605-06	King Lear (Q)	R. A. Foakes	A3, 89	R	1605	1605-06 (F: 1610)
1606-07	Antony and Cleopatra	John Wilders	A3, 74	-	1606-07	1606
1606-08	Pericles	Suzanne Gossett	A3, 3	R	1607-08	1607
1607	Timon of Athens	A. B. Dawson & G. E. Minton	A3, 12	R	1607-08	1605
1608	Coriolanus	Philip Brockbank	A2, 29	R	1607-08	1608
1608 or 1509	Cymbeline	J. M. Nosworthy	A2, xvii	R	1609-10	1610
1610-11	The Tempest	V. M. Vaughan & A. T. Vaughan	A3, 6	-	1611	1611
1610-13	Henry VIII	Gordon McMullan	A3, 9	(R)	1612-13	1613
1611	The Winter's Tale	J. H. P. Pafford	A2, xxii	R	1610-11	1609
1613-14	The Two Noble Kinsmen	Lois Potter	A3, 35	-	1613	1613-14

付録 5　1590 年代に出版された戯曲本

　1590 年代 (厳密には 1591-1600 年) における戯曲本の出版数の急増は瞠目に値する。それは財政が逼迫したために自らが所有する台本を劇団が書籍業者に手放したためであるという学説がある[1]。この 10 年間に出版された初版および新版・重版のすべてを精査してみると、それだけでは説明し尽くせないものがあるように思われる。そこで、考察のための資料として、初版の作品 74 篇と新版・重版の作品 37 篇を一覧できるように以下にまとめてみた。

　一覧表のための基本的文献はグレッグの書誌[2]とハービッジの年表[3]である。一覧表は初版と新版・重版とを別々にした。

　一覧表の第 1 列目はグレッグの書誌の作品番号である。初版本に出版年のない場合にはグレッグなどの推定年を採用し、新版・重版の一覧表第 2 列目の「初版年」の欄では推定年の後に疑問符をつけておいた。

　最終列は作品の上演劇団を示す。原則として、版本の扉に印刷されているそのままの名称である。扉にないものはハービッジを参考にして括弧 [　] 付きで記録しておいた。新版・重版の一覧表では、扉にないものを括弧 [　] 付きで再度示すことはしていない (宮内大臣一座の Chamberlain's はスペースの都合で Cham'lain's とした)。

　初版の一覧表の第 2 列目 (新版・重版の一覧表では第 3 列目) は、斜線の前後

---

1) 例えば、Chambers (1930), i.13 を参照。
2) Greg (1939-59).
3) Harbage (1989).

に、印刷者と出版者が示してある。斜線のない場合は、印刷者が出版者を兼ねていることを示している。

最終列から第2列目は作品の大まかなジャンルで、原則的には、ハービッジに準拠している。扉にある記述とは必ずしも一致していない。略号の意味は

　　C＝喜劇、H＝歴史劇、M＝道徳劇、P＝牧歌劇、R＝ロマンス劇、
　　T＝悲劇、TC＝悲喜劇。

離合集散を常とする劇団の歴史は複雑そのものであるばかりか、成立と解散の時期が明確でない場合が多い。2次文献による情報提示の中身もいろいろである。その成り立ちや活動などを、この一覧表の最終列に記載された大人劇団に限り、一覧表に出てくる順に、一応の目安として、単純化して示せば、次のようなものになろう。

Queen's Men（女王一座）：パトロンはエリザベス女王。活動期間は1603年まで。時々他の劇団と共演。

Strange's Men（ストレンジ伯爵一座）：パトロンは第4代ダービー伯爵（Henry Stanley, c.1531-93）。活動期間は1587年頃から1594年まで。ジェイムズ・バービッジ（James Burbage, ?1530-97）所有の「劇場座」で活躍、1590年に海軍大臣一座と合併、翌年からフィリップ・ヘンスロー（Philip Henslowe, c.1550-1616）所有の「薔薇座」でも活躍、1594年に宮内大臣一座と第2次海軍大臣一座とに分裂、それぞれ「劇場座」と「薔薇座」に戻る。

'Allen and his Company'（アレンとその一座）：海軍大臣一座のこと。名物役者兼共同経営者エドワード・アレン（Edward Alleyn, 1566-1629）が所属した。アレンは1589年に座員になった。

Derby's Men（ダービー伯爵一座）：パトロンは第5代ダービー伯爵（Ferdinando Stanley, c.1559-94）。一座の実体は1590年に合併した海軍大臣一座とストレンジ伯爵一座の合併集団。庇護の期間は1593年9月から1594年4月まで。パトロンの死去とともに、この合併集団は1590年以来の約4年間の活動を終え分裂し、宮内大臣一座と第2次海軍大臣一座となった。

Pembroke's Men（ペンブルック伯爵一座）：パトロンは第2代ペンブルック伯爵（Henry Herbert, c.1534-1601）。活動期間は1592年頃から1600年頃まで。1597年には「白鳥座」で公演。

Sussex's Men（サセックス伯爵一座）：パトロンは第2代、3代、4代サセックス伯爵。活動期間は1569年から1594年まで。1593年暮から1か月余り「薔薇座」で公演。

'her Majesty's servants'（女王一座）：上掲のQueen's Menのこと。

Admiral's Men（海軍大臣一座）：パトロンは第1代ノッティンガム伯爵（Charles Howard, 1536-1624；1585年にLord High Admiralに任命）。一座の名称は時期によって変わる。1585年から1596年までは海軍大臣一座、1596年から1603年まではノッティンガム伯爵一座とも呼ぶ。一代の役者アレンが座員に加わった翌年、1590年にストレンジ伯爵一座と合併、「劇場座」で公演するが劇場主ジェイムズ・バービッジと折り合わず、1591年以降は「薔薇座」で活躍。1594年に第2次海軍大臣一座と宮内大臣一座とに分裂。第2次海軍大臣一座は1600年に「運命座」に移るまで「薔薇座」で公演を継続、宮内大臣一座は「劇場座」で活躍。

Chamberlain's Men（宮内大臣一座）：パトロンは宮内大臣を務めた第1代、第2代ハンズドン公（Henry Carey Hunsdon, 1526-96；George Carey Hunsdon, 1547-1603）。活動期間は1594年から1603年まで。前身は1590年に海軍大臣一座と合併したストレンジ伯爵一座。合併から4年後に起きた分裂で誕生、中核は旧ストレンジ伯爵一座。「劇場座」で活躍、1599年からは「地球座」で活躍。

Hunsdon's Men（ハンズドン公一座）：一座の実体は宮内大臣一座。宮内大臣一座の限定期間中の特別呼称。その期間は第1代ハンズドン公の死去した1596年7月から第2代ハンズドン公が宮内大臣に就任する1597年3月まで。パトロンは宮内大臣就任前の第2代ハンズドン公。

初版の1591-95年分

グレッグ	印刷者/出版者	作者	作品名	タイプ	劇団
1591年					
97	Orwin/Ponsonby	Fraunce	Amyntas' Pastoral	P	[Closet]
99	Charlewood/Broome	Lyly	Endymion	C	Paul's
101&102	?/Clark	?	1 & 2 King John	H	Queen's

付録 5　1590 年代に出版された戯曲本　235

104	Scarlet/Robinson	Wilmot	Tancred and Gismund	T	[Inner Temple]
1592 年					
105	Charlewood/Broome	Lyly	Galathea	C	Paul's
106	Scarlet/Broome	Lyly	Midas	C	Paul's
107	?/E. White	?	Arden of Faversham	T	[?]
108	Windet/Ponsonby	M. Herbert	Antonius	T	[Coset]
109	Allde/E. White	?	Soliman and Perseda	T	[?]
110	Allde/E. White	Kyd	The Spanish Tragedy	T	[Strange's]
1593 年					
112	Jeffes/Barley	Peele	Edward the First	H	[Queen's?]
113	Danter?/T. Newman? & J. Winnington?	?	Fair Em	C	Strange's
1594 年					
114	Danter/Barley	?	Jack Straw	H	[?]
115	R. Jones	?	A Knack to Know a Knave	C	'Allen and his Company'
116	Roberts/Ling & Busby	Kyd	Cornelia	T	[Closet]
117	Danter/E. White & Millington	Shakespeare	Titus Andronicus	T	Derby's, Pembroke's & Sussex's
118	Creede/Barley	Lodge & Greene	A Looking Glass for London and England	M	[Queen's]
119	Creede/Millington	Shakespeare	2 Henry the Sixth	H	[Pembroke's]
120	Short/Burby	?	The Taming of a Shrew	C	Pembroke's
121	Islip/E. White	Greene	Friar Bacon and Friar Bungay	C	'her Majesty's servants'
122	Danter	Lodge	The Wounds of Civil War	H	Admiral's
123	Danter/Burby	Greene	Orlando Furioso	C	[Queen's & Strange's]
124	Danter/Burby	R. Wilson	The Cobler's Prophecy	C	[At Court?]
125	Scarlet/Burby	Lyly	Mother Bombie	C	Paul's
126	Creede/Barley	?	Richard the Third	H	Queen's
127	Allde/Bankworth	Peele	The Battle of Alcazare	H	Admiral's
128	Orwin/Woodcock	Marlowe & Nashe	Dido	T	Chapel
129	W. Jones	Marlowe	Edward the Second	H	Pembroke's
130	Creede	Greene?	1 Selimus	R	Queen's
131	Allde/Blackwal	?	The Wars of Cyrus	H	Chapel
132	?/Waterson	Daniel	Cleopatra	T	[Closet]
133	Allde/E. White	Marlowe	The Massacre at Paris	T	Admiral's

1595年					
134	Creede/Barley	?	The Pedler's Prophecy	M	[?]
135	Creede/Barley	Warner	Menaechmi	C	[Closet]
136	Creede	W. S.	Locrine	H	[?]
137	Danter/Hancock & Hardy	Peele	The Old Wives Tale	C	Queen's
138	Short/Millington	Shakespeare	3 Henry the Sixth	H	Pembroke's

初版の1596-1600年分

グレッグ	印刷者/出版者	作者	作品名	タイプ	劇団
1596年					
139	?/Burby	?	A Knack to Know an Honest Man	TC	[Admiral's]
140	?/Burby	?	Edward the Third	H	[Admiral's?]
1597年					
141	Simmes/Wise	Shakespeare	Richard the Second	H	Cham'lain's
142	Simmes/Wise	Shakespeare	Richard the Third	H	Cham'lain's
143	Danter	Shakespeare	Romeo and Juliet	T	Hunsdon's
144	?/W. Jones	Lyly	The Woman in the Moon	C	[?]
1598年					
145	Short/Wise	Shakespeare	1 Henry the Fourth	H	[Cham'lain's]
146	?/W. Jones	Chapman	The Blind Beggar of Alexandria	C	Admiral's
147	Allde/Ponsonby	Brandon	The Virtuous Octavia	TC	[Closet]
148	Creede	?	The Famous Victories of Henry the Fifth	H	Queen's
149	Creede	Greene	James the Fourth	C	'publikely plaide'
150	W. White/Burby	Shakespeare	Love's Labour's Lost	C	[Cham'lain's]
151	?/W. Jones	?	Mucedorus and Amadine	C	'plaide in ... London'
1599年					
153&154	Windet/Oxenbridge	T. Heywood et al.?	1 & 2 Edward the Fourth	H	Derby's
155	Simmes/Aspley	?	A Warning for Fair Women	C?	Cham'lain's
156	Creede	Greene	Alphonsus King of Aragon	R	[Queen's?]
157	Creede	?	Clyomon and Clamydes	R	Queen's
158	Stafford/Burby	Greene?	George a Green	C	Sussex's

グレッグ	印刷者/出版者	作者	作品名	タイプ	劇団
159	Simmes	Chapman	An Humorous Day's Mirth	C	Admiral's
160	Islip	Peele	The Love of King David and Fair Bethsabe	H	'plaied on the stage'
161	Allde/Hunt & Ferbrand	Porter	The Two Angry Women of Abingdon	C	Admiral's
1600年					
162	Stafford/Aspley	Dekker	Old Fortunatus	C	Admiral's
163	Bradock?/Holme	Jonson	Every Man out of his Humour	C	[Cham'lain's]
164	Creede/Olive	?	The Maid's Metamorphosis	C	Paul's
165	Creede/Millington & Busby	Shakespeare	Henry the Fifth	H	Cham'lain's
166	Simmes/Pavier	Drayton et al.	1 Sir John Oldcastle	H	Admiral's
167	Simmes/Wise & Aspley	Shakespeare	2 Henry the Fourth	H	Cham'lain's
168	Simmes/Wise & Aspley	Shakespeare	Much Ado about Nothing	C	Cham'lain's
169	Creede/Olive	?	The Wisdom of Doctor Dodypoll	C	Paul's
170	Bradock/Fisher	Shakespeare	A Midsummer Night's Dream	C	Cham'lain's
171	Creede/Olive	?	The Weakest Goeth to the Wall	H	Cham'lain's
172	Roberts/Heyes	Shakespeare	The Merchant of Venice	C	Cham'lain's
173	Stafford/Burr	Nashe	Summer's Last Will and Testament	C	[Whitgift's household]
174	Allde/Ferbrand	?	Look about You	C	Admiral's
175	Simmes	Dekker	The Shoemakers' Holiday	C	Admiral's

新版・重版の1591-95年分

グレッグ	初版年	印刷者/出版者	作者	作品名	タイプ	劇団
1591年						
82c	'84	Orwin/Broome	Lyly	Sappho and Phao	C	Paul's
84d	'84	Orwin/Broome	Lyly	Campaspe	C	Paul's
1592年						
85b	'84	Danter	Wilson	The Three Ladies of London	M	'Publiquely plaied'

1593年						
95b	'90	R. Jones	Marlowe	1 Tamberlaine	R	Admiral's
1594年						
110b	'92?	Jeffe/E. White	Kyd	The Spanish Tragedy	T	
1595年						
56c	'70?	Allde	Preston	Cambises	T	[Court]
108b	'92	Short/Ponsonby	M. Herbert	Antonius	T	
116A_{II}	'94	?/Ling	Kyd	Cornelia	T	
132b	'94	Roberts/Waterson	Daniel	Cleopatra	T	

新版・重版の 1596-1600 年分

グレッグ	初版年	印刷者/出版者	作者	作品名	タイプ	劇団
1596年						
120b	'94	Short/Burby	?	The Taming of a Shrew	C	Pembroke's
1597年						
94, 95c	'90	R. Jones	Kyd	1 & 2 Tamburlaine	R	Admiral's
1598年						
118b	'94	Creede/Barley	Lodge & Greene	A Looking Glass for London and England	M	
125b	'94	Creede/Burby	Lyly	Mother Bombie	C	Paul's
129b	'94	Bradock/W. Jones	Marlowe	Edward the Second	H	Pembroke's
132c	'94	Short/Waterson	Daniel	Cleopatra	T	
141b	'97	Simmes/Wise	Shakespeare	Richard the Second	H	Cham'lain's
141c	'97	Simmes/Wise	Shakespeare	Richard the Second	H	Cham'lain's
142b	'97	Creede/Wise	Shakespeare	Richard the Third	H	Cham'lain's
145b	'98?	Short/Wise	Shakespeare	1 Henry the Fourth	H	
1599年						
107b	'92	Roberts/E. White	?	Arden of Faversham	T	
109b_I	'92?	Allde/E. White	?	Soliman and Perseda	T	
110c	'92?	W. White	Kyd	The Spanish Tragedy	T	
112b	'93	W. White	Peele	Edward the First	H	
123b	'94	Stafford/Burby	Greene	Orlando Furioso	C	Queen's
132d	'94	Short/Waterson	Daniel	Cleopatra	T	
140b	'96	Stafford/Burby	?	Edward the Third	H	
143b	'97	Creede/Burby	Shakespeare	Romeo and Juliet	T	Cham'lain's

145c	'98?	Short/Wise	Shakespeare	1 Henry the Fourth	H	
161b	'99	Allde/Ferbrand	Porter	The Two Angry Women of Abingdon	C	Admiral's

1600年

117b	'94	Roberts/E. White	Shakespeare	Titus Andronicus	T	Pembroke's, Derby's, Sussex's, & Cham'lain's
119b	'94	Simmes/Millington	Shakespeare	2 Henry the Sixth	H	
138b	'95	W. White/Millington	Shakespeare	3 Henry the Sixth	H	Pembroke's
153& 154b	'99	Kingston/Lowns & Oxenbridge	T. Heywood	1 & 2 Edward the Fourth	H	Derby's
163b	1600	Short/Holme	Jonson	Every Man out of his Humour	C	
167a$_{II}$	1600	Simmes/Wise & Aspley	Shakespeare	2 Henry the Fourth	H	Cham'lain's

付録6　戯曲本の書式の変遷

付録6の目的は16世紀にイギリスで出版された戯曲本の書式が確立する歴史的過程を明らかにすることである。小さ過ぎて判読しづらいが、最小限度の図版を用い、簡潔に述べてみたい[1]。

---

1) 基本的資料は以下の通りである。
   1. マロウン協会復刻版（Malone Society Reprints）:
      a) 1962年度以降のもの全部。
      b) それ以前のものは、手書き本は全部、活字本は若干。
   2. Shakespeare, William:
      a) 'Shakespeare Quarto Facsimiles'. Nos. 1-16. Ed. W. W. Greg, and Charlton Hinman. Oxford: Clarendon Press, 1939-75.
      b) *Shakespeare's Plays in Quarto*. A Facsimile Edition of Copies Primarily from the Henry E. Huntington Library. Ed. Michael J. B. Allen and Kenneth Muir. Berkeley and Los Angeles, CA: University of California Press, no date (1981).
   3. University Microfilms International (UMI): Early English Books 1475-1640:
      a) STC記載のセネカもの：STC 22222, 22223, 22224, 22225, 22226, 22227, 22229（=それぞれ Greg 42, 34, 44, 36, 29, 28, 45）。
      b) STC記載のテレンティウスもの：STC 23899, 23901, 23904, 23907, 23908。
      c) STC記載のその他の戯曲：STC 1279, 1305, 10604, 11635, 11638, 11643, 13692, 13921, 14039, 14109.5, 17029, 17425, 17778, 17779, 18419, 20722, 22607, 23894, 23895, 24286, 24508, 25783, 25982（=それぞれ Greg 23, 22, 4, 60-61, 60-61, 68, 32, 89, 3, 7, 39, 94-95, 1-2, 17-18, 63, 6, 11, 12, 91, 92, 46, 93, 5）。
   4. イタリア国書総目録中央研究所（ICCU）編纂 *EDIT16: Censimento nazionale delle edizioni italiane del XVI secolo*.（略式表記、CNCE）:
      a) *Free Will* (STC 18419 : Greg 63) 関係：CNCE 52155.
      b) *Jocasta* (STC 11635 : Greg 61) 関係：CNCE 17338, 17368, 17395.

この考察の出発点は、手書き原稿なしには初版本は生まれないし、初版本は基本的には印刷者が使った手書き原稿の引き写しである、というこの上なく素朴な作業仮説である。理想的には、手書き本とともにそれを元にして印刷された版本を初期のものから時系列的に調査できれば、この考察は比較的容易になったであろう。残念ながら、現実はその理想からは程遠いものであった。調査はすべて複製本に頼らざるを得なかった[2]。しかも、手書き本については、1600年以前のものについては、プロンプター用のいわゆる「プロット」（Plot）を含めても、わずか数篇しか調査できなかった[3]。

　イギリスで活版印刷が始まったのは、ウィリアム・キャックストン（William

---

　　c) *Promus and Cassandra*（STC 25347：Greg 73-74）関係：CNCE 21271, 22430, 26476, 49250.
　　d) *Supposes*（STC 11635：Greg 60）関係：CNCE 2539, 2543, 2669, 2729.
　この研究の一貫した方針として、仮面劇、パジェント、エンターテイメント、ティルト、ジッグ（masques, pageants, entertainments, tilts, jigs）の類は考察の対象からはずした。
　本文に当たって調べることができたのは、活字本で79作品、そのうちシェイクスピアの『タイタス・アンドロニカス』（1594年刊）までのものは49作品、すなわち、Greg 1-2, 3, 4, 5, 6, 7, 8-9, 10, 11, 12, 13, 14, 15, 16, 17-18, 21, 22, 23, 28, 29, 32, 34, 36, 39, 41, 42, 44, 45, 46, 48, 50, 60, 61, 63, 68, 69, 82, 89, 91, 92, 93, 94-95, 105, 115, 117 である。調べることのできなかったものについては、Greg（1939-59）の記述に依存した。
　一方、手書き本は、*A Game at Chess*（?1624年）の重複本を含めて、*Arcadia Restored*（1643年）までのもの61点を調査した。本文に当たって調べることができたのは40点である。残る21点については、可能な限り、Greg（1931）の記述に依存した。
2) イギリスの版本のマイクロフィルム資料については、明星大学教授住本規子氏に全面的にお世話になった。イタリアの版本のマイクロフィルム資料については、拓殖大学教授冨田爽氏に全面的にお世話になった。感謝したい。
3) すなわち、John Heywood, *Witty and Witless*（異論は多いが、手書き本の推定年代は1530-47）, G. Gascoigne, *Jocasta*（?1566）, Anonymous, *The Marriage between Wit and Wisdom*（1579）, George Peele, *The Battle of Alcazer*（1589）, Robert Greene, *John of Bordeaux*（1590）, Robert Greene, *Orlando Furioso*（1591）, Anthony Munday et al., *Sir Thomas More*（1594年以前）である。本文に当たって直接調査できないので、Greg（1931）を参考にしたものは、Anthony Munday, *John a Kent*（1590）, Anonymous, *Edmond Ironside*（1590-1600）, Anonymous, *Richard II, or Thomas of Woodstock*（1592-95）である。

Caxton, c.1422-91)がウェストミンスターで印刷を始めた1474年だとされている。戯曲が印刷されるようになったのはそれから40年ほど後の1510年代のことである。現存する最古の版本は4ページだけの断片で、ヘンリー・メドウォール（Henry Medwall、1486年頃活動）の『フルジェンスとルクリース』(*Fulgens and Lucrece*) である。キャックストンの印刷ではないが、1512-16年頃のこの断片によって戯曲の版本の最初の書式を知ることができる。それ以前の書式を知るためには10世紀末以来の、現存する戯曲の手書き本を見なければならない。筆者にはそれはできないので、それを精査したハワードヒル（Trevor H. Howard-Hill, 1934-2011）の研究成果に頼らざるを得ない[4]。

　手書き原稿であっても版本であっても、戯曲の1ページの書式の主な構成要素は幕場割りの表示、人物の登場・退場のト書き、情景や仕種などのト書き、台詞担当者の表示、台詞そのものなどであろう。これらの諸要素の配置や割り付けが書式を決定する。版本以前の、中世以来のイギリス戯曲の手書き本では、台詞が英語で書かれていても、通常、ト書きはラテン語で書かれているが、書式そのものはどの作品にも共通の特徴を認めることができる。ハワードヒルによれば[5]、次のような特徴である。(1)筋の展開する場所を表示することはあるが、作品の構成を示す幕場割りはない、(2)登場を指示するト書きはないが、右側欄外[6]や台詞

---

4) Howard-Hill (1990), 112-45.
5) 同論文、とくに114-29.
6) 「欄外」とはページの中央に位置する本文が占めるスペースを上下左右から取り囲む余白部分のことで、左右の「欄外」にはメモ程度のことが書かれたり印刷されたりした。手書き本の場合には、書く作業の初めに、用紙を重ね合わせ、本文が占める予定の中央部分のスペースの4隅を細い針で穴をあけ、1枚ごとにその4個の穴を頼りに角筆や鉛筆で線を引き、本文を書くためのスペースを確保した。線を引く代わりに、紙そのものを折り畳んで、その折り目を利用することも普通に行われた。そのスペースには均等な行間の目印として罫線を引くこともあった。そのような中央のスペースの外側が「欄外」である。版本の場合には、ページの中央に本文の組版を据え（この部分を版面と呼ぶ）、その外側、上下左右を、用紙の大きさいっぱいに、大小さまざまな埋めもので埋めて「欄外」を確保した。「欄外」にメモ程度のことを印刷するには、そのための活字と埋めものとを交換するだけであった。
　以下のページに例示したほとんどの図版において、この「欄外」は明確に認識することができる。259ページにある翻訳劇『ジョカスタ』のイタリア原典の図19では、「欄外」の幅が非常に広く見えるが、本当の「欄外」の幅は印刷されている台詞担当

の行間中央に台詞担当者を表示してそれに代える、(3)台詞担当者とその台詞との関係は線が引いてあるので分かる、(4)情景や仕種などの記述的なト書きはラテン語で右側欄外に書かれていることもあるが、通常、台詞の行間中央に書かれており、(5)台詞担当者の表示は、ラテン語の場合はラテン語特有の略記もあるが、英語の場合には頭文字式の略記はなく、完全表記である、(6)台詞そのものはページ中央に整然と集まっている。しかし、時代が下るにつれて、版本の書式の影響もあり、いくつかの作品では、ト書きがラテン語から英語へ移行していく姿を認めることができる、とハワードヒルは述べている[7]。

　一方、印刷された戯曲本も、最初から決まった書式があったわけではない。印刷者たちは手書き本の書式を見たままに版本に移そうと努力したのであろうが、『フルジェンスとルクリース』を始めとする初期の版本の書式は様々である。実際、版本の書式は、16世紀半ばを過ぎても、まだ確立していなかった。1580年代に確立するまでの書式は、細かな点では千差万別と言ってもよいが、大まかな枠組みでは、グループ分けすることができる。版本で見る限り、大別して、4種類の書式があったようである。第1の書式は、台詞担当者を左右いずれのページでも左側欄外に表示する（そしてト書きを、通常、行間のほぼ中央あるいは右寄りに置く）形式、第2の書式は、台詞担当者を見開きページの外側欄外に表示する（そしてト書きを、通常、行間ほぼ中央あるいは右寄りに置く）形式、第3の書式は、台詞担当者（および退場以外のト書き）を台詞第1行の前の行間ほぼ中央に置く形式、第4の書式は、台詞担当者を台詞の冒頭に台詞と一体化して表示する（そしてト書きを、通常、行間ほぼ中央あるいは右寄りに置く）形式である。

　第1の書式の例は図11に見ることができる。この図版は、ヘンリー・メドウォールの『自然』(*Nature*) の見開きページである。1496年頃に創作された作品

　　者の名前の長さとほぼ同じである。それに続く台詞の最初の単語は「欄外」に突出しているように見えるが、実は、「欄外」に囲まれた本文のスペース（版面）の左端に印刷されているのである。台詞の第2行以下は、整列させるために必要な文字数だけ埋めものを使って、本文のスペースの左端を埋めている。この埋めものと「欄外」の埋めものとが隣接し合って非常に広い余白ができた結果、台詞担当者と台詞の最初の単語が左側の幅の広い余白（＝左側の欄外と本文のスペースの左側の空白部分）に突出して見えるのである。

7) Howard-Hill (1990), 120-8.

図 11　第 1 の書式例：メドウォール作『自然』（折丁 C3 裏-C4 表）
　　　　［STC 17779：英国図書館の許可による、C.34.e.31.］

で、版本は 1530-34 年頃と考えられている。同じ書式の最古の例はそれよりも 20 年ほど古い、先に言及した、同じ作者の『フルジェンスとルクリース』であるが、現存するのは 4 ページのみである[8]。どちらも当時の大立者ジョン・ラステル (John Rastell, 1536 年歿) 父子の印刷所から出ている。この図版から分かるように、左欄外の台詞担当者の名前は、翻訳劇に普通に見られるような短縮形ではない[9]。また、翻訳劇にはついていない説明的なト書き（図版の左ページ 5 行目と 6 行目）が行間の中央に配置されている[10]。台詞にもト書きにも、冒頭に特殊記号が付いている。この特殊記号の使用は中世から受け継がれてきた初期の戯

---

8)　『フルジェンスとルクリース』の断片は傷みがひどいので例示には適当ではない。
9)　名前を短縮しないのは中世以来のイギリス演劇に伝統的な方法である。
10)　説明的なト書きも中世以来のイギリス演劇に伝統的なものである。

図12　第2の書式例：作者不詳『人々の呼び出し』（折丁A4裏-A5表）
[STC 10604.5：英国図書館の許可による、Huth 32.]

曲本の一般的な特徴である。ラステル印刷所は、店仕舞する1536年までに、父ジョン自身の作品やジョン・ヘイウッドの作品など10篇余りの戯曲本をいずれもこの第1の書式で印刷・出版した。

　同じ時期に活躍したリチャード・ピンソン（Richard Pynson, ?1529年歿）は最も初期の戯曲本の印刷者で、第2の書式の創案者であった。1519年までには書かれていたとされる作者不詳の『人々の呼び出し』（*The Summoning of Every Man*）を印刷したピンソンは、見開きページに視覚的な安定感を与えるため、図12のように、左右の外側欄外に台詞担当者を表示した。台詞担当者の名前が短縮形でないこと、台詞の初めに特殊記号を使うこと、ト書き（図版右ページ17行目）を行間の中央に配置することなどは、第1の書式と同じである。

　ウィンキン・デ・ウォルデ（Wynkyn de Worde, 1535年歿）もまたほぼ同じ頃の作品、作者不詳の『冷笑家ヒック』（*Hycke Scorner*）をこの第2の書式で印刷した。彼は、その後、さらに2篇の戯曲をこの書式で印刷した[11]。

---

11) 表裏2ページのみの断片『自制』（*Temperance*）と8ページのみの断片『青春』

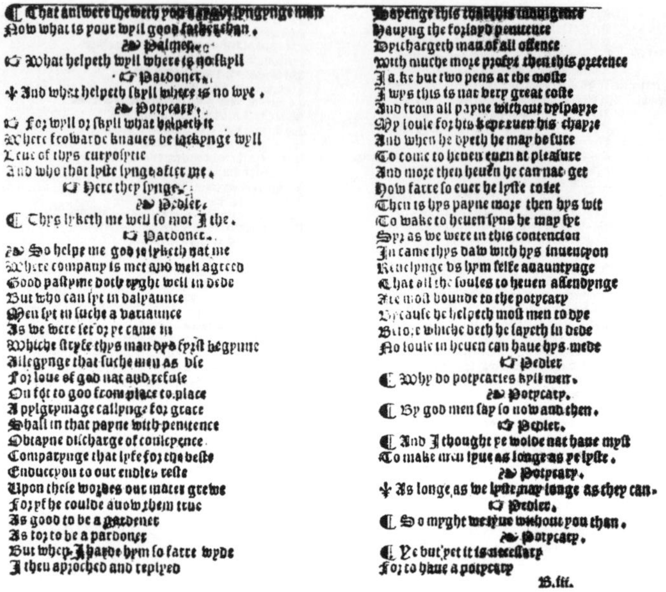

That answere shewet[illegible]
Now what is your wyll good father than.
Palmer.
What helpeth wyll where is no skyll
Pardoner.
And what helpeth skyll where is no wyt.
Potycary.
For wyll or skyll what helpeth it
Where frowarde knaues be lackynge wyll
Leue of thys curyosytie
And who that lyste synge after me.
Here they synge.
Pedler.
Thys lyketh me well so mot I the.
Pardoner.
So helpe me god it lyketh nat me
Where company is met and well agreed
Good pastyme doth ryght well in dede
But who can syt in dalyaunce
Men syt in suche a variaunce
As we were set or ye came in
Whiche stryfe thys man dyd fyrst begynne
Allegynge that suche men as vse
For loue of god nat and refuse
On fot to goo from place to place
A pylgrymage callynge for grace
Shall in that payne with penitence
Obtayne discharge of conscyence
Comparynge that lyfe for the beste
Enducyon to our endles reste
Upon these wordes our mater grewe
For yf he coulde auow them true
As good to be a gardener
As for to be a pardoner
But when I harde hym so farre wyde
I then aproched and replyed
[illegible] this that this indulgence
Hauyng the forsayd penitence
Dyschargeth man of all offence
With muche more profyt then this pretence
I aske but two pens at the moste
I wys this is nat very great coste
And from all payne without dyspayre
My soule for his kepe euen his chayre
And when he dyeth he may be sure
To come to heuen euen at pleasure
And more then heuen he can nat get
How farre so euer he lyste to iet
Then is hys payne more then hys wit
To wake to heuen syns he may syt
Syr as we were in this contencion
In came thys daw with hys inuencyon
Reuelynge vs hym selfe auauntynge
That all the soules to heuen assendynge
Are most bounde to the potycary
Bycause he helpeth most men to dye
Before whiche deth he sayeth in dede
No soule in heuen can haue hys mede
Pedler
Why do potycaries kyll men.
Potycary.
By god men say so now and then.
Pedler.
And I thought ye wolde nat haue myst
To make men lyue as longe as ye lyste.
Potycary.
As longe as we lyste may longe as they can.
Pedler.
So myght we lyue without you than.
Potycary.
Ye but yet it is necessary
For to haue a potycary
B.iii.

図 13　第 3 の書式例：J. ヘイウッド作『四つの P』（折丁 B2 裏–B3 表）
［STC 13300：英国図書館の許可による、C.34.c.43.］

しかし、ウォルデは、1522 年、作者不詳の『俗世と子供』（*The World and the Child*）を印刷した時には、台詞担当者や登場のト書きなどを行間のほぼ中央に配置する第 3 の書式を考案した。第 1 の書式を一貫して使ったジョン・ラステルも 1526–30 年頃に出版した自身の作品『四元素』（*The Four Elements*, 1517 年頃の創作）の最初の数ページにおいてのみ、この書式を例外的に使っている。書式が確立していなかった証拠であろう。ウォルデの創案になるこの第 3 の書式を踏襲する印刷者は直ちには現れなかった。1544 年頃になってようやく[12]、ウィ

（*Youth*）である。第 2 の書式の創案者はピンソンではなくてウォルデであったかも知れない。戯曲本の創作年代も印刷年代もともに接近した推定年代であるから、断定することは難しい。

12）*The Pardoner and the Friar 1533　The Four Ps ?1544*（MSR 1984）所収 *The Four Ps, 1544*, iii.

リアム・ミドゥルトンが、この書式で、ジョン・ヘイウッドの『四つの P』(*The Four Ps*) を印刷したのであった。図 13 に見ることができる。第 1、第 2 の書式の例と同様、ト書き（図版左ページの 12 行目）が行間の中央にあり、いろいろの特殊記号が目印として使われているのは印刷者の工夫であろう。時として、印刷者の工夫は先行版との違いの中に積極的に表現されることがある。例えば、同じ頃、ミドゥルトンはヘイウッドの別の作品『天気の劇』(*The Play of the Weather*, 1533 年刊) の再版 (?1544 年刊) を印刷したが、初版でラステルが使った第 1 の書式をこの第 3 の書式に変更した。原稿代わりに初版を使い、初版の本文をページ単位で再現しようとしているにもかかわらず、の変更である。気持ちが落ち着くのは第 3 の書式だったのであろう[13]。

ヘイウッドには、職人が書き写した手書き本がある。『賢と愚』(*Witty and Witless*) である。『四元素』の出版よりもやや遅い、1530-47 年頃に筆写されたものと考えられている[14]。1520-33 年頃の作品で刊本はない。この手書き本は、上演目的で使われた形跡も、印刷所が使用した形跡もない。図 14 がそれである。

ごく初期の手書き本について調査できたのはこの 1 例のみで、しかも版本のない作品であるから、書式について手書き本と戯曲本との関連を論じるのは危険かも知れないが、やむを得ない。手書き本では、しばしば、ひと塊りの語群を明示するために、ページを横切る線が多用された。ここでは、それが台詞担当者の担当開始の合図のためにも使われている。中世以来の伝統的な書き方である。台詞担当者の位置は、基本的には、左の欄外、右の欄外、行間中央、あるいは、台詞の冒頭の 4 か所であろう[15]。通常、印刷者は、先行する書式の見本がない場合、

---

13) 版本の場合、版を改める際に書式を変更した例は、1600 年までに、少なくとも 10 例ある (Greg 3(c), 15(b), 16(b), 21(c), 36(b), 39(b), 39(c), 42(b), 44(b) と 123(b))。書式にはその時々の流行のようなものがあるが、新版・重版の際にそのような流行に逆らっていると思われるのは 3 例のみである（ジョン・オールディと息子エドワード (Edward Allde, 1584-1628) が印刷したそれぞれ Greg 21(c) と 39(c) および 50(c))。流行を強く反映していると思われるものには、例えば、1581 年のセネカの英訳作品集中の Greg 28(d), 36(b), 42(b) と 44(b) および 1599 年のアリオストの英訳作品、Greg 123(b) などである。
14) *Two Moral Interludes* (MSR 1991) 所収 *Witty and Witless by John Heywood*, 9-12.
15) 時折、紙面を節約するために、あるいは、詩の 1 行を 2 人の登場人物で分担する場

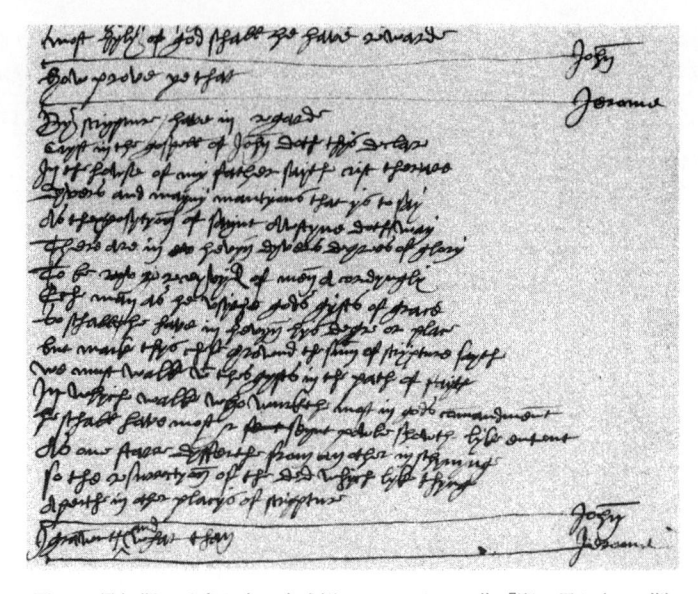

図14 最初期の手書き本の書式例：J. ヘイウッド作『賢と愚』（117 葉）
［英国図書館の許可による、MS Harley 367 ; MSR, ll. 655-677.］

　眼前の原稿の姿をそのままに写し取ろうとするから、この手書き本を前にした印刷者は、最も素朴な反応の現れとして、伝統に従って完全表記された台詞担当者を、多分、ページの右欄外に配置しようと考えたであろう。実際、見開きページでは、見た目の安定感のために、右ページの右欄外を使う第2の書式を考えついたが、単独のページでは、左欄外を使う第1の書式しかない。ページの右欄外に台詞担当者が書かれているこの手書き本から、台詞担当者を行間の中央に据える第3の書式や台詞の冒頭に据える第4の書式を思いつくことは、かなり困難なことであったに違いない。たとえ手書き本の左欄外に台詞担当者が書かれていたとしても、おそらく事情は同じであったであろう。実際、第4の書式はいうまでもなく、第3の書式でさえも、ウォルデが1522年に『俗世と子供』で創

　　　合、2人目の台詞担当者をその1行の中に埋め込んだりすることもあるが、これは、他の細々した書式の違いと同じように、特に問題にしなくても差支えないであろう。

案して以来20年余りの間、使われることがなかった。前述したように、ミドゥルトンが1544年頃にヘイウッドの『四つのP』を刊行してやっと復活したほどである。その後も、この第3の書式がロンドンの印刷者によって使われることは、比較的稀であった[16]。代わって、1560年代における一連の翻訳ものの出版とともに第4の書式が新しい書式として現れたのである。

　文法学校の教材として15世紀以来使われてきたのはテレンティウスの喜劇であった。版を重ねた教材としての英訳本は[17]、抜粋英訳本で、逐語訳的にラテン語・英語、ラテン語・英語と短く区切りながら読み進んでいる。いかにも教育的ではあるが、戯曲本の体をなしていない。戯曲本としては、1520年頃に出版された印刷者も訳者も不詳の『アンドゥリア』(Andria) が最初である[18]。見開きページでは、英語の部分を取り囲むように、下の欄外と通常は外側欄外の余白に相当するページの左端余白部分と右端余白部分にラテン語の原文が印刷されている。図15は見開きページの右ページの例であるが、原文から訳文を、また、訳文から原文を、参照することができるようにという、これもまた、翻訳者と出版者の教育的配慮であろう。どのページも、英語の部分では、頭文字の1文字か2文字の短縮形で表記された台詞担当者が、台詞の左側余白に（また、かなり頻繁に、台詞の中に埋め込まれた形で）表示されている。台詞担当者の名前を、ラテン語の原文と同じように、短縮形で表示するのは翻訳戯曲の大きな特徴である。この時期には、第1、第2、第3の書式すべてが、台詞の冒頭を示すために特殊記号を使用したが、同じ特殊記号が『アンドゥリア』にも使われている。しかし

---

16) 3年ほど後に、ヴェーゼルのディリック・ファン・デル・シュトラッテン (Dirik van der Straten, 1546-49年間にロンドン市場へ書籍を出荷) がジョン・ベイルの反カトリック劇3篇をこの第3の書式で印刷し、ロンドンに送り込んだ。続いて、1550年頃、ロンドンの書店ジョン・ウォリー (John Walley, 1586年歿) が、同じ書式で、作者不詳のインタリュード『伝道者ジョアン』(Johan the Evangelist) を1550年頃に出した。

17) 例えば、ニコラス・ユードル (Nicholas Udall, 1504-56) が編集した『テレンティウスのラテン詩歌選集』(Floure for Latine spekynge selected and gathered oute of Terence. STC 23899以下) は、1533年の初版以来、表題を変えながら、改訂・重版を繰り返し、1581年までに8版を出した。

18) 教育的配慮をわざわざ表題にうたった新訳は1588年にトマス・イースト (Thomas East, 1608年歿) が出版した。

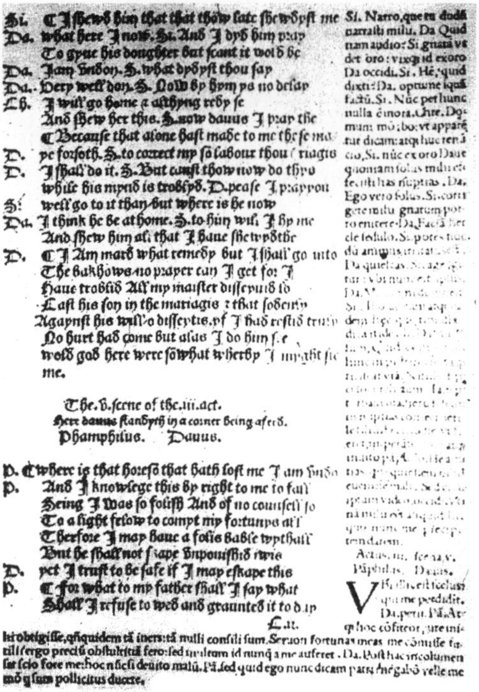

図15　最初期の翻訳劇の書式例：テレンティウス作
　　　（訳者不詳）『アンドゥリア』（折丁L2）
　　　[STC 23894：英国図書館の許可による、C.34.e.33.]

それは7行から成る詩の節の初めを示すためであって、台詞担当者が担当する台詞の冒頭を示すためではない。その点では、『アンドゥリア』の英語の部分の書式には第4の書式に通じるものがあるが、図15で分かるように、台詞の左に台詞担当者が突出して台詞との一体化が緩やかであるから[19]、基本的には、第1の書式である。また、ラテン語の原文にある幕場割りを、翻訳調ではあるが、イギリスの戯曲本に初めて導入し中央に配置している。そのすぐ下に、原文にない、説明的なト書きを付け加えたりもしている。説明的なト書きはイギリスの戯曲に伝統的な、主として上演用の記述ではあるが、読者への配慮でもあろう。さらにその下に、登場人物を一括して表示している[20]。登場人物の一括表示は翻訳劇に特徴的な書式でもある。このように、1520年頃に出版されたテレンティウスの『アンドゥリア』は、古典戯曲の書式の中に中世

---

19) 特殊記号の使用もなく、台詞担当者が左欄外に突出する例は、この時期には、これ以外には見当たらない。『アンドゥリア』の印刷者は分かっていないが、彼は大陸から渡来した古典戯曲の書式、つまり第4の書式の原型、を模倣しただけなのかも知れない。後述（258ページ以下）の『ジョカスタ』の記述を参照。

20) これらの特徴は、ほとんどすべて、この後、ロンドンの市場に現れた翻訳作品に共通の特徴である。

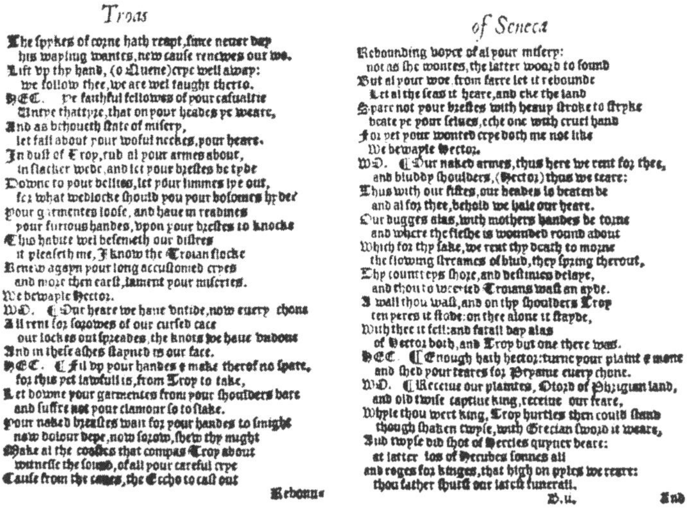

図16　第4の書式例：セネカ作（ジャスパー・ヘイウッド訳）『トロイの女たち』
　　　（折丁 B1 裏-B2 表）
［STC 22227a：英国図書館の許可による、238.l.27.］

以来の伝統的な英国戯曲の書式を取り入れている事実上最初の例であるという点で、注目すべきものであろう。基本的には、第1の書式であるが、第4の書式のためには40年ほど時期尚早であった[21]。

　一方、セネカの悲劇は16世紀が終わるまで文法学校とは無縁であったが[22]、オックスフォードの学生、ジャスパー・ヘイウッド（Jasper Heywood, 1535-98）が、知的読者を念頭に、3篇のセネカ悲劇を英訳した。原典がどの版であったかは分からない。最初の訳本は『トロイの女たち』（Troas）で、1559年にリチャード・トッテルが印刷・出版した。よく売れたらしく、同じ年のうちに再版が出た。トッテルは全く新しい書式を使った。欄外を使うことなく、台詞担当者を台詞の冒頭に配置したのである。図16で分かるように、台詞担当者と台詞が一体

21）以下に述べるセネカの英訳本についての記述を参照。
22）第3章の脚注90を参照。

となっている。短縮形で表示された台詞担当者、続いて全角1文字分のスペース、続いて台詞の初めを示す特殊記号、続いて台詞の本文、と切れ目なく続く。台詞担当者名も台詞も同じ書体の活字であるので、読みづらいが、これは台詞担当者名と台詞が一体となった、新しい第4の書式である。翌年、同じ書式で、別の印刷所から出たヘイウッドの2番目の英訳本『テュエステス』(*Thyestes*)では、台詞担当者名をイタリック体の活字にしているので読みやすくなっている。ヘイウッドの3番目の訳本『狂えるヘラクレス』(*Hercules Furens*)は、1561年にまた別の印刷者が出したが、左ページがラテン原文、右ページが訳文という類稀な対訳本であるが、基本的には、同じ書式である。1566年頃に、ヘイウッド訳ではないが、別の印刷所から出た『オクテウィア』(*Octavia*)[23]も同じ書式で読みやすい。セネカ悲劇の翻訳でも、先のテレンティウスの場合と同じように原典にならい、台詞担当者を短縮形で表示するのが原則のようである。細かな点で書式上の違いはあるけれども、どの翻訳本においても、台詞担当者と台詞そのものが合体したところに大きな意味がある。それは現在の読者が見慣れている書式に向かう転回点だからである[24]。

　もちろん、この時期を限りに第1、第2、第3の書式が消滅したということではない。例えば、1560年代に出版されたこれ以外のセネカ悲劇、『オイディプス』(*Oedipus*)と『アガメムノン』(*Agamemnon*)はともにトマス・コルウェル(Thomas Colwell, 1560-75年頃活躍)が印刷し、台詞担当者を見開きページの外側欄外に配置する第2の書式である。イートン校でテレンティウスを教え、さらにその教え子たちのために英語劇を書いたニコラス・ユードルの喜劇『ラーフ・ロイスター・ドイスター』[25] (*Ralph Roister Doister*, 1566年頃出版)も第2の

---

23) これはセネカの作ではないとする説もある。
24) 考察対象の16世紀全期間を通じて、少数ではあるが、台詞担当者やト書きなどを欄外に表示する例があった。1560年代の例では、ジョン・ピッカリング(John Pickering, 1504-56)の『悪徳』(*The Interlude of Vice*, 1567年刊)を印刷したウィリアム・グリフィス(William Griffith, 1571年まで活動)がある。彼は、台詞担当者を行間の中央に配置する第3の書式を採用してはいるが、登場、退場その他のト書きをすべて見開きページの外側欄外に印刷した。一見したところ、16世紀初期の戯曲本の感じを受ける。
25) この日本語の表記については、第3章の脚注92を参照。

書式である。しかし、これらの古い書式の版本のすべてが、ただ古い書式というだけではなかった。新しい要素を付加するものもあった。1568年にジョン・オールディ（John Allde, 1555-84）が印刷したアルピアン・フルウェル（Ulpian Fulwell, ?1585年歿）の『似た意地同志』（Like Will to Like）の初版本は、見開きページの外側欄外に台詞担当者を配置する第2の書式で、活字も旧式のものを使っている。見るからに古臭い感じのする戯曲本ではあるが、ユニークなひとつの特徴が際立っている。対句形式の韻文で語られる台詞の右側には余白が生じがちであるので、それをト書きで埋め、そのト書きを、台詞と区別するために、逆コの字型の線で囲んでいるのである。これは、印刷者の工夫かも知れないし、原稿を見たままに写したのかも知れない。いずれにしても、この形式は、後々、17世紀の戯曲の手書き本ではごく普通に見られる形式である。

　このように書式上の新しい要素が現れる1560年代を過ぎた後でも、新旧いろいろな書式が使われ続けていた。個々の戯曲本の書式は、基本的には、印刷者を通した手書き本の反映であろうが、反対に、戯曲本の書式が戯曲本に親しんだ作者や筆耕に影響を与え、彼らの手になる手書き本の書式に反映されることも十分にあり得るであろう。例えば、フランシス・マーベリー（Francis Merbury, 1555-1611）の作とされる『才気と知恵の結婚』（The Marriage between Wit and Wisdom, 1579年作、または筆写）の手書き本がある。最新の学説によれば[26]、この手書き本は未発見の版本を2人の筆耕が書き写したものだという。手書き本の用紙が当時の一般的な用紙の半分ほどの大きさのものだから、詩で語られる1行が1行としておさまらず、適当な2行になってはいるが、大別して、三つの書式が使われている――すなわち、台詞担当者を左余白に配置する第1の書式、台詞担当者を行間中央に配置する第3の書式、それに、1559年から数年間に出版された数篇のセネカ悲劇の翻訳劇で初めて使われた、台詞担当者を台詞の冒頭に配置する第4の書式である。

　この手書き本の筆耕は、第1場が始まる2葉目の裏から5葉目の表までの6ページにおいて、台詞と台詞の間に長い線を引き、左の余白に台詞担当者を配置

---

26) *The Marriage between Wit and Wisdom* (MSR 1966 (1971)), prepared by Trevor N. S. Lennam, viii-ix.

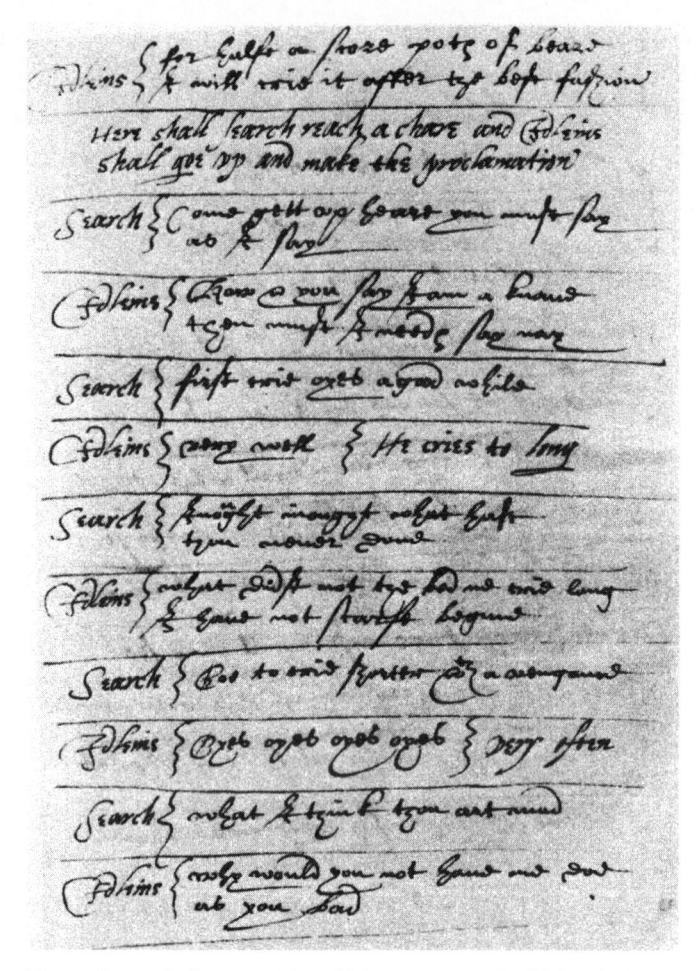

図17 第4の書式による手書き本(1)：マーベリー作『才気と知恵の結婚』(22葉)
［英国図書館の許可による、Additional MS. 26782 ; MSR, ll. 986-1004］

し、基本的には、伝統的な第1の書式を守っている。新しい趣向として、台詞担当者をコの字型の枠に入れたり、下線に鉤の手（」）をつけたりしているが、これは台詞担当者と台詞を合体させようとした筆耕の意図を反映する第4の書式と見做すこともできる。しかし、5葉目の裏からは、用紙の幅が狭いために台

詞担当者を短縮形で表記する方法もあったが、この筆耕はそのようなことをせず、その代りに、左に余白を作らず、台詞担当者を行間の中央に移し、第3の書式に変更した[27]。さらに、この筆耕は、後半すべてにおいて、すなわち、17葉目の表から終わりまでの34ページにおいては、図17で分かるように、ページを横切る線を多用し、その線の間に長いト書きを書いたり、台詞担当者に続けて台詞を書くなど、空白のできないように配慮した。欄外というものがない。台詞担当者の位置はイタリア体で書かれた2行の長いト書き（図17の3行と4行）の左端とほぼ同じである。台詞担当者に続いて括弧（｛）があり、その後に担当の台詞が続く。台詞担当者と台詞が合体しているのである[28]。さらに、この筆耕は短いト書き（図17では10行と16行）に工夫を施している。秘書体で書かれた台詞と区別するために、上の長いト書きと同じように、イタリア体を使い、さらに入念に、台詞とト書きの間に括弧（｛）を入れている。この括弧はページを横切る上下の線の一部と合体して、ト書きを逆コの字型の箱の中に入れているのである。この趣向は、上述した1568年出版のフルウェルの『似た意地同志』に見られる、線で囲まれたト書きの趣向と同じである。筆耕自身の趣向であるのか、筆耕が筆写した元の版本の印刷者の趣向であるのか、（版本が未発見であるので）どちらとも言えないが、ページを横切る線の多用がほとんどなくなった17世紀でも[29]、短いト書きを箱に入れるこの趣向は手書き本で愛用され続けたのである。1篇の戯曲の版本を元にしてその手書き本を用意した筆耕が、インタリュードと呼ばれる比較的短いこの作品にかかわっている間に、新旧3種類もの書式を使用し、最も新しい第4の書式で後半全部のページを書き通したということは、その動機が何であったにしても、1579年というこの時期が戯曲本の書式が第4の書式として確立する前後の時期であったと言えそうである。

---

27) この事実は、短縮形が明らかに翻訳劇の特徴であったと言える一つの証拠かも知れない。
28) 見方によっては、この括弧はページを横切る上下の線の一部と合体して、台詞担当者を、2葉目の裏から5葉目の表までの台詞担当者と同じように、コの字型の箱の中に入れている、と見做すこともできる。
29) ページを横切る線は次第に退化して、台詞担当者に続く台詞の最初の単語の上部にだけ使われるようになった。初期の例は、図18（1590年頃の作品）に見られる。

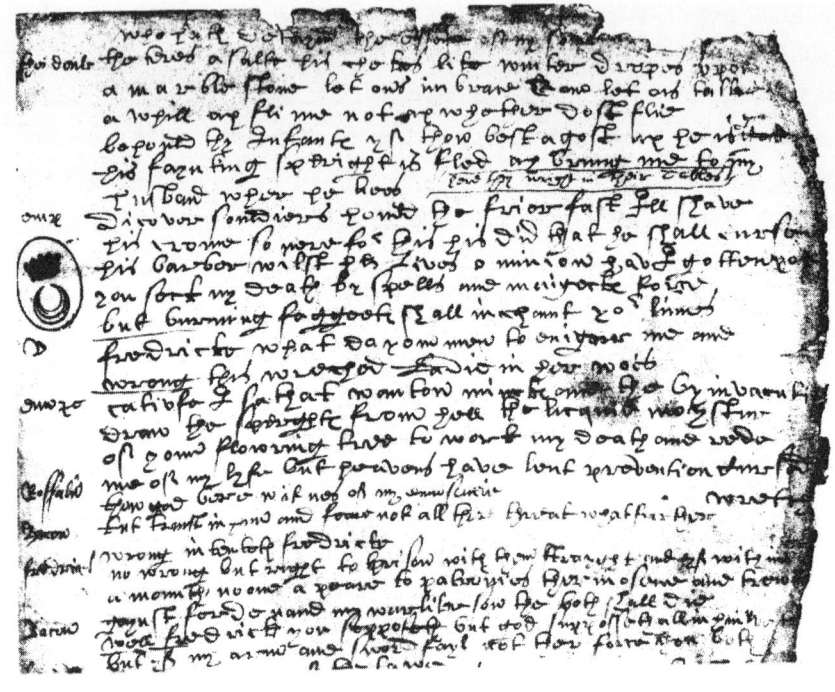

図18 第4の書式による手書き本(2)：グリーン作『ボルドーのジョン』(11葉上半分)
[ノーサンバランド公爵邸管理事務所の許可による、Alnwick Castle, DNP: MS 507, f11]

　戯曲本の書式の確立を裏づける手書き本が存在する。マーベリーの『才気と知恵の結婚』の10年以上も後の、『ボルドーのジョン』(*John of Bordeaux*, 1590年頃の作品)である。ロバート・グリーン (Robert Greene, 1558-92) の作品と考えられている。版本はない。手書き本は、マロウン協会の翻刻版によれば、1590-94年頃、上演目的で短縮された本文を、「無学」の筆耕が、おそらく口述筆記によって、書き取ったものである[30]。この手書き本には筆耕が仕上げた原稿に劇場関係者など四人の手が入っている。劇場関係者は戯曲本の書式に精通していたはずである。いかに出来の悪い筆耕であったとしても、口述筆記というからには、書式は筆耕の頭の中にあったに違いない。戯曲本文の出来栄えは、マロウ

---

30) *John of Bordeaux or The Second Part of Friar Bacon* (MSR 1935(1936)), vi-xiii.

ン協会の翻刻版の編者にとっては、かなり悪いようであるが、書式に関する限り、確立した書式としての体裁が一応は整っている。低い頻度（図 18 では 13 行目と 15 行目と 26 行目の 3 か所だけ）ではあるが、台詞担当者と台詞を一体化するために、台詞担当者に続く台詞の冒頭上部に前の台詞と区別するための短い横線が使用されている[31]。そのほか、行間の中央には登場のト書き、台詞の右側には退場のト書き、あるいは、線で囲まれたト書き（図版では 7 行目、ただしこれは劇場関係者の加筆）など 17 世紀の大部分の手書き本と変わるところがない。口述筆記としてはできすぎている感じさえもする。

　数少ない手書き本だけで戯曲本の第 4 の書式が確立し、一般化した時期を割り出すことは困難かも知れない[32]。しかし、一方では、1560 年代から『ボルドーのジョン』までの時期には、手書き本を元にしてでき上がった、多くの版本があるので、版本に見える書式の具体例から、この書式の確立過程をかなり的確に跡づけることができる。

　台詞担当者と台詞とを一体化した第 4 の書式を初めて使ったのは、上述の通り、4 篇のセネカ悲劇の英訳本——1559 年の『トロイの女たち』、1560 年の『テュエステス』、1561 年の『狂えるヘラクレス』および 1566 年の『オクテウィア』——であった。1560 年代にこの書式を使ったのは、他には、1565 年に出版されたトマス・ノートン（Thomas Norton, 1532-84）とトマス・サックヴィル（Thomas Sackville, 1536-1608）共作の悲劇『ゴーボダック』（*Gorboduc*）だけであった。いずれも別々の印刷所から出たという事実は記憶しておくべきことであろう。その後、1570 年代になると、第 1 の書式は言うまでもなく、それまでに一番よく使われていた第 2 の書式が急速に後退し、第 3 の書式と最新の第 4 の書式とが拮抗するようになったのである。第 3 の書式は 8 篇、第 4 の書式は 6 篇の作品で使われているが、後者の作品群には共通の際立った特徴を認めることができる。

---

31) Greg (1931), Commentary, 355 は、この種の横線はない、と言っているが、少数ながら、実際にはある。

32) Harbage (1989) によれば、1560 年代から『ボルドーのジョン』までに、調査対象となり得る手書き本は 16 篇存在する。そのうち、Greg (1931) を参考にした分を含めても、調査できたのはわずか 5 篇のみである。

第4の書式を使うこれら6篇のうち3篇はジョージ・ギャスコインの戯曲である。すなわち、『取り違い』(*Supposes*, 1573年刊)、『ジョカスタ』(*Jocasta*, 1573年刊) および『政治の鏡』(*The Glass of Government*, 1575年刊) である。『取り違い』と『ジョカスタ』はイタリア語の作品の翻訳である[33]。ギャスコイン以外の3篇——ヘンリー・チーク (Henry Cheke, 1586年歿) の『自由意志』(*Free Will*, ?1573年刊) およびジョージ・ウェストンズ (George Westones, ?1544-?1587) の2部作喜劇『プロモスとカッサンドラ』(*Promos and Cassandra*, 1578年刊)——もイタリア語の作品が原典となっている[34]。1559年に始まり、1560年代半ば過ぎまで、次々と出版されたセネカ悲劇の翻訳本の多くが、それぞれ独自に、第4の書式で現れたように、1570年代には、今度は、イタリア語の作品の翻訳本が、それぞれ独自に別々の印刷所から第4の書式で刊行され、第3の書式と張り合ったのである。

　これらの英訳本の書式には、イタリア原典からの強い影響の跡を認めることができる。ギャスコインがイタリア原典のどの年の版を利用したのかは分からないが[35]、原典では、刊行年とは関係なく、どの作品も、調査した限りでは、1560年代のセネカ悲劇の英訳本と同じように、場の最初に、登場人物名を行の中央に一括して印刷し、その他のト書きがない[36]。ページの左欄外に印刷された台詞担当者名はすべて頭文字程度に縮められてはいるが、第1の書式のように、その

---

33) 題扉の文言通り、『取り違い』はイタリア語で書かれたアリオスト (Ludovico Ariosto, 1474-1533) の喜劇の英訳である。『ジョカスタ』は題扉にギリシャ語で書かれたエウリピデスの悲劇の英訳とあるが、実際には、エウリピデスの悲劇『フェニキアの女たち』(*Phoenissae*) のラテン語訳を下敷きにしたドルチェ (Lodovico Dolce, ?1508-68) のイタリア語訳からの重訳である。

34) 『自由意志』は題扉に F. N. B. のイタリア悲劇の英訳とある通り、これはフランチェスコ・ネグリ (Francesco Negri of Bassano, 1500-63) の悲劇の翻訳である。『プロモスとカッサンドラ』は題扉に翻訳劇であることをうたっていないが、実際は、チンチオ (Giovanni Battista Giraldi Cinthio, 1504-73) の『百物語』(*Hecatommithi*, 1565年出版) 第8篇第5話の翻案である。

35) 『ジョカスタ』のイタリア原典は図19に例示したロドヴィーコ・ドルチェ訳、1549年のヴェネツィア版と言われている。Austen (2008), 53 の脚注132を参照。

36) 1560年代に次々と翻訳されたセネカの原典と同じように、イタリア原典が舞台のためのものではなく、書斎のためのものであったからであろう。台詞担当者の短縮形にもかかわらず、実に読みやすい書式である。

```
                ATTO                                    PRIMO.
      Et diuerria de la sua madre sposo.         Io n'hebbi(oime infelice)doi figliuoli,
Ser: Ben fu crudo pianeta & fera stella,         Et altre tante figlie. Ma di poi,
      Che destinò questo peccato horrendo.       Che si scoprir le scelerate nozze;
Gio: Dunque cercò pien di spauento Edippo       Alhor pien d'ira, e addolorato Edippo
      Di schifar quel, che disponea la sorte:    Con le sue proprie man si trasse gli occhi
      Ma, mentre che fuggir cercaua il male,     In se crudel, per non ueder piu luce.
      Condotto da l'iniqua sua uentura,    Ser: Com'esser può, c'hauendo conosciuto
      Venne in quel, che fuggina, ad incontrarsi,     Si gran peccato, egli restasse in uita?
      Era in Phocide Laio, & terminaua     Gio: Non pecca l'huom, che non sapendo incorre
      Di discordia ciuili nuoue contese               In alcun mal, da cui fuggir non puote:
      Nate tra quella gente. onde il mio figlio       Et egli à maggior suo danno & cordoglio,
      Prestando aita à la contraria parte,            Et à pena maggior la uita serba:
      Vccise incauto l'infelice padre.                Ch'a miseri la uita apporta noia,
      Cosi i celesti nuntij, & parimente              Et morte è fin de le miserie humane.
      Le prophetiche uoci hebbero effetto.   Ser: Misera ben sours ogni Donna sete;
      Sol rimaneua ad adempir la sorte                Tante sono le cagion d'i uostri mali.
      De la misera madre. oime ch'io sento    Gio: Ecco, perche del mal concetto seme
      Tutto dentro del cor gelarsi il sangue.        Non si sentisse il miser cieco allegro;
      Edippo, fatto l'homicidio strano,              I due figliuol da crudeltà sostinti
      Spinto dal suo destin sen uenne in Thebe:      A perpetua prigion dannaro il padre:
      Doue con molta gloria in un momento            La'ue in oscure tenebre sepolto,
      Fu incoronato Re dal popol tutto               Viue dolente & disperata uita,
      Per la uittoria. che del Mostro ottenne,       Sempre maledicendo ambi i figliuoli,
      Che distrugger solea questo paese.             Et pregando le Furie empie d'inferno,
      Cosi'o(chi udi gia mai piu horribil cosa?)     Che spirin tal uelen ne i petti loro,
      Del mio proprio figliuol diuenni moglie.       Che questo & quel contra se stesso s'armi;
Ser: Non sò, perche non s'ascondesse il Sole        Et s'aprano le uene, & de lor sangue
      Per non ueder sì abominoso effetto.            Tingano insieme le fraterne mani,
Gio: Cosi di quel, che del mio uentre nacque.       Tanto che l'un & l'altro morto cada.
```

図19　翻訳劇の原典の書式：エウリピデス作（ドルチェ訳）『ジョカスタ』（1549年刊、折丁A6裏-A7表）
［トリノ大学国立図書館の好意による］

後に広すぎるスペースもないし、台詞の始まりを示す特殊記号もなく、直接、そのまま、台詞に続いている。台詞と一体となっている。つまり、第1の書式のように、台詞担当者が、単独に、左欄外に突出しているという感じはしない。一例として、ギャスコインの原典といわれるヴェネツィア版『ジョカスタ』（1549年刊）を挙げることができる[37]。図19から分かるように、刊行年は古いが、よく整った組版のおかげで、第4の書式の本質を理解するための助けとなるはずである[38]。これはおそらく読者の便宜に思いを馳せることのできる優れた印刷者

---

37) 脚注35を参照。
38) 脚注6を参照。

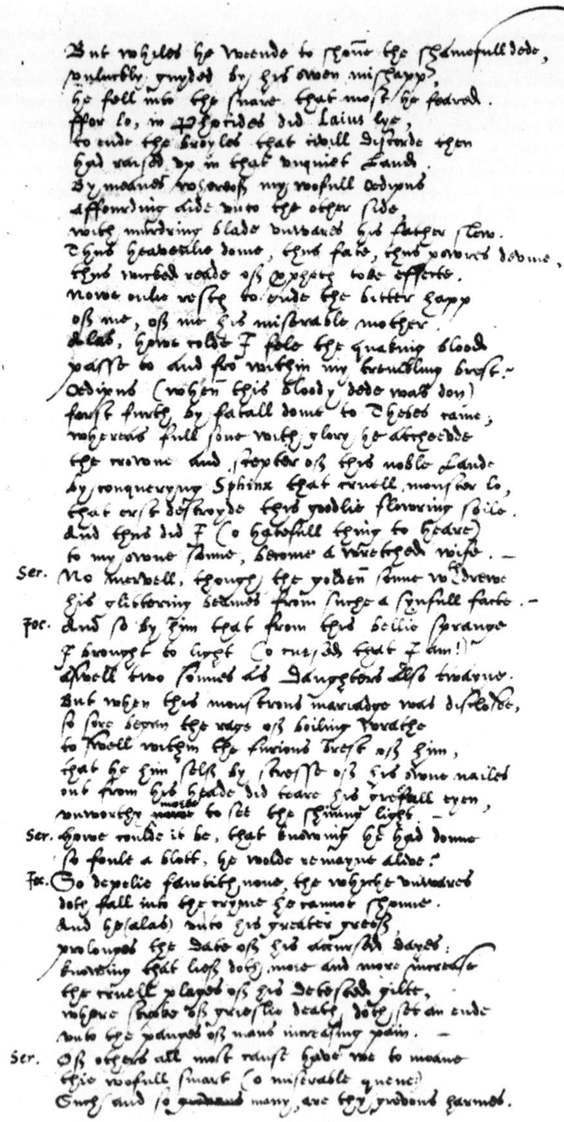

But whiles he wende to shunne the shamefull dede,
unluckely guyded by his owen mishapp,
he fell into the snare that most he fearde.
ffor lo, in Phocides did Laius lye,
to ende the broyles that still discorde then
had raised up in that unquiet lande.
By meanes whereof my wofull Oedipus
affounding ride unto the other side
with murdring blade unwares his father slew.
Thus heavenlie dome, thus fate, thus powers devine,
thus wicked rede of Prophets toke effecte.
Nowe onlie reste to ende the bitter happ
of me, of me his miserable mother.
Alas, howe colde I fele the quaking bloode
passe to and fro within my trembling brest.
Oedipus (when this bloody dede was don)
fearst forth, by fatall dome to Thebes came,
whereas full sone with glory he atcheivde
the crowne and scepter of this noble lande
by conquering Sphinx that cruell monster lo,
that erst destroyde this goodlie flowring soile.
And thus did I (o hatefull thing to heare)
to my owne sonne, become a wretched wife.
Ser. No mervell, though the golden sonne withdrewe
his glistering beames from suche a synfull facte.
Ioc. And so by him that from this bellie sprange
I brought to light (o cursed that I am!)
ffoull twoo sonnes and daughters also twayne.
But when this monstrous mariadge was disclosde,
so sore began the wyse of boiling wrathe
to swell within the furious brest of him,
that he him self, by stroke of his owne nailes
out from his heade did teare his wofull eyen,
unworthy more to see the shining light.
Ser. Howe coulde it be, that knowing he had done
so foule a blott, he wolde remayne alive?
Ioc. So depelie fawltes nowe, the wyghte unwares
doth fall into the cryme he cannot shunne.
And he (alas) unto his greater greef
prolonges the date of his accursed dayes:
knowing that lief doth more and more increase
the cruell plages of his detested gilte,
where stroke of spedie death doth sett an ende
unto the panges of mans increasing payne.
Ser. Of others all most cause have we to moane
this wofull smart (o miserable quene!)
Such and so many are thy grevous harmes.

図 20　翻訳劇の手書き本（第 4 の書式）：ギャスコイン作『ジョカスタ』（1570 年頃、3 葉裏）
［英国図書館の許可による、Additional MS. 34063.］

の考案になる組版の典型的な例であるが、これに代表されるイタリア戯曲の版本はいずれも、1570年代のイギリス戯曲の版本の書式を先導しただけでなく、1580年代以降のイギリスの手書き本や版本の書式を先取りしたものだ、と言うことができよう。

『ジョカスタ』には当時の手書き本がある。図20で分かるように、丁寧な秘書体で書かれている。筆耕の清書である。年代ははっきりしないが、その出所から、1566年後間もない頃のものと推測される[39]。献呈用と思われるほど美しい出来栄えである。実際に献呈された手書き本であるとすれば[40]、別の手書き本の写しか、1573年頃の初版本の写しか、のどちらかであろう。いずれにしても、1570年頃のものである。この手書き本のあちらこちらを初版本と校合した限りでは、両者の本文は非常によく一致している。短縮形による名前の表示は翻訳戯曲の大きな特徴であるが、台詞担当者の名前を左欄外に書いているので、この手書き本の書式は、一見したところ、初期の版本にある第1の書式に似ている。しかし、イタリア原典にないト書きの類が中央右寄りに書かれたり、右の欄外に書かれたりしているので、第1の書式とは全く異なっている。また、台詞担当者が担当するひと塊りの台詞の終わりには、図20の次の1葉までは[41]、必ず終止符とダッシュ（―）が書かれている。これは上述した、1590年頃のグリーンの作品『ボルドーのジョン』の手書き本に時々見られる台詞の冒頭上部に書かれた短い横線と同じ機能を備えている。台詞担当者とひと塊りの台詞を一体化するための工夫である。手書き本を読む人への配慮である。横線を避けたのは、ページの外観を版本と同じように整然としたものにするためであったのかも知れない。従って、この手書き本は、台詞担当者と台詞を一体化するためのこの工夫によって、イタリア原典の書式を引き写しているだけでなく、本質的には、マーベリー

---

39) Austen (2008), 52参照。オーステンは、根拠を明示していないが、この手書き本には1568年の日付がある、といっている。しかし、年代を示す文言は表題の終わりにある 'to 1566.' のみである。これは版本の 'and there by them presented. | 1566.' に当たる。手書き本の年代ではない。もちろん、版本の年代でもない。

40) この手書き本には献呈本のすべての特徴がある、とハンター［Hunter (1951), 178-9］は言っている。格言などを示すために版本と同じような引用符号（"）が欄外に使われている、とも言っている。

41) それ以後は、この記号はほとんど付いていない。

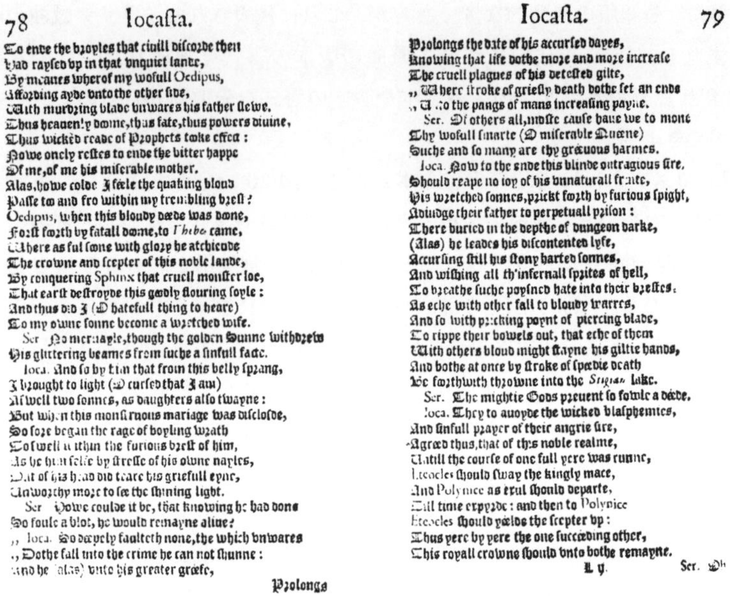

78 Iocaſta.

To ende the broyles that ciuill diſcorde then
Had rayſed vp in that vnquiet lande,
By meanes wherof my woful Oedipus,
Affording ayde vnto the other ſide,
With murdring blade vnwares his father ſlewe.
Thus heauenly doome, thus fate, thus powers diuine,
Thus wicked reade of Prophets toke effect:
Nowe onely reſtes to ende the bitter happe
Of me, of me his miſerable mother.
Alas, howe colde I féele the quaking bloud
Paſſe too and fro within my trembling breſt?
Oedipus, when this bloudy déede was done,
Forſt forth by fatall doome, to Thebe came,
Where as ful ſone with glory he atchieude
The crowne and ſcepter of this noble lande,
By conquering Sphinx that cruell monſter loe,
That earſt deſtroyde this goodly flouring ſoyle:
And thus did I (O hatefull thing to heare)
To my owne ſonne become a wretched wife.
Ser. No merueyle, though the golden Sunne withdrewe
His glittering beames from ſuche a ſinfull facte.
Ioca. And ſo by him that from this belly ſprang,
I brought to light (O curſed that I am)
As well two ſonnes, as daughters alſo twayne:
But when this monſtruous mariage was diſcloſde,
So ſore began the rage of boyling wrath
To ſwell within the furious breſt of him,
As he himſelfe by ſtreſſe of his owne nayles,
Out of his head did teare his griefull eyne,
Vnworthy more to ſée the ſhining light.
Ser. Howe coulde it be, that knowing he had done
So foule a blot, he would remayne aliue?
,, Ioca. So déepely faulteth none, the which vnwares
,, Dothe fall into the crime he can not ſhunne:
And he (alas) vnto his greater gréefe,
Prolongs

Iocaſta. 79

Prolongs the date of his accurſed dayes,
Knowing that life dothe more and more increaſe
The cruell plagues of his deteſted gilte,
,, Where ſtroke of grieſly death dothe ſet an ende
,, Vnto the pangs of mans increaſing payne.
Ser. Of others all, moſte cauſe haue we to mone
Thy wofull ſmarte (O miſerable Quéene)
Suche and ſo many are thy gréuous harmes.
Ioca. Now to the ende this blinde outragious ſire,
Should reape no ioy of his vnnaturall frute,
His wretched ſonnes, prickt forth by furious ſpight,
Adiudge their father to perpetuall priſon:
There buried in the depthe of dungeon darke,
(Alas) he leades his diſcontented lyfe,
Accurſing ſtill his ſtony harted ſonnes,
And wiſhing all th'infernall ſprites of hell,
To breathe ſuche poyſned hate into their breſtes,
As eche with other fall to bloudy warres,
And ſo with pricking poynt of piercing blade,
To rippe their bowels out, that eche of them
With others bloud might ſtayne his giltie hands,
And bothe at once by ſtroke of ſpédie death
Be forthwith throwne into the Stygian lake.
Ser. The mightie Gods preuent ſo fowle a déede.
Ioca. They to auoyde the wicked blaſphemies,
And ſinfull prayer of their angrie ſire,
Agréed thus, that of this noble realme,
Vntill the courſe of one full yere was runne,
Eteocles ſhould ſway the kingly mace,
And Polynice as exul ſhould departe,
Till time expyrde: and then to Polynice
Eteocles ſhould yéelde the ſcepter vp:
Thus yere by yere the one ſuccéeding other,
This royall crowne ſhould vnto bothe remayne.
L y. Ser. Oh

図 21　ギャスコイン作『ジョカスタ』（1573 年刊、折丁 L1 裏–L2 表）
［STC 11635：ハンティングトン図書館の好意による］

の手書き本『才気と知恵の結婚』の後半に使われた第 4 の書式を 10 年近くも早く、また、手書き本『ボルドーのジョン』に使われた第 4 の書式を 20 年近くも早く先取りしていると言える。

この手書き本のような原稿から印刷された『ジョカスタ』は、『取り違い』とともに、ギャスコインの最初の作品集におさめられた。図 19 のイタリア原典と図 20 の手書き本それぞれの本文に対応する部分は作品集では図 21 の見開きページに当たる（作品集の見開き左ページの第 1 行目からは、イタリア原典の図 19 の左ページ第 9 行の後半からに相当し、手書き本の図 20 の第 5 行目からに相当する。作品集の見開き右ページの第 22 行目までがイタリア原典の右ページの終わりまでに相当し、作品集の見開き右ページの 8 行目までが手書き本の終わりまでに相当する）。中央右寄りにあったり右欄外にあったりする手書き本のト書きは、作品集ではすべて中央右寄りに統一されている。台詞担当者の名前は短縮形で、普

通の立体活字を使用し、全角の1字下げで印刷されている。台詞担当者の名前と一体となってすぐ続く台詞は、古色豊かな髭文字の活字を使用しているので、台詞担当者の名前と混同されることはない。全角の1字下げが一体化した台詞とその担当者のひと塊りの目印となっている。髭文字活字の使用は1590年代には比較的稀になったが、この書式自体は一般化していくことになった。もちろんこの第4の書式にも細かな点ではいろいろな違いがある。例えば、台詞が普通のローマ字体の活字ならば、多くの場合、台詞担当者の名前はイタリック体が使用される。また例えば、全角の1字下げをしないために、台詞とその担当者のひと塊りがあまり判然としない場合もある。しかし、イタリア原典や手書き本のように、台詞と一体となった台詞担当者の名前が左側に突出している版本の例はないようである[42]。17世紀になってもそのような例は見られない。一方、手書き本については、台詞担当者の名前を左側欄外に書くということは、これまでの他の多くの手書き本と同じように、これ以後の手書き本にも標準的な形式として引き継がれていった。

　このように戯曲本の書式を左右する翻訳ものの勢いは、1580年代になると、最初の5年間で決定的となった。まず、1581年にセネカの戯曲集が出版されたのである。この戯曲集は、1560年代に第2の書式を採用した3篇[43]を第4の書式に変更することによって、その3篇を含む既刊7篇[44]すべてを第4の書式で整えた。その上で、新たに、第4の書式を採用した3篇[45]を加え、全10篇を第4の書式で統一したのである。印刷者はトマス・マーシュ（Thomas Marsh,

---

42) 古典劇の書式の影響と考えられる『アンドゥリア』（1520年頃出版）は、台詞と一体化しようとしながらも一体化しきれていない台詞担当者が左欄外に突出している1例であるが、その書式は第4の書式ではなく、第1の書式と考えられる。249-51ページの『アンドゥリア』についての記述および脚注19を参照。

43) 『オイディプス』（*Oedipus*, 1563年刊）、『メディア』（*Medea*, 1566年刊）、『アガメムノン』（*Agamemnon*, 1566年刊）。

44) 脚注43の3篇以外の4篇——『トロイの女たち』（1559年刊）、『テュエステス』（1560年刊）、『狂えるヘラクレス』（1561年刊）、および『オクテウィア』（1566年刊）——は、初版当初から第4の書式であった。

45) 『テーベの人たち』（*Thebais*, 1581年刊）、『ヒッポリトゥス』（*Hippolytus*, 1581年刊）、『オエタのヘラクレス』（*Hercules Oetaeus*, 1581年刊）。

1554-87年に活躍）であった。その後、1584年に、少年劇団のために書いたジョン・リリー（John Lyly, ?1554-1606）の『サッフォーとファオー』（*Sapho and Phao*）およびジョージ・ピール（George Peele, 1556-96）の『パリスの審判』（*The Arraignment of Paris*）が第4の書式で出版された。印刷者はトマス・ドーソン（Thomas Dawson, 1620年歿）であった。

　1581年以降に出版された戯曲本を書式ごとに取りまとめて概観すると第4の書式の支配的な姿が浮かび上がる。1581年から1585年までの5年間に出版された戯曲本は、この5年間の新作品12篇の初版12点と重版3点、および1580年以前に出版された旧作品9篇の重版9点であり、初版と重版の合計は24点であった[46]。このうち調査できた21点の書式の内訳は、第1の書式が0点、第2の書式が2点（新作品2篇の初版）、第3の書式が3点（新作品1篇の初版1点と旧作品2篇の重版2点）、第4の書式が16点（新作品6篇の初版6点とある新作品1篇の重版1点と別の新作品1篇の重版2点および1580年以前の旧作品――すべてセネカ悲劇の翻訳――7篇の重版7点）であった。第4の書式に収斂するこの傾向はその後も変わることがなかった。1586年から1590年までの5年間に出版された戯曲本は、この5年間の新作品6篇の初版6点、1585年以前に出版された旧作品5篇の重版5点（この5年間の新作品の重版は0点）、合計11点であった。調査することができたこれらすべての版の書式の内訳は、第1の書式が1点（新作品1篇の初版）、第2の書式が3点（新作品1篇の初版と旧作品2篇の重版）[47]、第3の書式が1点（旧作品1篇の重版）に対して、第4の書式は6点（新作品4篇の初版と旧作品2篇の重版）であった。第4の書式による新作品4篇のうちの1篇は教育的配慮を扉にうたったテレンティウスの『アンドゥリア』の新しい英訳本で、1588年にトマス・イーストが印刷した。1591年から1595年までの5年間に出版された戯曲本は、付録5の表（234ページ以下）にもあるように、この5年間の新作品38篇の初版38点とそのうちの4篇の重版4点および1590年以前に出版された旧作品5篇の重版5点、初版と重版の合計

---

[46] 版数にかかわる以下の叙述については、表9（77ページ）を参照。
[47] この第2の書式3点（Greg 92(A), 39(c)および50(c)）はすべてエドワード・オールディが印刷した。エドワードは父ジョンからこの書式を受け継いだ。

は 47 点であった。このうち調査できた 43 点の書式の内訳は、第 1 の書式が 0 点、第 2 の書式も 0 点、第 3 の書式が 6 点（新作品 4 篇の初版と重版 1 点および旧作品 1 篇の重版 1 点）、第 4 の書式が 37 点（新作品 30 篇の初版とその新作品 3 篇の重版および旧作品 4 篇の重版 4 点）であった。1596 年から 1600 年までの 5 年間に出版された戯曲本は、この 5 年間の新作品 36 篇の初版とそのうちの 8 篇の重版 8 点と別の 1 篇の重版 2 点とさらに別の 1 篇の重版 2 点（つまり、新作 36 篇の初版 36 点と重版 12 点）および 1595 年以前に出版された旧作品 14 篇の重版 14 点と別の旧作品 1 篇の重版 2 点（つまり、旧作品 15 篇の重版 16 点）、初版と重版の合計は 64 点であった。このうち調査できた 55 点すべてが第 4 の書式となった。

　1560 年代、1570 年代、1580 年代の 30 年間の戯曲本に見られる書式を以上のように跡づけてみると、第 4 の書式に統一される前後の手書き本の筆耕たちの書式に対する意識の中にまで踏み込んで、それを吟味することができる。1579 年までには書き上がっていたマーベリーの『才気と知恵の結婚』の手書き本では、上述のように、筆耕の意識はおそらく第 4 の書式に向かっていたのであろうが、そこに収束することはできなかった。彼の身辺で実際に見ることのできた版本が、書式という面では、不統一であったので、その不統一の中で筆耕として育った彼は統一された書式の必要性を特に意識することがなかったのであろう。それ故に、『才気と知恵の結婚』の手書き本では、必要に応じて、書式を使い分けることができたのである。しかし、この手書き本の 10 年以上後には、グリーンの『ボルドーのジョン』の手書き本を口述筆記した筆耕の職業的環境は全く異なっていたのである。1580 年代には第 4 の書式を採用した版本が圧倒的になっていたからである。彼には数多くの戯曲の版本に親しむ機会があり、おそらくごく自然に、第 4 の書式を当たり前の書式として受け入れることのできる環境が整っていたのである。筆耕として第 4 の書式の中で育った彼は、少なくとも数年間、場合によっては 10 年もの長期間、第 4 の書式が戯曲本の書式であることに疑いをはさむことがなかったはずである。

1600 年までに出版されたすべての戯曲本に使われた書式の変遷を、限りある僅かな手書き本の書式の変遷とともに、考察した。細かな差異を不問にすれば、4

種類の書式を確認することができた。1559年から1560年代前半にかけて数篇のセネカ悲劇の英訳本が新しい第4の書式を掲げて次々と登場したが、既存の第1、第2、第3の書式を脅かすだけの力を発揮することはなかった。しかし、1570年代になって、セネカの英訳本の新しい書式の後押しをするかのように、ギャスコインたちがイタリア語の作品の英訳本をこの新しい第4の書式で5篇も発表し、既存の他の書式と張り合うこととなった。拮抗の末、新しい第4の書式が他の書式すべてを圧倒することができたのは1581年であった。新しい書式で統一された10篇のセネカ悲劇の英訳本が戯曲集という形で出版されたからである。単行本ではなく、重量感のある戯曲集という出版形式も一役買ったと思われる。

戯曲本の書式を版本ごとに丹念に記述しているグレッグは、1573年出版のギャスコインの作品集あたりからしばしば記述を省略し始め、1590年以降に出版された作品については、書式の記述は事実上完全に省略されている。これは、「1580年頃以後の戯曲本の標準的な形式」が第4の書式に落ち着いた、という認識をグレッグ自身が持っていたからであろう[48]。しかし第4の書式が、その発達段階の節々で(特に1559年から1560年代前半にかけての数篇のセネカ悲劇の翻訳と1570年代の数篇のイタリア語作品の翻訳を契機として)標準的な書式としての基盤を徐々に固め、1581年のセネカ悲劇の翻訳全集で決定的なものとなった、という具体的な歴史的認識をグレッグが持っていたかどうかは分からない。

一方、先行論文の執筆者ハワードヒルもまた、手書き本や古版本を調査し、中世以来のイギリス演劇の伝統的な書式とヨーロッパの古典演劇の伝統的な書式が合体して現在の書式、第4の書式、ができたことを説明しようとしている。その限りでは、大きな功績だと言える。しかし彼は、イタリア語の戯曲の英訳本を第4の書式で出版したギャスコインたちの貢献を十分に評価できなかったようである。「[1570年代という]比較的遅い時期であったことを考えれば、[彼らの活動は]古典劇の書式をイギリスの作家、筆耕、印刷者に伝えるもうひとつのチャンネルに過ぎなかったと指摘するだけで良い[49]」と述べるにとどまっている。

---

48) Greg (1939-59), IV. clviii-clx を参照。
49) Howard-Hill (1990), 131.

当然のことながら、1580年代初頭に確立したイギリスの戯曲本の第4の書式に言及することなく、「1590年代に」出版された版本にその確立した書式を求めることとなった[50]。

　1580年代初頭に確立したこの新しい第4の書式は、現今の読者が見慣れている書式である。それは、基本的には、台詞担当者の名前を完全表記したり、記述的なト書きを添えたりするイギリス演劇の中世以来の伝統的書式を翻訳劇の書式に習合させたものである。この2種類の書式の習合の起源は1520年頃のテレンティウス喜劇の英訳本であり、その展開は1559年から1560年代にわたるセネカ悲劇の英訳本であり、それが確立しかけたのはイタリア語の作品の英訳本が相次いで出版された1570年代であり、その確立はセネカの悲劇選集の出版を見た1580年代初頭であった。イタリア伝来の書式が、中世以来のイギリス演劇の伝統的書式と習合し、16世紀の大半をかけてエリザベス時代の戯曲本の書式を完成したのであった。その根幹に関する限り、外来の書式が主導権を握っていた。同じ時期に起きた英語の正字法の確立と同じように、英国戯曲の書式の確立にも印刷所の貢献が大いにあった。個人的好みの出やすい手書き本でも、資料が極めて少ないので断定はできないが、1580年頃が過渡期であった。シェイクスピアが活動を始めた時には、手書き本も版本も、戯曲本の書式はすでに確立していたのである。

---

50) 同論文、144.

付録7　書き込みの調査一覧表

　この付録は、第4章と第5章で論じたジョージ・チャップマン、ジョン・フォード、ジョン・マーストンおよびウィリアム・シェイクスピアの戯曲の古版本に見られる書き込みの調査範囲を明示するためのものである。調査に当たっては、僅かな複製本のほかは、ほとんど特注したマイクロフィルム本を使った[1]。1641年と1691年の間に出版されたチャップマンの二つの作品の重版（Wing C1941-1947）を除く四つ折り本はすべて1640年以前の出版である。

　チャップマンとフォードの主要作品の四つ折り本はほぼすべての調査結果を記録することができた。版本の保存状態の記述はしていない。保存状態が悪くてマイクロ化できなかったものや未調査の版本については、原則として、それぞれのSTC番号の項目の末尾［　］内に、そのことを断っておいた。この調査範囲を確認するために、末尾に調査・未調査の集計表を用意したが、とくにシェイクスピアについてはまだまだ調査が必要であることが分かる。

　それぞれの作家の作品はポラードとレッドグレイヴの目録の最新版とウィングの目録[2]の番号、つまりSTC番号とWing番号、の順番に配列してある。それ

---

1) 複製本は 'Shakespeare Quarto Facsimiles' (Oxford: The Clarendon Press, 1939-75)、'Shakespeare's Plays in Quarto' (Berkeley and Los Angeles: The University of California Press, no date (1981)) およびマロウン協会刊行の 'Malone Society Reprints' のなかの数篇の複製本である。

2) A. W. Pollard and G. R. Redgrave, *Short-Title Catalogue of English Books and of English Books Printed Abroad 1475-1640*, revised and enlarged by W. A. Jackson, F. S. Ferguson and Katharine Pantzer (Oxford, 1976-91) および D. G. Wing, *Short-Title Catalogue of Books Printed in England, Scotland, Ireland, Wales, and British America and of English*

それの作品の版本は所蔵図書館の略記号で示し、太字は何らかの書き込みのあることを示している。太字に下線が付けば 1700 年以前の書き込み、下線がなければ 1700 年以後の書き込みである。例えば、

> 4965 *The Blind Beggar of Alexandria*, 1598：
> BL(2), Bod(2：**Malone 240(1)**), ...

は、STC 4965 はチャップマンの喜劇 *The Blind Beggar of Alexandria* の 1598 年に出版されたもので、所蔵図書館は、英国図書館（2 冊所蔵）、ボドレー図書館（2 冊所蔵、うち整理番号 Malone 240(1) には 1700 年以前の書き込みがある）、云々という意味である。同様に、

> Wing C1944 Another issue of Wing C1941, 1657：
> BL, **Forster**.

は、Wing C1944 は（STC 4966 すなわち 1607 年の第 1 四つ折り本 *Bussy D'Ambois* の第 2 四つ折り本にあたる）Wing C1941 を増し刷りして 1657 年に出版されたもので、所蔵図書館は、英国図書館およびヴィクトリア・アルバート博物館フォースター文庫であり、この文庫所蔵本には 1700 年以後の書き込みがある、という意味である。

　書き込みの記録は体系的な調査の結果ではない。別の調査の過程でたまたま目にとまり、メモに書き留めておいたわずかなものの記録に過ぎない。さらに多くの書き込みがあるはずである。

　長年にわたり、著者からの請求のたびごとに、所蔵本のマイクロフィルムあるいは複写版を忍耐強く用意したり、著者からの質問のたびごとに、直ちに回答したりしてくださった関係図書館の方々に心からの感謝をしたい。

　関係図書館とその省略記号は次の通りである。

Books Printed in Other Countries 1641-1700, 3 vols.（New York, 1945）.

Aberd	Aberdeen University Library
Andrews	St. Andrews University Library, Scotland
AzU	University of Arizona Library
BL	British Library
Bod	Bodleian Library
Bodmer	Bibliotheca Bodmeriana, Geneva
Bristol	Bristol Public Library
Cam	Cambridge University Library
Cam(John's)	St. John's College Library, Cambridge
Cam(King's)	King's College Library, Cambridge
Cam(Magdalene)	Magdalene College Library, Cambridge
Cam(Trinity)	Trinity College Library, Cambridge
Cant	Canterbury Cathedral Library
CLUC	William Andrews Clark Memorial Library
CSmH	Henry E. Huntington Library
CtW	Wesleyan University Library
CtY	Elizabethan Club and Yale University Library
DFo	Folger Shakespeare Library
DLC	Library of Congress
Dublin	Trinity College Library, Dublin
Dul	Dulwich College Library
Dyce	Dyce Collection, Victoria and Albert Museum
Edin	University of Edinburgh Library
Eton	Eton College Library
Forster	Forster Collection, Victoria and Albert Museum
Glas	University of Glasgow Library
Guild	Guildhall Library, London
Hague	Den Haag, Koninklijke Bibliotheek
Hamburg	Hamburg Public Library
Hamilton	Hamilton Collection, Royal Library, Sweden
ICN	Newberry Library
ICU	University of Chicago Library
IU	University of Illinois Library
Lambeth	Lambeth Palace Library
Leeds	University of Leeds Library
Lincoln	Lincoln's Inn Library
Liv	University of Liverpool Library
London	University of London Library

付録 7　書き込みの調査一覧表　271

MB	Boston Public Library
McGill	McGill University Library, Montreal
Meisei	Meisei University Library, Tokyo
MH	Harvard University Library
MH(L)	Harvard Law School Library
MiU	University of Michigan Library
MWelC	Wellesley College Library
MWiW-C	Chapin Library at Williams College
NbU	University of Nebraska Library
Newcastle	University of Newcastle-upon-Tyne Library
NGH-WS	Hobart and William Smith College Library, NY
NhD	Dartmouth College Library, NH
NIC	Cornell University Libraries
NjP	Princeton University Library
NLM	National Library of Medicine, MD, USA
NLS	National Library of Scotland
NLW	National Library of Wales
NN	New York Public Library
NNC	Columbia University Library
NNP	Pierpont Morgan Library
NNSt	State University College of Arts and Science Library, NY
Norwich	Norwich Public Library
OO	Oberlin College Library, Ohio
Paris	Bibliothèque nationale de France, Paris
Pet	Petworth House Library, Sussex
PSt	Pennsylvania State University Libraries
PU	University of Pennsylvania Libraries
Reading	University of Reading Library
Rylands	John Rylands Library, Manchester
Sheffield	University of Sheffield Library
Shrews	College Library, Shrewsbury School
Sion	Sion College Library
Soane	Sir John Soane's Museum, London
Staffs	William Salt Library, Stafford
Stratford	Shakespeare Birthplace Trust Library
TxCU	Mary Couts Burnett Library, Texas Christian University
TxU	Texas University Library
TxU-P	Pforzheimer Collection, Harry Ransom Humanities Research Center,

	University of Texas at Austin
ViU	University of Virginia Library
Wigan	Wigan Free Public Library
Worc	Worcester College Library, Oxford
Wrocl	Wroclawski University Library, Poland
Zürich	Cathedral Library, Zürich

(1) GEORGE CHAPMAN

[チャップマンの主要戯曲の現存四つ折り本のほとんど全部が調査完了。]

4963 *All Fools*, 1605:
 BL(3), Bod, CLUC, CSmH, CtY(2), DFo, DLC, Dyce, Edin, ICN, MB, Meisei, MH, NLS, NN(2), NNP, TxU(2), TxU-P(2: **one copy**), Worc.

4965 *The Blind Beggar of Alexandria*, 1598:
 BL(2: **C.34.c.11.**), Bod(2: **Malone 240(1)**), CSmH, DFo, Dyce, Glas, **MH**, NLS, NN, TxU-P.

4966 *Bussy D'Ambois*, 1607:
 BL(2), Bod(2), CSmH, DFo, MH, NN, NNP.

4967 Variant of the same, 1608:
 BL, CLUC, CSmH, **CtY**, DFo, Dyce, London, MH, Worc.

Wing C1941 Q2 of 4966, 1641:
 BL(2), Bod(2), Cam(2), Cam(Trinity), **CSmH**, CtY, DFo, **Dyce**, Eton, ICN, ICU, IU, MB, **Meisei**, MH, NjP, NLS, PU, TxU(3), Worc.

Wing C1942 Another issue of the same, 1641:
 CSmH.

Wing C1943 Another issue of Wing C1941, 1646:
 BL, CSmH, **DFo**, MH, Hamilton.

Wing C1944 Another issue of Wing C1941, 1657:
 BL, **Forster**.

Wing C1945 Another issue of Wing C1941, 1691:
 BL(3), Bod, **Cam**, CSmH, CtY, CtW, DFo(2), Forster, ICN, ICU(2), IU, MB, MH, MiU, NLS(2), NNC, PU, TxU(2), Worc.

4968 *The Conspiracy and Tragedy of Charles, Duke of Byron*, 1608:
 BL(2: **C.30.e.2.**), Bod, **CLUC**, CtW, CtY(2), **DFo**, Dyce, IU(2), MB, **Meisei**, **MH**, MWiW-C, Newcastle, **PU**, TxU(4), TxU-P, Worc(2: **Plays 4.32**).
 [1976年の時点で調査不可能なもの: NLS—理由: 'missing for many years'（多年にわたり行方不明）。]

4969 Q2 of the same, 1625:
 BL(3: **C.45.b.9.**), **Bod**, Cam, CLUC, CSmH, CtY, DFo(2), Dyce(3: **D.28.Box**

5.1.), Eton, Hamilton, ICN, ICU, IU, London, MB(2), Meisei(9 : **MR 2967** [＝932 D813 38], **MR 2968** [＝932 C33Co 1625d], **MR 2969** [＝932 D813 40]), MH, MiU, Newcastle, NjP, PU, Sheffield, TxU(2), TxU-P, Worc.
　［1963 年の時点で調査不可能なもの：DLC-理由：'too fragile to be handled for microfilming'（マイクロ化の作業中における損壊の恐れ）。
　1971 年の時点で調査不可能なもの：NLS-理由：'missing for many years'（多年にわたり行方不明）。］

4978 *The Gentleman Usher*, 1606 :
　BL(3), Bod, CLUC, CSmH, CtY, DFo, DLC, Dyce, Eton, ICN, IU, MB, MH, MWiW-C, NLS, TxU, **Glas**, TxU-P, Worc.

4980 *May-Day*, 1611 :
　BL(3), Bod(2), CSmH, CtW, CtY, DFo, Dyce, Glas, ICU, IU, MH, MWiW-C, NLS, NN, PU(2), TxCU, TxU, TxU-P, Worc(2 : **Plays 2.5.**)[3].
　［1963 年の時点で調査不可能なもの：DLC (Pr 1241.L6 vol. 143)-理由：'too fragile to be handled for microfilming'（マイクロ化の作業中における損壊の恐れ）。］

4983 *Monsieur D'Olive*, 1606 :
　BL(3), Bod(2), CSmH(2), CtY, DFo(2 : **Copy 2**), Dyce, Eton, IU, MB, Meisei, MH, MiU, NLS, **NN**, NNP, TxU, Worc.

4984 Variant of the same, 1606 :
　BL, Bod, Cam(**Trinity**), CLUC, CSmH(2), CtY, DFo, DLC, Dyce, Eton, ICN, ICU, **MB**, TxU-P.

4987 *An Humorous Day's Mirth*, 1599 :
　BL(3), **Bod**, Cam(**King's**), CLUC, CSmH, CtY, DFo(2 : **Copy 1** and **Copy 2**), Dyce, Eton, Glas, MH, **NLS**[4], NN(2).

4989 *The Revenge of Bussy D'Ambois*, 1613 :
　BL(3), Bod, CLUC, CSmH, CtY, DFo(2), DLC, Dyce(2), Eton, ICU, IU, MB, **Meisei**, MH, NjP, NLS, TxU, TxU-P.
　［Victoria and Albert Museum には Henry Barrett Lennard が書いたこの戯曲の手書き本（1850 年写）が 5 巻本 *The Dramatic Works of George Chapman*', pressmark F/D/15/17 の第 4 巻にある。］

4992 *Pompey and Caesar*, 1631 :
　BL, Bod, **CSmH**, CtY, Dyce, MH, MWiW-C.
　［1990 年の時点で調査不可能なもの：Pet-理由：'not available for copying'（複写は不許可）。］

3）欠落本文を補った手書き本文については、Yamada (2010), 158-71 を参照。
4）16 世紀末の校正ゲラについては、Yamada (2010), 149-57 を参照。

4993 *Caesar and Pompey*, 1631 [= Variant of 4992]:
   BL(2), Bod, CLUC, CSmH, CtY, DFo(2), DLC, Dyce, Eton, Forster, ICU, Hamilton, IU, MB, Meisei(2), MH, **NLS**[5], NN, PU, Reading, TxU, **TxU-P**, Worc (2).
   [1990年の時点で調査不可能なもの：Pet(2)-理由：'not available for copying'（複写は不許可）。]

Wing C1946 Another issue of the same, 1652:
   MH, TxU.

Wing C1947 Another issue of 4993, 1653:
   BL, Cam(Trinity), Dyce.

4994 *The Widow's Tears*, 1612:
   BL(3), Bod(4: **Mal.216(9)**), CLUC, CSmH(2), CtY, DFo, DLC, Dyce(2), Eton, Glas, ICN, IU, MB, Meisei(3: **MR 1144** [=932 C33W 1612]), MH, MWiW-C, **NbU**, NLS, NNP, Rylands, TxU, TxU-P, Worc.

4996 *Chabot, Admiral of France*, 1639 [with James Shirley]:
   BL, Bod(3: **Malone 254(3)**), Bristol, Cam(Trinity), CLUC, CSmH(2), CtY, DFo (2: **Copy 2**), Dyce, **Eton**, Hamilton, ICN, ICU, IU, Leeds, London, MB(2), Meisei, **MH**, MWiW-C(2: **one copy**), Newcastle(2), NLS, NN, NNC, NNP, PU (2), Sheffield, TxU, TxU-P, ViU.
   [1977年の時点で調査不可能なもの：DLC-理由：'too fragile to permit photocopy'（損壊の恐れがあるため複写不許可）。]

12050 *Sir Giles Goosecap*, 1606:
   BL(2: **643.d.29.**), Bod, CSmH(2), CtY, **DFo**, DLC, Dyce, Glas, IU, MB, Meisei (2: **MR 1142** [=932 C33S 1636]), MH, NNP, PU, TxU-P.

12051 Q2 of the same, 1636:
   BL(2), Bod(2), CSmH, CtY, DFo, Dul, Dyce, ICN, MB, Meisei, MH, MWiW-C, NjP, NLS(2: **one copy**), TxU (2), Worc.
   [1977年の時点で調査不可能なもの：DLC-理由：'too fragile to be handled for microfilming'（マイクロ化の作業中における損壊の恐れ）。]

12052 Variant of the same, n.d.:
   CSmH, ICU, IU, Liv.

(2) JOHN FORD
   [1640年以前に印刷されたフォードの主要戯曲の四つ折り本のほとんど全部が調査完了。但し、Eton College図書館所蔵本は全部未調査-STC 11156, 11157, 11159, 11161, 11163, 11164および11165。]

---

5) 巻末の手書き本文については、Yamada (1978), 99-101を参照。

11156 *The Broken Heart*, 1633：
　　BL(2), Bod(2), Cam(John's), CSmH, CtY, DFo, DLC, Dyce(2), Glas, Hague, MB, **Meisei**, MH, NjP, NLS(2), Stratford, TxU(2), Worc.

11157 *Perkin Warbeck*, 1634：
　　BL(2), Bod(3), Cam(King's), CLUC, CSmH, CtY, DFo, Dyce, Hamilton, ICN, ICU, IU, London, MB, Meisei, MH, NjP, NLS(3), NN, NNC, NNP, PU, Rylands, TxU(2), TxU-P, Worc.
　　［1987年の時点で調査不可能なもの：MWiW-C-理由：'no facilities for making the microfilm copies'（マイクロ化の設備なし）。］

11159 *The Fancies, Chaste and Noble*, 1638：
　　BL(2), Bod(2), Cam, CLUC, CSmH, CtY, DFo, DLC, Dyce(2), **Hague**, ICN, ICU, IU, MB, Meisei(2), MH, MWiW-C, NjP(2), NLS(2), NNC, PU, TxU(3), TxU-P, Worc.

11161 *The Lady's Trial*, 1639：
　　BL(2), Bod(2), Cam, Cam(King's), CLUC, CSmH, CtY, DFo(2), DLC, Dyce, Forster, Hague, ICN, ICU, IU, Leeds, Liv, MB, Meisei, **MH**, NjP, NLS(2), NNC, NNP, PU, TxU(2), TxU-P, Worc.

11163 *The Lover's Melancholy*, 1629：
　　BL(2), Bod(5), CSmH, CtY, DFo(3：**Copy 3**), DLC, Dyce(2), Glas, Hamilton, ICN, IU, MB, Meisei(4：**MR 1199**), MH, NLS(2), NN, NNC, PU, TxU-P, Worc.

11163.3 Variant of the same, 1629：
　　CSmH.

11164 *Love's Sacrifice: A Tragedy*, 1633：
　　BL(2), Bod(4), Cam(King's), Cam(Trinity), CLUC, CSmH, CtY(2), DFo(3), DLC, Dyce, Hague, Hamilton, ICN, ICU, IU, **Liv**, London, MB, Meisei(3：**MR 2996**), MH, NjP, NLS(2), NNC, NNP, Rylands, TxU, Worc(2).
　　［1987年の時点で調査不可能なもの：MWiW-C-理由：'no facilities for making the microfilm copies.'（マイクロ化の設備なし）。］

11165 *'Tis Pity She's a Whore*, 1633：
　　BL(3), Bod(3), Cam(John's), CLUC, CSmH, CtY, DFo, Dyce, Forster, Glas, Hague, ICN, IU, MB, Meisei, MH, NIC, NjP(2：**Taylor Library copy**), NLS(2), NN, NNC, NNP, TxU, TxU-P, Worc(2).

(3) JOHN MARSTON
　　［以下は、1640年以前に印刷されたマーストンの戯曲の四つ折り本の全部とはいえない。］

17473 *Antonio and Mellida*, 1602：
　　BL(3), Bod, CSmH, DFo, Dyce, MB, MH, NjP.

［未調査のもの：TxU-P.］

17474 *Antonio's Revenge*, 1602：
BL, **Bod**, CSmH, **CtY**, DFo, Dyce, IU, MB, MH, NjP, TxU, TxU-P.

17475 *The Dutch Courtesan*, 1605：
BL(2), Bod, CSmH, DFo, DLC, Dyce(2：**D.26.Box 28.4.**), MB, MH, MWiW-C, TxU-P.

17476 *The Insatiate Countess*, 1613：
BL, Bod, CSmH, Dyce, **McGill**, NLS, TxU-P.

17476.5 Variant of the same, 1613：
DFo.

17477 Q2 of 17476, 1616：
Bod, CSmH, **DFo**.

17478 Q3 of 17476, 1631：
BL(2), Bod(2：**Douce MM476**), Cam(Trinity), CLUC, **CSmH**, CtY, DFo, DLC, **Dyce**, Hamilton, ICN, ICU, IU, MB, Meisei(3：**MR 3030** [=932 D813 101]), MH, MWiW-C, NjP, **NLS**, OO, PU, **Rylands**, TxU(4), TxU-P, Worc.
［未調査のもの：Eton.］

17478a Q3 of 17476, 1631：
CSmH.

17479 *The Malcontent*, 1604：
BL(2), **Bod**, CSmH(2), **CtY**, DFo(2), Dyce, MH, NN, NNP, Sion, TxU-P.

17480 Q2 of the same, 1604：
BL, CSmH, **DLC**, MB, Sheffield, TxU-P.

17481 Q3 of 17479, 1604：
BL(3：**Ashley 3625**), Bod(2：**Malone 195(5)**), CSmH(2), CtY, DFo(3), Dyce(2：**6251./26.Box 28.2.** and **6251./26.Box 28.3.**), Eton, IU, MB, MH, **MiU**, NN, TxU, TxU-P.

17483 *The Fawn*, 1606：
BL(3), Cam(King's), CSmH, CtY, DFo, Dyce, MB, TxU-P.
［Edin, MWiW-C および TxU は所蔵しない、と当該図書館からそれぞれ 1977 年 と 1978 年に連絡あり。］

17484 Q2 of the same, 1606：
BL, Bod(2), CSmH, DFo(2), DLC, Dyce, Edin, Eton, ICN, IU, London, MB, MH, MWiW-C, NN, TxU.

17487 *What You Will*, 1607：
BL(3), Bod, Cam(Trinity), CSmH, CtY, DFo, DLC, Dyce, ICN, IU, MB, MH, NjP, NN, TxU, TxU-P, Worc.
［未調査のもの：Eton.］

17488 *Sophonisba*, 1606 :
　　BL(2), Bod(3), Cam(Trinity), CSmH, CtY, DFo(2), Dyce(2), Forster, ICN, **London**, MB, MH, MWiW-C, NLS, TxU-P.
17488.3 Another issue of the same, 1606 :
　　NLS.

(4) WILLIAM SHAKESPEARE

［シェイクスピア戯曲の四つ折り本については、資料収集が不十分で、調査できたものは極めて僅かである。Cam(Trinity) 所蔵本のほとんど、Eton および MB の所蔵本の全部が未調査。未調査の版本も所有者の分かっているものについては、それぞれの STC 番号の項目の末尾の ［ ］ 内に、その所在を記録しておいた。比較的最近にシェイクスピア作品と認められた作品（例えば *Edward III* のような作品）は含まれていない。］

11075 *The Two Noble Kinsmen*, 1634 :
　　BL(1 of 3 = C.34.g.23.), Bod(4 : **Mal.217 (9)**, **Mal.243 (3)**), **CSmH**, CtY, DFo(7), Dyce, Glas(2 : **Co.3.32 (j)** and **the other copy in the Euing Collection**), ICN, IU, Meisei(4 of 5 : **MR779** and **MR1057**), MH, MWiW-C, NjP, **NN**, NNP, TxU, TxU-P, Worc.
　　［未調査のもの：BL (C.117.b.51. と Ashley 85) および Meisei (JO 938 Tw)。］
21006 *Henry VI, Part 3*, 1595 :
　　Bod.
21006a Q2 of the same, 1600 :
　　Bod (1 of 2 : **Mal. 36**).
　　［未調査のもの：BL, Bod ('Verulam copy'), CSmH(2), DFo(2), MB, MH および TxU-P。］
22275 *Hamlet*, 1603 :
　　BL, CSmH.
22276 Q2 of the same, 1604 :
　　CSmH, CtY, **DFo.**
22276a Q2 of 22275, 1605 :
　　BL, **Bod**, Wrocl.
22277 Q3 of 22275, 1611 :
　　Bod, CtY(2 : **one copy**, with the date).
　　［未調査のもの：BL(2), Cam(Trinity), CSmH(2), DFo(3), Dyce, Edin, MB, MH および PU。］
22278 Q4 of 22275, [c.1625]:
　　［未調査のもの：BL(2), Bod, Cam(Magdalene), Cam(Trinity), CSmH, CtY, DFo (3), Edin, MH, NLS(2), NN, Pet および TxU-P。］

22279 Q5 of 22275, 1637:
   Meisei.
   [未調査のもの：BL, Bod(2), Cam, Cam(Trinity), CSmH(2), DFo(5), Dyce(3), Edin, Eton, IU, MB, MH, NLS, NN および NNP.]
22279a *Henry IV, Part 1*, n.d. [1598]:
   DFo.
22280 Q2 of the same, 1598:
   BL, Cam(**Trinity**), **CSmH**.
22281 Q3 of 22279a, 1599:
   BL(2: **C.12.h.12.**), **Bod**, CtY.
   [未調査のもの：Cam(Trinity), CSmH, DFo(2), Glas および MH.]
22282 Q4 of 22279a, 1604:
   [未調査のもの：Bod, Cam(Trinity), DFo および NLS(2).]
22283 Q5 of 22279a, 1608:
   Bod.
   [未調査のもの：BL, CSmH, DFo(2), ICN, MH および NLS.]
22284 Q6 of 22279a, 1613:
   Bod(1 of 2: Arch. G. d. 39(2)), CtY.
   [未調査のもの：BL(2), Bod ('Verulam copy'), Cam(Trinity), CSmH(2), DFo(2), NhD および NN.]
22285 Q7 of 22279a, 1622:
   Bod.
   [未調査のもの：BL, Cam(Trinity), CSmH, DFo(3), Dyce, Edin, MB および NLS.]
22286 Q8 of 22279a, 1632:
   [未調査のもの：BL, Cam(Trinity), DFo(4), Edin(2), MB, MH, Soane および Worc.]
22287 Q9 of 22279a, 1639:
   [未調査のもの：BL, Bod, Cam(Trinity), CSmH, DFo(6), Edin, Eton, IU, MH, NLS, NN および NNP.]
22288 *Henry IV, Part 2*, 1600:
   BL, **Bod**, DFo, Glas, ICN, Lambeth, **NLS**.
22288a Another issue of the same, 1600:
   BL(2: **C.12.g.20.**), CSmH(1 of 3=69318), CtY.
   [未調査のもの：CSmH(2), DFo, MH および NhD.]
22289 *Henry V*, 1600:
   BL, Bod, **CSmH**, CtY, DFo.
22290 Q2 of the same, 1602:

CSmH.
［未調査のもの：Cam(Trinity)および DFo.］

22291 Q3 of 22289, 1608 [1619]：
BL(2：**C.12.g.33.**), Bod, CtY, **Meisei**.
［未調査のもの：Cam(Trinity), CSmH(2), DFo(7), Dyce, Edin, Eton, ICN, IU, MH, NLS, NN, NNP および TxU-P.］

22292 *King Lear*, 1608：
BL(2：**C.34.k.17.**), Bod(2), **CSmH**, CtY, DFo(2：**Copy 2**), MH, **NN.**

22293 Q2 of the same, 1608 [1619]：
BL(2 of 3), Bod(2), CtY.
［未調査のもの：BL(C.34.k.20.), Cam(Trinity), CSmH, DFo(6), Edin, Eton, ICN, IU, London, Meisei, MH, NLS, NN, NNP および TxU-P.］

22294 *Love's Labour's Lost*, 1598：
BL, Bod, Bodmer, CSmH, DFo(2), **Edin**, ICN, MH, NjP.

22295 Q2 of the same, 1631：
［未調査のもの：BL(2), Bod(2), Cam(Trinity), CLUC, CSmH, DFo(7), Dyce, Edin, Eton, IU, MB, MH, NLS, NN および NNP.］

22296 *The Merchant of Venice*, 1600：
BL(3：<u>**C.34.k.22.**</u>), Bod, CLUC, CSmH(2：**59556**), CtY, DFo(3：**Copy 3**), **Dyce**, MH, **NLS**, NN, TxU-P.

22297 Q2 of the same, 1600 [1619]：
BL(2：**C.12.g.31.**), Bod, CtY.
［未調査のもの：Cam(Trinity), CSmH(3), DFo(4), Edin, Eton, ICN, IU, MB, MH, NN および NNP.］

22298 Q3 of 22296, 1637：
［未調査のもの：BL, Bod(2), Cam(Trinity), CSmH, DFo(6), Edin, Eton, IU, MB, MH, NLS, NN および Worc.］

22299 *The Merry Wives of Windsor*, 1602：
BL, Bod, CSmH, DFo.

22300 Q2 of the same, 1619：
BL(2), Bod, CtY.
［未調査のもの：Cam(Trinity), CSmH(2), DFo(8), Dyce, ICN, IU, MB, MH, NLS, NN, NNP および TxU-P.］

22301 Q3 of 22299, 1630：
［未調査のもの：BL, Bod, Cam(Trinity), CSmH, CtY, DFo, Edin, MB, MH, NLS および NN.］

22302 *A Midsummer Night's Dream,* 1600：
BL, Bod, CSmH, CtY, **DFo**, MH.

22303 Q2 of the same, 1600 [1619]:
BL(1 of 2＝C.34.k.30.), Bod, CtY.
[未調査のもの：BL(C.12.g.30.), Cam(Trinity), CSmH(3), DFo(7), DLC, Edin, Eton, ICN, IU, MB, MH, NLS, NN および NNP.]

22304 *Much Ado about Nothing*, 1600：
BL(2：**C.12.g.29**), Bod, Cam(Trinity), CLUC, CSmH, CtY, DFo, **Dyce**, Edin, ICN, MH, TxU-P.

22305 *Othello*, 1622：
BL(2：**C.34.k.33.**), Bod, Bodmer, CLUC, **CSmH**, CtY, DFo(2：**Copy 1**), Dyce, Edin, MH, NN, **NNP, TxU-P**.

22306 Q2 of the same, 1630：
CtY.
[未調査のもの：BL(2), Cam(Trinity), CSmH, DFo(4), Dyce, Glas, ICN, IU, London, MB および NLS.]

22307 Richard II, 1597：
BL, Cam(Trinity), **CSmH**.

22308 Q2 of the same, 1598：
BL, Bod.
[未調査のもの：Cam(Trinity), CSmH(2), DFo(2) および MB.]

22309 Q3 of 22307, 1598：
[未調査のもの：DFo および McGill.]

22310 Q4 of 22307, 1608：
BL, CtY.
[未調査のもの：CSmH, DFo, MH および TxCU.]

22311 Q5 of 22307, 1608：
[未調査のもの：Bod および NLS.]

22312 Q6 of 22307, 1615：
Bod, NLS.
[未調査のもの：BL, Cam(Trinity), CSmH, DFo(2), Edin, MB, MH, NN および TxU-P.]

22313 Q7 of 22307, 1634：
[未調査のもの：BL(2), Bod(2), Cam(Trinity), CSmH, DFo(2), Dyce, Edin, Eton, Glas, IU, London, MB, MH, NLS(2), NN, TxU-P および Worc.]

22314 *Richard III*, 1597：
BL, **Bod**, **CSmH**, CtY, DFo.

22315 Q2 of the same, 1598：
BL(2), **Bod**.
[未調査のもの：Cam(Trinity) および CSmH(3).]

22316 Q3 of 22314, 1602：
  Cam(Trinity), CSmH.
  ［未調査のもの：BL および Bod('Verulam copy').］
22317 Q4 of 22314, 1605：
  Bod.
  ［未調査のもの：BL(2), CSmH, DFo(2) および NLS.］
22318 Q5 of 22314, 1612：
  Bod, DFo(1 of 2), **NLS**.
  ［未調査のもの：BL, Cam(Trinity), CSmH, DFo, Edin, Forster, MH, NN(2) および PU.］
22319 Q6 of 22314, 1622：
  ［未調査のもの：BL(3), Bod, Cam(Trinity), CSmH および DFo.］
22320 Q7 of 22314, 1629：
  ［未調査のもの：BL, Bod, Cam(Trinity), CSmH, DFo(5), Dyce, Edin, Glas, MH, NLS, NN, 'Shakespeare Society' in Philadelphia および Worc.］
22321 Q8 of 22314, 1634：
  ［未調査のもの：BL(2), Bod(2), Cam(Trinity), CSmH(2), DFo(2), Dyce, Edin, Eton, IU, MB(2), MH, NLS, NN および Worc.］
22322 *Romeo and Juliet*, 1597：
  BL, **Bod**, **CSmH**, DFo.
22323 Q2 of the same, 1599：
  <u>BL</u>, **Bod**, CSmH, **CtY**, DFo(4), DLC, **Edin**, MH.
22324 Q3 of 22322, 1609：
  BL.
  ［未調査のもの：Bod, Cam(Trinity), CSmH(2), DFo および Zürich.］
22325/22325a Q4 of 22322, [1622]：
  CtY.
  ［未調査のもの：BL, Bod, Cam(King's), Cam(Trinity), CSmH, DFo, Edin, MB, MH および Paris.］
22326 Q5 of 22322, 1637：
  CtY.
  ［未調査のもの：BL, Bod, Cam, Cam(Trinity), CSmH, DFo(6), Edin, Eton, ICN, IU, MB, MH, NLS, NN, TxU および Worc.］
22327 *The Taming of the Shrew*, 1631：
  CLUC, CSmH, CtY, DFo(1 of 4＝Copy 1), Edin, MH, NNP, PU.
  ［未調査のもの：BL(2), Bod, Cam, Cam(Trinity), DFo(Copies 2-4), Eton, ICN, MB, NLS, NN および Worc.］
22328 *Titus Andronicus*, 1594：

DFo.
22329 Q2 of the same, 1600 :
　　［未調査のもの：CSmH および Edin.］
22330 Q3 of 22328, 1611 :
　　BL(2 : **C.34.k.60.**), **Bod**(1 of 2＝Mal.37(6)), CtY.
　　［未調査のもの：Bod ('Verulam copy'), Cam(Trinity), CSmH, DFo(2), ICN, MB, MH, NLS および TxU-P.］
22331 *Troilus and Cressida*, 1609 :
　　BL(2 :**163.l.12.**), Bodmer, CSmH, CtY.
22332 Another issue of the same, 1609 :
　　Bod, NLS(1 of 2＝Bartlett 213).
　　［未調査のもの：BL, Cam(Trinity), CSmH, CtY, DFo, Dyce, Eton, MH, NLS ('Crichton Stuart' copy) および TxU-P.］
22334 *Pericles*, 1609 :
　　BL, Bod, **CSmH**, CtY, DFo, London, **Stratford**.
22335 Q2 of the same, 1609 :
　　BL.
　　［未調査のもの：CSmH, DFo(2), Hamburg および London.］
22336 Q3 of 22334, 1611 :
　　BL.
　　［未調査のもの：CtY, DFo および IU.］
22336a ［＝26101 の第 3 部］Q4 of 22334, 1619 :
　　BL(2 : **C.12.h.6.**), **Bod**, CtY, DFo(1 of ? : **Copy 1**), MH.
22337 Q5 of 22334, 1630 :
　　Meisei.
　　［未調査のもの：BL, CtY, DFo, Dyce, Edin, MB および NN.］
22338 Variant of 22337(＝Q5 of 22334), 1630 :
　　［未調査のもの：BL, Bod, Cam(Trinity), CSmH, DFo, Edin, MB, NLS, NN および PU.］
22339 Q6 of 22334, 1635 :
　　［未調査のもの：BL, Bod, Cam(Trinity), CSmH, DFo(5), Edin, Eton, IU, MB, MH, NLS, NN, NNP および TxU-P.］
26099 *Henry VI, Part 2*, 1594 :
　　Bod, Cant, DFo.
26100 Q2 of the same, 1600 :
　　［未調査のもの：Bod(2), Cam(Trinity) および CSmH(2).］
26101 Q3 of 26099, 1619 :
　　BL, Bod, CtY, DFo, Edin, IU, NN, TxU-P.

注：
以上のリストに載せたチャップマン、フォード、マーストンおよびシェイクスピアの戯曲の四つ折り本（原則として1640年までに出版されたもの）は、[ ]内以外はすべて調査済みである。いろいろな事情が原因で、著者がその存在に気付かないまま、調査できなかったものも（初版本を含め）多数あると思われるので、調査の規模と範囲を示すため、調査済みの版本数と、著者に所蔵者が分かっていながら、未調査のままになっている版本数の集計を以下に記録する。

GEORGE CHAPMAN

STC	調査済	未調査	STC	調査済	未調査
4963	25	0	12050	18	0
4965	12	0	12051	20	1
4966	9	0	12052	4	0
4967	9	0	Wing C1941	25	0
4968	25	1			
4969	40	2	Wing C1942	1	0
4978	21	0			
4980	24	1	Wing C1943	5	0
4983	22	0			
4984	15	0	Wing C1944	2	0
4987	17	0			
4989	22	0	Wing C1945	25	0
4992	7	1			
4993	27	2	Wing C1946	2	0
4994	32	0			
4996	38	1	Wing C1947	3	0

JOHN FORD

STC	調査済	未調査	STC	調査済	未調査
11156	23	1	11163	32	1
11157	32	2	11163.3	1	0
11159	32	1	11164	38	2
11161	33	1	11165	32	1

JOHN MARSTON

STC	調査済	未調査	STC	調査済	未調査
17473	10	1	17479	14	0
17474	12	0	17480	6	0
17475	12	0	17481	21	0
17476	7	0	17483	10	0
17476.5	1	0	17484	18	0
17477	3	0	17487	19	1
17478	32	1	17488	20	0
17478a	1	0	17488.3	1	0

WILLIAM SHAKESPEARE

STC	調査済	未調査	STC	調査済	未調査
11075	31	3	22296	16	0
21006	1	0	22297	4	16
21006a	1	9	22298	0	19
22275	2	0	22299	4	0
22276	3	0	22300	4	20
22276a	3	0	22301	0	11
22277	3	13	22302	6	0
22278	0	17	22303	3	22
22279	1	23	22304	13	0
22279a	1	0	22305	15	0
22280	3	0	22306	1	15
22281	4	6	22307	3	0
22282	0	5	22308	2	6
22283	1	7	22309	0	2
22284	2	10	22310	2	4
22285	1	10	22311	0	2
22286	0	12	22312	2	10
22287	0	17	22313	0	21
22288	7	0	22314	5	0
22288a	4	5	22315	3	4
22289	5	0	22316	2	2
22290	1	2	22317	1	6
22291	5	20	22318	3	10
22292	10	0	22319	0	7
22293	5	20	22320	0	17
22294	10	0	22321	0	19
22295	0	23	22322	4	0

STC	調査済	未調査	STC	調査済	未調査
22323	11	0	22334	7	0
22324	1	6	22335	1	5
22325/22325a	1	10	22336	1	3
			22336a	6	0
22326	1	21	22337	1	7
22327	8	14	22338	0	10
22328	1	0	22339	0	18
22829	0	2	26099	3	0
22330	4	10	26100	0	5
22331	5	0	26101	8	0
22332	2	10			

表と図版および複製許可への謝辞

本書にある各種の表は著者自身が作成したもののほか、先学の文献から引用・転載したものもある。引用・転写したものについては、その出典を以下の一覧では［ ］内に、本論では脚注やキャプションなどにも明示しておいた。転載許可をいただいていないが、原著者に深く感謝したい。

I would like to thank the authors for the following tables cited without permission. Their origins are mentioned here within brackets, and in the relevant parts of the book either in footnotes or in Japanese captions.

表1　1500-1700年間の教育の進歩［Cressy (1977), 15 ; Cressy (1980), 165］ ……… 15
表2　1558-1603年間において商人が登場する出版物の数［Stevenson (1984), 246-8］ ……… 17
表3　1562-1640年間の旧教関係書の出版点数［Allison & Rogers (1956), 822-4］ ……23
表4　1475-1640年間に出版された書籍の主題別点数［Klotz (1937-38), 418］ ……… 25
表5　1560-1640年間に書籍を所有したカンタベリーの男子の実態［Clark (1976), 99, Table 4.1. の一部分］ ……… 34
表6　1560-1640年間に書籍を所有したカンタベリーの女子の実態（推定値）……… 36
表7　1560-1640年間のカンタベリー総死亡人口中の書籍所有者の割合（推定値）……… 37
表8　読み書きへの言及があったり仕種が演じられたりする戯曲数 …………… 70-71
表9　1640年までに版本となった戯曲数 ……… 77
表10　16世紀後半におけるロンドンの劇場の観客動員数と市民の観劇率 ………… 98
表11　16世紀後半におけるロンドン市民（成人）の観劇率 ……… 100
表12　「薔薇座」の演目（1597年1月24日-2月12日）……… 102
表13　1511-1600年間に書かれた戯曲数（散逸作品を含む）……… 105
表14　1475-1642年間に出版された散文文学の点数［Mish (1952), 269］ ……… 107

図版は以下の通りで、その出典は［ ］内に明示してある。本書のために複製の許可を与えられた関係者・機関に感謝する。

I would like to thank the libraries for permission to reproduce the following images from the material in their possession, details of which are mentioned within brackets and also in Japanese captions.

図1　1616年のロンドン：フィッシャーの鳥瞰図（部分）［© The British Library Board, Maps C.5.a.6.］ ……2

図2　『ヘンリー六世第二部』初版（1594年刊）題扉（*King Henry VI, Part 2* (1594), title-page.）［STC 26099. By courtesy of the Folger Shakespeare Library.］ ……43

図3　ルイス・グラナダ著（リチャード・ホプキンズ訳）『祈りと黙想』第6版（1599年刊）からの見開きページ。(Luis de Granada, trans. Richard Hopkins, *Of Prayer and Meditation* (1599), sigs. Aa3^v-Aa4.)［STC 16910. © The British Library Board, 4410.e.23.］ ……46

図4　イギリスの小売商人や職人の不識字率の変遷（Cressy (1980), Graph 7.3, p.147.）［By courtesy of Cambridge University Press.］ ……55

図5　16-17世紀ロンドンの劇場と演劇旅館（Bowsher (2012), 26, with minor adaptation.）［By permission of the Museum of London Archaeology.］　小修正は大衆劇場（芝居小屋）と演劇旅館それぞれの印の中に白点を入れたことと凡例その他の説明を日本語にしたこと。……84

図6　ヨハネス・デ・ウィットによる「白鳥座」のスケッチ（Johannes de Witt's sketch of the Swan Theatre.）［By courtesy of Utrecht, University Library, Ms. 842, fol. 132^r.］ ……88

図7　『純潔にして高貴な空想』（1638年刊）最終ページ（*The Fancies, Chaste and Noble* (1638), sig. K4^v.）［STC 11159. By courtesy of Den Haag, Koninklijke Bibliotheek, 234.H.56.］ ……133

図8　擬秘書体による後世の書き込み（Annotation in pseudo-secretary hand in *Hamlet*, Q2 (1604), title-page.）［STC 22276. By courtesy of the Folger Shakespeare Library.］ ……157

図9　1623年版戯曲全集所収『ヘンリー五世』の書き込み［STC 22273. 明星大学図書館所蔵、MR 774：明星大学図書館のご好意による。］ ……181

図10　『オセロー』初版本を手書きの戯曲本文で補充した第1ページ（*Othello* (1622), a manuscript page after sig. M4^v）［STC 22305. © The British Library Board, C.34.k.33.］ ……194

図11　第1の書式例：メドウォール作『自然』（Henry Medwall, *Nature*, sigs. C3^v-C4.）［STC 17779. © The British Library Board, C.34.e.31.］ ……244

図12　第2の書式例：作者不詳『人々の呼び出し』（Anonymous, *The Summoning of Every Man*, sigs. A4^v-A5.）［STC 10604.5. © The British Library Board, Huth 32.］ ……245

図13　第3の書式例：J. ヘイウッド作『四つのP』（John Heywood, *The Four Ps*, sigs. B2^v-B3.）［STC 13300. © The British Library Board, C.34.c.43.］ ……246

図14　最初期の手書き本の書式例：J. ヘイウッド作『賢と愚』（John Heywood, *Witty and Witless*, fol.117.）［© The British Library Board, MS Harley 367.］ ……248

図15　最初期の翻訳劇の書式例：テレンティウス作（訳者不詳）『アンドゥリア』
(Publius Terentius, trans. Anonymous, *Andria*, sig. L2.)［STC 23894. ©
The British Library Board, C.34.e.33.］ ……………………………………… 250

図16　第4の書式例：セネカ作（J. ヘイウッド訳）『トロイの女たち』(Lucius
Annæus Seneca, trans. J. Heywood, *Troas*, sigs. B1^v-B2.)［STC 22227a. ©
The British Library Board, 238.l.27.］ ……………………………………… 251

図17　第4の書式による手書き本（1）：マーベリー作『才気と知恵の結婚』
(Francis Merbury, *The Marriage between Wit and Wisdom*, fol. 22.)［© The
British Library Board, MS Additional 26782.］ …………………………… 254

図18　第4の書式による手書き本（2）：グリーン作『ボルドーのジョン』
(Robert Greene, *John of Bordeaux*, fol. 11 upper half.)［Alnwick Castle,
DNP : MS 507, fl 1. By permission of the Northumberland Estates, Alnwick
Castle.］ ……………………………………………………………………… 256

図19　翻訳劇の原典の書式：エウリピデス作（ドルチェ訳）『ジョカスタ』
（1549年刊）(Euripides, trans. L. Dolce, *Giocasta* (1549), sigs. A6^v-A7.)
［By courtesy of Ministero per i Beni e le Attività Culturali, Biblioteca
Nationale Universitaria di Torino, Prot. n. 2407 Cl : 28.13.10/6.43.］ ……… 259

図20　翻訳劇の手書き本（第4の書式）：ギャスコイン作『ジョカスタ』（1570
年頃）(George Gascoigne, *Jocasta* (c.1570), fol. 3v.)［© The British
Library Board, MS Additional 34063.］ …………………………………… 260

図21　ギャスコイン作『ジョカスタ』（1573年刊）(George Gascoigne, *Jocasta*
(1573), sigs. L1^v-L2.)［STC 11635. By courtesy of the Huntington
Library.］ ……………………………………………………………………… 262

引用文献とその略称

Allison & Rogers (1956)   Allison, A. F., and D. M. Rogers. *A Catalogue of Catholic Books in English Printed Abroad or Secretly in England 1558-1640*. Part I: Introduction — A-L ; Part II : M-Z — Indexes. Bognor Regis : The Arundel Press, 1956.

Alston (1994)   Alston, R. C. *Books with Manuscript : A Short Title Catalogue of Books with Manuscript Notes in the British Library Including Books with Manuscript Additions, Proofsheets, Illustrations, Corrections*. London : British Library, 1994.

Arber (1875)   Arber, Edward, ed. *A Transcript of the Registers of the Company of Stationers of London ; 1554-1640 A. D.* Vols. I-II. London : Privately printed, 1875.

Arber (1894)   Arber, Edward. 'A List of London Publishers, 1553-1640 A. D.', *A Transcript of the Registers of the Company of Stationers of London ; 1554-1640 A. D.* Edited by Edward Arber. Vol. V. Birmingham : Privately printed, 1894. Pp. lxxxi-cxi.

Austen (2008)   Austen, Gillian. *George Gascoigne*. Cambridge : D. S. Brewer, 2008.

Baldwin (1944)   Baldwin, T. W. *William Shakespeare's 'Small Latine & Lesse Greeke'*. Urbana, IL : University of Illinois Press, 1944.

Bate (2009)   Bate, Jonathan. *Soul of the Age : A Biography of the Mind of William Shakespeare*. New York : Random House, 2009.

Bennett (1950-51)   Bennett, H. S. 'Notes on English Retail Book-prices, 1480-1560', *The Library*, V Series, 5 (1950-51), 172-78.

Bennett (1952)   Bennett, H. S. *English Books and Readers 1475-1557*. Cambridge : Cambridge University Press, 1952.

Bennett (1965)   Bennett, H. S. *English Books and Readers 1558-1603*. Cambridge : Cambridge University Press, 1965.

Bennett (1970)   Bennett, H. S. *English Books and Readers 1603-1640*. Cambridge : Cambridge University Press, 1970.

Berger, Bradford, & Sondergard (1998)   Berger, Thomas L., William C. Bradford and Sidney L. Sondergard. *An Index of Characters in Early Modern English Drama : Printed Plays,*

	1500-1660. Cambridge : Cambridge University Press, 1998.
Berry (1986)	Berry, Herbert. *The Boar's Head Playhouse*. Illustrated by C. Walter Hodges. Washington, DC : Folger Shakespeare Library, 1986.
Berry (1989)	Berry, Herbert. 'The First Public Playhouses, Especially the Red Lion', *Shakespeare Quarterly*, Vol. 40, No. 2 (Summer 1989), 133-48.
Blayney (1990)	Blayney, Peter W. M. *The Bookshops in Paul's Cross Churchyard*. Occasional Papers of the Bibliographical Society Number 5. London : The Bibliographical Society, 1990.
Boulton (2000)	Boulton, Jeremy. 'London 1540-1700', *The Cambridge Urban History of Britain*, ed. Peter Clark (Cambridge : Cambridge University Press, 2000), 315-46.
Bowsher (2012)	Bowsher, Julian. *Shakespeare's London Theatreland : Archaeology, History and Drama*. London : Museum of London Archaeology, 2012.
Bowsher & Miller (2009)	Bowsher, Julian, and Pat Miller. *The Rose and the Globe — Playhouses of Shakespeare's Bankside, Southwark. Excavations 1988-91*. London : Museum of London Archaeology, 2009.
Brown & Hopkins (1955)	Brown, E. H. Phelps, and Sheila V. Hopkins. 'Seven Centuries of Building Wages', *Economica* 22 (1955), 195-206.
Bullen (1887)	Bullen, A. H., ed. *The Works of John Marston*. 3 vols. London : John C. Nimmo, 1887.
Chambers (1903)	Chambers, E. K. *The Mediaeval Stage*. 2 vols. Oxford : The Clarendon Press, 1903 ; reprinted 1954.
Chambers (1923)	Chambers, E. K. *The Elizabethan Stage*. 4 vols. Oxford : The Clarendon Press, 1923 ; reprinted with correction, 1951.
Chambers (1930)	Chambers, E. K. *William Shakespeare*. 2 vols. Oxford : The Clarendon Press, 1930 ; reprinted 1951.
Clark (1976)	Clark, Peter. 'The Ownership of Books in England, 1560-1640 : The Example of Some Kentish Townsfolk', *Schooling and Society : Studies in the History of Education*. Ed. Lawrence Stone. Baltimore and London : Johns Hopkins University Press, 1976.
Clark & Slack (1976)	Clark, Peter, and Paul Slack. *English Towns in Transition 1500-1700*. Oxford : Oxford University Press, 1976.
Collins (1943)	Collins, D. C. *A Handlist of News Pamphlets, 1590-1610*. London : South-West Essex Technical College, 1943.
Collins (2009)	Collins, Paul. *The Book of William : How Shakespeare's First Folio Conquered the World*. New York : Bloomsbury, 2009.
Cook (1981)	Cook, Ann Jennalie. *The Privileged Playgoers of Shakespeare's London, 1576-1642*. Princeton, NJ : Princeton University Press, 1981.
Cornwall (1962)	Cornwall, Julian. 'English Country Towns in the 1520s', *Economic*

	History Review, Second series Vol. 15 (1962), 57-61.
Cornwall (1970)	Cornwall, Julian. 'English Population in the Early Sixteenth Century', *Economic History Review,* Second series Vol. 23 (1970), 32-44.
Cressy (1977)	Cressy, David. 'Levels of Illiteracy in England, 1530-1730', *The Historical Journal* XX (1977), 1-23.
Cressy (1980)	Cressy, David. *Literacy and the Social Order: Reading and Writing in Tudor and Stuart England.* Cambridge: Cambridge University Press, 1980.
Eccles (1990)	Eccles, Christine. *The Rose Theatre.* London: Nick Hern Books; New York: Routledge, 1990.
Erne (2009)	Erne, Lukas. 'The Popularity of Shakespeare in Print', *Shakespeare Survey* 62, pp. 12-29. Ed. Peter Holland. Cambridge: Cambridge University Press, 2009.
Esdaile (1912)	Esdaile, Arundell. *A List of English Tales and Prose Romances printed before 1740.* Part I: 1475-1642. Part II: 1643-1739. London: Printed for the Bibliographical Society by Blades, East & Blades, 1912.
Finlay (1981)	Finlay, Roger. *Population and Metropolis: The Demography of London 1580-1650.* Cambridge: Cambridge University Press, 1981.
Glass (1946)	Glass, D. V. 'Gregory King and the Population of England and Wales at the End of the Seventeenth Century', *Eugenics Review* (January 1946), 170-83.
Greg	Prefix to the serial number of a title listed in Greg (1939-59).
Greg (1931)	Greg, W. W. *Dramatic Documents from the Elizabethan Playhouses. Stage Plots: Actors' Parts: Prompt Books.* 2 vols. Oxford: The Clarendon Press, 1931.
Greg (1939-59)	Greg, W. W. *A Bibliography of the English Printed Drama to the Restoration.* 4 vols. London: The Bibliographical Society, 1939-59.
Greg (1955)	Greg, W. W. *The Shakespeare First Folio: Its Bibliographical and Textual History.* Oxford: The Clarendon Press, 1955.
Harbage (1989)	Harbage, Alfred. *Annals of English Drama, 975-1700: An Analytical Record of All Plays, Extant or Lost, Chronologically Arranged and Indexed by Authors, Titles, Dramatic Companies &c.* Revised by S. Schoenbaum. Third Edition, revised by Sylvia Stoler Wagonheim. London and New York: Routledge, 1989.
Harding (1990)	Harding, Vanessa. 'The Population of London, 1550-1700: A Review of the Published Evidence'. *The London Journal,* Vol. 15, No. 2 (1900), 111-28.
Henslowe (2002)	*Henslowe's Diary.* Second edition. Ed. R. A. Foakes. Cambridge: Cambridge University Press, 2002.

Hinman (1968)	Hinman, Charlton, prep. *The First Folio of Shakespeare*. The Norton Facsimile. New York : W. W. Norton, 1968. Second edition with a New Introduction by Peter W. M. Blayney, 1996.
Holaday (1970)	Holaday, Allan, ed. *The Plays of George Chapman : The Comedies. A Critical Edition*. Urbana, IL : University of Illinois Press, 1970.
Holaday (1987)	Holaday, Allan, ed. *The Plays of George Chapman : The Tragedies with* 'Sir Gyles Goosecappe'. *A Critical Edition*. Cambridge : D. S. Brewer, 1987.
Howard-Hill (1990)	Howard-Hill, T. H. 'The Evolution of the Form of Plays in English During the Renaissance', *Renaissance Quarterly* 43 (1990), 112-45.
Hunter (1951)	Hunter, G. K. 'The Marking of *Sententiae* in Elizabethan Printed Plays, Poems, and Romances', *The Library*, V Series, 6 : 3/4 (December 1951), 171-88.
Hunter (1975)	Hunter, G. K., ed. *The Malcontent* by John Marston. The Revels Plays. London : Methuen, 1975.
Huntington (1981)	*Shakespeare's Plays in Quarto : A Facsimile Edition of Copies Primarily from the Henry E. Huntington Library*. Edited, with Introduction and Notes, by Michael J. B. Allen and Kenneth Muir. Berkeley and Los Angeles, CA : University of California Press, n. d. (1981).
Jackson (2001)	Jackson, H. J. *Marginalia : Readers Writing in Books*. New Haven and London : Yale University Press, 2001.
Jackson (2005)	Jackson, H. J. ' 'Marginal Frivolities' : readers' notes as evidence for the history of reading' in *Owners, Annotators and the Signs of Reading*, pp. 137-51. Eds. Robin Myers, Michael Harris and Giles Mandelbrote. New Castle, DE : Oak Knoll Press ; London : The British Library, 2005.
Johnson (1950)	Johnson, Francis R. 'Notes on English Retail Book-prices, 1550-1640', *The Library*, V series, 5 : 2 (September 1950), 83-112.
JSY (1963)	『第十四回日本統計年鑑』 総理府統計局編集 （日本統計協会・毎日新聞社発行、1964 年刊）。
Klotz (1937-38)	Klotz, Edith L. 'A Subject Analysis of English Imprints for Every Tenth Year from 1480 to 1640', *Huntington Library Quarterly* Vol. 1 (1937-38), 417-38.
Loengard (1983)	Loengard, Janet S. 'An Elizabethan Lawsuit : John Brayne, his Carpenter, and the Building of the Red Lion Theatre', *Shakespeare Quarterly*, Vol. 34, No.3 (Autumn 1983), 298-310.
London (2008)	*The London Encyclopaedia*. Third edition. London : Macmillan, 2008.
Marston	*The Works of John Marston*. Ed. Arthur Henry Bullen. 3 vols. London : John C. Nimmo, 1887. Reprint, New York : Georg Olms Verlag, 1970.

McJannet (1999) McJannet, Linda. *The Voice of Elizabethan Stage Directions: The Evolution of a Theatrical Code.* Newark: University of Delaware Press, 1999.

McKerrow (1927) McKerrow, Ronald B. *An Introduction to Bibliography for Literary Students.* Oxford: The Clarendon Press, 1927; reprinted 1959.

Milward-1 (1978) Milward, Peter. *Religious Controversies of the Elizabethan Age: A Survey of Printed Sources.* London: The Scolar Press, 1978.

Milward-2 (1978) Milward, Peter. *Religious Controversies of the Jacobean Age: A Survey of Printed Sources.* London: The Scolar Press, 1978.

Mish (1952) Mish, Charles C. 'Comparative Popularity of Early Fiction and Drama', *Notes & Queries* (21 June 1952), 269-70.

Morris (1981) *The Taming of the Shrew.* The Arden Shakespeare. Ed. Brian Morris. London: Methuen, 1981.

MSR Malone Society Reprints.

OED *Oxford English Dictionary.* Oxford University Press.

Oxford(Text) *William Shakespeare: A Textual Companion.* By Stanley Wells and Gary Taylor et al. Oxford: Clarendon Press, 1987.

Palliser (1983) Palliser, D. M. *The Age of Elizabeth: England under the Later Tudors 1547-1603.* London and New York: Longman, 1983.

Pantzer (1991) Pantzer, Katharine F. 'Index 1: Printers and Publishers' in *A Short-Title Catalogue of Books Printed in England, Scotland, & Ireland and of English Books Printed Abroad 1475-1640.* First Compiled by A. W. Pollard and G. R. Redgrave. Second edition. Vol. 3, pp. 1-205. London: The Bibliographical Society, 1991.

Rich (1950) Rich, E. E. 'The Population of Elizabethan England', *Economic History Review*, Second series Vol. 2 (1950), pp. 247-65.

Riverside (1997) *The Riverside Shakespeare.* Second edition. Boston: Houghton Mifflin, 1997.

RSC (2007) *The RSC Shakespeare: William Shakespeare Complete Works.* Ed. Jonathan Bate and Eric Rasmussen. Houndmills, Basingstoke: Macmillan, 2007.

Russell (1948) Russell, Josiah Cox. *British Medieval Population.* Albuquerque, NM: University of New Mexico Press, 1948.

Sandys (1916) Sandys, Sir John Edwin. 'VIII. Education', *Shakespeare's England: An Account of the Life & Manners of his Age.* Vol. I, pp. 224-50. Oxford: Clarendon Press, 1916.

Savage (1911) Savage, Ernest A. *Old English Libraries: The Making, Collection, and Use of Books during the Middle Ages.* London: Methuen, 1911.

Shattuck (1965) Shattuck, Charles H. *The Shakespeare Promptbooks: A Descriptive*

	Catalogue. Urbana, IL and London : University of Illinois Press, 1965.
Siemon (2003)	Siemon, James. '"The power of hope?" An Early Modern Reader of *Richard III*', *A Companion to Shakespeare's Works. Volume II The Histories*, pp. 361-78. Ed. Richard Dutton and Jean E. Howard. Oxford : Blackwell, 2003.
Siemon (2009)	*King Richard III*. The Arden Shakespeare. Ed. James R. Siemon. London : Bloomsbury Publishing, 2009.
Sisson (1972)	Sisson, C. J. *The Boar's Head Theatre : An Inn-yard Theatre of the Elizabethan Age*. Ed. Stanley Wells. London and Boston : Routledge & Kegan Paul, 1972.
Spufford (1981)	Spufford, Margaret. *Small Books and Pleasant Histories : Popular Fiction and Its Readership in Seventeenth-Century England*. London : Methuen, 1981. Also, Athens, GA : University of Georgia Press, 1982 ; Cambridge : Cambridge University Press, 1985.
STC	Prefix to the serial number of a title listed in *STC* (1991).
STC (1926)	Pollard, A. W., and G. R. Redgrave, compilers. *A Short-Title Catalogue of Books Printed in England, Scotland, & Ireland and of English Books Printed Abroad 1475-1640*. London : The Bibliographical Society, 1926.
STC (1991)	Pollard, A. W., and G. R. Redgrave, compilers. *A Short-Title Catalogue of Books Printed in England, Scotland, & Ireland and of English Books Printed Abroad 1475-1640*. First compiled by A. W. Pollard & G. R. Redgrave. Second edition. Revised and enlarged : Begun by W. A. Jackson & F. S. Ferguson : Completed by Katharine F. Pantzer. 3 vols. London : The Bibliographical Society, 1976-1991.
Stevenson (1984)	Stevenson, Laura Caroline. *Praise and Paradox : Merchants and Craftsmen in Elizabethan Popular Literature*. Cambridge : Cambridge University Press, 1984.
Sutherland (1972)	Sutherland, Ian. 'When was the Great Plague? Mortality in London, 1563 to 1665', *Population and Social Change*. Ed. D. V. Glass and Roger Revelle. London : Arnold, 1972. Pp. 287-320.
Tomita (2009)	Tomita, Soko. *A Bibliographical Catalogue of Italian Books Printed in England 1558-1603*. Farnham, Surrey : Ashgate, 2009.
Tricomi (1986)	Tricomi, A. H. 'Philip, Earl of Pembroke, and the Analogical Way of Reading Political Tragedy', *Journal of English and Germanic Philology* 85 (July 1986), 332-45.
Ugawa (1984)	鵜川馨著『イギリス社会経済史の旅』日本基督教団出版局発行、東京、1984年。
Watson (1908)	Watson, Foster. *The English Grammar Schools to 1660 : their Curriculum and Practice*. Cambridge : Cambridge University Press, 1908.

Watt (1990)	Watt, Tessa. 'Publisher, Pedlar, Pot-Poet : The Changing Character of the Broadside Trade, 1550-1640', *Spreading the Word : The Distribution Networks of Print, 1550-1850*, pp. 61-81. Ed. Robin Myers and Michael Harris. Winchester : St. Paul's Bibliographies, 1990.
Watt (1991)	Watt, Tessa. *Cheap Print and Popular Piety, 1550-1640*. Cambridge Studies in Early Modern British History. Cambridge : Cambridge University Press, 1991.
Wickham (1980)	Wickham, Glynne. *Early English Stages, 1300 to 1660*. 3 vols. London : Routledge & Kegan Paul, 1980.
Wright (1935)	Wright, Louis B. *Middle-Class Culture in Elizabethan England*. Chapel Hill, NC : University of North Carolina Press, 1935 ; Ithaca, NY : Cornell University Press, 1958.
Wrigley & Schofield (1981)	Wrigley, E. A., and R. S. Schofield. *The Population History of England 1541-1871 : A Reconstruction*. London : Arnold, 1981.
Wrigley &c (1997)	Wrigley, E. A., R. S. Davies, J. E. Oeppen and R. S. Schofield. *English Population History from Family Reconstitution 1580-1837*. Cambridge : Cambridge University Press, 1997.
Yamada (1978)	Yamada, Akihiro. 'Sig. K2 of the National Library of Scotland Copy of George Chapman's *Caesar and Pompey*, 1631',『人文学論集』第 12 号 99-101 ページ。信州大学人文学部文学科、1978 年 3 月。
Yamada (1986)	山田昭廣著『観客と読者――エリザベス朝演劇の興隆とロンドン書籍商組合の興隆』昭和 60 年度文部省科学研究費研究成果報告書 課題番号 58510209（信州大学人文学部、1986 年 3 月）［国立国会図書館蔵書 (NDL-OPAC)：Y151-58510209］
Yamada (1994)	Yamada, Akihiro. *Thomas Creede : Printer to Shakespeare and His Contemporaries*. Tokyo : Meisei University Press, 1994.
Yamada (1998)	Yamada, Akihiro, ed. *The First Folio of Shakespeare : A Transcript of Contemporary Marginalia in a Copy of the Kodama Memorial Library of Meisei University*. Tokyo : Yushodo Press, 1998.
Yamada (2002)	Yamada, Akihiro. *Peter Short : An Elizabethan Printer*. Tsu, Mie : Mie University Press, 2002.
Yamada (2010)	Yamada, Akihiro. *Secrets of the Printed Page in the Age of Shakespeare : Bibliographical Studies in the Plays of Beaumont, Chapman, Dekker, Fletcher, Ford, Marston, Shakespeare, Shirley, and in the Text of King James I's 'The True Lawe of Free Monarchies', with an Edition of 'Arcadia Restored' : Egerton MS 1994, Folios 212-23 in the British Library*. New York : AMS Press, 2010.

固有名詞の原語・日本語対照表

この対照表はすべての作品名と旅館を含む劇場名および主な人名や地名などの原語から日本語を検索するためのものである。日本語から原語を検索するためには巻末の索引が役立つ。

A

Aberdeen University Library → アバディーン大学図書館
Abraham's Sacrifice → 『アブラハムの犠牲』
Acts and Monuments → 『行伝と事蹟』
Admiral's Men, The → 海軍大臣一座
Adolescentia → 『青春』
Agamemnon → 『アガメムノン』
Allde, Edward → オールディ
Allde, John → オールディ
Alleyn, Edward → アレン
All Fools → 『すべて馬鹿』
Allison and Rogers → アリソンとロジャーズ
All Sortes of Handes → 『新手本』
All's Well That Ends Well → 『終わりよければすべてよし』
Amyntas' Pastoral → 『アミンタスの牧歌』
Andria → 『アンドゥリア』
Antonio and Mellida → 『アントニオとメリダ』
Antonio's Revenge → 『アントニオの復讐』
Antony and Cleopatra → 『アントニーとクレオパトラ』
Apologie for Poetrie, An → 『文芸のための弁明』
Ariosto, Ludovico → アリオスト
Arraignment of Paris, The → 『パリスの審判』
As You Like It → 『お気に召すまま』
Austen, Gillian → オーステン

B

Baildon, John → ベイルドン
Bale, John → ベイル
Bales, Peter → ベイルズ
Barley, William → バーリー
Bate, Jonathan → ベイト
Beaumont, Francis → ボーモント
Bel Savage, The → 「能天気屋」
Bell, The → 「鈴屋」
Berkshire → バークシャー
Birmingham → バーミンガム
Berry, Herbert → ベリー
Blackfriars → ブラックフライアーズ
Blackfriars, The → 「ブラックフライアーズ劇場」
Boar's Head, The → 「猪の首座」
Boar's Head, The → 「猪の首屋」
Bodleian Library, The → ボドレー図書館
Book Containing Divers Sortes of Hands, A → 『書体のいろいろ』
Book of Christian Exercise, A → 『キリスト教の教え』
Bowsher, Julian → バウシャー
Braun, Georg → ブラウン
Braun, Georg and Franz Hogenberg → ブラウンとホーゲンベルク
Brayne, John → ブレイン
British Library, The → 英国図書館
Broken Heart, The → 『失意の人』
Bull, The → 「雄牛屋」
Bullen, A. H. → ブッレン
Bunny, Edmund → バニー
Burbage, James → バービッジ
Burby, Cuthbert → バービー
Bussy D'Ambois → 『ビュッシ・ダンボワ』

C

Cade, Jack → ケイド
Canterbury → カンタベリー
Canterbury Tales, The → 『カンタベリー物語』

Captain Cox of Coventry → コックス
Catechisme, A → 『公教要理』
Caxton, William → キャックストン
Centlivre, S. → セントリヴァー
Chamberlain's Men, The → 宮内大臣一座
Chambers, E. K. → チェインバーズ
Chapman, George → チャップマン
Chaucer, Geoffrey → チョーサー
Cheke, Henry → チーク
Children of Paul's, The → セントポール少年劇団
Children of the Chapel, The → 王室チャペル少年劇団
Chronicle of England ..., The → 『年代記』
Cicero, Marcus Tullius → キケロ
Cinthio, Giovanni Battista Giraldi → チンチオ
Civitates Orbis Terrarum → 『世界の都市』
Clark, Peter → クラーク
Collection of Emblems, Ancient and Moderne, A → 『古今図像集』
Collins, Paul → コリンズ
Colwell, Thomas → コルウェル
Comedy of Errors, The → 『間違いの喜劇』
Conspiracy and Tragedy of Charles, Duke of Byron, The → 『バイロン公爵チャールズの陰謀と悲劇』
Coriolanus → 『コリオレイナス』
Cornwal, Julian → コーンウォル
Country Wife, The → 『田舎の女房』
Covent Garden → コヴェント・ガーデン
Creede, Thomas → クリード
Cressy, David → クレッシー
Cross Keys, The → 「違い鍵屋」
Curtain, The → 「カーテン座」
Cymbeline → 『シンベリン』

D

Daniel, Samuel → ダニエル
Dawson, Thomas → ドーソン
Day, John → デイ
de Beauchesne, John → ドゥ・ボシェスン
Defence of Poesie, The → 『文芸弁護論』
Dekker, Thomas → デカー
Deloney, Thomas → デロニー
Denham, Henry → デナム
De Oratore → 『弁論家について』
Derby's Men, The → ダービー伯爵一座

Devon → デヴォン
de Witt, Johannes → デ・ウィット
de Worde, Wynkyn → デ・ウォルデ
Dido Queen of Carthage → 『カルタゴの女王ダイドー』
Divers Sortes of Hands → 『書体のいろいろ』
Divers Sortes of Sundry Hands → 『新訂・書体のいろいろ』
Doctor Faustus → 『ファウスト博士』
Dolce, Lodovico → ドルチェ
Domesday Book, The → 土地台帳
Dorset → ドーセット
Droomme of Doomes Day, The → 『最後の審判の日の太鼓』
Dryden, John → ドライデン
Durham → ダラム
Dutch Courtesan, The → 『オランダ娼婦』

E

Earl of Leicester's Men, The → レスター伯爵一座
Earl of Warwick's Men, The → ウォリック伯爵一座
Earl of Worcester's Men, The → ウースター伯爵一座
East, Thomas → イースト
Eccles, Christine → エクルズ
Edward III, King → 『エドワード三世』
Ella Rosenberg → 『エラ・ローゼンバーグ』
Endymion → 『エンディミオン』
Erasmus, Desiderius → エラスムス
Erne, Lukas → エルン
Esdaile, Arundell → エスデイル
Eton College → イートン校
Euripides → エウリピデス
Evans, G. Blakemore → エヴァンズ

F

Fair Maid of the Inn, The → 『宿屋の美しい娘』
Fancies, Chaste and Noble, The → 『純潔にして高貴な空想』
Faversham → フェイヴァシャム
Fawn, The → 『おべっか』
Fletcher, John → フレッチャー
Floure for Latine spekynge selected and gathered oute of Terence → 『テレンティウスのラテン詩歌選集』

Folger Shakespeare Library, The → フォルジャー・シェイクスピア図書館
Ford, John → フォード
Fortune, The → 「運命座」
Four Elements, The → 『四元素』
Four Ps, The → 『四つのP』
Foxe, John → フォックス
Free Will → 『自由意志』
Friar Bacon and Friar Bungay → 『ベイコン坊主とバンゲイ坊主』
Fulgens and Lucrece → 『フルジェンスとルクリース』
Fulwell, Ulpian → フルウェル

G

Gamester, The → 『賭博者』
Garrick, David → ギャリック
Gascoigne, George → ギャスコイン
Gentleman Usher, The → 『執事』
George, The → 「ジョージ座」
George, The → 「ジョージ屋」
Giles Goosecap, Sir → 『ジャイルズ鵞鳥男爵』
Glass of Government, The → 『政治の鏡』
Globe, The → 「地球座」
Gorboduc → 『ゴーボダック』
Gosson, Stephen → ゴッソン
Gower, John → ガワー
Granada, Luis de → グラナダ
Greene, Robert → グリーン
Greg, W. W. → グレッグ
Griffith, William → グリフィス
Gurr, Andrew → ガー

H

Hamlet → 『ハムレット』
Harris, Frances → ハリス
Harbage, Alfred → ハービッジ
Hecatommithi → 『百物語』
Henry IV, Part 1, King → 『ヘンリー四世第一部』
Henry IV, Part 2, King → 『ヘンリー四世第二部』
Henry V, King → 『ヘンリー五世』
Henry VI, Part 1, King → 『ヘンリー六世第一部』
Henry VI, Part 2, King → 『ヘンリー六世第二部』
Henry VI, Part 3, King → 『ヘンリー六世第三部』
Henry VIII → ヘンリー八世
Henslowe, Philip → ヘンスロー
Herbert, Philip → ハーバート

Hercules Furens → 『狂えるヘラクレス』
Hercules Oetaeus → 『オエタのヘラクレス』
Hertford → ハーフォード
Hertfordshire → ハーフォードシャー
Heywood, Jasper → ヘイウッド
Heywood, John → ヘイウッド
Hinman, Charlton → ヒンマン
Hippolytus → 『ヒッポリトゥス』
Hogenberg, Franz → ホーゲンベルク
Holinshed, Raphael → ホリンシェッド
Hollar, Wenceslaus → ホラー
Honey Moon, The → 『新婚旅行』
Hopkins, Richard → ホプキンズ
Horatius Flaccus, Quintus → ホラティウス
Howard-Hill, Trevor H. → ハワードヒル
Humorous Day's Mirth, An → 『陽気な日の笑い』
Hundreth Sundrie Flowres, A → 『百華集』
Hunsdon, George Carey → 第2代ハンズドン公
Hunter, George → ハンター
Huntington Library, The → ハンティングトン図書館
Hycke Scorner → 『冷笑家ヒック』

I

Insatiate Countess, The → 『強慾な公爵夫人』
Interlude of Vice, The → 『悪徳』

J

Jackson, Heather → ジャクソン
James the Fourth, King → 『ジェイムズ四世』
Jarman, Miss → ジャーマン嬢
Jew of Malta, The → 『マルタ島のユダヤ人』
Jocasta → 『ジョカスタ』
Johan the Evangelist → 『伝道者ジョアン』
John, King → 『ジョン王』
John of Bordeaux → 『ボルドーのジョン』
Johnstoune, William → ジョンストウン
Jones, Richard → ジョーンズ
Jonson, Ben → ジョンソン

K

Kearney, William → キアニ
Kemble, Charles → ケンブル
Kenney, James → ケニー
Kethe, William → キース
Kiechel, Samuel → キーヘル
King's Men, The → 国王一座

King, Gregory → キング
Kyd, Thomas → キッド

L

Lady of the Pleasure, The → 『快楽の夫人』
Lady's Trial, The → 『夫人の試練』
Laneham, Robert → レイナム
Lear, King → 『リア王』
Leicester → レスター
Like Will to Like → 『似た意地同志』
'Lily's Grammar' → 「リリーの文法」
Lodge, Thomas → ロッジ
Londinum Florentissima Britanniae Urbs → 『英国の大繁栄城郭都市ロンドン』
London → 『ロンドン百科事典』
Looking Glasse for London and England, A → 『ロンドンと英国の姿見』
Love's Labours Lost → 『恋の骨折り損』
Love's Metamorphosis → 『愛の変身』
Lover's Melancholy, The → 『恋人の憂鬱』
Love's Sacrifice → 『愛の犠牲』
Lyly, John → リリー

M

Macbeth → 『マクベス』
Maidstone → メイドストン
Malone, Edmond → マロウン
Malcontent, The → 『不満分子』
Mantuanus, Baptista → マントゥアヌス
Marlowe, Christopher → マーロウ
Marriage between Wit and Wisdom, The → 『才気と知恵の結婚』
Marsh, Thomas → マーシュ
Marston, John → マーストン
Mary Stuart → 『メアリー・スチュアート』
Massinger, Philip → マッシンジャー
Matrimony → 『結婚』
May-Day → 『メイデー』
McJannet, Linda → マックジャネット
Measure for Measure → 『尺には尺を』
Medea → 『メディア』
Medwall, Henry → メドウォール
Menaechmi → 『メネクミ』
Merbury, Francis → マーベリー
Merchant of Venice, The → 『ヴェニスの商人』
Mercier, Louis-Sebastien → メルシエ
Merry Wives of Windsor, The → 『ウィンザーの陽気な女房たち』
Metamorphoses, The → 『変身物語』
Metropolis, The → メトロポリス
Midas → 『ミダス』
Middleton, Thomas → ミドゥルトン
Midsummer Night's Dream, A → 『夏の夜の夢』
Milward, Peter → ミルワード
Mish, Charles C. → ミッシュ
Monsieur D'Olive → 『ドリーヴ氏』
Mother Bombie → 『ボンビー母さん』
Much Ado About Nothing → 『から騒ぎ』

N

National Library of Scotland, The → スコットランド国立図書館
Nature → 『自然』
Neuyle, Alexander → ネヴィル
Negri, Francesco, of Bassano → ネグリ
Newe Booke, Containing All Sortes of Handes Vsually Written at This Daie, A → 『新手本』
Newe Booke of Copies, Containing Divers Sortes of Sundry Hands, A → 『新訂・書体のいろいろ』
New Custom → 『新しいしきたり』
Newington Butts, The → 「ニューイントン・バッツ座」
Norden, John → ノーデン
Norffolk → ノーフォック
Norton, Thomas → ノートン
Norwich → ノリッジ
Nowell, Alexander → ノーウェル
Nucleus Emblematorum → 『エンブレム要覧』

O

Octavia → 『オクテウィア』
Oedipus → 『オイディプス』
Of Prayer and Meditation → 『祈りと黙想』
Old Wives Tale, The → 『老妻物語』
Orwin, Thomas → オーウィン
Othello → 『オセロー』
Ovidius Naso, Publius → オウィディウス

P

Palarell Lives → 『英雄伝』
Palingenius, Marcellus → パリンゲニウス
Pantzer, Katharine F. → パンツァー
Parasitaster → 『寄生虫』

Paul's Cathedral, St. → セントポール寺院
Paul's Theatre, St. → セントポール劇場
Payne, John H. → ペイン
Peele, George → ピール
Pembroke, 4th Earl of → 第四代ペンブルック伯爵
Pembroke's Men, The → ペンブルック伯爵一座
Pericles → 『ペリクリーズ』
Perkin Warbeck → 『パーキン・ウォーベック』
Petrarca, Francesco → ペトラルカ
Phoenissae → 『フェニキアの女たち』
Physic against Fortune → 『運に備える薬』
Pickering, John → ピッカリング
Plautus, Titus Maccius → プラウトゥス
Play of the Weather, The → 『天気の劇』
Plutarch → プルターク
Point of Honour, The → 『面目』
Pollard, A. W. → ポラード
Promos and Cassandra → 『プロモスとカッサンドラ』
Pynson, Richard → ピンソン
Pyramus and Thisbe → 『ピラマスとシスビ』

Q

Queen's Men, The → 女王一座

R

Ralph Roister Doister → 『ラーフ・ロイスター・ドイスター』
Rape of Lucrece, The → 『ルークリースの凌辱』
Rastell, John → ラステル
Red Bull, The → 「赤牛屋」
Red Lion, The → 「赤獅子座」
Redgrave, G. R. → レッドグレイヴ
Repentance of Mary Magdalene, The → 『マグダラのマリアの嘆き』
Rich, E. E. → リッチ
Richard II, King → 『リチャード二世』
Richard III, King → 『リチャード三世』
Rival Ladies, The → 『張り合う女たち』
Rob Roy → 『ロブ・ロイ』
Rodwell, J. T. G. → ロドウェル
Rollenhagen, C. → ロレンハーゲン
Romeo and Juliet → 『ロミオとジュリエット』
Rose, The → 「薔薇座」

S

Sackville, Thomas → サックヴィル
Sapho and Phao → 『サッフォーとファオ』
Saracen's Head, The → 「サラセンの首屋」
Scarlet, Thomas → スカーレット
School for Scandal, The → 『悪口学校』
Scott, Walter → スコット
Scourge of Villainy, The → 『悪徳の天罰』
Seneca, Lucius Annaeus → セネカ
Shakespeare, William → シェイクスピア
Sharpham, Edward → シャーファム
Shattuck, Charles H. → シャタック
Sheridan, R. B. → シェリダン
Shirley, James → シャーリー
Short, Peter → ショート
Sidney, Philip → シドニー
Siemon, James → シーモン
Sisson, C. J. → シソン
Soane, George → ソーヌ
Speculum Britanniae → 『英国の姿見』
Stationers' Company of London, The → ロンドン書籍商組合
Steevens, George → スティーヴンズ
Stevenson, Laura → スティーヴンソン
Stockwood, John → ストックウッド
Strange's Men, The → ストレンジ伯爵一座
Stratford → ストラットフォード
Suffolk → サフォック
Sultan, The → 『サルタン』
Summoning of Every Man, The → 『人々の呼び出し』
Supposes → 『取り違い』
Surrey → サリー
Sussex's Men, The → サセックス伯爵一座
Sutherland, Ian → サザランド
Swan, The → 「白鳥座」

T

Tamburlaine the Great → 『タンバレイン大王』
Taming of the Shrew, The → 『じゃじゃ馬馴らし』
Temperance → 『自制』
Tempest, The → 『テンペスト』
Terentius Afer, Publius → テレンティウス
Theatre Royal, The → 「シアター・ロイアル劇場」
Theatre, The → 「劇場座」

Thebais → 『テーベの人たち』
Theobald, Lewis → ティボールド
Therese → 『テレーズ』
Thyestes → 『テュエステス』
Timon of Athens → 『アテネのタイモン』
'Tis Pity She's a Whore → 『哀れ彼女は娼婦』
Titus Andronicus → 『タイタス・アンドロニカス』
Tobin, John → トビン
Tomkis, Thomas → トムキス
Tottell, Richard → トッテル
Tragedy of Arden of Faversham, The → 『フェイヴァシャムのアーデンの悲劇』
Tricomi, A. H. → トリコミ
Troas → 『トロイの女たち』
Troilus and Cressida → 『トロイラスとクレシダ』
Twelfth Night, The → 『十二夜』
Two Gentlemen of Verona, The → 『ヴェローナの二紳士』
Two Noble Kinsmen, The → 『血のつながった二人の貴公子』

U

Udall, Nicholas → ユードル

V

van Buchel, Aernout → ファン・ブッヘル
van de Passe, Crispin → ファン・デ・パッセ
van der Straten, Dirik → ファン・デル・シュトラッテン
Victor, Ducange → ヴィクトル
Virtuous Octavia → 『貞淑なオクテウィア』
Vissher, Claes J. → フィッシャー
Vitae Parallelae → 『英雄伝』
Volpone → 『ヴォルポーニ』

W

Wager, Lewis → ウェイジャー
Walley, John → ウォリー
Warde, Mr. → ウォード氏
Warde, Mr. and Miss Jarman → ウォード氏とジャーマン嬢
Westminster School → ウェストミンスター校
Westones, George → ウェストンズ
What You Will → 『何なりと』
Where Shall I Dine → 『どこで食べよう』
White, Edward → ワイト
White, Thomas → ホワイト
Wing, D. G. → ウィング
Winter's Tale, The → 『冬物語』
Wise, Andrew → ワイズ
Wither, George → ウィザー
Witty and Witless → 『賢と愚』
Wolfe, Dr. Heather R. → ウルフ博士
Woman in the Moon, The → 『月の女』
Wonder, The → 『奇跡』
Worcester College Library, Oxford → オックスフォード大学ウスター学寮図書館
World and the Child, The → 『俗世と子供』
Wounds of Civil War, The → 『内戦の傷』
Writing Schoolmaster, The → 『3冊合本の習字手本』
Wycherley, William → ウィッチャリー

Y

Youth → 『青春』

Z

Zodiacus Vitae → 『人生の十二宮』

索 引

この索引は「まえがき」から付録6の終わりまでに使われた固有名詞および主な事項の索引である。本文のみならず脚注やキャプションなどに見える事項が対象となっている。全体の配列は50音順であるが、各音ごとの配列は『　』（作品名）と「　」（旅館名および劇場名など）に続いて人名と地名を含む一般的事項となっている。

あ 行

『愛の犠牲』 Love's Sacrifice 130
『愛の変身』 Love's Metamorphosis 73
『アガメムノン』 Agamemnon 109-10, 252, 263
『悪徳』 The Interlude of Vice 252
『悪徳の天罰』 The Scourge of Villainy 148
『新しいしきたり』 New Custom 29
『アテネのタイモン』 Timon of Athens 64, 132
『アブラハムの犠牲』 Abraham's Sacrifice 109
『アミンタスの牧歌』 Amyntas' Pastoral 110
『哀れ彼女は娼婦』 'Tis Pity She's a Whore 129, 130
『アンドゥリア』 Andria 109, 112, 249-50, 263-4
『アントニーとクレオパトラ』 Antony and Cleopatra 50
『アントニオとメリダ』 Antonio and Mellida 135
『アントニオの復讐』 Antonio's Revenge 133
「赤牛座」 The Red Bull 85-6
「赤牛屋」 The Red Bull 82, 85
「赤獅子座」 The Red Lion 81, 83, 85-6, 91, 105, 107
アーサー王物語 29
アーデン双書 xiii, 226
アバディーン大学図書館 Aberdeen University Library 154
アリオスト Ludovico Ariosto 258
アリソンとロジャーズ Allison and Rogers 22-3
アレン Edward Alleyn 233
アレンとその一座 'Allen and his Company' 233
『田舎の女房』 The Country Wife 69

『祈りと黙想』 Of Prayer and Meditation 46
「猪の首座」 The Boar's Head 82
「猪の首屋」 The Boar's Head 82, 90
「印刷者より読者へ」'The Printer to the Reader' 111
イースト Thomas East 249
イギリス人口論 x
遺産検認帳 The Probate Records 32-4, 36, 38
イタリア体 Italian hand 121, 131, 136, 142-3, 156, 159, 193, 255
井上歩 ix
印刷者 13, 15, 17, 23, 42, 54, 108-9, 113, 250, 252
インフレ 20, 114
『ウィンザーの陽気な女房たち』 The Merry Wives of Windsor 40, 49, 60-3, 161, 180
『ヴェニスの商人』 The Merchant of Venice 40-1, 60, 155, 158
『ヴェローナの二紳士』 The Two Gentlemen of Verona xi, 57, 59, 132, 161
『ヴォルポーニ』 Volpone 68
『運に備える薬』 Physic against Fortune 143
「運命座」 The Fortune 78, 86, 90, 95, 234
ウィザー George Wither 9
ウィッチャリー William Wycherley 69
ウィリアム1世 King William I 212
ウィングの目録
ウースター伯爵一座 The Earl of Worcester's Men 86
ウェイジャー Lewis Wager 108
ウェストンズ George Westones 258
ウォード氏 Mr. Warde 103

ウォード氏とジャーマン嬢　Mr. Warde and Miss Jarman　103
ウォリー　John Walley　249
ウォリック伯爵一座　The Earl of Warwick's Men　85
牛いじめ　100
裏移り　130, 144-7, 150
ウルフ博士　Dr. Heather R. Wolfe　156
『英国の姿見』　Speculum Britanniae　1
『英国の大繁栄城郭都市ロンドン』　Londinum Florentissima Britanniae Urbs　1
『英雄伝』　Palarell Lives　45
『エドワード三世』　King Edward III　40, 229
『エラ・ローゼンバーグ』　Ella Rosenberg　103
『エンディミオン』　Endymion　73, 109
『エンブレム要覧』　Nucleus Emblematorum　9
映画ブーム（大戦後の日本の）　99
英国国教会設立　7
英国国教会首長　14
英国史劇　41, 52, 106, 130, 153, 160, 180, 192, 205-6
英国図書館　25, 120, 136, 155, 158, 160, 193, 200, 269
エヴァンズ　G. Blakemore Evans　xiii, 161
エウリピデス　Euripides　258
疫病　95 →「ペスト」も見よ。
エクセター　Exeter　19
エクルズ　Christine Eccles　89
エスデイル　Arundell Esdaile　106
エセックス　Essex　63, 74
エドワード六世　King Edward VI　14, 19, 22
エラスムス　Desiderius Erasmus　22
エリザベス一世　Queen Elizabeth I　14, 17-8, 20, 22-3, 27, 29, 212, 233
エルン　Lukas Erne　78
演劇　viii-xi, 12, 24, 29, 37, 39, 60, 72-3, 120, 244, 266
　　―愛好者　91, 114, 207
　　―談義　185
　　―の興隆　viii, 29, 75
　　―の大衆化　117, 203
　　―の定義　69
　　―の本質　184
　　―の隆盛　x, 115, 202-3
　　―ブーム　99
　　―旅館　84, 105
演劇通　205

演劇的感性　207
演劇的反映　73
演劇熱　83, 97, 105, 114
演目　102
『オイディプス』　Oedipus　109-10, 113, 252, 263
『オエタのヘラクレス』　Hercules Oetaeus　263
『お気に召すまま』　As You Like It　50, 59-60
『オクテウィア』　Octavia　109-10, 252, 257
『オセロー』　Othello　50, 64, 132, 160, 193-5, 198, 200, 206, 208
『おべっか』　The Fawn　135
『オランダ娼婦』　The Dutch Courtesan　135-6
『終わりよければすべてよし』　All's Well That Ends Well　64, 162
「雄牛屋」　The Bull　90
オウィディウス　Publius Ovidius Naso　47-8
オーウィン　Thomas Orwin　54
王室チャペル少年劇団　The Children of the Chapel　81
王政復古　68, 215, 224-5
オーステン　Gillian Austen　261
大矢玲子　ix
オールディ　Edward Allde　247
オールディ　John Allde　253
屋内劇場　55, 63, 65, 72, 81, 105, 114, 166, 179
オックスフォード大学ウスター学寮図書館　Worcester College Library, Oxford　123
大人劇団　81-2, 105, 233

か 行

『快楽の夫人』　The Lady of the Pleasure　68
『から騒ぎ』　Much Ado about Nothing　60, 66-7
『カルタゴの女王ダイドー』　Dido Queen of Carthage　73
『カンタベリー物語』　The Canterbury Tales　16
「カーテン座」　The Curtain　81, 85, 90
ガー　Andrew Gurr　89
海軍大臣一座　The Admiral's Men　82, 86, 90, 101, 233-4
外国人居留者　213
外的証拠　external evidence　89
書き込み　viii, xii, 117, 119-33, 136-8, 140-1, 143-7, 149-51, 153-69, 171-92, 204-8, 268-9
　良質の―の要件　204-5
学習熱　53, 60, 63, 69, 73-4
学校　14, 28, 51, 53, 63, 113
カトリック教会　14, 30

索 引　305

金子雄司　ix
歌謡　29
ガワー　John Gower　16
河合祥一郎　ix
川北稔　3
観客　viii, x, 12, 39, 42, 44-9, 52, 56-7, 59, 63, 65-8, 103, 108, 118, 182 →「桟敷」も見よ。
　—収容力　xi, 89, 94 →「土間の観客数」も見よ。
　—推定値→「推定値（観客）」を見よ。
　—動員力　12, 82, 90, 94, 203
　—反応　vii
　　平均—動員力　93
　　旅館の—動員力　92
観劇回数　ix, 97-100, 103
観劇頻度　97
カンタベリー　Canterbury　34-7
『寄生虫』 Parasitaster　65
『奇跡』 The Wonder　104
『行伝と事蹟』 Acts and Monuments　21
『キリスト教の教え』 A Book of Christian Exercise　21
キアニ　William Kearney　54
キース　William Kethe　30
キーヘル　Samuel Kiechel　87, 95
戯曲全集（シェイクスピアの）　viii, 132, 153-4, 156, 160-1, 164, 180-2, 188, 192, 195, 206
戯曲の
　—現存作品　69-72, 132
　—出版者　203
　—タイプ（1600年までの）　105
　—読者　ix, 78, 80, 83, 107, 109-10, 113, 117, 119, 132, 153, 155, 158, 160, 193, 202-3, 204-5
　—読者集団　83, 203
　—読者集団の誕生　115, 204
　—読者の誕生　ix, 75
　—読者論　180
　—本文研究　vii
戯曲本　viii-ix, xi, 29, 75-6, 80, 107, 112, 117, 152, 194, 203, 243-7, 249, 255, 264
　—の出版　78-9, 81, 105, 111, 114-5, 203
　—の出版数　ix, 77, 83, 101, 106
　—の割合（出版物の総点数に対する）　77
戯曲本の書式　113-5, 132, 138, 240, 253, 256, 263, 265-7
　書式の確立　115, 256
　書式の習合　267

第1の書式　243-5, 247-8, 250-1, 253-4, 257-8, 261, 263-4
第2の書式　243, 245-8, 252, 257, 263-4
第3の書式　243, 246-9, 252-3, 255, 257-8, 264, 266
第4の書式　243, 248, 250-4, 256-60, 262-4, 266-7
第4の書式に統一　114, 204, 265
中世以来の伝統的書式　267
手書き本の書式　243, 248, 253, 261, 265
版本の書式　243, 261
キケロ　Marcus Tullius Cicero　47, 112
キッド　Thomas Kyd　78
擬秘書体　pseudo-Secretary hand　156-7
ギャスコイン　George Gascoigne　80, 111, 258-9, 262, 266
キャックストン　William Caxton　241-2
キャッチワード　catchword　197
ギャリック　David Garrick　200, 209
教育　viii, 14-5, 18, 32, 50, 52, 55, 61-3, 73, 81, 112, 204
教育熱　14-5, 18-9, 38, 55
教会　3, 14-6, 21-2, 24, 26, 30, 32, 49, 81, 104
教会文書　chantry certificates　212, 220
行商人　31, 75
ギルド　3
キング　Gregory King　2, 5, 11, 215-20, 223
『狂えるヘラクレス』 Hercules Furens　252, 257, 263
宮内大臣一座　The Chamberlain's Men　79, 82, 85, 120, 232-4
熊いじめ　114
クラーク　Peter Clark　3, 34
グラナダ　Luis de Granada　46
クリード　Thomas Creede　23, 79
グリーン　Robert Greene　7, 73, 78, 256, 261, 265
グリフィス　William Griffith　252
グレッグ　W. W. Greg　69-70, 72, 76, 106, 232, 266
クレッシー　David Cressy　14, 18-9, 63
『結婚』 Matrimony　103
『賢と愚』 Witty and Witless　247
「劇場座」　81-3, 85-7, 90, 233-4
ケイド　Jack Cade　18, 65
劇作家　vii, 101, 104-5, 202-4
劇場　2, 12, 18, 24, 37, 39, 47, 81, 84-6, 103, 109, 166

—空間　67, 172
　　—経営　86, 90, 101, 103, 203
　　—採算の分岐点　98
　　—の営業日数　91-3, 95-6, 100
　　—の観客数　89 →「観客収容力」も見よ。
　　—の採算目標　90, 95, 100
　　—の増加　203
　　—の入場料　92-3
劇場旅館　xi, 87, 91
劇団の
　　—夏季地方巡業　92, 95
　　—レパートリー　101, 103
ケニー　James Kenney　103
ケニルワス城　29
検閲　vii, 128
堅信の秘跡　7
献呈本　261
ケンブリッジ大学　14, 155
ケンブル　Charles Kemble　104
『恋の骨折り損』Love's Labours Lost　56, 60, 63, 67
『恋人の憂鬱』The Lover's Melancholy　130
『公教要理』A Catechisme　22
『強慾な公爵夫人』The Insatiate Countess　136
『ゴーボダック』Gorboduc　110, 257
『古今図像集』A Collection of Emblems, Ancient and Moderne　9
『コリオレイナス』Coriolanus　50, 64
郷健治　ix
興行禁止令　95-6
コーンウォル　Julian Cornwall　5, 6, 213-9
コーンウォル　Cornwall　214
国王一座　The King's Men　81
コックス　Captain Cox of Coventry　29
ゴッソン　Stephen Gosson　29
暦　29-31
コリンズ　Paul Collins　154
コルウェル　Thomas Colwell　252

さ　行

『才気と知恵の結婚』The Marriage between Wit and Wisdom　108-9, 253, 256, 262, 265
『最後の審判の日の太鼓』The Droomme of Doomes Day　111
『サッフォーとファオー』Sapho and Phao　264
『サルタン』The Sultan　103
『3冊合本の習字手本』The Writing Schoolmaster 54
再演興行　103
酒田利夫　3
サザランド　Ian Sutherland　x, 9, 11, 211, 222-3
サザランドの人口推定値　222 →「推定値（人口）」も見よ。
桟敷　87
　　—全部の収容力　89
　　—の観客　93
　　—の観客数　100
　　—の収容力　90
サセックス伯爵一座　The Sussex's Men　234
サセックス伯爵（第2、3、4代）The Earl of Sussex　234
サックヴィル　Thomas Sackville　257
サリー　Surrey　212, 222
散文文学の
　　—刺戟　107
　　—出版　ix, 106, 115, 203
『ジェイムズ四世』King James the Fourth　73
『自制』Temperance　245
『自然』Nature　243
『失意の人』The Broken Heart　130
『執事』The Gentleman Usher　67
『ジャイルズ鷺鳥男爵』Sir Giles Goosecap　68
『尺には尺を』Measure for Measure　64, 132
『じゃじゃ馬馴らし』The Taming of the Shrew　49, 56, 72
『自由意志』Free Will　109-10, 258
『十二夜』The Twelfth Night　48, 64-5, 74
『純潔にして高貴な空想』The Fancies, Chaste and Noble　130-3, 205
『ジョカスタ』Jocasta　110, 242, 250, 258-9, 261-2
『書体のいろいろ』Divers Sortes of Hands　53
『ジョン王』King John　49, 109
『新婚旅行』The Honey Moon　103
『人生の十二宮』Zodiacus Vitae　28
『新訂・書体のいろいろ』Divers Sortes of Sundry Hands　53
『新手本』All Sortes of Handes　53
『シンベリン』Cymbeline　64
「シアター・ロイアル劇場」The Theatre Royal　103
「ジョージ座」The George　85
「ジョージ屋」The George　85, 90
シーモン　James Siemon　189
シェイクスピア　William Shakespeare　18, 40-1,

索　引　307

47, 60, 63, 65, 71, 78, 103, 106, 112, 114-5, 118-9, 153-4, 156, 158-60, 168, 174, 179, 191, 197, 201-2, 204, 206, 208, 229, 267-8 →「戯曲全集（シェイクスピアの）」も見よ。
シェイクスピア劇団　86
ジェイムズ一世　King James I　22-3, 77
シェリダン　R. B. Sheridan　104
識字率　vii, 18, 23-4, 26, 28-33, 38-9, 55, 59, 63, 72, 78, 81, 107, 114, 117, 119, 201-2
事業家　14, 83, 85, 95, 97, 114
時事問題論争　31
四旬節　92, 95-6, 100
シソン　C. J. Sisson　83
シティー　The City　1
シドニー　Philip Sidney　29
市民革命　The Civil War　11 →「内乱」も見よ。
シャーファム　Edward Sharpham　159
ジャーマン嬢　Miss Jarman　103
シャーリー　James Shirley　68, 103
シャタック　Charles H. Shattuck　154
ジャックソン　Heather Jackson　205
宗教改革　vii, 114
宗教革命　201
宗教書　vii, 17, 22-4, 26-7, 29, 33
習字手本　53, 55, 65, 73-4
「柔軟な」証拠　'soft' evidence　39
出版　vii, ix-xii, 1, 7, 9, 13, 16-27, 29-30, 39, 41-2, 45, 47, 53, 67-9, 75-6, 107, 111, 113, 208, 227-8, 240, 246-7, 258, 263-4, 268-9
　—点数　ix, 23-5, 76-7, 83, 101-3 →「戯曲本の出版数」も見よ。
　—部数　20, 27, 53
常打ち小屋　85
少年劇団　81-2, 105, 113, 152, 264
女王一座　The Queen's Men　79, 233-4
ジョーンズ　Richard Jones　31, 79, 110
ショート　Peter Short　21
書記体→「秘書体」を見よ。
書式→「戯曲本の書式」を見よ。
書籍　50
　—価格　20
　—業者　vii, xi, 78-81, 107, 203, 232
　—商　13, 22-3, 25, 27, 31, 54, 75, 113, 117
　—所有者（カンタベリーの）　34-7
書店　2, 29, 31, 41, 52, 75
署名　18, 119, 130, 154-5, 160
ジョンストウン　William Johnstoune　154

ジョンソン　Ben Jonson　48, 68, 78, 120, 159
人口　x-xi, 2, 4-9, 11-2, 20, 34-7, 54, 86, 202, 214-9
　—推定値→「推定値（人口）」を見よ。
　—増加　6, 8, 11, 86, 96, 222
　—増加率　212
　—調査値→「調査値（人口）」を見よ。
　—年齢構成比　7, 215, 224-5
人口論　x, 211
人頭税文書　3, 212-3
『すべて馬鹿』All Fools　122
『鈴屋』The Bell　90
推定値（観客）　87-101 →「観客収容力」も見よ。
推定値（劇場の営業日数）の安全性　96
推定値（人口）　x-xi, 3, 6-9, 11-2, 37, 211, 214, 219-22, 224
枢密院　91
スカーレット　Thomas Scarlet　54
スコット　Walter Scott　104
スコットランド国立図書館　The National Library of Scotland　155
スティーヴンズ　George Steevens　155
スティーヴンソン　Laura Caroline Stevenson　17, 38
ストックウッド　John Stockwood　87, 90-3
ストレンジ伯爵一座　The Strange's Men　233-4
スペインの無敵艦隊　7, 80
住本規子　ix, 241
スラック　Paul Slack　3
『政治の鏡』The Glass of Government　110-11, 258
『青春』Adolescentia　28
『青春』Youth　245
『世界の都市』Civitates Orbis Terrarum　1
正誤表　110-11, 203
聖書　vii, 15, 19-20, 22, 26, 30, 33, 38, 46, 49, 102
　偉大な聖書　19, 20
　主教版　20
　ジュネーヴ版　20
　欽定訳　20
　「クラマーの聖書」'Crammer's Bible'　19
精読　152, 178-9, 185, 192, 207-8
成年女子数（ロンドンの）　5, 216
成年男子数（ロンドンの）　5, 216, 221
星法院　20, 27
セネカ　Lucius Annaeus Seneca　80, 109-10, 112-3, 240, 251-2, 258, 263-4, 266
セネカの悲劇集　111

―英訳本　109, 257-8, 266-7
セントポール寺院　St. Paul's Cathedral　1, 30-1, 75, 90-1
セントポール少年劇団　The Children of Paul's　81
セントリヴァー　S. Centlivre　104
『俗世と子供』　The World and the Child　246, 248
創作戯曲の数　91
壮丁文書　4, 212-3, 216-8
俗謡　ballads　29-31, 76, 79, 110
　　―作家　30

た 行

『タイタス・アンドロニカス』　Titus Andronicus　47, 56, 67
『タンバレイン大王』　Tamburlaine the Great　73, 109-10
ダービー伯爵一座　The Derby's Men　233
ダービー伯爵（第4、5代）　The Earl of Derby　233
大衆演劇　vii
大衆向けの劇場　12, 24, 39, 47, 56, 63, 68, 71-3, 81-3, 86, 89, 94, 97, 100, 113-5, 152, 166, 202-3, 206
題扉　title-pages　39, 41-3, 80, 156, 159-60, 258
ダニエル　Samuel Daniel　80
ダラム　Durham　19
『血のつながった二人の貴公子』　The Two Noble Kinsmen　40, 153-4
「違い鍵屋」　The Cross Keys　90
「地球座」　The Globe　78, 86-7, 90, 234
チーク　Henry Cheke　258
チェインバーズ　E. K. Chambers　90, 101
地中海文化　vii
地方巡業　95
チャップマン　George Chapman　68, 78, 102, 117, 119-22, 159, 193, 205, 268-9
鳥瞰図（ロンドン）　1
調査値（人口）　4, 6, 11, 214, 216-21, 223
チョーサー　Geoffrey Chaucer　16, 201
賃金　14, 20, 33, 45-46, 114
チンチオ　Giovanni Battista Giraldi Cinthio　258
『月の女』　The Woman in the Moon　73
「角本」　horn-book　53
『貞淑なオクテウィア』　The Virtuous Octavia　110
『テーベの人たち』　Thebais　263
『テュエステス』　Thyestes　252, 257, 263

『テレーズ』　Therese　104
『テレンティウスのラテン詩歌選集』　Floure for Latine spekynge selected and gathered oute of Terence　249
『天気の劇』　The Play of the Weather　247
『伝道者ジョアン』　Johan the Evangelist　249
『テンペスト』　The Tempest　160-2, 164, 166, 176, 178-80, 207-8
デ・ウィット　Johannes de Witt　87-9
デ・ウォルデ　Wynkyn de Worde　245
デイ　John Day　110, 159
デイヴィソン　Peter Davison　xii
ティボールド　Lewis Theobald　155
デヴォン　Devon　213
デカー　Thomas Dekker　78
手書き本　manuscripts　29, 108-9, 196, 201, 240-2, 247, 253-4, 256-7, 260-2, 265-7
手書き本文　193, 195-200
テムズ川　1
デナム　Henry Denham　21
テレンティウス　Publius Terentius Afer　112, 240, 249-50, 252, 264, 267
デロニー　Thomas Deloney　30
『どこで食べよう』　Where Shall I Dine　103
『賭博者』　The Gamester　103
『ドリーヴ氏』　Monsieur D'Olive　68
『取り違い』　Supposes　258
『トロイの女たち』　Troas　109-110, 251, 257, 263
『トロイラスとクレシダ』　Troilus and Cressida　40, 50, 64
「読者へ」　'To the Reader'　109, 203
ドゥ・ボシェスンとベイルドン　John de Beauchesne and John Baildon　53
闘鶏　100
登場人物表　132, 134, 205
ドーセット　Dorset　213
ドーソン　Thomas Dawson　264
読者　viii-ix, xii, 4, 9, 12-3, 15, 20, 29-31, 39, 41-2, 45, 47, 75, 78, 80, 108, 117, 124-5, 137, 145, 147, 154, 156, 162-5, 172, 182, 186, 189, 251
　　―集団　15-6, 117, 202
　　―集団の誕生　108, 114
　　―人口　201
　　―反応　vii, 119, 141-2, 146-7, 183
読者層　ix, 16, 75, 78, 201-2
　　―の形成　75, 117, 201
　　―の質的変化　202

索引　309

読者像　v, 120, 200
読者の人物像　142, 204
読者の倫理観　175
読書力　23, 28, 107
徳永聡子　25
土地台帳　The Domesday Book　212
トッテル　Richard Tottell　109
徒弟　15, 19, 21, 99, 219
　―奉公　99, 214
トビン　John Tobin　103
土間の
　―観客　93
　―観客数　89
　―収容力　90
冨田爽子　ix, xii, 25-6, 241
トムキス　Thomas Tomkis　159
ドライデン　John Dryden　156, 158
トリコミ　A. H. Tricomi　120
ドルチェ　Lodovico Dolce　258

な 行

『内戦の傷』　The Wounds of Civil War　73
『夏の夜の夢』　A Midsummer Night's Dream　60, 118, 161, 182
『何なりと』　What You Will　63, 135
内乱　The Civil War　187 →「市民革命」も見よ。
名古屋大学英文学会　ix
『似た意地同志』　Like Will to Like　253, 255
「ニューイントン・バッツ座」　The Newington Butts　90
日給　21, 76
ニネヴェ　Nineveh　7-8
日本の演劇文化　xi
『年代記』（ホリンシェッド）　45
ネヴィル　Alexander Neuyle　113
ネグリ　Francesco Negri of Bassano　258
年代記　16
「能天気屋」　The Bel Savage　90
ノーウェル　Alexander Nowell　22
ノーデン　John Norden　1
ノートン　Thomas Norton　257
野上勝彦　ix
ノッティンガム伯爵（第1代）　The Earl of Nottingham　234
ノリッジ　Norwich　19

は 行

『パーキン・ウォーベック』　Perkin Warbeck　130
『バイロン公爵チャールズの陰謀と悲劇』　The Conspiracy and Tragedy of Charles, Duke of Byron　120, 123, 205
『ハムレット』　Hamlet　42, 64, 103, 156, 158, 185
『張り合う女たち』　The Rival Ladies　156
『パリスの審判』　The Arraignment of Paris　264
「白鳥座」　The Swan　86-7, 89, 94, 202, 233
「薔薇座」　The Rose　86, 89, 101-3, 202, 233-4
　発掘調査　89, 202
バークシャー　Berkshire　213
ハーディング　Vanessa Harding　3
バービー　Cuthbert Burby　79
ハービッジ　Alfred Harbage　xiii, 71-2, 104, 226, 232-3
バービッジ　James Burbage　83, 85, 105, 233-4
ハーフォードシャー　Hertfordshire　63, 74
バーリー　William Barley　79
バウシャー　Julian Bowsher　xii, 83, 89-90
英知明　ix
バニー　Edmund Bunny　21
ハリス　Frances Harris　150
パリンゲニウス　Marcellus Palingenius　28
ハワードヒル　Trevor H. Howard-Hill　242, 266
ハンズドン公一座　The Hunsdon's Men　234
ハンズドン公（第1代）　Henry Carey Hunsdon　234
ハンズドン公（第2代）　George Carey Hunsdon　234
ハンター　George Hunter　261
パンツァー　Katharine F. Pantzer　76
ハンティングトン図書館　The Huntington Library　24-5, 160
『ヒッポリトゥス』　Hippolytus　263
『人々の呼び出し』　The Summoning of Every Man　245
『百華集』　A Hundreth Sundrie Flowres　111
『百物語』　Hecatommithi　258
『ビュッシ・ダンボワ』　Bussy D'Ambois　122
『ピラマスとシスビ』　Pyramus and Thisbe　60-1
ピール　George Peele　78, 264
秘書体　Secretary hand　65, 120, 123, 136, 143, 150, 154, 156, 158-9, 193, 206, 255, 261
ピッカリング　John Pickering　252
ピンソン　Richard Pynson　245

ヒンマン　Charlton Hinman　161
『ファウスト博士』Doctor Faustus　73
『フェイヴァシャムのアーデンの悲劇』The Tragedy of Arden of Faversham　73
『フェニキアの女たち』Phoenissae　258
『夫人の試練』The Lady's Trial　130
『不満分子』The Malcontent　118, 135-6, 151-2, 206
『冬物語』The Winter's Tale　32, 50, 64, 132
『フルジェンスとルクリース』Fulgens and Lucrece　242-4
『プロモスとカッサンドラ』Promos and Cassandra　109, 258
『文芸のための弁明』An Apologie for Poetrie　29
『文芸弁護論』The Defence of Poesie　29
『ブラックフライアーズ劇場』The Blackfriars　68, 81, 152
ファースト・フォリオ　The First Folio　viii
ファン・デ・パッセ　Crispin van de Passe　9
ファン・デル・シュトラッテン　Dirik van der Straten　249
ファン・ブッヘル　Aernout van Buchel　87
フィッシャー　Claes J. Visscher　1-2
フィンレイ　Roger Finlay　3
フィンレイの人口推定値　222
風刺劇　106
フェイヴァシャム　Faversham　34
フェンシング　100
フォード　John Ford　117, 121, 129-30, 132, 134, 205, 268
フォックス　John Foxe　21
フォルジャー・シェイクスピア図書館　The Folger Shakespeare Library　156
フォルスタッフ　Sir John Falstaff　40, 46, 60-1
ブッレン　A. H. Bullen　136, 142
プラウトゥス　Titus Maccius Plautus　112
ブラウンとホーゲンベルク　Georg Braun and Franz Hogenberg　1
フルウェル　Ulpian Fulwell　253, 255
プルターク　Plutarch　45
ブレイン　John Brayne　83, 85
フレッチャー　John Fletcher　68
プロローグ→「前口上」を見よ。
文芸全般の花開く季節　vii
文芸復興期　viii
文法学校　7, 14, 18, 53, 61-2, 73, 82, 112, 119, 152, 178, 204, 206-7, 249, 251

『ベイコン坊主とバンゲイ坊主』Friar Bacon and Friar Bungay　73
『ペリクリーズ』Pericles　40, 42, 50, 64, 153-4
『変身物語』The Metamorphoses　48
『ヘンリー五世』King Henry V　xi, 40-1, 50, 60, 118, 160-2, 180-1, 188, 191-2, 206-8
　前口上　118, 180, 182-3, 192, 208
『ヘンリー四世第一部』King Henry IV, Part 1　40, 46, 50, 60
『ヘンリー四世第二部』King Henry IV, Part 2　xi, 40-1, 49, 60, 132
『ヘンリー六世』King Henry VI　185
『ヘンリー六世第一部』King Henry VI, Part 1　50, 56, 72
『ヘンリー六世第二部』King Henry VI, Part 2　18, 40-3, 50-1, 53, 56, 65
『ヘンリー六世第三部』King Henry VI, Part 3　40-1, 56
『変貌するイングランド都市』　3
『弁論家について』De Oratore　112
ヘイウッド　Jasper Heywood　251
ヘイウッド　John Heywood　78, 102, 245-9
兵役適格者　4-5, 213-4, 216-7, 220-1
兵役不適格者　5, 216
ベイト　Jonathan Bate　154
ベイル　John Bale　104, 249
ベイルズ　Peter Bales　54
ベイルドン　John Baildon　53
ペイン　John H. Payne　104
ベーア　A. L. Beier　3
ペスト　2, 6, 11, 78, 222
ベストセラー　17-8, 38, 68, 148
ペトラルカ　Francesco Petrarca　142
ベリー　Herbert Berry　83
ヘンスロー　Philip Henslowe　90, 101, 104, 203, 233
ペンブルック伯爵一座　The Pembroke's Men　86, 233
ペンブルック伯爵（第2代）Henry Herbert, 2nd Earl of Pembroke　233
ペンブルック伯爵（第4代）Philip Herbert, 4th Earl of Pembroke　120
ヘンリー八世　King Henry VIII　14-6, 19, 26, 32, 35, 62, 201, 212
『ボルドーのジョン』John of Bordeaux　256-7, 261-2, 265
『ボンビー母さん』Mother Bombie　73

索　引　311

法学院　Inns of Court　82
封建社会　13, 16, 55
ホーゲンベルク　Franz Hogenberg　1
ボーモント　Francis Beaumont　159
ボウルトン　Jeremy Boulton　4
ボドレー図書館　The Bodleian Library　155, 269
ホプキンズ　Richard Hopkins　46
ホラー　Wenceslaus Hollar　1
ポラードとレッドグレイヴの目録　268
ホラティウス　Quintus Horatius Flaccus　48
ホリンシェッド　Raphael Holinshed　45
ホワイト　Thomas White　87
翻訳劇　80, 109-11, 203, 242, 244, 250, 255, 258-60
翻訳もの　40, 249, 263

ま 行

『マグダラのマリアの嘆き』　The Repentance of Mary Magdalene　108-9
『マクベス』　Macbeth　64
『間違いの喜劇』　The Comedy of Errors　56
『マルタ島のユダヤ人』　The Jew of Malta　73
マーシュ　Thomas Marsh　263
マーストン　John Marston　63, 78, 117-9, 121, 132, 135, 137, 143, 152, 205-6, 268
マーベリー　Francis Merbury　108, 253
マーロウ　Christopher Marlowe　73, 78, 110
前口上　60, 109, 118, 180, 182-3, 192, 203
松岡和子　xi
マックジャネット　Linda McJannet　109
マッシンジャー　Philip Massinger　120
マロウン　Edmond Malone　155
マントゥアヌス　Baptista Mantuanus　28
『ミダス』　Midas　73
未成年者　7-8, 103, 215, 217-8, 224
未成年者（15歳以下）　5, 213, 215, 224
未成年者の観劇　99
未成年男女（ロンドンの）　5, 216
ミッシュ　Charles C. Mish　106
ミドゥルセックス　Middlesex　19, 222
ミドゥルトン　Thomas Middleton　69, 78, 159
ミドゥルトン　William Middleton　246-7, 249
ミルワード　Peter Milward　23
無韻詩　blank verse　158, 199-200, 209
『メアリー・スチュアート』　Mary Stuart　104
『メイデー』　May-Day　119
『メディア』　Medea　109, 263
『メトロポリス・ロンドンの成立』　4

『メネクミ』　Menaechmi　109
『面目』　The Point of Honour　104
メアリー一世　Queen Mary I　14, 30
メイドストン　Maidstone　34
メドウォール　Henry Medwall　242-3
メトロポリス　The Metropolis　9

や 行

『宿屋の美しい娘』　The Fair Maid of the Inn　68
安元稔　x
山田の観客推定値　87-101 → 「観客収容力」も見よ。
山田の人口推定値　222 → 「推定値（人口）」も見よ。
ユードル　Nicholas Udall　22, 112, 249
『陽気な日の笑い』　An Humorous Day's Mirth　122
『四つのP』　The Four Ps　247, 249
『四元素』　The Four Elements　246
読み書き　viii, 30, 32, 37, 50-3, 56, 60-1, 65-7, 70-4, 158, 201-2, 204

ら 行

『ラーフ・ロイスター・ドイスター』　Ralph Roister Doister　15, 22, 113, 252
ラステル　John Rastell　244, 246-7
ラッセル　Josia Cox Russell　212, 220
欄外　margins　242
『リア王』　King Lear　40-1, 64
『リチャード二世』　King Richard II　49, 60
『リチャード三世』　King Richard III　40-1, 49, 56, 154, 189
「リリーの文法」　'Lily's Grammar'　62
リヴァーサイド（シェイクスピア）全集　The Riverside Shakespeare　161
リグリー　E. A. Wrigley　5-6, 54, 214-5, 224
リッチ　E. E. Rich　4, 212-4, 216-22
リリー　John Lyly　73, 78, 112, 264
『ルークリースの凌辱』　The Rape of Lucrece　47
『冷笑家ヒック』　Hycke Scorner　245
レイナム　Robert Laneham　29
レスター　Leicester　29, 37
レスター伯爵一座　The Earl of Leicester's Men　82-3, 85
『老妻物語』　The Old Wives Tale　73
『ロブ・ロイ』　Rob Roy　104
『ロミオとジュリエット』　Romeo and Juliet　44, 47, 49, 60, 155-6

『ロンドンと英国の姿見』 *A Looking Glasse for London and England* 7-8
『ロンドン百科事典』 *London* 9, 11
労働力人口 213, 219
ロッジ Thomas Lodge 7, 73
ロドウェル J. T. G. Rodwell 103
ロマンス romance 29, 102, 106
ロレンハーゲン C. Rollenhagen 9
ロンドン市議会 82
ロンドン書籍商組合 The Stationers' Company of London vii-viii, 13, 22, 25, 27, 31, 75, 201
ロンドン大火 1, 11
ロンドンの人口 viii, x, 1, 3-4, 6-9, 11-2, 202, 211, 214, 216, 219-20, 222
 推定値 219-222 →「推定値（人口）」も見よ。
 調査値 4 →「調査値（人口）」も見よ。
ロンドンの地理的範囲 4
 97教区 4, 220, 222
 113教区 4, 9, 211, 220, 222
 直近の郊外16教区 4, 222
ロンドン橋 93

わ 行

『悪口学校』 *The School for Scandal* 104
ワイズ Andrew Wise 79
ワイト Edward White 79

Summary in English

The title of this book by Akihiro Yamada is *Readers and Audiences in the Age of Shakespeare*. The Introduction discusses the London population of the time; Chapter 1 the formation of a reading class; Chapter 2 literacy and how literacy is shown in the drama; Chapter 3 the rise of drama and the birth of the readership of drama; Chapter 4 annotations by readers of play-books (1): George Chapman, John Ford and John Marston; Chapter 5 annotations by readers of play-books (2): William Shakespeare; Conclusion is followed by seven appendices. Appendix 1 is a comparative list of demographic estimates made by Yamada and Ian Sutherland; Appendix 2 demographic age structure of minors in 16-17th century England; Appendix 3 memoranda of the principles of statistics for Table 8 (the number of plays containing scenes of, or references to, reading and/or writing); Appendix 4 a list of Shakespeare's plays and their dates, etc.; Appendix 5 a list of plays published in the 1590s; and Appendix 6 discusses the evolution of the form of dramatic texts in manuscript and print, followed by Appendix 7 a list of play-books printed before 1700 and their copies examined, with indices of manuscript notes in them.

As the title of the book suggests, its object is to demonstrate a historical cultural interrelation between the reader and the audience of Shakespeare's time. A gradual increase of readers in the transitional stage of manuscript to printed books would be a natural social phenomenon. In England, however, the growth of reading public was positively promoted by King Henry VIII's religious proclamations and the increase of educational institutions under the reign of King Edward VI. The population at the time was highly mobile: young men responded to the developing monetary economy and flowed into towns. The unprecedented social change of King Henry's protestant reformation and its related complex social incentives readily generated a number of remarkable things. One such was the rise of the London Stationers' Company, which received a royal charter in

1557. This helped accelerate the rapid formation of a reading class. The general public showed strong interest in literary works and religious books. Henry's proclamations prohibited people from reading certain books but Chaucer and some other literary works were excepted. A class of people reading these excepted books had already existed, with improved literacy, in the second half of the sixteenth century. This social phenomenon quickly extended to outside London. This is discussed in Chapter 1.

The general public's desire to read and write, combined with social and economic aspirations, was strong enough to promote a further development of the reading class. Shakespeare began to work and flourish in the 1590s when there was a marked increase in the general public's intellectual aspirations. The London stage, displaying the intrinsic nature of drama of responding quickly to the general demands, frequently presented scenes of reading and writing and stirred the illiterate's aspiration for literacy and social advancement. Chapter 2 observes, as examples, a number of scenes of reading and writing in Shakespeare's plays; attempts to gather statistics of such scenes, including those in other dramatists' plays, which the London audience must have seen; and confirms that the general public continued, for a considerable period of time, to maintain an increased desire for literacy. The sustained aspiration to read and write resulted in much more improved literacy and a rapid development of the reading class. As it happened at the same time, the first public theatres appeared in London one after another during the last three or four decades of the sixteenth century, so that the stage flourished feeding the public's desire for literacy. Thus many plays including Shakespeare's presented scenes of reading and writing on the stage. Just as the stage stimulated the audience members' strong interest in literacy, it stirred in them as strong an interest in the unknown world of romance and narrative stories the playwrights offered to them. Accumulation in them of such stimuli, together with the latent cultural potential of a reading class that already existed prior to the public theatres, reached the critical temperature, as it were, and brought about a qualitative change, that is, the birth of a group of readers especially interested in drama. Chapter 3 presents a working hypothesis about such a qualitative change of readers and demonstrates it by numerical evaluations of related factors.

The most difficult problems to be solved were assessing population of London and the size of audience of the London theatres. There was no consensus of them among scholars in the early 1980s when I launched the present project. That is why I ventured to discuss the population of London and decided to begin my book with it as Introduction. As to the size of audience, luckily I was led by many scholars' works, not to mention such reports of comparatively high objectivity as the 1596 sketch of the Swan Theatre and the 1988-1991 excavations of the Rose Theatre, and was thus able to propose revised estimates for the sizes of population and theatrical attendance. I have suggested 143,055 instead of 'about 150,000' or 'about 200,000', the conventionally quoted figure, as the population of London in 1600, and on the average 4,900 a day as the total number of the audience members the theatres in London could probably attract in 1600. Another three years I was able to estimate the population and the size of audience are 1567, 1577 and 1587. The average frequency of the citizen's theatre-going was 8-9 times a year, and as much as 12-13 times a year provided that the audience members were all adults. This striking, almost unbelievably vigorous prosperity of the Elizabethan London theatres for a generation or two was, in fact, comparable to the continued sizes of audience of the post-war Japanese cinemas in the 1950s when no TVs were popular among common citizens. To anyone who has ever seen that phenomenon in Japan, the prosperity of Elizabethan theatres is neither a fabrication nor an exaggeration but what one can accept as a fact.

This vigorous blossoming of drama was made possible by the increase of theatres by virtue of talented managers but without doubt it was the diligent effort on the part of actors and playwrights that managed to keep the audience constantly attracted to the stage. According to the diary of Philip Henslowe, the theatre manager, actors at a certain stage of their activities had successively to present five different plays in six performances a week (that is, a repetition of only one play in a week) and at the same time, for two weeks, they had to devote much time to rehearsal of a new play. To put a new play on stage every two weeks at each of the theatres in London, a considerable number of playwrights had to prove themselves very productive. Their creative originality and their various choices of subject matter, combined with the regular appearance of plays of new genres, inevitably stimulated audiences with new interests. Despite their hard work, only a small number of plays they wrote reached publication but the number of published play-books increased with a rapid growth of Elizabethan drama after the appearance of public theatres. The soil was steadily being prepared for the birth of a class of readers especially interested in play-books. Thus, in the last five years of the sixteenth century the published plays at last grew to be equal, in terms of their ratio to all printed books, with literary prose works in print. In other words, plays and prose works were in equal demand from readers.

Without doubt popularisation of the stage in London attracted more and more readers of play-books. London stationers also played an important part in this development. Playwrights were always alert to their audience but not always as alert to their readers. In contrast, it appears that both translators and printers of plays were sensitive to the concerns of their readers. Lists of printing errors and greetings 'To the Reader', which functions in the same way as 'Prologue' or 'Epilogue' of a play, began to appear in printed plays round about 1570 when a specific class of play-book readers were growing. Such additions as these may be bluntly regarded as mere contrivances of printers who expected patronage of their readers. But printers, inspired by their own profession, taxed their ingenuity to produce play-books not only handy for reading but also agreeable to look at. Playwrights had been writing plays in various forms according to their own taste but the printers in the early 1580s, after several decades of trial and error, standardised the form of dramatic texts by unifying the various forms into what is now familiar to modern writers and readers. Following such standardisation, Elizabethan playwrights, readers and printers tended to conform to these norms. These developments took place only several years before Shakespeare started his career as a playwright. Without the effort and achievement of the printers, the rapid increase in readership of play-books might not have taken place. (Discussions about the history of the formal changes in dramatic text can be found in Appendix 6.)

Such are the main points of my argument for the birth of a class of play-book readers in the late sixteenth century.

It is not easy to know how play-books were read by the general public in the sixteenth and the seventeenth centuries. Chapters 4 and 5 are a straightforward approach to this difficult question. No rigid definition is possible of what is referred to as a reader in these chapters. My observations were all based on an understanding that anyone who wrote something legible in a book could be regarded as a reader and possibly also as its owner. Illegible scribbles were disregarded for this purpose.

Teaching reading and writing at grammar schools of the time was through Latin. Its principal aim was to master the language. Appreciation and criticism of Latin works used as teaching material may have been of secondary importance. It is not known how school boys used text books of other subjects, but because readers of play-books were all educated at grammar schools, possibly the way of teaching may be seen in their annotations in play-books themselves. This, however, is not certain enough to be categorised because the ways of annotating are so various and it is not possible to discover anything in common with regard to

Summary in English   317

annotations before 1700. Consequently, my observations as a whole had to become something like an exhibition of antiques with its objects and captions displayed in the gallery. However, it was possible in every case to get an image of the reader from his annotations. If a requirement for annotations of high quality is a reflection of the personality of a serious reader, as Heather Jackson suggests in Chapter 7 of *Marginalia: Readers Writing in Books*, my observations in Chapters 4 and 5 will be sufficiently convincing.

Chapter 4 records my observation of the annotations before 1700 in a play-quarto of Chapman by a reader, of Ford by another reader and of Marston by yet another reader. Chapter 5 records my observation of the annotations by a reader of a comedy and an English historical play in the 1623 Folio of Shakespeare. It also records my observation of the annotations by another reader of a tragedy in quarto of 1622.

Early in the seventeenth century shortly after the publication in 1608 of Chapman's *The Conspiracy and Tragedy of Charles, Duke of Byron*, a reader of the quarto of this play set out to adapt this double play in ten acts as a five-act drama. It is not known whether his adaptation was actually staged. Only the section devoted to the Conspiracy in which he wrote annotations remains. His annotations are all brief and those in Latin are technical terms but written clearly enough for a third party to read and understand them. It is not clear whether the annotator was an amateur or a professional but he appears to have been a man of talent confident in dealing with dramatic business including staging. Without doubt he was an ardent lover of drama.

The reader of Ford's *The Fancies, Chaste and Noble*, 1638 is likely to have been its owner, not merely its reader. He appears to have been a man of rich creative imagination with thorough knowledge of drama. In a blank verso page at the end of the quarto copy, which probably happened to be kept by his side, he wrote a list of dramatic characters irrelevant to the play. It appears to have been written in the middle of the seventeenth century. Its style is in full accord with what had long been established as 'The Names of Actors' and well known to contemporary readers of play-books. But it is the list of characters of an unknown play. There are ten characters and nine of them are members of the household of Duke Sforza of Milan. The tenth member is the Marquess of Pezara, or Perara, the Duke's friend. Apart from the possibility that the list might be for our reader's own original play or his own transcription of the list of dramatis personae of a foreign play he has just read, nothing can be construed about the list. Why he wrote the list in the blank page of Ford's play is not clear.

The reader of Marston's *The Malcontent*, 1604, used both pen and pencil. The annotations are likely to belong to the second half of the seventeenth century. Their most noticeable feature is the effort throughout the quarto copy to modernise what is the more or less standard spelling of the time by deleting the final 'e'. However, he quite often altered the then standard spelling to archaic spelling. He wrote only a small number of verbal annotations. His other annotations are underlines, dozens of special symbols in the margin, and the enclosure of stage directions by lines which makes them visually independent of speech lines. The enclosing of stage directions appears to have nothing to do with the preparation for publication or staging; it may have been merely our reader's way of making the play easier to read. The special symbols in the margin are applied, irrelevantly to the context, to proverbs, lessons of life and the like as well as to those lines which must have been impressive to our reader. As is expected from a reader of the tragicomedy of Marston, a dramatist of different taste from his fellow dramatists writing for the public theatres, our reader is likely to have enjoyed partial re-reading of the play with the help of these symbols in the margin. His possible practice of re-reading is probably attested by the double image of some symbols as a result of his use of ink on one occasion and of a pencil on another occasion. It may be that he faithfully followed his grammar school lessons of how to read, made effort to learn as much rhetoric as possible from a play-book, and copied it in his commonplace-book. At all events, he was a serious and somewhat over-scrupulous reader avoiding cursory quick reading.

As for the readers of Shakespeare, I was rather short of the material related to them, since the majority of the second and subsequent editions of his plays have been left unexamined. There are a number of interesting annotated first editions but some of the most interesting have been already published by other scholars, and I have avoided repetition. As a result, I have taken up only one of the first quartos, that is, *Othello* of 1622. Fortunately, however, my published transcription of the marginalia in the First Folio of 1623 is at hand. It is now fifteen years old and some comments on the annotations by a few scholars have appeared in print. I have therefore decided to discuss those written into *The Tempest* and *Henry V*.

The annotations were written probably round about 1630 in English mixed with many Scottish words and in neat secretary hand. Our reader read the text characteristically slowly from cover to cover of this thick volume. He used no symbols at all but frequently upperlined (opposite to underlined) speech lines and almost constantly marked the beginning of almost every speech line with a dot or a short line in order to indicate that he has just read it. After having done this, he summed up what interested him most in a word or a phrase or occasionally by a short sentence in the margin. In a word, his way of reading is literally a slow close reading. He did not bother with textual errors of any kind and made no textual interference. Considering his practice of close reading, this is almost incredible. Perhaps he was a man of great tolerance in this sort of matter. Further, he usually expressed no emotional responses in his marginal annotations and paid no special attention to proverbs, maxims and memorable sentences, not adding any marginal symbols at all. His annotations are too fragmentary and independent of each other to be useful to a third party but it cannot be known whether his way of marking in the volume reflects his education at school or college. It is rather doubtful that he ever looked back at these plays by reading his own marginal annotations.

All this is the general characteristics of our reader's marking in the Folio. It is only on rare occasions that he expresses his personal disposition positively. An instance occurs in *The Tempest*, Act II Scene ii where the audience finds the first chance to laugh. To our reader, however, Trinculo's voluble chattering is 'foolish' and the group of Pistol and Burdolph who repeatedly appear in *Henry V* are 'dastardlie rogues'. About them our reader always makes brief remarks full of contempt. By our modern standards, he appears to have been considerably less tolerant of the so-called low characters than we are. He also expresses antipathy towards French commanders and also those from Ireland, Scotland and Wales. On the other hand, he shows a genuinely positive interest in the discussions about kingship in *Henry V*, Act IV Scene i, but it is not certain, as far as the annotations go, that he had a historical sense of his own, not to mention his cognisance of English history.

Also one cannot be certain about his literary or theatrical sensibilities. Although absorbed in close reading, he gives no general impression of *The Tempest*, a play in which characters are manipulated by magic and develop in an extraordinary world. Likewise, he gives no general impression of *Henry V*. It is not possible to tell from his annotations whether there was in his close reading enough room for his latent mental activities for literary appreciation and criticism. Even with respect to Prologue's speeches, in which many lines are likely to arouse a reader's view of literature or drama, our reader appears to have contented himself, as usual, with simply writing brief marginal annotations.

A series of these statements may produce an impression that our reader of the Folio of Shakespeare has no more than a negative quality as a reader. But this is not the case. What he gained from a passionate close reading of the whole volume was without doubt the enjoyment of reading plays. Let us take up a few examples where one could get a glimpse of this, one or two each from *The Tempest* and *Henry V*. Our reader of *The Tempest* strongly responded, as most modern readers do, to Prospero's famous speech when he suddenly closes the banquet in Act IV Scene i. Crowded upperlines between the speech lines and an unaffected straightforward marginal note on 'Instabilitie of all earthlie things' are in all probability testimony that our reader sensitively responded to, and was moved with, the quintessence of all existence the play disclosed to him. Also in a scene towards the end of *Henry V*, where the characters exchange speeches full of delicate implications, our reader wrote in the margin 'louelie discourses of loue', a comment admirably to the point on the scene. Without doubt our reader was a man who could enjoy reading in itself. At least he was able to lead his life under conditions which allowed him to absorb himself in reading while writing marginalia.

The reader of the first quarto of *Othello* which was published in 1622 supplied the missing three pages at the end, probably by about 1650, with his own manuscript text copied from the second quarto of 1630. Why and for whom he repaired this deficiency and whether their absence was accidental or intentional is not known. But apparently our reader knew that the text he was going to supply was different from that of the first quarto and began his task with several new lines which he found in the second quarto. He was, of course, merely followed a practice current at the time by giving the weight to the text of the latest edition. But being a remarkable character, he did not accurately copy the text of the latest edition. He not only altered spelling according to his own practice but also he made many errors of deletion, skipping and addition in such a way as can be expected from an extremely careless copyist. He does not appear to have minded committing a blunder which might render the context meaningless. Obviously he had no good ear for the rhythm of Shakespeare's blank verse. Owing to his insensitiveness rather than carelessness about the rhythm, he copied many verse lines as prose. Very few will be as eccentric reader as he. Perhaps he was not worthy of the name of reader. But this quarto copy with the unique manuscript text was destined to belong to David Garrick, one of the greatest of Shakespearean actors.

This study anticipated and did face many difficulties, because it had to be attempted by building up a series of arguments based on estimated figures not only of the population of London but also of the audience of the theatres in London. The only scaffold I was able to rely on were the geographical information of the walled city and the newly developed residential quarters outside the walls, various records of the inns converted to theatres as well as both the private and public theatres, all with an uncertain size of audience, and the record of all printed books including play-books. Fortunately, everywhere on the scaffold I could find many excellent scholars who guided me. Most of what is said in this study is their achievement. The many footnotes will make my debt to them clear.

I was encouraged by many friends. Some of them read various parts of this book in typescript, making useful comments. In particular, I owe much to Minoru Yasumoto, specialist of British demography, who gave me constructive criticisms of my approach to the population of London, and as much to Kazuko Matsuoka, translator of Shakespeare's complete dramatic works in progress, who allowed me to use not only her published but also unpublished version. Peter Davison read this summary, offered valuable comments, and contributed to the improvement of my English. I would like to express my sincere gratitude to them all.

《著者紹介》

山田 昭廣
やまだ あきひろ

- 1929年　名古屋市に生まれる
- 1952年　名古屋大学文学部卒業
- 1976年　バーミンガム大学 Ph.D. 取得
　　　　　信州大学人文学部教授などを経て
- 現　在　信州大学名誉教授
- 著　書　『シェイクスピア時代の戯曲と書誌学的研究』（文理書院、1969年）
　　　　　George Chapman: The Widow's Tears（Methuen/Manchester U.P., 1975年）
　　　　　『本とシェイクスピア時代』（東京大学出版会、1979年）
　　　　　Printing and the Book Trade（Pergamon Press, 1986年）
　　　　　『仮面を取ったシェイクスピア』（日本図書センター、1998年）
　　　　　The First Folio of Shakespeare : A Transcript of Contemporary Marginalia（雄松堂、1998年）
　　　　　『イギリスの宮廷仮面劇』（英宝社、2004年）
　　　　　Secrets of the Printed Page in the Age of Shakespeare（AMS Press, 2010年）他

シェイクスピア時代の読者と観客

2013年11月30日　初版第1刷発行

定価はカバーに表示しています

著　者　山田　昭廣
発行者　石井　三記

発行所　一般財団法人　名古屋大学出版会
〒464-0814　名古屋市千種区不老町1 名古屋大学構内
電話(052)781-5027／FAX(052)781-0697

© Akihiro YAMADA, 2013　　　Printed in Japan
印刷・製本　㈱太洋社　　　ISBN978-4-8158-0748-1
乱丁・落丁はお取替えいたします。

R〈日本複製権センター委託出版物〉
本書の全部または一部を無断で複写複製（コピー）することは、著作権法上の例外を除き、禁じられています。本書からの複写を希望される場合は、必ず事前に日本複製権センター（03-3401-2382）の許諾を受けてください。

岩崎宗治著
シェイクスピアの文化史
―社会・演劇・イコノロジー―
A5・340頁
本体4,800円

オーゲル著　岩崎宗治／橋本惠訳
性を装う
―シェイクスピア・異性装・ジェンダー―
A5・246頁
本体3,600円

川崎寿彦著
庭のイングランド
―風景の記号学と英国近代史―
A5・386頁
本体4,500円

セジウィック著　上原早苗／亀澤美由紀訳
男同士の絆
―イギリス文学とホモソーシャルな欲望―
A5・394頁
本体3,800円

富山太佳夫著
文化と精読
―新しい文学入門―
四六・420頁
本体3,800円

湯浅信之訳
ジョン・ダン全詩集
A5・734頁
本体9,500円

梅津濟美訳
ブレイク全著作
菊判・1512頁
本体24,000円

安元　稔著
Industrialisation, Urbanisation and Demographic Change in England
菊版・260頁
本体10,000円

井上　進著
中国出版文化史
―書物世界と知の風景―
A5・398頁
本体4,800円

宮　紀子著
モンゴル時代の出版文化
A5・754頁
本体9,500円